PETER KEGLEVIC

WOLFSEGG

Roman

PENGUIN VERLAG

MIX
Papier aus verantwortungsvollen Quellen
FSC® C014496

Verlagsgruppe Random House FSC® N001967

1. Auflage

Umschlaggestaltung: Sabine Kwauka
unter Verwendung von Gettyimages / Franz Prinz
und shutterstock AlexSmith
Satz: Greiner & Reichel, Köln
Druck und Bindung: GGP Media, Pößneck
Printed in Germany
ISBN 978-3-328-60098-5
www.penguin-verlag.de

Dieses Buch ist auch als E-Book erhältlich.

Bewahre uns der Himmel vor dem »Verstehen«.
Es nimmt unserm Zorn die Kraft, unserm Hass die Würde,
unserer Rache die Lust und unserer Erinnerung die Seligkeit.

Arthur Schnitzler

Nebel liegt über dem Geröll und den Grasmatten, jedes Geräusch klingt, als wäre es in Watte gepackt. Kleine Lärchen und zerzauste Legföhren wachsen aus den Felsrippen und Bachrinnen dort oben an der Baumgrenze. Preiselbeeren und Wermut dämpfen die Schritte des Mädchens. Es huscht lautlos über Almrosen und ein Meer von weiß blühendem Knöterich. Als wäre über Nacht Schnee gefallen. Wie eine Natter schlängelt es sich durchs Gebüsch, ohne Äste zu streifen. Dann verharrt es und lauscht. Oben, nicht weit entfernt, werden Steine losgetreten und kollern bergab. Bergdohlen schreien ihr vertrautes *Schirrk!*, *Schirrk!* Rasch folgt das Mädchen dem Flüchtenden, den Bockdrilling im Anschlag. Nach wenigen Schritten hat es der Nebel verschluckt. Kein Geräusch ist zu hören. Auch die Dohlen sind verstummt.

Dann fällt ein Schuss.

1

Es war der letzte Mittwoch im Mai, und der Vormittag war mit Tests und Aufgaben ausgefüllt. Logik, Persönlichkeit, Intelligenz. Jetzt stand auf der Schultafel das Aufsatzthema: *Ich. Meine Familie. Meine Wünsche.*

Die Berufsberaterin vom Arbeitsamt sah die Schüler eindringlich an. Acht Jungen und sieben Mädchen, fünfzehn bis siebzehn Jahre alt. Es war eine kleine Abschlussklasse dieses Jahr.

»Schreiben Sie ehrlich auf, was Sie denken. Nehmen Sie kein Blatt vor den Mund. Je ehrlicher Sie sich, Ihr Umfeld und Ihre Wünsche beschreiben, desto leichter fällt es uns, Sie einem Beruf zuzuführen, der zu Ihnen passt. Sie haben fünfundvierzig Minuten Zeit. Schreiben Sie: jetzt.«

Die Berufsberaterin bediente einen Tischgong. Einige legten los, als wollten sie endlich alles abschütteln. Andere grübelten mit schiefem Mund und geblähten Nasenlöchern.

Das Mädchen, das allein in der letzten Reihe saß, starrte eine Weile vor sich hin. Dann begann es zu schreiben:

Ich heiße Agnes, nach der heiligen Agnes, was die Reine heißt, wie meine Mutter mir erklärt hat. Insgeheim nenn ich mich aber Nessie. Wie das Ungeheuer, das plötzlich aus seinem See hochsteigt und alle zu Tode erschreckt. So wünsche ich mich manchmal auch. Aber meine Mutter will nicht, dass wir Kinder, die Karoline, der Lorenz und ich, Spitznamen haben … In der Schule rufen sie mich trotzdem Nessie oder auch Agi, was sich aber oft wie Maggi anhört … In fünf Monaten, Ende Oktober, werde ich sechzehn.

Agnes war schmal mit knochigen Schultern, klein und wog

vielleicht so viel wie eine Zwölfjährige. Ihr widerspenstig gelocktes Haar war dunkelbraun.

Sie blinzelte mehrmals, ihre Gedanken schwammen fort. Die Klassenfahrt nach Wien. Darüber hätte sie gerne geschrieben. Letzten April. Es war der obligatorische Ausflug in die Hauptstadt, den jede Schulklasse aus den Bundesländern hinter sich bringen musste. Parlament, Burgtheater, Schloss Schönbrunn. Großartig war das gewesen. Die Kapuzinergruft, in der die Habsburger in bombastischen steinernen und bronzenen Särgen lagen, hatte sie am meisten beeindruckt. Dass diese ohne Herz und ohne Eingeweide in der ewigen Ruhe eingemauert waren – das war spektakulär. Für zwei Euro hatte sich Agnes eine Broschüre gekauft, in der alles geschrieben stand. Herz und Eingeweide waren den Kaiserlichen nach dem Tod herausgeschnitten worden, ohne Rücksicht, ob sie ein gutes oder ein schlechtes Leben geführt hatten. Die Organe wurden in Seidentücher gehüllt, in Silberbehältnissen in Spiritus eingelegt, die dann zugelötet wurden. So standen nun die Herzen im *Herzgrüftl*, einer Nische der Loretokapelle, wie Mamas eingekochte Marmelade und das Russenkraut im Kellerregal.

Agnes überlegte, wie sie das in ihrem Aufsatz unterbringen konnte, fand aber keine Lösung. Sie hätte auch gerne geschildert, wie sie sich auf der Heimfahrt im Bus schlafend gestellt hatte. Durch die Wimpern hatte sie beobachtet, wie in der Sitzreihe auf der anderen Seite der Hubsi der Margit die Hand unterm Kleid in die Unterhose geschoben hatte. Wenig später hatte er die Hand wieder herausgezogen, sich über die Sitzlehne zum Robert gebeugt und ihm den Zeigefinger unter die Nase gerieben. Gefeixt hatten die beiden. Margit hatte zu ihr hingeschaut und dabei ihren Monsterbusen zurechtgeschoben. Ich krieg jeden, hatte ihr Blick gesagt. Auch den Jo Weis! Darauf kannst du Gift nehmen! Das war das Schlimmste, was Agnes sich vorstellen konnte. Ihre Augenlider zuckten. Alle konnte Margit haben, aber nicht den Jo! Der Jo war für sie bestimmt. Bis in den Tod. Da war Agnes sich sicher. »Wusst ich doch, dass du dich schlafend stellst«, hatte Margit zu ihr herübergerufen, »du kleine Spannerin.«

Agnes beugte sich wieder über das fast leere Blatt und konzentrierte sich. Mit einem Mal fiel es ihr leicht, etwas niederzuschreiben.

Mein Bruder Lorenz ist zwölf und geht in die zweite Klasse Hauptschule. Meine Schwester Karoline ist sieben und geht in die erste Volksschulklasse. Manchmal, wenn ich nichts anderes zu tun hab, kümmere ich mich um die Geschwister und helfe ihnen bei den Schularbeiten. Oder spiel mit ihnen. Karo spielt am liebsten Vater-Mutter-Kind und ist dann immer die Mutter und ich muss das Kind sein …

Die Woche davor, am Mittwochmorgen, war Agnes mit dem Fahrrad den Schotterweg zur Bundesstraße hochgefahren. Hinten saß Lorenz auf dem Gepäckträger und vorne, auf dem Lenker, die kleine Schwester. Das letzte Stück war so steil, dass Lorenz abspringen und das Fahrrad mit anschieben musste. Es hatte schon über zwanzig Grad, dabei war es erst Mitte Mai, und der helle Schotter reflektierte so gleißend, dass sie mit zusammengekniffenen Augen oben ankamen.

Direkt an der Einfahrt zur Bundesstraße lag die Haltestelle für den Bus zwischen Eisenstein und Cronberg. Stumm hatten sie im Schatten des Holunderbusches gewartet, der über das Wartehäuschen wucherte, und Karoline hatte ihre Nase in die weißen Dolden gesteckt. »Hm, riecht nach Honig und Limonade!« Ein Pick-up mit Anhänger war von der Bundesstraße auf den Schotterweg zu ihnen hinunter abgebogen. *Der Mobile Viehhändler* stand an der Wagentür. Beunruhigt sah

Agnes ihm nach. Als die Kleinen sie fragend ansahen, zuckte sie nur gleichgültig mit den Schultern.

Der Bus kam. Agnes fuhr Lorenz durchs Haar, was ihm vor den Schulkameraden, die durch die Scheibe feixten, peinlich war. Karoline küsste sie auf die Wange.

Der Bus fuhr ab, und Agnes rollte auf dem Schotter bergab. Ihr Zuhause war ein bescheidener Tagelöhnerhof, ein Stück außerhalb des Städtchens Eisenstein und abseits der Bundesstraße. *Hinterwald* hieß die Flur, und die dort unten wohnten wurden gern als Hinterwäldler hingestellt. Wie die Waldners hinter vorgehaltener Hand.

Der Hof lag in der Senke am Bach, der hier eine weite Schleife zog und von Weiden gesäumt war. Im heißen Sommer war es ein angenehm kühler Fleck, im Herbst und im Winter ein klammes und eisiges Loch. Im Frühjahr stieg das Schmelzwasser oft bis an die Stufen des Hauses, vor zwei Jahren war es sogar bis in die Wohnküche geschwappt.

Ein kleines Wohnhaus, zwei Schuppen – einer fürs Holz und die Geräte, der andere für die Tiere. Sieben Ziegen, sechs Hühner, ein Hahn. Eine Sau.

Agnes sah, wie sich der Vater mit dem Viehhändler einig wurde. Handschlag. Der Viehhändler zählte die Scheine ab. Bedrückt sah Agnes zu, wie der Viehhändler drei Ziegen zum Anhänger zog. Stupsi, Crissi, Paula.

»Schau mich nicht so an! Woher soll's denn kommen.« Der Vater hatte sie stehen gelassen und war ins Haus gegangen.

Mein Vater ist der schönste Mann im Tal. Er ist Förster und Jäger und versorgt für die Adelsfamilie Mosheim die riesigen Wälder, die sich vom Streitkogel bis zum Steinernen Meer erstrecken. Im Wald ist er für alles verantwortlich, für den Baumschlag, für die Setzlinge und für die Jagd. Wenn eine Jagd vorbereitet wird, dann betteln ihn alle an, dass er sie mitnimmt. Du, Wenzel, sagen sie, vergisst mich eh' nicht! Jaja!, sagt er dann, ich weiß schon, auf wen ich mich verlassen kann! Immer ist er lustig mit uns und hat ein freundliches Gesicht, obwohl er so viel zu tun hat. Und mit mir redet er über die wichtigen Sachen, weil ich seine Große bin und schon alles versteh.

Der Viehhändler hatte versucht, die bockigen Ziegen auf dem Anhänger zu verfrachten.

»Ja, hilf halt!«

Agnes ging ihm zur Hand, kraulte den Ziegen den Hals, weil sie das mochten und auch gleich beruhigte.

Die Briefträgerin knatterte mit dem gelben Moped heran.

»Aha. Is' schon so weit.« Sie kramte in der Tasche und reichte Agnes die Post. Gratiszeitung, Werbung. Und einen Brief, mit dem winkte die Briefträgerin wichtigtuerisch.

»Vom Arbeitsamt. Steht nie was Gutes drin.«

Agnes ging ins Haus. Die Wohnküche war der größte Raum. Hier hielten sie sich meistens auf. Am liebsten zwängten sie sich zu fünft auf das große, tiefe Sofa, das der Vater einmal vom Schloss mitgebracht hatte. Die von Mosheim hatten es aufs Osterfeuer werfen wollen. Dann tobten sie auf dem Sofa herum, bis schließlich der Vater sie alle im Arm hielt.

Die Schlafkammer der Kinder ging von der Wohnküche ab, das Schlafzimmer der Eltern auch. Ein kleines Bad. Das Klo. Unter der Küchendecke war die zugeklappte Luke zum winzigen Dachboden. In der Nacht, wenn alles still war, konnte Agnes dort oben die Siebenschläfer herumrennen hören. Einmal hatte sie leise die Luke geöffnet und mit der Taschenlampe hineingeleuchtet – von den Siebenschläfern natürlich keine Spur! Kaum lag sie aber wieder im Bett, ging dort oben die Party wieder richtig los.

Der Vater hatte das Frühstücksgeschirr in die Abwasch geräumt. Mit dem Kopf deutete er zum Badezimmer. Durch die halb offene Tür sah Agnes ihre Mutter vor dem Waschbecken sitzen. Unendlich langsam zog sie sich den Bademantel von der Schulter.

Agnes gab dem Vater den Brief. Er riss ihn gleich auf. Fragend sah sie ihn an. Der Vater wandte sich ab und setzte sich an den Tisch. Sein Rücken war wie ein zugefallener Kistendeckel.

Agnes ging ins Bad. Über dem Waschbecken wusch sie der Mutter die Haare. Die Mutter blieb ganz stumm, obwohl anfangs das Wasser viel zu kalt war.

Das sagt auch immer meine Mutter: Agnes, meine Große, auf dich ist Verlass. Wenn ich vier Wochen verreisen tät, würd's keiner merken, weil du den Laden alleine schaukelst. Aber das sagt sie nur im Spaß, weil in Wirklichkeit könnten wir gar nicht ohne die Mutter. Schon weil sie uns aus tiefstem Herzen lieb hat und weil sie so lustig ist. Und weil niemand so gute Blaubeerküchl macht wie sie.

Dünn, knochig und durchsichtig hatte der nackte Rücken ausgesehen und auch der Hals der Mutter. Wie bei den Hühnern, die vom Federling befallen waren. Aber erst als sich die Mutter das Abtrockenhandtuch zum Turban knotete, sah Agnes, wie elend es ihr ging.

Der Blick der Mutter ging zu der halb offenen Tür. Der Vater saß noch immer wie versteinert am Tisch.

»Wenzel?«

Hatte er die Mutter nicht gehört? Nach einer Weile richtete er sich auf.

»Ich muss raus.« Er riss die Jacke von der Garderobe und stürmte wortlos davon.

Die Mutter nahm den Brief, der auf dem Küchentisch lag. »ArbeitsMarktService.«

Mit hastiger Stimme las sie. »Wie Sie aus beiliegender Kopie entnehmen können, teilt uns die Bundesversicherungsanstalt mit, dass in dem von Ihnen genannten Zeitraum vom angeführten Arbeitgeber keine Sozial- und Arbeitslosenversicherungsbeiträge abgeführt wurden, sowie wir keinen Beleg dafür finden konnten, dass Sie überhaupt in einem wie auch immer gearteten Angestellten- oder Arbeitsverhältnis standen. Wir sind somit nicht in der Lage, das von Ihnen geforderte Arbeitslosengeld anzuweisen, weil Sie nach Aktenlage keinerlei Anspruch darauf haben. Mit freundlichen Grüßen …«

Am nächsten Tag, zeitig in der Früh, waren sie mit dem Bus durch die schmalen Wiesen gefahren, vorbei an den steilen, dunklen Hängen zu beiden Seiten auf die Öffnung des Tals zu. Agnes und die Mutter waren hinter dem Fahrer gesessen und hatten sich stumm an den Händen gehalten.

Einmal im Monat vergessen wir aber jede Verpflichtung. Dann fahren die Mutter und ich nach Cronberg. Entweder bummeln wir durch die Roseggerstraße und schauen Schaufenster oder wir gehen ins Café Dobler und essen jeder eine Malakoff mit viel Schlag. Wenn's regnet, gehen wir ins Stadtkino. Das letzte Mal gab's Rio 2 – Dschungelfieber, in 3D. Das war so irre, dass du wirklich denkst, du bist mitten im Urwald …

In der onkologischen Abteilung des Krankenhauses hatte die Mutter, wie jede dritte Woche, die Chemotherapie bekommen. Sie hatte einen Port oberhalb der Brust, weil die Venen am Arm vertrocknet waren. In den Port legte Schwester Rose die Infusion für die Zytostatika. Mit zehn Frauen saß die Mutter im lindgrün gestrichenen Raum, dessen Vorderfront bis zum

Boden verglast war. Sie saß als Letzte in der Reihe, abgewandt, damit sie nicht zu den anderen schauen musste. Die ließen die Prozedur kahlköpfig oder mit scheckigen Kopftüchern über sich ergehen. Eine hatte eine Perücke aufgesetzt, die sich permanent elektrisch auflud. »Zigeunerin am Starkstromkabel! Wie im Fasching«, hatte es die Mutter, selbst mit kahlem Kopf, beim Abendessen einmal beschrieben. Am Anfang ihrer *Tröpflerkarriere* hatte sie noch mit den anderen Frauen gesprochen, hatte mit ihnen Einzelheiten ihrer Krankheit ausgetauscht, die Sorgen und den Kummer beweint. Aber dann kam die eine nicht mehr und dann die andere; aber neue kamen immer wieder nach, als gelte es, einen Drachen zu füttern. Neuerdings stopfte die Mutter sofort die Kopfhörer des kleinen Radios, das ihr der Vater vor zwei Monaten geschenkt hatte, in die Ohren. Seitdem hörte sie, wie Agnes wusste, Opern. Am liebsten die von Puccini, *Tosca, La Bohème, Madame Butterfly,* denn dort starben die wunderbarsten Frauen wie die Fliegen. Tosca, Mimì, Madame Butterfly.

Agnes saß mit anderen Angehörigen im Warteraum, der zum Korridor hin offen war, und sah ab und an nach der Mutter. Die meisten, die mit ihr warteten, waren alt und verhärmt. Agnes konnte nicht erkennen, wer krank war, wer gesund. Auf dem Gang wurden Betten und Rollstühle mit Patienten vorbeigeschoben. Die Infusionsständer und die Flaschen daran schepperten wie das rostige Windspiel unten im Park. Die Gummiclogs der Krankenschwestern und Pfleger quietschten dazu auf dem hellblauen Linoleum und folgten den roten Fußspuren, die auf den Boden geklebt waren. Als wäre da einer mit blutigen Füßen vorangegangen.

»Waldner? Du bist mit der Mama hier?!« Schwester Rose war herangetreten.

Agnes nickte.

»Ihr seids wieder fünf Tag zu spät. So wird das nix! Versteht ihr das nicht? Die Chemo muss regelmäßig rein, sonst nimmt der Tumor sie nicht ernst! Ist das so schwer?«

Agnes schüttelte den Kopf. »Bei uns geht's im Augenblick … durcheinander.«

»Ich sag's dir, weil bei deiner Mama geht's da rein und beim andern Ohr wieder raus. Regelmäßig! Alle drei Wochen!« Die Schwester reichte Agnes die Unterlagen. »Behandlungsbestätigung. Rezept. Neuer Termin.«

Dann waren die vier Stunden vorbei. Die Mutter kam am Ende des Korridors aus dem Behandlungsraum und ging durch den schattigen Gang, der auf dem Hinweg noch in der Sonne gelegen hatte.

Agnes beobachtete, wie erschöpft und mutlos die Mutter war. Wortlos verließen sie das Krankenhaus und gingen in die Apotheke. Dann standen sie stumm, Agnes eine pralle Tüte mit Medikamenten in der Hand, und warteten an der Bushaltestelle am Hauptplatz. Sie sahen zu, wie eine Bühne aufgebaut wurde und eine Männerstimme die Musikanlage testete. *Eins, zwei! Eins, zwei!,* hallte es über den Platz. Ganz Cronberg war plakatiert: *Christina Stürmer live!* Am Abend würde sie hier auftreten. Agnes mochte die Sängerin, kannte sie aus dem Radio und Fernsehen, hatte sie aber noch nie in echt gehört. *Was wirklich bleibt. Nie genug. Engel fliegen einsam!*

Ein roter BMW fuhr an ihnen vorbei, bremste scharf und stieß wieder zurück. Das Fenster an der Beifahrerseite fuhr herunter.

»Wollt's mitfahren?«

Die Mutter zuckte zusammen. Sie kniff den Mund zu einem Strich und schüttelte den Kopf.

»Ah, geh. Jetzt sei nicht so stur!«

Der Fahrer stieg aus und riss die Beifahrertür sowie die hintere Tür auf.

Der Scholtysek. Mit Vornamen hieß er Sigi, aber niemand rief ihn so. Für alle war er nur der *Scholtysek*. Er war um die vierzig und galt in der Gegend als fesch. Letzten Fasching war er als Elvis gegangen: hinten Entenschwanz, vorne hatte sich das Haar zu einer riesigen Tolle aufgeschwungen. Übrig geblieben waren die Koteletten, die bis übers Unterkiefer wucherten.

»Jetzt werds ihr mit dem Bus herumzuckeln, wenn's bequem auch geht!«

Ein paar Wartende schauten neugierig, wie Scholtysek mit einer älteren Frau scherzte. »Gell, Sie würd'n sich von mir schon heimfahr'n lassen?«

Die Frau lachte laut. »Klar, sofort! Und den Einkauf könnten's mir gleich in' dritten Stock tragen!«

»Nächstes Mal gern. Nur, heut bin ich leider schon ausgebucht!« Er nahm die Mutter am Arm und schob sie zum Auto. Agnes sah, die Mutter hatte nicht die Kraft oder den Mut, sich dagegenzustemmen. Sie stieg ein. Wie ein Vorzeigekavalier schlug Scholtysek die Beifahrertüre zu. Agnes krabbelte auf den Rücksitz, sie spürte, wie heftig ihr Herz schlug.

Das rote Auto fuhr los, und jäh verschwanden Cronberg und das offene, helle Tal in ihrem Rücken, die rote Kühlerhaube hielt auf die massiven Bergrücken und Wälder zu, angesogen wie die Kompassnadel von einem starken Magneten.

Scholtysek ertrug das Schweigen nicht lange. »Na, wo warts, ihr zwei Hübschen? Einkaufen? Und dann habts nur ein Sackerl von der Apotheken? Ist wer krank bei euch?«

»Es ist sehr kulant, dass du uns fährst«, sagte die Mutter.

»Aber zum Erzählen fällt mir im Augenblick nix ein. Wenn du uns bei der Post in Eisenstein absetzen tätst.« Die Mutter sah stur geradeaus.

»Tschuldigung, war ja nur eine Frage, wie unter zivilisierte Leut'.«

Eine Weile hielt das Schweigen. Agnes schloss die Augen, und für einen Augenblick spürte sie, wie das Auto jede Bodenhaftung verlor und abhob. Wie schön wäre es, heute Abend bei dem Konzert zu sein; sie würde ganz vorne am Absperrgitter stehen, und Christina Stürmer würde sie entdecken und nur für sie singen. *Und wir gehen den Weg von hier, Seite an Seite ein Leben lang, für immer …*

»Aber wahrscheinlich bin ich dir nicht zivilisiert genug.«

»Wenn du's sagst.«

Das saß. Über den Rückspiegel sah Agnes, wie Scholtyseks charmantes Getue aus seinem Gesicht bröckelte. Wie trockener Schlamm vom Gummistiefel.

Die Hänge zu beiden Seiten drängten sich immer enger aneinander. Ab und zu sah Scholtysek zur Mutter, die blickte aber ungerührt geradeaus, wie die Sphinx von Gizeh, die Agnes aus dem Geografiebuch kannte. Agnes freute sich, wie aufrecht die Mutter dasaß und dem Mann keinen Millimeter nachgab.

Da, wo der Schotterweg zu ihrem Haus abging, entdeckte Scholtysek ihren Blick im Rückspiegel. Seine Augen sahen kalt und gemein aus. Agnes schloss die Augen, aber auch durch die Lider konnte sie diesen Blick immer noch spüren, und das Pochen ihres Herzens im Hals und im Kopf.

Scholtysek hielt abrupt direkt vor der Post. Die Mutter und Agnes stiegen dank- und grußlos aus und gingen zum Eingang. Scholtysek ließ das Fenster herunter und rief ihnen nach. »Herzlichen Dank fürs Mitnehmen! Es war die schönste und unterhaltsamste Fahrt meines Lebens!« Mit quietschenden Reifen raste er davon.

Agnes und die Mutter sahen sich kurz an. Sie konnten ein Grinsen nicht unterdrücken.

»Warum bist du ihn denn so angegangen? War doch nett, dass er uns mitgenommen hat.«

»Der Scholtysek … der kann auch anders.«

»Wie anders?«

»Anders halt!«

Sie standen vor dem Geldautomaten, und Agnes drehte sich weg, damit die Mutter unbeobachtet die Geheimzahl eingeben konnte.

»Woher weißt du das? Kennst du ihn denn?«

»Ich weiß es eben!« Die Mutter warf Agnes einen scharfen Blick zu, und Agnes hielt den Mund. Die Mutter nahm das Geld aus dem Automaten, zählte es nach und steckte es in die Geldbörse.

Im SPAR fuhren sie mit dem vollen Einkaufswagen an die Kasse. Reis, Nudeln, Mehl hatten sie in so großen Mengen eingekauft, als würde morgen ein Krieg ausbrechen. Auch Zucker, Linsen, Haferflocken – alles in Großpackungen. Mit einer Eselsgeduld zog die Kassiererin die Ware über den Scanner und tippte, falls nötig, in die Kasse.

»Muss wieder für eine Zeit lang reichen.«

»Ja, genau.«

Und während Agnes den Einkauf in einem Bananenkarton verstaute, drehte sich die Mutter plötzlich zu ihr um, hielt inne, als lauschte sie einer Eingebung, und sagte dann heftig: »Das ist alles vergangen und dort soll's auch bleiben.«

Zum Abendessen gab es Krautfleckerl. Das angebratene Weißkraut, der gestoßene Kümmel und die angegossene Rindsbrühe – keine echte, sondern eine aus Suppenwürfeln –

verbreiteten einen derart appetitlichen Duft, dass alle den Hals reckten, als Agnes auftrug.

»Komm, Herr Jesus, sei unser Gast und segne, was du uns bescheret hast«, beteten sie gemeinsam. Die Familie saß um den Tisch, und obwohl es mitten in der Woche war, lag ein weißes Tischtuch auf. Die Mutter stieß dem Lorenz den Zeigefinger in den Rücken, weil der mit herabhängenden Schultern auf dem Stuhl hockte. Sofort streckte er sich durch und sagte leise: »Tut mir leid, Mama.«

Schweigend aßen sie. Lorenz und Karoline sahen immer wieder voller Erwartung zur Mutter. Die tat aber so, als bemerkte sie es nicht. Auch Agnes blickte wie abwesend und aß Gabel für Gabel, als gelte es, sich für den Winterschlaf Fett anzufressen.

Plötzlich rückte die Mutter ungemütlich auf dem Stuhl hin und her und fasste sich unter der Weste an die Seite. Sie stöhnte. »Was drückt mich denn da so?« Keiner sah, wie die Mutter unter dem Tisch Agnes, die sich kaum noch das Lachen verhalten konnte, mit dem Fuß anstieß. Dann zauberte sie die Überraschung hervor: einen Spielzeugtraktor für Lorenz und ein weiß-gelbes Sommerkleid für die Puppe von Karoline.

Die Kleinen juchzten. Wenzel schüttelte den Kopf – auch er war auf die Schauspielerei seiner Frau reingefallen. Karoline holte ihre kohlrabenschwarze Lieblingspuppe, die im Puppenwagen neben dem großen Mosheimer Sofa wohnte, und zog sie gleich zur Sommerfrische an. Lorenz verlor sich in der Detailansicht des roten Traktors.

Nach einer Weile sah der Vater zur Mutter hin. »Wie war's?«

»Wie immer.«

»Die Oberschwester hat g'schimpft, weil wir den Termin versäumt haben«, sagte Agnes.

Der Vater sah sie an, als wäre es auch ihre Schuld. »Dann schaust du ab jetzt drauf. Trag's im Kalender ein und sag's rechtzeitig, wann's wieder so weit ist.«

Agnes nickte. Sie wollte noch sagen, dass sie es eh letzte Woche angemahnt hatte, aber die Mutter gab ihr einen Wink mit den Augen. »Ja, ich trag's gleich ein«, sagte sie.

Lorenz war begeistert von seinem Geschenk. »Der Massey Ferguson und der John Deere sind die geilsten Traktoren«, plapperte er. »Schau, wie lässig die Trittbretter ins Führerhaus reinführen!«

Entspannt lehnte sich die Mutter zurück. »Der Scholtysek hat uns nach Hause gefahren.«

Kurz sah es so aus, als hätte der Vater es nicht gehört. Dann räusperte er sich. »Aha.«

»Er hat uns an der Bushaltestelle gesehen und so lange genervt, bis wir eingestiegen sind.«

Der Vater blickte zur Mutter. Sie blickte zu ihm. Agnes lehnte sich an die Mutter, spürte den schnellen Puls der Halsschlagader, die ihrem Gesicht ganz nah war.

»Bequemer als mit'm Bus«, sagte der Vater schließlich, schob den leeren Teller von sich und ging hinaus.

Die Mutter lächelte. »Der Wenzel ist kein großer Freund vom Scholtysek.«

Vielleicht war ja der Vater auf den Scholtysek eifersüchtig. Vielleicht hatte er mit dem Scholtysek um die Mutter kämpfen müssen. Fragend sah Agnes die Mutter an. Doch die verschwand wieder im Palast des Schweigens, so, als wären die paar Sätze, die sie gesprochen hatte, ihre Tagesration gewesen.

Agnes riss sich aus der Erinnerung und schaute auf die Tafel. *Ich. Meine Familie. Meine Wünsche* stand da noch immer.

Wünsche? Ja, sie hatte sich gewünscht, dass der Jo Weis auf

der Klassenfahrt dabei wäre. Eine halbe Stunde hatten sie im Bus mit der Abfahrt gewartet. Die Klassenlehrerin, Frau Heugl, hatte wild herumtelefoniert, bis hektische Flecken wie Feuerlilien aus ihrem Dekolleté herausgewuchert waren. Aber Jo war nicht aufgetaucht. Agnes hatte es geahnt, aber insgeheim hatte sie gehofft, dass er es sich anders überlegt. »Typisch!«, rief Leo aus der letzten Sitzreihe, und Vinzent antwortete wie sein Echo: »Ein unzuverlässiger Hunne halt.« Hartnäckig hielt sich nämlich das Gerücht, dass Jos Familie von den Hunnen abstamme, die vor Jahrhunderten mordend und brandschatzend durch die hiesige Gegend bis zur Donau und Theiß gezogen waren. Hunne! Mongole! Ein Türke halt! Nicht etwa, weil Jo ein flaches Gesicht mit Schlitzaugen und vorspringenden Backenknochen gehabt hätte – nein, im Gegenteil, er sah aus wie die anderen Burschen im Tal. Aber seine Eltern kamen aus Russland, der Vater, so erzählte man, habe einmal beim Tierverwerter Rieder Hammelhoden bestellt und später geschwärmt, wie gut sie ihm und seiner Familie aufgebraten geschmeckt hätten. Die Eier vom Hammel! Das geht ja gar nicht! Jos Beteuerung, in seinem Leben noch nie so was gegessen zu haben, hatte nichts geholfen. So war das Gerücht zur Gewissheit geworden: Die Weißlinge sind Nachfahren von Hunnen, denn nur Hunnen fressen Hammelhoden und rohes Pferdefleisch.

Dabei hatte Agnes es sich so sehr gewünscht, dass Jo mit in Wien gewesen wäre. Vielleicht wären sie im gleichen Waggon des Riesenrads über den Prater geschwebt. Vielleicht hätten sie in der Albertina stumm nebeneinander gestanden und ihre Handrücken hätten sich berührt. Vielleicht …

Agnes' Blick verlor sich, fand dann aber einen Ast, an dem er sich festhalten konnte, bevor er auf Nimmerwiedersehen ins Weltall geschleudert worden wäre.

Es war ein Weidenast an einem heißen Sommertag letztes Jahr gewesen. Die Familie hatte sich im Schatten der Weiden niedergelassen, dort, wo der Eiserbach eine Kurve macht und das sprudelnde Wasser Sand ans Ufer gespült hat. Den Sonntagnachmittag hat der Liebe Gott nur für den Spaß geschaffen, hatte der Vater gesagt. Für Agnes. Karoline. Lorenz. Für Vater und Mutter. Ihnen gehörte der Tag.

Sie rannten in den Bach, sprangen von dem runden Felsen und tauchten in die Gumpe, dieses riesige ausgewaschene Wasserbecken, das ihr luxuriöser Swimmingpool war. Sie schrien und lachten und spritzten und drückten sich runter bis auf den Grund, dass die Forellen auseinanderstoben. Dann lagen sie erschöpft auf Decken und der Luftmatratze und dösten.

Agnes sah die Sonne durch die Blätter der Weide funkeln, sie hob die Hand und spreizte die Finger, um die gleißenden Strahlen wie durch Radspeichen sickern zu lassen. Die Wassertropfen auf ihrer Haut glitzerten und rannen dann als Silberadern am Arm hinunter. Sie stützte sich auf und sah, dass Vater und Mutter sich küssten. Zärtlich und voller Hingabe. Ihre Hände streichelten einander und ihre Beine umwickelten sich wie ein Zopf.

Auch Lorenz und Karoline hatten die Eltern beobachtet, so staunend und ehrfurchtsvoll, als wären sie Zeugen von etwas Unerklärlichem.

»Schluss! Die Zeit ist abgelaufen!« Die Berufsberaterin schlug wieder auf den kleinen Tischgong, mehrmals, wild und ungeduldig, als gäbe es Alarm. »Beenden Sie den Satz und schließen Sie das Heft! Was Sie bis jetzt nicht geschrieben haben, werden Sie nimmermehr schreiben!«

Agnes sah auf ihr Heft.

Meine Wünsche sind … Mehr stand da nicht. Sie klappte das Heft zu.

*

Zwei Tage später, an einem Freitag, mussten die Schüler nochmals nach Cronberg, um zwischen neun und elf ihre Berufsempfehlungen zu erhalten.

Im Besprechungsraum der Wirtschaftskammer wurde Agnes' Heft wieder aufgeschlagen. »Ihre Familie ist ja wie aus dem Bilderbuch. Schön und gut. Aber …« Die Berufsberaterin, die sich als *Margreiter* vorgestellt hatte, tippte auf das kläglich einsame *Meine Wünsche sind* … »Da steht nichts. Kein einziger Wunsch. Haben Sie keine Wünsche?« Die Berufsberaterin saß mit drei Kollegen hinter dem Kommissionstisch, und Agnes saß davor wie eine Angeklagte vor ihren Richtern.

»Nun? Wunschlos glücklich?«, insistierte die Berufsberaterin. »Was möchten Sie denn am liebsten werden?«

Doch, da gab es etwas! Auch wenn es die meisten nicht verstehen wollten und abfällig schnaubten, sobald Agnes es erwähnte. »Ich hätte gern was mit Motoren.«

Irritiert sahen sich die vier an. Hatten sie sich verhört? Herr Leitner, ein Berufsschullehrer, der außen links saß, sah Agnes nachsichtig an. »Mit Motoren … Was genau meinst denn damit?«

»Mit Motoren halt. Benziner. Diesel. Zweitakter, Viertakter. Ich hab schon unsere Kettensäge repariert, wo die Kurbelwelle hin war …«

»Aber geh! Du bist doch ein … Sie sind doch eine junge Frau!«, ging die Berufsberaterin dazwischen.

»Da findet sich bestimmt etwas Passenderes! Und die

Motoren überlassen wir den Burschen, sollen die sich die ölverschmierten Finger holen«, sekundierte der Herr Leitner.

Das Gremium steckte die Köpfe zusammen. Tuschelte. Sie sortierten die Angebote für Lehrstellen, mischten sie nochmals und spielten sie dann aus, wie Karten beim Schnapsen.

Misstrauisch beobachtete Agnes, wie sich die Kommission auf ihr Schicksal einigte. *Gangl!* Ja, genau. Die Beraterin hat's *Gangl!* angesagt und alle Stiche gemacht. Sie wandte sich mit der gewählten Unterlage Agnes zu und strahlte. »Das passt, als hätt man's für Sie erfunden! Die Lagerhaus-Genossenschaft der Raiffeisenkasse sucht – stellen Sie sich vor, bei Ihnen um die Ecke – einen Lehrling, männlich oder weiblich!«

»Aber ich will doch ...«, versuchte Agnes, sich Gehör zu verschaffen.

»Dann entscheiden wir's jetzt: einen weiblichen Lehrling für die Raika!« Die Beraterin hielt die Unterlagen so knapp über den Tisch, dass Agnes aufstehen musste, um sie entgegenzunehmen.

»Mach was draus!«, sagte die Frau, die rechts außen saß und die bisher nichts gesagt hatte.

Perplex stand Agnes da und nestelte an den Unterlagen, die immer schwerer wurden und sie in einen Abgrund zu ziehen drohten.

»Glückwunsch! Gratuliere!!«, brummte Leitner, und alle packten ihre Unterlagen zusammen. Wohin jetzt mittagessen gehen? In den *Schwarzen Adler*? Ruhetag! Stimmt. Zum *Schmied*? *Brückenwirt*?

»Aber ich wollt' doch was mit Motoren. Was mit Technik.«

Die Diskussion ums Mittagessen erstarb. Ungläubig sahen die vier Agnes an.

»Dir ist schon klar, dass wir uns hier den Arsch aufreißen,

um für jeden von euch einen Beruf zu finden, der goldenen Boden hat und eine Zukunft! Dass wir uns in unserer Freizeit und unentgeltlich hier hinsetzen und diskutieren und beraten, damit ihr undankbaren Kinder nicht auf der Straße endet …« Leitners Stimme war leise, aber bestimmt.

»Ist gut, Luki, du hast ja recht, aber die Waldner hat's nicht so gemeint. Gell?« Die Beraterin sah Agnes eindringlich an, bis die schließlich nickte.

»Eben. Bist doch ein kluges Mädchen. Und so ein großes Lagerhaus hat bestimmt auch was mit Technik!«

Sie trat jetzt so nah vor Agnes hin, dass diese das großporige Gesicht wie unter einem Vergrößerungsglas sah: eine löchrige Landschaft, zugeweht von Make-up und Puder. Die Beraterin drückte Agnes' Hände, welche die Unterlagen umfassten, ganz fest. Fast tat es weh. »Das sind die Dokumente für deine Zukunft, und vergiss nicht, die Registriernummer beim neuen Arbeitgeber vorzulegen!«

»Zum *Riegler*!«, bestimmte der Leitner. Die Kommission verließ den Besprechungsraum.

Agnes war wütend, dass sie sich nicht hatte durchsetzen können. Voller Zuversicht hatte sie in der Früh das Haus verlassen, hatte sich im blauen Overall in der Werkstattgrube die Dichtung einer Ölwanne austauschen sehen, und jetzt hatte man mir nichts, dir nichts über ihr Leben entschieden. Sie saß in der Toilettenkabine noch eine Weile auf dem Klo und wartete, bis sie sicher war, dass ihre Mitschüler das Gebäude verlassen hatten. »Und, wirst jetzt Schrauber?«, hätten die sonst gefragt und mit Spott nicht gespart. »Du, Agnes, übernimmst jetzt die Reparaturwerkstätte in Cronberg? Oder die in Landis?«

Agnes schlurfte den Korridor hinunter zum Treppenaufgang, vorbei an den Werbeplakaten der Wirtschaftskammer, auf denen sich strahlende, schöne junge Menschen Fragen stellten: *Wo stehe ich? Was kann ich? Wohin will ich?* Konnten das ihre Klassenkameraden beantworten? Hatten die eine Lehrstelle ihrer Wahl bekommen?

»Agnes? Agnes Waldner?«

Bevor Agnes aufblickte und die Frau, die ihr entgegenkam, ansah, erkannte sie die Stimme: Frau Hartmann. Wie hätte sie diesen Ton vergessen können? Sonja Hartmann vom Jugendamt, *Erziehungs- und Familienberatung.*

»Vor ein paar Tagen hab ich an dich denken müssen.«

Sie war um die fünfzig und hatte, wie die böse Stiefmutter im Märchen, Haare, schwarz wie Ebenholz, eine Haut, weiß wie Schnee, und einen Mund, rot wie Blut. Agnes' Herz schlug so heftig in Hals und Kopf wie neulich im Auto von Scholtysek. Vergebens versuchte sie, das Zittern zu unterdrücken, das aus ihrem tiefsten Inneren an die Oberfläche kroch, und wie früher im Heim gingen ein paar Tropfen Urin in die Unterhose.

Sonja Hartmann und Agnes standen sich gegenüber und sahen sich ungläubig an. Beide hatten sie gehofft, sich nie wieder zu begegnen. Einmal, so erinnerte sich Sonja Hartmann, hatte sie Agnes wütend ums Kinn gefasst, so, als wollte sie sie erwürgen. Und einmal … ja, daran wollte sie sich jetzt lieber nicht erinnern.

»Kennst mich nicht mehr?«, fragte Sonja Hartmann.

Agnes nickte. Alles lag sieben Jahre zurück, aber kein Tag verging, ohne dass sie sich irgendwie erinnerte. Wenn auch nur ziemlich verwaschen. Zu fassen bekam sie nichts. Aber angenehm war es nicht. Doch manchmal fragte sie sich vor dem Spiegel, ob sie vielleicht deshalb so kleine Brüste hatte. Vielleicht hinkte sie deshalb in ihrer Entwicklung der Margit hinterher.

Sonja Hartmann hatte nicht erwartet, der kleinen Waldner hier, in ihrem Revier, zu begegnen. War das Bestimmung? Ein Zeichen? Wollte die was von ihr? Wollte die etwa zur Ombudsfrau? Zum Bürgermeister Margreiter? Zum Landrat Dr. Kissel? Wollte die sie anschwärzen? Mit den alten Geschichten? Da wäre sie bei Kissel ja genau richtig. Sie grinste. Sie war jetzt die maßgebliche Person im Jugendamt für den ganzen Bezirk, da konnte sie keine Beschwerden brauchen.

»Was machst denn hier? Wieder Probleme zu Haus?«

Agnes schüttelte den Kopf. Sie brachte kein Wort heraus. Es fühlte sich im Mund gerade so an, als bliese sich ihre Zunge zu einem Ballon auf.

»Was ist? Ich hab dich was gefragt – oder sprichst nicht mit mir?«

»Berufsberatung«, hauchte Agnes.

»Was? Ich hör dich nicht.«

»Berufsberatung.« Diesmal war die Stimme lauter.

Sonja Hartmann brauchte einen Augenblick, um zu verstehen, dass die Anwesenheit des Mädchens nicht ihr galt. Sie atmete auf. »Verstehe. Wie alt bist denn schon?«

»Bald sechzehn.«

Sonja Hartmann musterte Agnes. Die sieht ja fast so aus wie damals, dachte sie. Wie ein Kind. Normalerweise, die Mädchen von heute, mit sechzehn … Ja, das war damals nicht besonders glücklich gelaufen. Aber die Geschichte war auch von Anfang an so verbockt! Da war eins zum anderen gekommen. Nein, da konnte sie nichts dafür. Wie lange war das jetzt her? Zehn Jahre? Länger? Oder kürzer? Mein Gott, wie die Zeit davonrennt!

»Und wo gehst hin?«

»Vielleicht zur Raika. Lagerhaus.«

»Na ja, ist eh nicht schlecht. Mach was draus!«

Sonja Hartmann ließ Agnes stehen und ging zum Treppenhaus, schnell, bevor sie doch noch an eine höhere Bestimmung zu glauben begann. Vor einigen Tagen war der Ordner *Wallner* auf ihrem Schreibtisch gelandet, und sie hatte tatsächlich *Waldner* gelesen. Sofort war ihr Agnes durch den Kopf gegangen. Was aus der geworden ist, hatte sie sich gefragt und war, nachdem sie die Verwechslung der Namen erkannt hatte, kurz in Versuchung gewesen, sich den *Waldner*-Ordner bringen zu lassen. Sie ließ es aber bleiben, denn, so sagte sie sich, was begraben ist, soll begraben bleiben – und der Fall Agnes Waldner war tief begraben. Und doch, jetzt lief die ihr direkt in die Arme! War das eine, wie die neue Psychologin, die gerade erst ihr Studium beendet hatte, dauernd zu sagen pflegte: *eine sich selbst erfüllende Prophezeiung*?

Agnes rannte, als könnte sie so ihrem Schicksal entkommen. Sie rannte aus der Wirtschaftskammer, die Hofgasse hinunter, über den Hauptplatz, an der Kirche vorbei, die der heiligen Katharina geweiht war, die, als Helferin bei Zungenleiden und Sprachschwierigkeiten, ihr aber heute nicht besonders geholfen hatte. Schließlich rannte Agnes auf der Bundesstraße aus der Stadt.

Zwei Kilometer. Drei. Fünf. Sie rannte so lange, bis es in ihrem Kopf wieder still und leer war. Dann ging sie. Bis nach Hause waren es noch zwanzig Kilometer, aber sie würde die Zeit brauchen, um zu sich zurückzufinden. Jeder Schritt ein neuer, eigener Gedanke. Diese Gedanken würde sie aufeinandertürmen und mit Nut und Feder verbinden, wie das Ständerwerk einer Scheune – dann ergab alles wieder einen Sinn.

Ein paar Autos verlangsamten ihre Fahrt, die Männer lehnten sich aus dem offenen Fenster und boten an, sie mitzunehmen, aber Agnes schüttelte den Kopf. »Dann nicht!«

Die Abgewiesenen legten den Gang ein und beschleunigten so hart, dass Agnes dachte, jetzt sollten sie aber schalten, sonst zahlt es ihnen die Zylinderkopfdichtung heim.

Und dann: Die Puch 50 Racing von Jo erkannte sie, noch bevor sie in der Kurve hinter ihr auftauchte. Die geänderte Übersetzung – ein größeres 13er-Ritzel – und der ausgetauschte 17er-Vergaser waren unüberhörbar und trieben das Moped zu einer unerlaubten Höchstgeschwindigkeit an. 85, 87 Stundenkilometer ließen sich machen, mit Rückenwind auch 90, aber man musste beim Bremsen aufpassen, denn da waren normale Trommelbremsen dran und keine Scheibenbremsen, die man viel besser dosieren konnte. Einmal waren sie alle vor der Schule um Jos Moped herumgestanden und hatten diskutiert, wie man es noch schneller machen konnte. Vom 36er-Kettenrad, Tuning-Auspuff oder einem größeren Zylinderkit wurde alles erörtert, als Agnes sagte: »Du kannst auch den Zylinder um zwei Millimeter höher legen, dann den Kolben einseitig kürzen und den Zylinderkopf abdrehen.« Weil alle sie anschauten, als hätte sie was Schweinisches gesagt, erklärte sie schnell: »Wegen der Kompression, ihr Deppen.« Da hatte der Fredi gelacht: »Wie bei meiner Oma, die hat auch Kompression und trägt Kompressionsstrümpfe!«

Seitdem hatte Agnes ihren Ruf weg. »Fräulein Mechanikerin, ich möcht meinen Kolben nicht kürzen, sondern stramm verlängern.« »Frau Schrauber, mein Zylinderkopf glüht, was mach ich denn nur dagegen? Muss ich ihn nicht sofort in eine schmierige Öffnung stecken?« »Hoffentlich verliert er dann nicht zu viel Öl!«

Jo bretterte, schrill wie eine Kreissäge, an Agnes vorbei, bremste dann aber hart ab. Das Hinterteil der Puch schlenkerte wild. Warum hält er bloß, fragte sich Agnes, will er mich gar aufsitzen lassen?

Ich wünsche mir, einmal auf der Puch Racing hinter dem Jo zu sitzen. Ich würde mich ganz nah an ihn schmiegen, die Arme vor seinem Bauch verschränken und Brust und Wange an seinen Rücken legen. Jedes Mal, wenn er schaltet, würde ich durch das T-Shirt die Bewegung seiner Muskeln spüren, die so zucken, als würden sie eine Nachricht morsen. Meine Oberschenkel würden unter seinen liegen, und meine Knie würden in seine Kniekehlen einrasten. Und wenn sich Jo in die Kurve legt, würde ich seine Bewegung synchron mitmachen, wie der Schatten die Bewegung seines Besitzers mitmacht …

»Hast den Bus verpasst?«

Agnes nickte. »Genau.«

»Willst mitfahren?«

»Ja. Wennst mich mitnimmst.«

Kurz deutete sein Kopf nach hinten. Agnes schwang sich auf die mit schwarzem Isolierband geflickte Sitzbank, und ehe sie noch die Arme um ihn legen konnte, fuhr er los.

2

Drei Tage später, an einem Montag Anfang Juni, radelte Agnes durch die Hügel der Tallandschaft in Richtung Cronberg. Es war der erste warme Frühsommertag, und obwohl der Streitkogel und die Flanken des Steinernen Meers noch dick mit Schnee bedeckt waren, reichten die eisig kalten Fallwinde nicht mehr bis ins Tal hinab. Die Wiesen standen hoch und voll blühender Vielfalt, die Böschungen waren mit Lupinen zugewachsen, und wenn Agnes die Augen zusammenkniff, dann verschwammen die Kerzen zu Wellen eines violett-roten Meeres mit gelben und weißen Segeln.

Nach zwei Kilometern bog sie von der Bundesstraße ab und radelte vor den Haupteingang der Raiffeisengenossenschaft/Agrar. Sie sollte sich beim Standortleiter vorstellen und die Registriernummer der Berufsberatung abgeben, um nach den Sommerferien die Lehre anzutreten. Fast zwei Monate würde sie noch für sich haben, bevor der *Ernst des Lebens*, wie die Klassenlehrerin Heugl immer warnte, eintreten würde. Mehr oder weniger für sich, denn sie würde sich hauptsächlich um die Mutter kümmern, die Geschwister im Zaum halten, den Vater entlasten. Vielleicht würde sich noch einmal eine Spritztour mit Jo ergeben. Seit der Fahrt am Freitag verlor sich Agnes in Fantasien. Sie brauchte sich in Gedanken nur in die lang gezogene Kurve hinter dem Erlenbruch legen, und schon spürte sie sich mit Jo in einem Einklang, von dem Christina Stürmer sang. *Ich hör auf mein Herz! Ich will den Verstand verlieren …*

Ein schrilles Piepsen holte sie zurück, das Haupttor zur

Lagerhalle fuhr auf. Die fünf Angestellten, die davor gewartet hatten, traten die Zigaretten aus, spuckten ins Gebüsch oder auf den Boden und gingen hinein. Agnes kannte sie vom Sehen, wie sie alle in der Gegend irgendwie kannte. Jeder war mit jedem um drei Ecken verwandt oder verschwägert. Wie Rudi und Heinz, die beide zur entfernten *buckligen Verwandtschaft* der Mutter gehörten, wie der Vater sagte, wenn er sie ärgern wollte. Die beiden hatten sich angestoßen, als Agnes herangefahren war, und hatten ihr Blicke zugeworfen. Sie waren im zweiten Lehrjahr. In der Schule waren beide Sitzenbleiber gewesen. Immer gluckten sie zusammen, und weil Heinz ein Brocken war und Rudi ein schmales Handtuch, rief man sie schon immer *Dick und Doof*. Aber sich selbst nahmen sie gänzlich anders wahr: Sie waren Frauenversteher und Herzensbrecher. Und sie prahlten immerzu, sie könnten am Lachen und Kichern der Mädchen heraushören, ob diese noch Jungfrauen seien.

Warum muss ich immer die Idioten abbekommen, fragte sich Agnes, als sie das Fahrrad in den Ständer schob und abschloss. Kann es nicht einmal eine positive Überraschung geben?

Die Hochregale der Halle waren bis unter die Decke gut gefüllt. Agnes' Augen glitten über die Beschriftung. Saatgut, Futtermittel, Pflanzenschutz, Düngemittel, Baustoffe. Zwischen den Regalen lief der Hubwagen auf einer Schiene, der bis ins höchste Regalfach gesteuert werden konnte, um dort das gewünschte Produkt herauszuziehen und nach unten zu fahren.

Agnes schaute kurz am Auslagerungsbereich *Düngemittel* zu, wie der Gabelstapler die Bestellung übernahm, und ging dann weiter zur rundum verglasten Bürobox, die in der Mitte der Halle stand.

Sie trat durch die offenstehende Tür. Zuerst dachte sie, es wäre niemand da, aber dann registrierte sie eine Bewegung im hinteren Winkel des Büros. Dort stand einer im dunkelgrünen Arbeitskittel der Genossenschaft und hantierte an der Kaffeemaschine. Agnes klopfte schüchtern an die Glasscheibe. »Entschuldigung …«

»Gleich … dieses Klump! Verrecktes!«

Agnes lief es kalt über den Rücken, und als sich der Mann umdrehte und aus der Ecke trat, war er es wirklich: der Scholtysek.

Auch er war perplex und sah sie ungläubig an.

»Was machst'n hier? Was willst?«

Mit einem Blick vergewisserte er sich, dass das Mädchen alleine hier war. Dann sah er Agnes wieder an. »Was du willst, frag ich?«

Da war wieder dieser Blick, der sie während der Autofahrt über den Rückspiegel getroffen hatte. Sie stammelte: »Ich … ich komm … Sie arbeiten hier?«

»Wenn'st nichts dagegen hast – ich bin jetzt der Standortleiter.«

Agnes verkrampfte. Scholtysek strich die Haartolle nach hinten. Er grinste. Dann trat er direkt vor sie und schaute sie ungeniert an. Als wäre er Elvis Presley in Las Vegas. Das Original. Im grünen Arbeitskittel der Raika.

»Ganz die Mutter. Immer was Impertinentes im Gesicht. Was gibt's?«

Agnes bekam kein Wort heraus. Scholtysek nahm ihr die Papiere aus der Hand.

»Aha. Registriernummer von der Berufsberatung. Sieht aus, als würd'st Lehrling bei uns werden woll'n.«

Agnes nickte unsicher. *Der kann auch anders*, hatte die Mutter gesagt.

Scholtysek lächelte. »Schön, dass du wenigstens nickst. Ich dacht schon, ich wär dir auch nicht zivilisiert genug! Wie deiner Mutter. Aber lassen wir das. Wirst also Einzelhandelskaufmann. Drei Lehrjahre, einmal pro Woche Berufsschule …«

»Aber mich interessiert alles mit Technik und Motor!«, fiel Agnes ihm ins Wort und war selbst überrascht, dass sie das fertigbrachte. »Ich will nicht Einzelhandelskaufmann, ich möcht Landmaschinenmechaniker lernen.«

Ansatzlos gab Scholtysek ihr eine Ohrfeige. Agnes hielt die brennende Wange und sah ihn fassungslos an. Er taxierte sie. Gesicht. Brüste. Schoß. Durchsichtig wie ein Fliegenflügel kam sie sich vor. Hätte sie doch heute kein Kleid angezogen!

»Damit wir uns verstehen. Wer mit mir kooperiert, hat's leichter im Leben. Wer mir dumm kommt …« Die Drohung hing unmissverständlich in der Luft. *Der kann auch anders.* Jetzt wusste sie es.

Scholtysek sah nach draußen, wo Rudi vor der Bürobox stand und wahrscheinlich schon die längste Zeit zugeschaut hatte. Er winkte ihn herein.

»Chef?«

»Sie ist der neue Lehrling. Gib ihr eine Arbeitshose, zeig ihr Umkleide, Lager … Sie soll dann in *Haus, Hof und Garten* anfangen.«

Agnes sah erschrocken auf. »Aber …«

»Was aber?!«

Agnes schluckte die Angst hinunter, wie sie damals im Heim ihr Erbrochenes hatte hinunterschlucken müssen. »Die Lehrzeit fängt doch erst im Herbst an«, sagte sie leise.

»Was? Ich versteh nicht! Etwas lauter, bitte! Oder machst du die arrogante Frau Mama nach?«

»Die Lehrzeit fängt erst im Herbst an«, sagte Agnes bestimmt.

Scholtysek trat nah vor sie. Sie konnte seine Wut riechen. Scharf. Wie Ammoniak. Und da war noch was in diesem Geruch. Aber bevor es ihr einfiel, duckte sie sich. Bestimmt hätte er nochmals zugeschlagen, wenn nicht Rudi in der Tür herumgestanden hätte und nicht wusste, ob er sich verkrümeln oder Zeuge bleiben sollte.

»Ich sag dir was, Fräulein Superschlau! Deine Lehrzeit beginnt heute. Jetzt. In dieser Sekunde.«

Er tippte auf eine Passage eines der Papiere, die er ihr abgenommen hatte, und hielt ihr das Blatt direkt vors Gesicht.

»Hier. Was steht hier?«

Agnes sah nichts. So nah vor den Augen tanzten die Buchstaben.

»Was ist? Bist vielleicht ein Analphabet? Kannst nicht lesen?« Er spielte den Fassungslosen für Rudi. »Ja gibt's denn so was? Heutzutage. Na, bei der Familie kein Wunder! Nach außen immer ein Riesentamtam, als wären's gekrönte Häupter, und dann können's nicht einmal lesen. Komm her!« Er winkte Rudi heran. »Lies vor.«

»Aber ich …«

»Vorlesen!«

Über jede Silbe stolpernd, las Rudi vor. »Den ge-nau-en Beginn der Lehr-zeit gilt es mit dem Leh-r-her-ren …«

Scholtysek verdrehte ob des Gestammels die Augen, riss Rudi das Papier wieder aus den Fingern und las den Satz zu Ende. »… abzustimmen und sich seinen Notwendigkeiten unterzuordnen!«

Er hielt die Seite hoch, wie das Los mit dem Tombola-Hauptgewinn. »Mitgekriegt? *Mit dem Lehrherren abzustimmen und sich seinen Notwendigkeiten unterzuordnen!* Mir fehlen im Augenblick drei Angestellte«, fuhr er Agnes an. »Sommergrippe, Brechdurchfall und beim Edi hat's den Verdacht auf Tollwut. Diese

Arschlöcher! Krankmelden! Jetzt, in der Hauptsaison! Deswegen packt jetzt jeder hier an, kapiert? Rudi, Abgang!«

»Alles klaro, Chef!«

Rudi fasste Agnes am Arm und zog sie mit sich.

Scholtysek sah ihnen durch die Scheibe nach, bis sie hinter den ausgestellten Eggen und Heuwendern verschwunden waren. Dann schlug er Agnes' Unterlagen auf. Agnes Waldner, fast sechzehn. Vater: Wenzel. Mutter: Marie. Dass jetzt alles so massiv zurückkommt, wunderte er sich. So unvorhergesehen. Erinnerungen, die schon längst begraben waren. Hatte er damals tatsächlich den letzten Schuss versemmelt? Oder hatte der aufkommende Wind das Wasser gekräuselt?

Als Agnes und Rudi außer Sichtweite waren, sagte der: »Widersprich einfach nicht. Dann kommst am besten mit ihm klar.« Im Umkleideraum wühlte er in einem Karton, zog ein eingeschweißtes Paket heraus und warf es Agnes zu. »Firmenuniform. S ist die kleinste Größe, müsste passen ... Weil, wenn's nicht nach seinem Kopf geht, dann wird er fuchsteufelswild.« Er klopfte auf einen offen stehenden Spind und klappte die Tür mit einem Fußtritt zu. »Dein Spind. Den Schlüssel behältst du ... immer. Ich heiß Rudy. Du?«

»Ich weiß, dass du Rudi heißt, du warst eine Klasse über mir ...«, antwortete sie.

»Ja, aber hinten nicht mehr mit i, sondern mit y, klingt gleich anders, amerikanisch.«

»Super.«

In was für einem idiotischen Traum befand sie sich bloß? War das alles eine Sinnestäuschung? Allmählich kam Agnes zu sich, wie nach der Narkose bei der Blinddarmoperation. Die Sicht wurde wieder scharf. Ein Umkleideraum, Spinde, eine Sitzbank um die Ecke gebaut, und an den rosa lackierten Wänden hingen Pin-up-Girls mit riesigen Brüsten und fetten

Ärschen. Solche wie Margit. Agnes sah auf die verpackte grüne Latzhose, die sie in den Händen hielt. *Verstärkung an den Knien* las sie auf der Hülle, *Stiftfach*. Was um alles in der Welt machte sie hier? Warum ging sie nicht einfach, auch wenn es sie die Lehrstelle kosten würde?

»Und? Wo soll ich mich umziehen?«

Kurz war Rudi irritiert und sah sich im Raum um. »Na, hier … bei deinem Spind.« Dann begriff er und deutete zur Tür, die ein besonders dralles Pin-up zierte. »Auf'm Klo?«

Agnes ging hinein und schloss die Welt hinter sich aus. Damit war es besiegelt.

Rudi führte Agnes, nun in der Latzhose mit dem Raiffeisen-Logo auf der Brust, durch die Halle. Wie ein Fremdenführer zeigte er nach links und rechts und hoch auf die Regalreihen, erklärte ihr die Kategorien. »Pflanzenschutz. Acker, Wiese, Weide. Gemüse, Obst … Hast ein' Freund?«

»Wieso?«

»Nur so. Weil, im Moment bin ich solo. Wenn'st interessiert bist … Forst. Kleingärten. Ab hier kommt: Dünger: Kali, Phosphat, Blattdünger … Weil, wenn'st mit mir gehst, lassen dich die anderen in Ruh. Weil … dir ist schon klar, du bist hier ein Mädel … in einer, verstehst, Männerwelt! Und da wär Schutz angebracht – logo, oder?«

Es rauschte an Agnes vorbei, denn sie kannte das aus der Schule. Diese Protzerei, vor allem der Hubsi und der Robert waren zwei solche Spezialisten gewesen, als wären sie Bevollmächtigte der Mafia. Ich habe ein Angebot, das du nicht ablehnen kannst: Einmal Abwichsen – eine Woche Schutz. Einmal Blasen – zwei Wochen Schutz. Einmal Ficken – ein Monat Schutz.

»Wie gesagt, überleg's dir.«

»Brauch ich nicht, bin schon vergeben.«

»Aha. An wen? Einen von hier?«

»Nein. Den kennst nicht. Ist schon erwachsen.«

So ist es, dachte Agnes, der Jo ist, im Gegensatz zu den anderen, erwachsen. Kein Dampfplauderer. Kein Möchtegern. Als er sie an dem Schotterweg, der zu ihrem Haus führt, hat absteigen lassen, war er nicht gleich wieder abgerauscht, sondern hatte sich zum Motor hinuntergebeugt, als stimmte etwas mit dem Zündkerzenstecker nicht.

»Hast eine Lehrstelle?«, hatte sie schnell gefragt, bevor er es sich anders überlegte und wieder losfuhr. Jo hatte genickt. »Maler und Lackierer.« »Wo?« »Beim Unger. Die machen auch Eisenschutz. Eisenschutzgesellschaft. Außenarbeit. Ich will nämlich keine Zimmer-Kuchl-Kabinett-Anstreicherei. Du?« »Raika. Landmaschinentechnik.« »Nicht schlecht.«

Gerne hätte sie ewig so mit Jo weitergeplaudert, aber es war ihnen nichts mehr eingefallen. Und das andere kam ihr nicht über ihre Lippen. Wie gerne hätte sie ihm gesagt, dass sie bis in alle Ewigkeit hätte weiterfahren können. Wie sehr sie, wenn er einen Gang herunterschaltete, den Ruck genoss, der sie noch näher an ihn drückte. Wie sie die Augen geschlossen hatte und spürte, dass sie von der Straße abhoben, um nie wieder in der Wirklichkeit zu landen. *Ich hör auf mein Herz! Ich will den Verstand verlieren …*

Wenn sie ihn das nächste Mal sah, würde sie ihn fragen, ob er das Lied kannte. Bestimmt kannte er es, und dann würde sie sagen: *Mehr gibt's nicht zu sagen!* Er würde nicken und sich zu ihr beugen und sie küssen. Ein langer, ein schier endlos langer Kuss würde es sein, weich und zärtlich und keine so wilde Knutscherei wie bei den anderen aus ihrer Klasse.

*

Der Vater trieb die verbliebenen vier Ziegen von der rückwärtigen Wiese in den Stall, als Agnes den Schotterweg heruntergeradelt kam. Hühner und Hahn waren schon im Schuppen, und die Sau kam, über und über mit getrocknetem Schlamm bedeckt, an den Zaun. Sie stellte sich auf die Hinterbeine und legte die Pfoten auf die oberste Planke. Freudiges Kopfschütteln und Grunzen, der Sabber spritzte nur so zur Begrüßung.

»Na, Aglaia, ganz schön heiß heute, was?«

Agnes rubbelte der Sau über Stirn und beide Backen, bis hinter die Ohren. Ein eingespieltes Zeremoniell. Dann schüttete sie den bereitstehenden Eimer mit Küchenabfällen und Essensresten in den Trog, und Aglaia, Göttin der Anmut, steckte schmatzend den Rüssel hinein. Wie alle Sauen bei den Waldners war sie nach einer griechischen Göttin benannt.

Wenzel Waldner kam aus dem Stall und beobachtete Agnes, wie sie die fressende Sau graulte. In ihm stieg ein Jammer hoch. Hatte er doch an dem Dilemma, in dem sie sich befanden, die meiste Schuld. Warum hatte er nicht aufgepasst? Warum war er nur so leichtgläubig gewesen? Tatsächlich war er nach dem Tod des Alten von den Erben reingelegt worden. Vierzehn Monatsgehälter schuldeten ihm die Mosheims, und für achtzehn Monate Lohn hatten sie keine Sozialabgaben abgeführt. Bruder und Schwester, vom Schicksal verwöhnt und ausschließlich mit ihrem Genuss und sich selbst beschäftigt. Sie hatten ihn vertröstet, von *temporären Engpässen* geredet, von *schwierigen Zeiten*, und hatten in der Zwischenzeit so viel Geld, wie sie nur konnten, verprasst. Im Wirtschaftswald hatte bereits der Harvester gewütet und Schneisen gerissen, die der Wald jahrzehntelang nicht verkraften würde. Sogar im Schutzwald hatten sie Fichten und Weißtannen schlagen lassen, obwohl er sie angefleht hatte, das nicht zu tun. Den

Schutz gegen Lawinen und Steinschlag zu opfern war ein Verbrechen. Schließlich hatten sie den ganzen Wald verscherbelt. Als nichts mehr übrig war, hatten sie ihn gefeuert. Und weil sie ihn als charakterlos hinstellen wollten, hatten sie behauptet, er habe die wertvolle Gewehrsammlung des verstorbenen Vaters gestohlen, und hatten ihn angezeigt. Zwei Hausdurchsuchungen hatte es daraufhin unten im Auengrund gegeben, eine Befragung hatte in der Landespolizeidirektion stattgefunden. Nichts hatte sich bewahrheitet, aber der Dreckfleck war auf seiner, Wenzels, Weste geblieben. Ach, der Wenzel, hieß es im Dorf, nachweisen hat man ihm nichts können, aber zutrauen tät ich's ihm schon!

Das war ein gutes halbes Jahr her. Von der Kinder- und Familienbeihilfe lebten sie seither, und längst hätte er sich um eine andere Arbeit kümmern müssen, aber die Ungerechtigkeit wirkte auf Wenzel wie ein Nervengift. Wie das Gift dieses japanischen Fisches, von dem er gelesen hatte. Es lähmte sein Opfer vollständig, sodass es sich weder bewegen noch sprechen konnte, aber bei vollem Bewusstsein blieb. Genauso kam er sich vor. Er konnte sich zu nichts aufraffen, er konnte an nichts anderes denken als an den schamlosen Betrug und die schreckliche Verleumdung. Er pendelte zwischen einer Depression, die ihn dasitzen und vor sich hin starren ließ, und der Fantasie, die Mosheims bis ins letzte Glied auszurotten. Dann verschwand er – manchmal für Tage – im Wald. Niemand sollte wissen, wo er war, und niemand hätte ihn gefunden, hätte jemand nach ihm gesucht.

Wenzel legte die Arme um Agnes. Er wiegte sie sacht. Wie zwei schwankende Getreidehalme im Wind sahen sie in die Abenddämmerung hinaus. Auf den Bergrücken, dessen Waldseite schon schwarz lag und dessen Gratlinie wie ein rostiges, schartiges Messer in den Himmel stand. Sie sahen den Eiserbach hinunter, über dem die Mückenschwärme tanzten, nach denen Forellen und Saiblinge sprangen, und auf die Silberweiden, deren schmale Blätter das Abendrot einfingen und die, wie aus Kupferblech gestanzt, den mäandernden Wasserlauf säumten.

Agnes drehte sich um und umarmte den Vater.

»Alles in Ordnung?«, fragte er. Sie nickte und blieb fest an seiner Brust versenkt. Am Vormittag hatte sie angerufen und ihn informiert, dass sie die Lehrstelle sofort antrete. *Ein glücklicher Zufall!*, hatte sie gesagt. Und dass sie nun schon viel früher als gedacht mit dem ersten Lohn nach Hause komme.

»Willst du denn keine Ferien haben, bevor der Ernst des Lebens beginnt?«, hatte er sie gefragt.

»Aber geh, du bist ja wie die Heugl, der Ernst des Lebens! Nein, das ist schon recht. Zwei Monate zu Hause, da wird's einem nur langweilig, und Samstag, Sonntag frei sind Ferien genug.«

Der Vater löste Agnes' Umarmung und hob mit zwei Fingern ihren Kopf. Er sah sie eindringlich an. »Und? Der Entschluss steht? Noch nicht bereut?«

Agnes schüttelte den Kopf. »Steht!«

Zweifelnd sah der Vater seine Tochter an, aber sie strahlte solch eine Zuversicht aus, dass er ihr vertrauen wollte. »Mein großes, großes Mädl! Bist so erwachsen geworden.«

Wie ich es im Aufsatz geschrieben hab, dachte Agnes, mit mir redet er über die wichtigen Sachen, weil ich seine Große bin und schon alles versteh.

»Wie war's? Am ersten Tag?«

»Geht so … langweilig.«

»Langweilig ist vieles am Anfang … Und die andern? Benehmen sie sich?«

»Ich seh die kaum. Ich glaub, die lassen mich die ganze Arbeit alleine machen.« Sie lachte.

Eine Frage hing in der Luft, aber Wenzel sprach sie nicht aus. Trotzdem antwortete Agnes, ganz nebenher.

»Der Scholtysek sitzt den ganzen Tag in einem gläsernen Büro, wie's Schneewittchen in seinem Sarg. Gerade, dass er meine Papiere genommen hat. Er hat mich gleich dem Rudi übergeben, weißt eh, der aus Mamas buckliger Verwandtschaft. Der hat mich rumgeführt. Ich hab eine grüne Arbeitshose bekommen mit dem Raika-Zeichen vorn auf dem Latz …«

»Wenn irgendeiner …«, fiel er ihr ins Wort, »wenn irgendeiner sich schlecht benimmt, sagst es mir!«

Agnes nickte.

»Versprich's mir.«

Agnes nickte. »Ja, Vater.«

*

Ein Jahr verging, als die Alte zurückkehrte. Aber sie kam nicht allein. Sie brachte einen stämmigen, braunäugigen, schwarzlockigen Jungen von ungefähr sieben oder acht Jahren mit, Peter, den sie unterwegs aufgelesen hatte.

Lorenz und Karoline lagen in ihren Betten, die Mutter saß auf einem Schemel zwischen ihnen. Sie las aus den *Höhlenkindern* vor. Ein zerlesenes Buch mit vielen losen Seiten. Agnes hatte es *damals* vom Vater geschenkt bekommen, als er sie zum neunten Geburtstag im Heim besucht hatte. Eine Stunde war er geblieben. Die Köchin der von Mosheims hatte einen kleinen Guglhupf für sie gebacken. Den hatte die Heimleitung sofort einkassiert, als der Vater fort gewesen war. *Die Höhlenkinder* aber hatte sie unterm Pulli versteckt. Sie blieben bis zum Schluss unentdeckt und waren ihr einziger Trost, denn auch Agnes fühlte sich *damals* verloren wie ein Höhlenkind.

Die Mutter des Knaben war im einsamen Bergwald bei der Geburt eines toten Mädchens gestorben. Die Alte hatte sie begraben und brachte den Buben, der von der Wucht des Ereignisses tief niedergedrückt war, mit. Rasch gewöhnten sich die beiden Kinder aneinander, die stille Eva wurde zusehends heiterer und gesprächiger, und Peter war ein früh gereifter Bub, der willig jede Arbeit verrichtete …

Während die Mutter vorlas, machte Agnes den Abwasch. Der Vater saß abwesend am Tisch. Agnes kannte das, gleich würde der Vater aufstehen und … Er tat es und schlüpfte in die Jacke.

Die Mutter hörte auf zu lesen, das Buch sank schwer in ihren Schoß. Sie drehte sich nicht um. Die Kleinen schauten zum Vater. Scheu. Eine Mischung aus Angst und Neugierde. Agnes hielt im Abwasch inne, das Wasser tropfte monoton von den Tellern, wie ein langsam eingestelltes Metronom. Der Vater schloss den Blechspind neben der Eingangstür auf und nahm Gewehr und Munition heraus. Die Bockdoppelflinte, wie Agnes sah. Geht er auf Fuchs oder Hasen, fragte sie sich.

»Ich muss noch mal raus!«, murmelte der Vater. Bevor jemand was sagen konnte, hatte er die Haustür aufgerissen und war davongehetzt.

Agnes trat in die offene Tür und sah hinaus in die Dunkelheit, die schon nach wenigen Metern das Licht, das aus der offenen Tür und dem Küchenfenster fiel, überwältigte. Nichts war mehr vom Vater zu sehen, so endgültig hatte ihn die Nacht verschluckt.

Agnes schloss die Tür und wusch weiter ab; die Mutter saß noch eine Weile wortlos und in sich zusammengefallen. Die

Kinder sahen sie gespannt an, denn sie war auch so eine, von der man nicht wusste, wie sie sich im nächsten Moment verhalten würde.

»So. Für euch wird's jetzt Zeit. Gute Nacht, meine Kleine. Gute Nacht, mein Großer!«, sagte die Mutter auf einmal, küsste die Kleinen auf die Wangen und zeichnete ihnen mit dem Daumen das Kreuzzeichen auf die Stirn.

»Gute Nacht, Mama! Gute Nacht, Agnes!«

»Gute Nacht, träumt süß von sauren Gurken!«, rief Agnes über die Schulter und beugte sich über die Spüle, denn sie wusste, was nun kommen würde.

Die Mutter lehnte die Tür der Kammer an, sodass durch den Spalt noch ein Streifen Licht hineinfallen konnte. Vom Fensterbrett nahm sie den Karton, in dem früher Lautsprecherboxen verpackt waren und der jetzt mit ihren Tabletten gefüllt war. Zwei Handvoll musste sie nehmen. Zwei große Gläser Wasser brauchte sie zum Hinunterschlucken. Agnes spülte die letzte Pfanne aus, stellte sie verkehrt herum zum Trocknen auf den Ofen. Mit einem schnellen Blick sah sie der Mutter zu. Ein Würgen war das, ein Keuchen und Nach-Luft-Schnappen. Das Wasser rann am Kinn hinunter, und aus den Augen schossen die Tränen. Früher hatte ihr der Vater, später auch Agnes beistehen wollen, aber die Mutter hatte jede Hilfe zurückgewiesen. »Es ist *mein* Krebs!«, hatte sie einmal geschrieen. »Darum ist es auch *mein* Kampf! Meiner allein!«

Erschöpft saß die Mutter danach am Tisch. Die Lider ihrer geschlossenen Augen zitterten. Der viel zu große, blaugraue Bademantels klaffte auseinander, denn der Gürtel hatte sich gelöst. Er gehörte dem Vater. Auch so eine Marotte des alten von Mosheim, dem Vater kaum getragene Anziehsachen zu schenken. Manchmal hatte der Vater seinem Gönner bis aufs Haar geglichen. Als wäre er der Lieblingssohn. Auf die Brusttasche des Bademantels war das Wappen der von Mosheims gestickt, ein über Tannen springendes Pferd und darunter das Horn des Postillons – Symbole des unermesslichen Waldreichtums der Familie, den man nur mit einem Pferd ermessen konnte, und des Monopols für die Postzustellung. Beides war perdu, und der Vater trug schon lange keine Hosen oder Hemden des toten von Mosheim mehr.

Mitten in dieser Nacht schreckte Agnes hoch. Ein kindliches Stöhnen und Wimmern geisterte durchs Haus, aber es war keines der Geschwister, mit denen sie in der Kammer schlief. Sie schob Karolines Bein, das weit ausgestreckt über ihren Beinen lag, zur Seite und schlich in die Wohnküche. Das Geräusch kam aus dem Elternschlafzimmer.

Agnes öffnete die Tür und sah, wie sich die Mutter in Krämpfen wand. Sie hatte die Bettdecke weggestrampelt und lag halb nackt da. Das Nachttischlämpchen brannte und warf ihre Bewegungen als wirre Schatten an die Wand. Agnes trat ans Bett und rüttelte die Mutter. »Mama … Mama!«

Die Mutter hatte einen Fieberschub. Ihr Gesicht war aufgedunsen, vor allem um die Augen, Handgelenke und Finger waren geschwollen. Die Mutter richtete sich schweißnass und stöhnend auf.

»Soll ich den Doktor Heinze holen?«, fragte Agnes.

»Nein! Geht gleich vorbei. Mach ein paar Handtücher nass … mit kaltem Wasser …«

Agnes drückte Handtücher ins gefüllte Waschbecken und warf sie dann, kurz ausgewrungen, in einen Eimer. Mit den tropfenden Handtüchern machte sie der Mutter Wadenwickel. Legte ihr ein nasses Tuch auf die Stirn. Wechselte die warm gewordenen Wickel. Gab ihr zu trinken.

»Pass auf … er ist wie ein Fangeisen unterm Laub … plötzlich schnappt es zu …«, halluzinierte die Mutter.

Wer er? Der Vater? Der Krebs?, dachte Agnes.

Die Sonne stand im Osten noch hinter dem Hochtenn, aber es war schon hell. Auch die Langschläfer unter den Vögeln, die Buchfinken und Stare, sangen mit den anderen um die Wette. Die Tiere im Stall rumpelten gegen das Gatter und gegen die Stalltür, und der Hahn krähte im Schuppen und flatterte gegen das kleine Fenster, weil er mit den Hühnern hinauswollte.

Lorenz war von den Geräuschen aus dem Stall aufgewacht. Sie gehörten nicht zu seinem Aufgabenbereich, aber etwas stimmte nicht. *Warum kümmert sich denn keiner darum,* hatte er sich im Halbschlaf gefragt, und in einem letzten Fetzen Traum öffnete er eine schwere Holztür und stürzte ins Nichts … er wachte auf. Verwirrt sah er sich um – Karoline schlief, aber Agnes' Bett war leer. Er stand auf und ging in die Küche.

Hier war niemand. Die Küchenuhr zeigte zehn nach sieben, aber auf dem Ofen köchelte nichts, und der Tisch war auch nicht gedeckt. Lorenz sah die Tür des Elternzimmers offen stehen. Er trat heran. Die Mutter, verpackt in grüne und violette Handtücher, schlief fest, und zu ihren Füßen lag zusammengerollt Agnes. Auch sie schlief tief und fest.

Lorenz rüttelte die Schwester an der Schulter. Sie fuhr hoch und brauchte einen Moment, um sich zu orientieren. Sie sah die Mutter, die nassen Wickel …

»Ist was mit der Mutter?«, fragte Lorenz.

»Nein.«

»Es ist zehn nach sieben!«

»Jessas!«, rief Agnes und schob Lorenz vor sich her in die Küche.

»Weck die Karo, Katzenwäsche und ab in die Klamotten! In zehn Minuten geht der Bus!«

Die Schule begann um zwanzig vor acht, und sie musste um acht in der Raika sein.

Agnes schmierte zwei Marmeladenbrote, fuhr der verschlafenen Karoline mit dem Waschlappen übers Gesicht, knöpfte Lorenz den obersten Hemdknopf zu und schob die Kinder samt Schultasche aus dem Haus. Die Sonne blinzelte über den Ostgrat der Meßnerin, die den Talabschluss des Hochtennmassivs bildet. Ihre Strahlen schossen durch das ausgefranste Loch in der Felswand, von dem man sagte, der Teufel habe es hinterlassen, als er nach einem Tanzwettbewerb mit einem Mädchen habe fliehen wollen. Die Kleinen auf Gepäckträger und Lenker, mühte sich Agnes mit dem schwergängigen Herrenfahrrad zur Bushaltestelle hoch.

Bevor sie ihr Ziel erreichten, sahen sie oben auf der Straße schon den Bus kommen. Agnes, sie war barfuß, hatte nur die Unterhose an und schnell eine Joppe über das Unterhemd gezogen, stemmte sich in die Pedale, Karoline winkte dem Busfahrer zu, dass sie noch mitwollten.

Der Bus wartete, bis sie ankamen. Die vordere Tür ging zischend auf, und der Fahrer grinste, als er Agnes' Aufzug registrierte.

»Neue Mode?«

»Verschlafen!«

»Mir gefällt's!«

»Dann bist aber schnell zufrieden.«

Es war Roman, der »Held der Arbeit«, wie alle ihn nannten. Während des großen Hochwassers vor vier Jahren hatte er achtunddreißig Stunden lang ohne Pause Sandsäcke an die gefährdeten Dämme des Flusses gefahren. Damals arbeitete eine aus der ehemaligen DDR als Kellnerin beim *Auwirt,* und die sagte, der Roman hätte in ihrer Heimat dafür einen Orden bekommen, als *Held der Arbeit.* Seitdem hatte er dieses Prädikat weg.

Pfff, die Bustür schloss sich, und Roman blinzelte Agnes vertrauensvoll zu. Dann hupte er und fuhr los. Irgendwie gefiel es ihr, dass ein erwachsener Mann sie wahrnahm. Auch wenn's nur der Roman war, aber immerhin war der schon mindestens fünfundzwanzig.

Nachdem sie später die Tiere versorgt, die Weidezäune für die Ziegen umgesteckt und den Wassertrog für die Sau hatte volllaufen lassen, hockte Agnes auf den Eingangsstufen des Hauses. Es würde ein schöner Tag werden. Jetzt bedauerte sie es doch, dass sie nicht zwei Monate Ferien hatte. Sie sah den Bachlauf hinunter. Wasserdost und Flockenblumen lagen im Schatten der Weiden und Erlen. Es war noch kühl im Talgrund, an der lang gezogenen Biegung verschwand der Eiserbach im Dunst. Letzte feuchte Schwaden verfingen sich in den rotvioletten Blüten der Pestwurz und den gelben des Goldfelberichs. Fliegen, Bienen und Feuerwanzen tummelten sich auf den Pflanzen, Smaragdlibellen standen in der Luft, und Mohrenfalter schaukelten wie Betrunkene auf die Blütenähren zu. Mondfleck und Blauauge. Köcherfliegen, Bremsen und Blutzikaden. Eine Mosaikjungfer schwirrte vorbei. Die meisten Tiere und Pflanzen kannte Agnes beim Namen, denn der Vater hatte sie ihr beigebracht. Der Wenzel wusste alles über die Natur. *Da! Schau! Eine Blaugrüne Mosaikjungfer!*, hatte er gerufen, als eine große Libelle auf ihrer Gießkanne gelandet war. *Dreizehn Mal müssen sie sich häuten, bis sie die endgültige Gestalt haben.* Das war letztes Jahr gewesen. Letztes Frühjahr hatte er auch den Riesenbärenklau, den er *Monster* nannte, der auf der unteren Böschung wucherte, mit der Sense gemäht, die langen Wurzeln mit der Kreuzhacke herausgerissen und danach verbrannt. Er trug dabei, sehr zur Gaudi aller, einen Overall mit Kapuze, Handschuhe, Mundschutz und Schibrille und sah aus wie eine Comic-Figur. Gegen den Riesenbärenklau, diesen schonungslosen Einwanderer aus dem Kaukasus, konnte man nur als Comic-Held antreten – so hinterhältig und gefährlich, wie der war. Kam nämlich die Haut mit seinen Blättern in Berührung und fiel dann Sonnenlicht darauf, gab es üble Verbrennungen. Blasen und Quaddeln.

Dieses Jahr hatte der Vater nichts gegen die Monster unternommen. Agnes spürte, wie sehr der Vater fehlte, und sie sah, wie dort unten die Monster über zwei Meter hoch standen und ihre Köpfe hin und her schwankten, als nickten sie ihr hämisch zu.

Die Mutter war wach. Fieber und Krämpfe waren verschwunden, aber sie war erschöpft. Agnes brachte ihr eine Tasse Milchkaffee und ein Marmeladenbrot, das sie in kleine Würfel geschnitten hatte.

»Soll ich nicht doch den Doktor anrufen, dass er vorbeischaut?«, fragte Agnes.

»Nein, das braucht's nicht. Es geht schon. Nach der Kur ist es doch immer so: Zuerst geht's bergab und dann wieder aufwärts. Das solltest du allmählich wissen.«

Das überzeugte Agnes nicht. Seit Neuestem sagte die Mutter *Kur* zur Infusionsprozedur im Krankenhaus, und Agnes wusste eins: Die letzten Male war es nach der Chemo immer nur bergab gegangen.

»Dann bleib aber heut im Bett und erhol dich.«

»Ja, freilich. So weit kommt's noch.«

Die neu gelieferten Produkte stapelten sich in Paletten vor den Regalen, als Agnes bei der Raika eintraf. Ihre Aufgabe war es, sie auszupreisen. Dann sollte sie die ausgepreisten Produkte in die Regale einsortieren. Um schwere Produkte zu verstauen, sollte sie einen rufen, der den Gabelstapler fuhr oder den Hubwagen bedienen konnte. Selbst den Stapler fahren durfte sie erst mit sechzehn.

»Jetzt bist erst einmal ein halbes Jahr bei den Kleinprodukten«, hatte Rudi gesagt, »dann sehen wir weiter.«

So ein Wichtigtuer, dachte sie und fuhr mit dem Preisauszeichner über die Verpackung, fest, damit das Etikett kleben blieb; immer mittig, damit der Kunde den Kopf nicht schief legen musste, um den Preis zu lesen; und so platziert, dass das Preisschild nicht den Namen des Produktes verdeckte.

Ffff und klack. Ffff und klack.

»Agnes!«

Das kam aus der Ecke *Erde, Mulch und Rasen*, zwei Abteilungen weiter. Sie hatte keine Ahnung, wer da rief, und als es zum zweiten Mal herüberbrüllte, ging sie hin. Dort standen sie zu dritt: Heinz, Rudi und einer, den alle nur *Grätschi* nannten, weil er bei den Fußballspielen für seine Blutgrätsche berüchtigt war. Der dicke Heinz deutete auf den Betonboden. Ein Sack Graberde war beim Transport geplatzt, Erde lag in einer langen Spur auf dem Boden.

Agnes schaute fragend in die Runde. »Ja, und?«

»Zusammenkehren!«, kommandierte Heinz.

»Wieso? Ich hab den Dreck nicht gemacht«, erwiderte Agnes.

»Sag mal, spinnst du! Wie redest du denn mit mir!«, blaffte er sie an und kam bedrohlich auf sie zu. Da drängte sich Rudi dazwischen und baute sich vor Agnes auf.

»Weil du der Lehrling im ersten Jahr bist und weil du machst, was wir dir anschaffen. Also, Abmarsch! Im Abstellraum sind Besen und Schaufel!«

Er nahm Agnes an der Schulter und schob sie in Richtung Abstellraum. Dort ließ sie die Tür mit einem Knall zufallen, drehte das Licht an und setzte sich auf einen Karton mit Klopapier.

Auf einmal ging die Tür auf und Scholtysek kam herein. Agnes sprang auf. Die Tür hinter Scholtysek fiel zu, laut, als schließe sie sich für immer. Für ein paar Augenblicke standen sie sich gegenüber. *Wie unterm Laub ein Fangeisen*, hatte die Mutter gesagt, *plötzlich schnappt es zu!* Schlagartig verstand Agnes. Sie kannte die Wirkung eines Fangeisens. Einmal hatte sie der Vater zur Suche nach Schlingen und Fallen in den Wald mitgenommen, die Wilderer aufgestellt hatten. Sie fanden einen verendeten Fuchs, dem das Fangeisen die Vorderläufe durchschlagen hatte. Noch lange verfolgte sie das Gesicht des Fuchses im Traum.

Scholtysek musterte sie mit einem seltsamen Blick. Das Herz schlug ihr bis in den Hals.

»Was machst du hier?«

»Ich … ein Sack Erde …« Agnes bückte sich schnell nach Besen und Eimer und war schon fast an Scholtysek vorbei, als sein Arm nach vorne schoss und ihren Weg blockierte. Mit dem Handrücken strich er über ihre Wange, fuhr dann unter das Kinn und schließlich am Hals entlang, zärtlich, als prüfte er die Qualität eines feinen Stoffes.

Ihr wurde heiß und kalt zugleich. Er drehte seine Hand um, und sie spürte, wie sich seine Handfläche auf ihre Kehle legte.

»Plötzlich war Wind aufgekommen …«, murmelte er, als erinnerte er sich an etwas längst vergessen Geglaubtes. Es klang fast wie eine Liebeserklärung, aber Agnes fühlte, wie seine raue Hand ihren Adamsapfel drückte. Seine Finger zogen sich zusammen, mehr und mehr, und hätten sich wohl zu einer Faust geballt, hätte Agnes nicht den Kopf zurückgerissen, wäre unter seinem Arm durchgetaucht und raus aus dem Abstellraum gerannt.

Scholtysek lächelte.

Zwei Stunden Mittagspause. Agnes radelte nach Hause, und als sie in die Wohnküche kam, war nichts fürs Mittagessen vorbereitet. Nichts stand auf dem Herd, der Tisch war nicht gedeckt. Kein Geräusch war zu hören.

Agnes öffnete die Tür zum Elternschlafzimmer. Die Mutter lag in unruhigem Schlaf. Agnes setzte sich zu ihr und streichelte ihren Arm, bis sie die Augen aufschlug.

»Mama, was ist denn? In der Früh ging's dir doch einigermaßen.«

»Ich glaub, ich hab die Sommergrippe … in ein paar Tagen geht's wieder.«

»Wann kommt denn der Vater zurück?«

»Das weiß man bei ihm doch nie … bis dahin musst du dich um die Kleinen kümmern.«

Eine halbe Stunde später saßen die Geschwister am Küchentisch und auch für den Vater war gedeckt. Agnes nahm eine Dose Ravioli aus dem Wasserbad und verteilte die Pasta auf die Teller. Lorenz verzog das Gesicht.

»Was ist?«, fuhr sie ihn an.

»Schon wieder Ravioli!«

»Ja, ich kann's auch nicht ändern. Und jetzt essts anständig, ich muss der Mama helfen.«

Die Mutter lehnte in den Kissen am Bettende, und Agnes fütterte sie. Immer wieder kam eins der Kinder kauend an die Tür und sah interessiert zu. Agnes scheuchte sie an den Tisch zurück.

»Anständig essen, hab ich gesagt. Das heißt, am Tisch sitzen. Oder sind jetzt die Höhlenkinder das Vorbild?«

»Ja, genau!«, sagte Lorenz. »Grunz, grunz, grunz … jetzt brauchen wir auch kein Besteck mehr … schmatz … schmatz …«

»Pass bloß auf, dass ich dir nicht gleich eine schmatz!«

Lorenz setzte sich wieder an den Tisch. Karoline stand weiterhin in der Tür und beobachtete die Mutter.

»Karo, das gilt auch für dich!«, fuhr Agnes sie an.

Aber anstatt an den Tisch zurückzugehen, kam Karoline zu Agnes und beugte sich nah an ihr Ohr. »Stirbt jetzt die Mama?«

Agnes quälte sich ein Lächeln ab. »Aber nein. Wie kommst denn auf so was?«

Wieder beugte sich Karoline an ihr Ohr. »Weil sie so ganz anders ausschaut als letzte Woche.«

Überrascht sah Agnes die kleine Schwester an. Wie wenig Wörter sie braucht, um die Wahrheit zu sagen, dachte Agnes. Während sie stets nach Zeichen suchte, dass sich alles zum Guten wenden würde, sagte die Siebenjährige einfach das Undenkbare, Unsagbare.

»Sprechts ihr über mich?«, sagte die Mutter, ohne die Augen zu öffnen. »Dann möcht ich's auch hören.«

Ohne zu zögern sagte Agnes: »Karoline mag nicht, was ich koche, und wollte wissen, wann es wieder was Richtiges zum Essen gibt.«

»Blaubeerküchel mit Zimtzucker!«, vervollständigte Karoline.

Die Mutter lächelte, als durchschaute sie die Schummelei. »Bald. Wenn die Grippe vorbei ist«, sagte sie.

Zwei Wochen waren vergangen und die erste Heuernte war vorbei. Übergangslos war es Hochsommer geworden. Jeden Tag hatte es um die dreißig Grad. Von einem *Jahrhundertsommer* war die Rede, aber das passierte neuerdings fast jedes Jahr. Jedenfalls war es sehr heiß.

In der Lagerhalle war es fast unerträglich. Unter dem Dach rauschten die Gebläse, brachten aber keine Kühlung. Es war, als wehte ein besonders heißer Föhn. Alle stöhnten, aber Scholtysek weigerte sich, die Klimaanlage in Betrieb zu nehmen. Er wollte Energie sparen, um in der Raika-Zentrale gut dazustehen. Es war ein offenes Geheimnis, dass er hoffte, eines nahen Tages dorthin aufzusteigen.

Agnes schwitzte. Obwohl sie sich wie ein Pirat ein Tuch um den Kopf gebunden hatte und unter der Latzhose nur ein Trägerunterhemd anhatte, rann ihr der Schweiß in Strömen den Körper hinunter. Nach jedem Auftrag hing sie am Hallenwaschbecken und trank direkt vom Wasserhahn. Sie wischte sich mit einer Windel, die sie im Schrank gefunden hatte, den Schweiß von Gesicht, Hals und Nacken. Dann schob sie die nächsten Bestellungen ins Klemmbrett und suchte die Produkte zusammen.

Wo was war, war eine leichte Übung. Schon nach wenigen Tagen hatte sie es rausgehabt und sich gefragt, wozu denn die drei Jahre Lehrzeit gut waren. Vielleicht brauchten Dick und Doof drei Jahre, sie jedenfalls kapierte alles im Handumdrehen. Für die Gärtnerei Engleitner zog sie drei Zehn-Liter-Säcke Dünger aus dem Regal und hakte sie auf dem Laufzettel ab. Dann Unkrautvernichter. Abhaken. Rasensaatgut. Abhaken. Mit der Sackkarre brachte sie die Bestellung zum Sammelplatz und bugsierte sie auf eine Palette, die später mit dem Gabelstapler auf den Pritschenwagen des Kunden gehoben werden würde.

»Hast dir's überlegt?« Anstatt ihr zu helfen und den Kavalier wenigstens zu markieren, setzte Rudi sich auf einen der Säcke. Er fuhrwerkte mit einem Handventilator, den es seit

Ausbruch der Hitzewelle im Supermarkt als Werbegeschenk gab, vor seinem Gesicht herum.

»Was?«, fragte Agnes. »Was soll ich mir überlegt haben?«

»Ob du mit mir gehst?«

Sie legte den Kopf schief und hob die eine Augenbraue wie Laura Croft in *Tomb Raider*, bevor sie ihren Gegner Powell ausknockte. »Ich denke, du magst keine kleinen Titten.« Sie hatte das neulich in der Pause aufgeschnappt.

Rudi streckte die Zunge raus und stoppte mit ihr das Ventilatorenblatt. Die dicke, lila Zunge im grünen Ventilator nuschelte er: »Ja. Schon. Aber vielleicht wachsens auch noch …«

»Du kannst mich! Hast dich schon mal im Spiegel angeschaut? Glaubst, ich will mich mit Lepra anstecken?«

Rudi vergaß, die Zunge wieder aus dem Ventilator zu nehmen, auch als Heinz mit dem Gabelstapler herangebraust kam. Agnes trollte sich mit der Sackkarre in ihren Arbeitsbereich zurück. In seiner Box stand Scholtysek hinter der Glasscheibe und sah ihnen zu.

Arbeitsschluss. Heinz, Rudi und Grätschi waren bereits in der Umkleide. Sie waren in Unterhose oder nackt, jeder hatte ein Bier in der Hand, und sie lachten sich gerade scheckig, weil Grätschi den Wasserschlauch, der am Wasserhahn angeschlossen war, unter seinen Slip geschoben hatte und kräftig durchspülte.

»Ah! Ah! Das tut gut! Ah, wie gut das tut!«, stöhnte er.

Agnes kam herein. Hysterisches Gejohle. Die Burschen wackelten zur Begrüßung mit den Hintern, Grätschi zog den Gartenschlauch aus der Unterhose und spritzte eine Fontäne auf Agnes. Kreischend drehte sie sich ab, legte den Arm schützend über den Kopf und sperrte ihren Spind auf. Unbeirrt spritzte der Schlauch auf ihren Rücken. Die Burschen schlugen mit den Fäusten auf die Bank und schrien *Ausziehn! Ausziehn!* Agnes, halb am Lachen, halb verdrossen, nahm ihre Anziehsachen aus dem Spind und rannte damit ins Klo.

Heinz deutete den anderen, still zu sein, und Grätschi, das Wasser abzustellen. Aus der Kabine hörte man jetzt, wie die Plastikverschlüsse der Latzhose aus der Schließe sprangen. Etwas Nasses klatschte auf den Boden. Heinz nickte Rudi zu, der schlich an die Klotür und setzte eine Euromünze in den Außenschlitz der Verriegelung. Vorsichtig drehte er sie auf. Dann gab Heinz das Zeichen, und Rudi riss die Tür auf.

Agnes stand in der Unterhose da. Erschrocken hielt sie sich die Anziehsachen vor die Brust, und alle sahen, dass auf die weiße Unterhose kleine Bärchen gedruckt waren. Die Burschen tanzten mit obszönen Gesten vor der offenen Kabine. Einer schrie: *Lauter süße Bärlis auf dem kleinen Bärli!* Agnes wurde feuerrot. Sie wusste nicht, worüber sie sich mehr schämte, über ihre Nacktheit oder diese blöde Kinderunterhose.

Da ging die Tür auf, und Scholtysek kam in den Umkleideraum. Augenblicklich verstummte das Geplärre, die Jungs zogen die Köpfe zwischen die Schultern und drehten ab. Jeder ging stumm zu seinem Spind und zog sich an, als wäre nichts gewesen.

Scholtysek stand vor der offenen Klotür. Er musterte Agnes, die sich neben dem Spülkasten an die Rückwand drückte und mit den Anziehsachen ihre Brust bedeckte.

»Was führst denn du auf, dass die Burschen so durchdrehen? Bist hier nicht in einer Peepshow, wo du alle aufgeilst.«

»Ich habe niemand …«, es fiel ihr schwer, das Wort zu sagen, » … aufgegeilt.«

»Aha. Und was stehst dann nackt herum. Bei offener Tür? Wie im Puff im Schaufenster?«

Er schlug die Klotür zu, dass die Wände wackelten.

Agnes wurde schlecht. Sie musste sich erbrechen. Es kam nur Wasser.

Zu Hause mistete Agnes die Verschläge und den Koben aus, schüttete frische Streu auf, fütterte Ziegen und Sau. Bloß nicht mehr an die Szene in der Umkleide denken. *Bärli, Bärli*, dröhnte es in ihrem Kopf. Akrobatisch flogen die Rauchschwalben durch die offene Tür und fütterten die Jungen in den sechs Nestern. *Schwalben im Haus, treiben's Unglück raus!* Aber stimmte das denn? Karoline versohlte ihrer Lieblingspuppe Traudl den Hintern, und Lorenz saß mürrisch auf dem Sofa.

»Was ist denn los?«, fragte Agnes.

»Der Pippo, dauernd stänkert er!«

»Was sagt er denn?«

»Den Vater habens rausg'schmissen, weil er besoffen auf die Treiber geschossen hat!«

Agnes setzte sich zu Lorenz, nahm ihn in den Arm. »So ein Schmarrn!«, schimpfte sie. »Erstens trinkt der Papa nicht, und zweitens haben die Mosheims Pleite gemacht – deswegen ist der Papa arbeitslos.«

»Aber der Pippo sagt …«

»Der Pippo ist ein Vollpfosten und plappert nur nach, was sein vertrottelter Vater sagt. Das nächste Mal scheuerst ihm eine. Dann ist eine Ruh, wirst seh'n.«

Die Dinge nahmen ihren Lauf. Der Vater blieb schon den vierten Tag verschwunden. Roman, *der Held der Arbeit*, zwinkerte, wenn Agnes die Kinder am Schulbus ablieferte, immer heftiger. In der Raika winselte es noch ein paarmal hinterm Regal *Bärli! Bärli!* Im Umkleideraum aber ging es gesittet zu, bis auf ein paar obszöne Gesten und Geräusche ließen die Burschen Agnes in Ruhe. Auch Scholtysek ließ sich kaum blicken. Wenn er was brauchte, rief er über die Lautsprecheranlage den Betreffenden aus, und wenn der aus dem Büro zurückkam, schimpfte er, wie wunderbar kühl es dort sei. Denn dort lief, allem Sparzwang zum Trotz, die Klimaanlage. Das Einzige, was sich nicht veränderte, war die Hitze. Und obwohl das Sternbild des Großen Hundes noch nicht am Himmel sichtbar war, drangsalierten die hohen Temperaturen Mensch und Tier.

Agnes bereitete Bandnudeln in Semmelbröseln vor, dazu gab es eingekochtes Zwetschkenkompott. Sie setzte das Wasser auf, und in der großen Eisenpfanne schmolz sie Butter, um darin die Brösel anzubräunen. Nebenbei machte sie mit den Kindern Hausaufgaben.

»Karo, denk nach. 9 ist gleich: 4 und 4 und …?«

Karoline hatte ihre Nachdenkfalte auf der Stirn. »Und wie viel? Bitte denk nach«, insistierte Agnes. »Wie viel ist 4 und 4?«

»Acht …«, flüsterte Lorenz hinter vorgehaltener Hand. Agnes verpasste ihm eine Kopfnuss. Immer musste er vorsagen, denn Rechnen war nun mal sein Lieblingsfach. Lorenz konnte sich Zahlen merken wie kein anderer.

Später saßen sie am Tisch und aßen. Der Platz des Vaters war auch heute leer, aber wie immer eingedeckt. Die Mutter hatte ihren aristokratischen Bademantel an und bemühte sich, lebendig zu wirken.

»Schmeckt hervorragend!«, lobte sie. »Très, très fantastique! Je suis passionnée!« Die Mutter war als junges Mädchen für ein halbes Jahr als Au-pair in Frankreich gewesen, in einem

Vorort von Paris. Zurück im Tal, war sie, behaupteten die Leute, so kokett und etepetete gewesen, dass alle sie *die Mademoiselle* nannten. Und die Burschen riefen ihr *voulez vous coucher avec moi* hinterher und stöhnten besonders laut in ihre Richtung, wenn in der Disco *Je t'aime* gespielt wurde. Seit damals legte sie Wert darauf, dass man ihren Namen französisch aussprach. Sie wollte die *Marie* sein und nicht mehr die Maria.

»Mama, was war das Beste, was du gegessen hast?«, fragte Lorenz.

»In Paris?«

»Nein, überhaupt in deinem Leben?«

»Das Beste überhaupt? Lass mich nachdenken. Das war in einem abgelegenen Tal, in das man nur zu Fuß oder mit dem Muli kommt. Zwei Tagesmärsche durch die wildeste Wildnis. Und dann, endlich, halb am Verhungern, gab es in einer ärmlichen Jurte … wie hieß das Gericht noch? Warte … gleich fällt's mir wieder ein … ah ja, Bandnudeln in Butterbröseln mit lauwarmem Zwetschkenröster!«

»Mama! Du bist so gemein! Immer legst du mich rein!«

»Nein, ehrlich! So was Gutes! Wer wohl die Köchin ist, weil die müsst mindestens fünfundfünfzig Hauben verliehen bekommen! Kennt sie wer von euch? Karoline? Du?«

»Ich glaub, die lebt nicht mehr. Ich glaub, die ist schon gestorben. Aber bevor sie weggegangen ist, hat sie ihre Rezepte in die Kredenz gestopft, und die kann jetzt jeder nachkochen. Das ist keine große Kunst, das könnt sogar die Traudl! Gell, Traudl?« Karoline drehte die schwarze Puppe zu sich, fütterte sie und nahm abwechselnd selbst einen Bissen. Agnes und die Mutter sahen sich bestürzt an.

»Karolinchen, niemand ist gestorben und niemand wird sterben«, sagte die Mutter und drehte das Gesicht des Kindes zu sich. Das sah sie eindringlich an, und um seinen Mund begann es zu zucken. Karoline drückte Traudl fest an sich, als wäre die Puppe ihr einziger Halt, dann konnte sie die Tränen nicht mehr zurückhalten. Es platzte aus ihr heraus.

»Aber ich hab's geträumt!«

»Was hast du geträumt?«

»Dass du gestorben bist.«

Die Mutter drückte sie an sich, streichelte den verschwitzten Kopf. »Aber geh! Du siehst doch, ich bin putzmunter, ich bin nicht gestorben. Ein dummer, blöder Traum, der in so einem süßen Kopf überhaupt nichts verloren hat! Das ist absolut verboten. Weltweit! Da hat wieder wer bei der Traumverteilung nicht aufgepasst und den falschen Traum in den falschen Kopf geschickt. Das ist aber auch so was von sapperlott!«

Später drängten sich die Kinder im Bad, und Lorenz konnte es sich nicht verkneifen, Karoline zu fragen: »Wie war sie denn tot?«

Agnes rempelte ihn. »Wie blöd bist du denn! Hast nicht gehört, dass es nur ein Traum war.« Durch die halb offene Tür sah sie die Mutter, die mit dem Rücken zu ihnen am Küchentisch saß. Bewegungslos war sie, als säße sie einem Bildhauer Modell. Vor sich zwei Handvoll Tabletten und ein großes Glas mit Wasser. Wie zufällig zog Agnes die Tür zu.

»So, jetzt ab ins Bett«, sagte sie und tippte Karoline wie jeden Abend drei Kleckse Hautcreme aufs Gesicht und Lorenz einen auf die Nase.

»Iiiih!«, jaulte der auf, »Creme ist nur für Mädchen!«

»Wer sagt denn so einen Schwachsinn? Verreib es.«

»Der Pippo hat gesagt …«

»Ach, der Pippo. Der Pippo ist jetzt für alle Lebenslagen dein Ratgeber, was? Verreiben!«

Mit Verachtung verteilte Lorenz die Creme im Gesicht,

während Agnes die Schwester eincremte. Zum Schluss bürstete sie die Haare der Kleinen, Lorenz stand vorm Spiegel und zog sich den Scheitel. Sehr exakt.

Karoline zupfte Agnes. »Er ist in die Theresa verliebt. Deswegen verschönert er sich dauernd.«

»Welche Theresa?«

»Die aus dem Schulbus.«

Lorenz boxte Karoline, die wie ein Ferkel quiekte und sich hinter Agnes versteckte, um weiteren Hieben zu entkommen.

»Hilfe! Agnes! Mama! Er schlägt mich! Er bringt mich um!«

Agnes hielt den wütenden Bruder auf Distanz. »Was höre ich? Du bist verliebt! Theresa aus dem Schulbus? Kennen wir die?«

Lorenz war rot geworden und presste die Lippen aufeinander. Aus der Deckung hinter Agnes stichelte Karoline weiter.

»Sie geht schon in die dritte Haupt und hat einen festen Freund. Und an jedem Finger hat sie noch einen Verehrer. Da kann sie sich jeden Tag einen neuen aussuchen …«

»Du bist so eine blöde, gemeine Kuh!«

»Stimmt aber! Weil sie die Tochter vom Bestatter Kindleben ist! Der ganze Bus riecht immer nach den Toten, die die im Keller haben.«

Agnes kannte das. Auch in ihrer Klasse war das vor drei, vier Jahren das Thema gewesen: die Toten des Tischlers Kindleben! So hatte es in der Wochenendbeilage der Kreiszeitung gestanden, weil der Tischler der einzige Bestatter in der Gegend war. Tagsüber liefen Bandsägen und Hobelmaschinen, sie tischlerten Tische, Bänke, Schränke – und Särge. Nachts brannte dann im hintersten Fenster der Tischlerei ein rötliches Licht, weil dort Herr Kindleben die aufgebahrten Leichen für die ewige Reise fertig machte. Ein paar

Mutige aus Agnes' Klasse hatten sich einmal an das hochliegende Fenster gewagt und in den Raum hineingelinst. Wie bei Graf Dracula sehe es da aus, hatten sie danach erzählt, alles schwarz und purpur, überall Kerzen, und eine tote Frau sei ganz nackt dagelegen, alles habe man sehen können. Ein' Strick um den Hals habe sie gehabt, weil's ja eine Selbstmörderin gewesen sei …

»Karo! Hör auf!«, fuhr Agnes die Schwester an, aber Karoline war nicht zu bremsen.

» … und die Burschen schmeicheln sich bei ihr ein, dass sie ihnen so ein' Toten zeigt. Der Lorenz hat ihr letzte Woche sogar eine Manner Zitron geschenkt …«

»Warte, das zahl ich dir heim!«

»Schluss jetzt!« Agnes hatte Mühe, die zwei voneinander getrennt zu halten.

»Wenn's aber wahr ist! Weil's eine Mutprobe ist, und der Edi Koller hat sie küssen dürfen, weil er dabei 'ner alten toten Frau die kalte Hand gehalten hat …«

»Das stimmt überhaupt nicht, weil der der Theresa so was von egal ist. Der darf sie nie küssen, hat sie letzte Woche in der großen Pause gesagt, und wenn er der letzte Überlebende wäre. Alle haben's gehört!«

»Was haben alle gehört?«, rief die Mutter aus dem Schlafzimmer. »Bloß ich wieder nicht.«

»Nix, Mama, Schulkram!«, rief Agnes und deutete ihren Geschwistern, sich zusammenzureißen. »Wir sind gleich fertig. Eine Minute noch!«

Wenig später hatten es sich die Kinder bei der Mutter im Bett bequem gemacht. Karoline und Lorenz lagen links und rechts an ihrer Seite, und Agnes hatte sich zu ihren Füßen zusammengerollt. Als wäre eine Fee mit dem Zauberstab über sie gegangen, waren alle wie verwandelt. Die Kleinen zankten sich nicht mehr, Agnes drückten keine Sorgen, und die Mutter war fröhlich wie schon lange nicht mehr.

Sie las ihnen, wie an den meisten Abenden, eine Gutenachtgeschichte vor, dieses Mal wieder aus den *Höhlenkindern. War Peter mit seiner Ziegenherde allein im Gefels, so vertrieb er sich nach Hirtenbubenart die Zeit, indem er spielend mit Steinen nach allerlei Zielen warf. Durch fleißige Übung bekam er schließlich so große Zielsicherheit, dass er bald ein Murmeltier vorm Bau, bald einen Alpenhasen beim Grasen erlegte, indem er mit einem wuchtigen Stein dessen Kopf traf. So steuerte er manches Stück schmackhaften Wildbretes für die Küche bei und schulte Auge und Hand …*

Agnes hetzt durch den Hochwald. Immer wieder dreht sie sich um, denn sie ist auf der Flucht. Noch sieht sie ihre Verfolger nicht, aber sie kann sie schon hören. Die Hetzrufe. Die anschlagenden Hunde. Sie prescht durch das Unterholz, reißt sich Hände und Gesicht blutig, zieht sich an Stämmen weiter und weiter. Glitschiges Moos. Schwer zu durchdringende Dornenhecken. Keuchend erreicht sie das Ende des Hochwaldes. Rechts die steile Bergwand, ein unüberwindbares Hindernis, links eine Geröllhalde und unten der Forstweg, den sie kennt. Sie nimmt allen Mut zusammen und springt, rutscht die Geröllhalde hinunter, immer schneller, die Steine unter ihr schieben sich zusammen wie ein Schneebrett, sie rudert mit den Armen, um oben zu bleiben – da fällt ein Schuss. Sie spürt den Luftzug der Kugel, die knapp an ihrer Wange vorbeifliegt. Noch ein Schuss. Er trifft sie in den Rücken. Es wird still um sie. Blut steigt in ihren Mund, sie kann es schmecken und würgt es in konvulsivischen Bewegungen heraus und …

Keuchend schreckte Agnes hoch. Was für ein grässlicher Albtraum! Die Mutter hatte recht: Bei der Traumverteilung lag etwas im Argen, wieder hatte einer nicht aufgepasst und den falschen Traum in den falschen Kopf gesteckt! Diesmal in ihren.

Allmählich beruhigte sich ihr rasendes Herz. Sie sah, dass es schon Morgen war, das Dämmerlicht fiel durch den Spalt, den die zu schmalen Vorhänge ließen. An der Fensterscheibe kreiselte sirrend eine Fliege. Der Wecker zeigte kurz vor vier – zwei Stunden hatte sie noch, bis sie aufstehen musste. Sie überlegte, ob sie die Fliege erledigen sollte, da hörte sie etwas von draußen. Panisch wurde sie gewahr, dass sie die Geräusche aus ihrem Traum kannte: ein Wischen und Rutschen, ein Stampfen und Schleifen. Es waren die Tiere im Stall, die sich unruhig hin und her bewegten. Da fiel die Schuppentür zu.

Agnes war nun hellwach. Seit Wochen, so erzählte man sich in der Raika, trieb sich eine Bande in der Gegend herum, wahrscheinlich Rumänen oder Albaner, Zigeuner halt, die sich in der Nacht und im Morgengrauen in die Höfe schlichen und alles stahlen, was nicht niet- und nagelfest war. Maschinen, Werkzeug, ja sogar Tiere, denen sie die Mäuler mit Klebeband zuschnürten, damit sie nicht muhten oder meckerten. Drüben in Posen sollen sie sogar einer trächtigen Kuh das Kalb aus dem Leib geschnitten haben, um das Fleisch als ganz besondere Delikatesse an ein Luxusrestaurant in der Hauptstadt zu verkaufen.

Agnes stand leise auf und blickte durch den Vorhangspalt in den Hof hinaus – nichts war zu sehen. Sie vergewisserte sich, dass die Geschwister schliefen, und schlich aus der Kammer. Ob die Mutter wach war und auch die Geräusche bemerkt hatte? Ein Blick ins Schlafzimmer: Dünn und krumm lag sie da, wie ein Kleiderbügel aus Draht. Sie schlief fest. Leise zog Agnes die Tür zu. Obwohl sie es besser wusste, probierte sie, den Gewehrschrank zu öffnen. Natürlich war er verschlossen, der Vater hatte den Schlüssel bei sich. Sie zuckte zusammen. Wieder ein Geräusch da draußen. Diesmal klang es, als wäre ein Blecheimer umgekippt. Sie nahm das große Küchenmesser aus der Schublade der Kredenz und trat, zu allem entschlossen, ins Freie.

Das Messer angriffsbereit in der Faust, bewegte sich Agnes auf den Schuppen zu, aus dem die Geräusche kamen. Kurz davor blieb sie stehen und lauschte. Zögernd drehte sie sich um die eigene Achse, ihr Blick irrlichterte nach allen Seiten – doch überall war es still. Alles war wie immer: Der Obstgarten war mit Spinnennetzen durchzogen, der Gemüsegarten mit Tau bedeckt. Die Bienenstöcke waren stumm, die Bienen warteten noch auf die Wärme der ersten Sonnenstrahlen. Kein Mensch war zu sehen, keine verdächtige Bewegung. Zwei Türkentauben saßen auf dem Stalldach, putzten ihr beiges Federkleid und beäugten Agnes aus roten Augen. Der Bach wirbelte dahin und zeigte sich voll wie eh und je. Vom Vater wusste sie, er hatte ein geheimes, unterirdisches Reservoir in den Wäldern und Bergen. Auf einmal kratzte und scharrte es wieder im Geräteschuppen. Da war jemand drin. Agnes fasste das Messer noch fester und war mit wenigen Schritten am Schuppen. Mit einem kräftigen Stoß flog die Tür auf. »Uuuuah!«, brüllte sie.

Mit allem hatte sie gerechnet – aber nicht damit. Der Vater war der Eindringling! Er hängte gerade einen kleinen Rehbock an die Leiter, das Tier dampfte, er musste es erst vor Kurzem geschossen haben. Waren das die Schüsse gewesen, die sie im Traum gehört hatte?

Erst als der Bock auch am zweiten Lauf an der Leiter hing, drehte der Vater sich um und kam zu ihr. Er strich über ihre Stirn und Wange, lächelte sanft. Wie ausgewechselt wirkte er im Vergleich zu dem Abend, als er brütend am Tisch gesessen war. Als hätte sich alles Unglück als Missverständnis herausgestellt. Zuversicht erfüllte das Mädchen: Natürlich, der Vater war tagelang unterwegs gewesen, um all den Jammer, der sie umgab, aus der Welt zu schaffen!

»Schrei nicht so«, sagte er tadelnd, »du weckst noch alle auf. Außerdem hab ich dich schon gehört, als du aus der Haustür raus bist! So schleicht man sich nicht an.«

Er nahm ihr das Messer aus der Hand. »Danke …« Er ging zum Bock zurück und tastete über seine Bauchdecke. »Schau, so geht's Aufbrechen. Drücken, dann spürst die Rippen …«

Es war ein kleiner Bock, seine Spießer waren unverzweigt. Ein Jährling, so viel wusste Agnes über die Tiere. Sie sah das kleine Einschussloch hinter dem Schulterblatt, bestimmt war es ein glatter Blattschuss, denn schließlich war der Vater Förster und Schützenkönig gewesen.

»Hier, an der untersten Rippe, hier setzt du an …«

»Wildern ist verboten.«

»Ja. Schon … aber nicht für'n Förster. Kleiner Schnitt in die Bauchdecke …«

»Aber … du bist nicht mehr Förster.«

»So? Wenn's ich nicht bin, wer ist es dann? Gibt's einen neuen Förster? Einen, der an meiner Stelle steht? Nein? Na also!« Es war, als spräche er mit sich selbst. »Und solange die mir was schulden, nehm ich mir meinen Lohn … und dann über das Brustbein bis zum Unterkiefer die Decke aufschärfen.«

Wie ein warmes Messer durch die Butter, so fuhr die Schneide durch das Fell. Eine Dampfschwade stieg aus der aufgeplatzten Decke. Agnes kam näher und stellte sich neben den Vater. Sie spürte, dass er sie nahe bei sich haben wollte. Sie spürte, dass sie ihm zuhören sollte.

»Weiddarm und Blase vorlösen und vorsichtig nach unten ziehen …«

Gebannt sah und hörte Agnes dem Vater zu. Es war das erste Mal, dass sie so nah dabei war, die Wärme der Körperhöhle spürte und den süßlichen Geruch einatmete. Bisher hielt sie sich immer auf Distanz, wenn der Vater ein Tier ausweidete. Scheu und mit einem gewissen Schauder hatte sie aus der Entfernung zugesehen, war dem Blick des toten Tieres ausgewichen, weil sie sich immer an seinem Tod mitschuldig fühlte.

Diesmal war es anders. Es war, als hätte sie eine höhere Gewalt dorthin gestellt. Agnes fühlte keine Schuld und spürte keine Angst, keinen Ekel. Im Gegenteil, es versetzte sie in Staunen, mit welcher Zärtlichkeit der Vater die Schnitte setzte, wie das Fleisch nachgab und sich seinem Willen fügte.

»Schau, hier … vorsichtig mit dem Messer nacharbeiten … den ganzen Kladderadatsch aus dem Bauch heben, dann flutscht es schon von alleine heraus …« Er hatte eine Blechwanne unter das Tier gestellt, und die Innereien rutschten in einem Schwall hinein.

»Die Sehnen abtrennen. Aber alles Weiße im Körper lassen, das schützt das Fleisch vorm Austrocknen – hier, das sind die Filets …«

»Die Mutter ist krank«, entfuhr es Agnes unwillkürlich. »Zusätzlich zur anderen Krankheit. Sie sagt, es ist eine Sommergrippe, aber sie will nicht, dass der Doktor kommt.«

Der Vater nickte und arbeitete stumm weiter.

Das Mädchen dachte schon, er hätte es nicht gehört. »Ich wollte den Doktor Heinze holen …«

»Ich weiß. So ist die Mutter. Sie lässt sich nichts sagen.«

»Aber wenn du mit ihr redest …«

»Ich hab's probiert«, fiel er Agnes ins Wort, »sie will nicht.«

»Wenn du vielleicht nochmals mit ihr redest …«

Der Vater sah die Tochter scharf an. »Lass ihr den Willen, das hilft am meisten.«

Die Zornesfalte stand steil zwischen seinen Augenbrauen, und Agnes wusste, dass jedes weitere Wort sinnlos war. Sie wusste aber nicht, warum er plötzlich zornig war. Weil sie dagegenhielt? War er wütend auf sich selbst? Auf die Mutter, weil sie sich nicht raten ließ? Weil das Leben ungerecht war?

Der Vater wandte sich wieder dem Rehbock zu. »Ich seh, du musst noch viel lernen …«

Aber auch da wusste Agnes nicht, was er meinte. Wild zerlegen? Alles akzeptieren? Nicht widersprechen?

*

Unten in der Au, wo das Haus hinter den Weiden kaum noch zu sehen war, lagen auf einer Plane drei Gewehre. Aufgeklappter Lauf, und neben jedem Gewehr lag die dazugehörige Munitionsschachtel. »Der Bergstutzen hat die zwei Kugelläufe übereinander«, erklärte der Vater, »aber jeweils mit unterschiedlichem Kaliber. Unten die große Kugel, hier …«, er nahm eine Munitionsschachtel hoch und schüttelte die Patronen, »die .308 Winchester – oben die kleine Kugel, eine .222 Remington. Passt auf Horn und Geweih … und auf Sauen.«

Das war es also, was er am Vortag geheimnisvoll angekündigt hatte: Er führte das Mädchen in sein Handwerk ein. Waffenkunde, Schießen, Weidwerk. Kurz war Agnes enttäuscht gewesen, dass es nicht ums Motorradfahren ging; als sie aber die Schwere des Bergstutzens spürte, fühlte sie unvermittelt die Verantwortung, die ihr der Vater zugedacht hatte.

Als ob er sie zu seiner Stellvertreterin ernannt hätte und zu allem bevollmächtigte.

Er nahm das nächste Gewehr in die Hand. »Dagegen hat die Bockflinte einen glatten und einen gezogenen Lauf übereinander«, sagte der Vater. »Unten die Kugel – oben das Schrot. Aber …«, er nahm nun das letzte Gewehr auf und strich über die silberne Basküle zwischen Lauf und Hinterschaft, in die eine Moorlandschaft mit darüber fliegenden Schnepfen graviert war, und hielt dann dem Mädchen die verschieden großen Lauföffnungen hin, »… noch besser ist der Bockdrilling mit zwei Kugelläufen von unterschiedlichem Kaliber und einem Schrotlauf. Damit bist du für jedes Niederwild und jedes Hochwild bereit.«

Dann schossen sie. Auf alte Blechkanister und Dosen.

»Schulter nicht so hochziehen … Kopf weiter vor … Beine nicht so weit auseinander … Genauso weit auseinander, wie die Schultern breit sind! Reiß nicht so am Abzug! Sanft und beständig abdrücken! … Augen auf! Nach jedem Schuss kneifst du die Augen zusammen … Dann siehst ja gar nicht, ob und wo du getroffen hast!«

Pling! Plang! Nach ein paar Fehlschüssen traf Agnes. Immer genauer. Und die Dosen sprangen nur so weg.

Die Hitze war unten am Bach und hinter den Weiden erträglicher als tagsüber in der Lagerhalle. Aber die hohen Temperaturen dort hatten auch etwas Gutes. Die Burschen hatten Agnes in Ruhe gelassen, als hätte die Hitze das Testosteron heruntergefahren. Vielleicht hatten sie aber einfach nur das anfängliche Interesse an ihr verloren. Selbst Scholtysek blieb in seinem gekühlten Glassarg unsichtbar.

Um vier hatte die Raika geschlossen, und Agnes war so schnell wie möglich nach Hause geradelt. Geheimnisvoll hatte der Vater am Abend zuvor angedeutet, dass er etwas mit ihr vorhabe. »Und mit mir? Und mit mir?«, hatten Lorenz und Karoline gerufen, aber der Vater hatte abgewunken und gesagt: »Nein, das ist nur was für die Agnes. Ihr seid noch zu klein.«

Die Enttäuschung der Geschwister war groß gewesen, aber noch größer war ihre Neugierde, was der Vater vorhatte. »Weißt du's wirklich nicht?«, fragten sie der Schwester vorm Einschlafen ein Loch in den Bauch. »Nein, ehrlich.« »Aber kannst du dir denken, was es sein könnte?« »Nein, wirklich nicht, Ehrenwort!«

Seit zwei Tagen war der Vater wieder zu Hause, und alle taten so, als wäre er gar nicht fort gewesen. Keines der Kinder traute sich zu fragen, wo er gewesen sei. Es war eben, wie's war. Hauptsache, er war zurück.

Der Vater hatte die Gewehre wieder weggeschlossen. Jetzt saßen sie alle um den Tisch herum. Jeder an seinem Platz. Seit der Vater wieder da war, gab es Reh satt. Die Leber mit Salbeiblättern. Filets mit Preiselbeeren und Topfenknöpfle. Dazu eingemachtes Birnenkompott. Zu Mittag hatte der Vater ein Gulasch aufgesetzt, das den halben Tag vor sich hin gesimmert hatte, jetzt aßen sie es, mit Semmelknödeln und grünem Kopfsalat.

Auch die Mutter war wie ausgetauscht. Sie, die tagelang kaum aus dem Bett gekommen war, zeigte sich umgänglich und lachte, wenn einer was Lustiges erzählte. Und hübsch hatte sie sich gemacht! Die Haare lässig hochgesteckt, trug sie einen cremefarbenen Kaftan, der mit rosaroten Wellen bestickt war. Er war ein Mitbringsel des Vaters, der vor einigen Jahren mit dem Landesjagdverband in Abu Dhabi gewesen war, wo sie sich die Jagd mit Falken angesehen hatten. Ein Scheich hatte sie eingeladen und auch alles bezahlt, weil seine Lieblingsfalken allesamt aus der Gegend hier kamen.

Später zwängten sie sich zu fünft auf das Sofa, kuschelten und schmiegten sich aneinander. Und obwohl im Fernseher das Finale des Songwettbewerbs lief, erwärmten sich die Kinder kaum für ihre Favoriten, sondern suchten die Nähe der Mutter und des Vaters. Sie schlangen die Arme um- und ineinander, verknoteten und verhedderten sich.

Mitten in der Nacht wachte Agnes auf. Sie war lange nicht eingeschlafen, denn sie hatte gegrübelt, was der Vater denn mit ihr vorhatte. Was war es, wozu die Geschwister zu klein waren? Würde er eine Zigarette mit ihr rauchen? Eher nicht. Sie aufklären? Nein, bestimmt nicht! Das würde die Mutter machen, und außerdem war sie längst aufgeklärt. Fahrstunden auf dem Motorrad? Das wäre durchaus möglich, bei dem Gedanken schlug ihr Herz höher. Das war es, der Vater würde ihr das Motorradfahren beibringen, und sie könnte nach dem Sommer die Prüfung für den Mopedführerschein ablegen. Und wenn sie von ihrem Lehrlingsgehalt immer einen Fünfziger zur Seite legen würde, dann … Da hörte sie es wieder, dieses quietschende Geräusch, als würde jemand ständig auf eine Maus treten. Es kam von nebenan, aus dem Elternschlafzimmer. Vorsichtig krabbelte das Mädchen um Karoline herum und legte das Ohr an die hölzerne Wand. Obwohl die beiden auf der anderen Seite flüsterten, konnte es jedes Wort verstehen.

»Tu ich dir auch nicht weh?«

»Nein, nein … ist schon gut, ist schön, dich zu spüren.« Es war die Stimme der Mutter.

»Du sagst, wenn ich dir zu schwer bin …«

»Komm, so zerbrechlich bin ich nicht! … ahhh … ich hab dich so vermisst!«

»Und ich erst! Die ganze Zeit hab ich mir vorgestellt, bei dir zu sein … du sagst, wenn ich …«

»Jetzt hör auf! Du tust ja grade so, als ob ich sterbenskrank wär!« Die Mutter lachte, und der Vater stimmte halbherzig mit ein.

»Nein, bist du nicht … du hast aber eine Sommergrippe!«

»Diese Petze!«

Ertappt! Agnes spürte, wie ihr das Blut in den Kopf schoss.

Doch der Vater nahm sie in Schutz. »Nein, sie macht sich nur Sorgen … du solltest dich vom Doktor Heinze anschauen lassen.«

»Und du sollst nicht dauernd plappern …«

Das Mädchen hörte, wie sie auf der anderen Seite losprusteten und die Geräusche, die sie geweckt hatten, wieder kräftiger wurden. Das Knarzen und Quietschen kam vom schaukelnden Bettgestell, dessen Rückenlehne jetzt an die Wand schlug. *Tock, tock, tock!,* als kündigte der Hausgeist Mitternacht an.

»Nicht so wüst«, flüsterte die Mutter, »wir wecken noch die Kinder!«

»Dann lernen sie fürs Leben«, hörte Agnes die Stimme des Vaters, aber die Stöße gegen die Wand wurden weniger. Die beiden sagten jetzt nichts mehr. Leicht befremdet nahm Agnes das Ohr von der Wand, denn auch so war alles zu hören. Bald konnte sie nicht mehr zuordnen, wem was gehörte: das Stöhnen und schnelle Atmen, das monoton anhaltende Winseln, als wäre Vaters alter Jagdhund Krambambuli zurück und forderte Einlass, dann wieder ein Seufzen und Jammern und ein leises Klagen, und schließlich war es Agnes so, als schluchze die Mutter. Dann wurde es still.

Das sollte es sein, worauf alles hinauslief? Stöhnen und Jammern? Und darum machte man ein derartiges Aufheben? Zum Vergessen, dachte Agnes noch, als ein irritierendes Gefühl in ihren Unterleib fuhr. Das Herz schlug ihr bis zum

Hals. Unwillkürlich musste sie sich den Bauch halten. Da dachte sie an Jo.

»Was ist?«, fragte Lorenz. »Hast du Bauchweh?« Er war aufgewacht und sah die Schwester in der verbogenen Haltung. »Vom Gulasch?«

»Nein … alles gut«, sagte sie.

Zeitig am nächsten Morgen stieg Agnes mit dem Vater den Waldhang hinauf. Es war ein gewachsener Mischwald mit Bergahorn, Ulmen und Eschen, durchwachsen mit Fichten und Lärchen. Geschmeidig und sicher glitten sie durch die Büsche und Haselsträucher, unter üppigen Farnen hindurch, die sie mit ihren Fächern und Wedeln um Haupteslänge überragten.

Agnes vermied den zu eiligen Tritt auf trockene Blätter, wich dürrem Geäst aus und den holzigen Zweigen des Holunders. Noch war die Sonne nicht aufgegangen, und die Feuchtigkeit der Nacht lag wie Quecksilber auf den Blättern. Wenn Agnes daranstieß, fielen Tautropfen wie silberne Glasperlen.

Die Hand des Vaters fuhr in die Höhe. Agnes blieb stehen und lauschte. Ein Stück weiter oben, schräg nach links, konnte sie wiederholt ein Knacken hören. Ein Rascheln. Ein Flüstern?

Der Vater nickte ihr zu und setzte sich abwartend ins Moos.

Jetzt lag es an ihr. Sie zögerte. Erst als der Vater ungeduldig vorwärts deutete, ging sie alleine weiter. Sie näherte sich der Lichtung. Eine kleine Gruppe Rehe äste dort – und das war es, was sich wie ein stetes Flüstern anhörte, das Mahlen und Schmatzen der Tiere.

Durch das Zielfernrohr sah Agnes den Bock, wie er sich nach oben streckte und mit vorgeschobenen, wulstigen

Lippen und langer Zunge nach den Blättern einer jungen Buche gierte. Ein Gabelbock mit rötlichbrauner Decke und einem blütenweißen Spiegel am Hinterteil. Er war ein Jahr älter als das Böcklein, das der Vater geschossen hatte, denn seine Stangen hatten schon zwei Sprossen. Was für ein perfektes Tier!, dachte sie, wie schön es ist! In diesem Augenblick zuckten die Lauscher in ihre Richtung, und der Rehbock sah zu ihr herüber.

Wenzel hatte sich nach hinten ins feuchte Moos fallen lassen und sah durch die Baumkronen den vorbeiziehenden Wolken nach. Jetzt galt es zu warten. Geduld war alles. Warte, und es passiert, hatte er Agnes mit auf den Weg gegeben. Die Zeit, die beim Warten verbrennt, hat keinen Rauch, der dich verrät. Er war seit langer Zeit wieder einmal mit sich im Reinen. Die Last der letzten Wochen und Monate schien wie weggeblasen. Er war voller Zuversicht, dass er sein Mädchen auf die richtige Spur gebracht hatte.

Dann fiel der Schuss.

»Komm Herr Jesus, sei unser Gast und segne, was du uns bescheret hast …«

Noch vor dem *Amen!* schielten die Kinder über die gefalteten Hände und vergewisserten sich: Auch heute saß der Vater wieder an seinem Platz, da stand nicht nur sein leerer Teller.

»Aufgewärmt schmeckt das Gulasch noch immer am besten!«, sagte der Vater.

Mit vollen Backen stimmte Lorenz ihm zu. »Und mir am dritten Tag!«

Die Mutter hatte das Kleid mit der rot-gelben Blumenstickerei angezogen und die Haare unter ein breites Stirnband gebunden. An beiden Handgelenken trug sie Armreife, dreizehn insgesamt, dünne Goldreife, die ihr der Vater zur Geburt von Agnes geschenkt hatte. Ihre sonst meist müden und geröteten Augen waren klar und die Wangen rosig. Nur Agnes aß zurückhaltend und war still und in sich gekehrt.

»Agnes?«, fragte die Mutter.

»Lass sie«, sagte der Vater. »Sie muss einiges verdauen. Nicht nur das Gulasch.«

Genau das traf zu. Der Schuss. Sie hatte den Schuss weit über den Rehbock gesetzt. Sie hatte ihn nicht verfehlt, sie hatte mit Absicht darüber geschossen. Das Tier hatte sie angesehen, wie Karoline sie manchmal ansah, offen und ohne jeden Arg.

Der Vater war nach dem Schuss zu ihr hochgestiegen und hatte ihr sofort angesehen, dass es kein Fehlschuss war, sondern ein Verweigerungsschuss. Er hatte sie ohne ein weiteres Wort in die Arme genommen. »Alles in Ordnung, mein Mädchen«, hatte er gesagt, »das zeigt nur, dass du ein Herz hast.«

Trotz des Trostes war Agnes sich sicher, den Vater enttäuscht zu haben, auch wenn er sich nichts anmerken ließ. Was für Mühe hatte er sich gemacht, ihr alles beizubringen. Alles Vertrauen hatte er in sie gesteckt. Und sie schoss voller Absicht in die Wolken!

»Drüben in Lubis ist eine Stelle für einen Förster im Nationalpark ausgeschrieben«, hörte Agnes den Vater sagen. »Erfahrung im Waldbau, Naturschutz und Erholungsnutzung ist Bedingung. Was meint ihr? Soll ich mich bewerben?«

Alle nickten. Nur Agnes hielt sich zurück.

Die Mutter legte ihre Hand auf die Hand des Vaters. »Ja. Stell dich vor. Dann kannst das ganze Gesindel hier vergessen!«

»Und? Was sagst du?«

Erschrocken sah Agnes auf, denn der Vater hatte sie gefragt. Das hatte er bisher noch nie gemacht, sie bei Entscheidungen mit einzubeziehen. Ausweichend antwortete sie. »Schon. Aber dann bist ja drüben auf der anderen Seite. Dann bist ja nicht bei uns.«

Kurz wurde es still, dann lachte der Vater und tippte Agnes auf die Stirn. »Kluges Fräulein. Aber darüber zerbrechen wir uns später den Kopf. Erst bewerbe ich mich, und dann muss ich die Stelle auch noch bekommen. Gibt es heut nicht noch Palatschinken?«

»Ja!«, rief Karoline. »Mama, du hast es versprochen!«

»Ich sag ja nichts dagegen! Und heute macht zur Abwechslung Agnes die Palatschinken.«

»Ich weiß gar nicht, wie das geht«, sperrte sich Agnes.

»Dann wird's höchste Zeit. Los. Hol das Mehl! Zwei Tassen Mehl, vier Tassen Wasser, zwei Eier, Salz …«

Wenig später goss Agnes ein aufs andere Mal den Teig mit einer fließenden Bewegung in die heiße Pfanne, schwenkte ihn glatt und buk die Palatschinken aus. Am Tisch wurden sie mit selbst gemacher Marillenmarmelade bestrichen, eingerollt und mit Genuss verspeist.

»Fast so gut wie die von der Mama«, sagte Lorenz mit verschmiertem Mund, »aber bei der Mama muss man nicht so lang auf Nachschub warten.«

Nach dem Essen sagte der Vater: »Komm, Agnes! Zieh die Jacke an!«

»Wohin geht ihr?«, riefen die Kleinen und wollten mit.

Der Vater drehte sich in der Tür um. »Ich hab's gestern schon gesagt: Das ist nur für die Agnes.«

»Immer sie, immer kriegt sie alles«, protestierte Lorenz, aber da waren die zwei schon draußen.

Der Vater schob das Motorrad aus dem Schuppen. Es war

eine BMW r 25/2, aus dem Jahr 1952. 250 ccm, Einzylinder Viertakt-Motor, 12 PS. Es war die erste Maschine des Freiherrn von Mosheim gewesen, und er hatte sie dem Vater vor einigen Jahren überlassen, und wenn Wenzel nicht mit dem Pajero, seinem Dienstfahrzeug, unterwegs war, brauste er mit dem Motorrad über die kurvigen Straßen der Gegend.

Schritt für Schritt erklärte der Vater die Maschine. Die technischen Details kannte Agnes, sie wusste längst, wie alles zusammenhing, hatte sie doch das BMW-Handbuch verschlungen, wie andere Mädchen *Hanni und Nanni* verschlingen.

»Was ist das?«, fragte der Vater und zeigte auf das Kästchen am linken Lenkergriff.

»Abblendschalter oben gibt Fernlicht, unten Abblendlicht.«

»Und das?«

»Fußschalthebel. Nach unten drücken – erster Gang. Eins nach oben – Leerlauf. Zweiter, dritter, vierter Gang – weiter nach oben ziehen.«

»Dann fahr mal eine Runde«, sagte der Vater.

Und Agnes fuhr. Sie hatte oft genug den Burschen vor der Schule zugeschaut, wie sie mit ihren Mopeds ihre Show abzogen, mit den Vorderrädern hochstiegen, die Hinterreifen qualmen ließen, hatte genau auf ihr Spiel mit Gas und Kupplung geschaut. Beim ersten Anfahren hatte sie allerdings die Kupplung zu schnell losgelassen und zu wenig Gas gegeben, es hoppelte und ruckte, aber gleich hatte sie die Maschine im Griff. Nach ein paar Runden im Hof hielt sie neben dem Vater und strahlte vor Freude. »So schön! So schön!«, sagte sie.

»Wollen wir eine Ausfahrt machen?«, fragte der Vater. Agnes nickte und wollte absteigen. Aber der Vater drückte sie zurück auf den Sitz und setzte sich hinter sie. »Du fährst!«

Dass ihr das passierte! Agnes konnte ihr Glück nicht

fassen. Noch vor wenigen Stunden war sie sicher, er würde ihr den Fehlschuss nie verzeihen, und jetzt sollte sie mit dem Motorrad eine Ausfahrt machen. »Los geht's, Fräulein!«, sagte er hinter ihr. Sie lachte, zog die Kupplung, legte den Gang ein und fuhr los, samten wie ein Luftzug.

In der Nacht war es wie die Nächte zuvor: Die Eltern schliefen miteinander. Wimmern, Stöhnen und schließlich das leise Schluchzen. Agnes saß wach im Bett, vor sich Karoline, alle viere von sich gestreckt, hinter ihr der schlafende Lorenz. Diese Geräusche der Eltern verwirrten sie, machten ihr Lust und zugleich war da noch etwas Seltsames, Dunkles. Noch immer vibrierte ihr Körper – alles war in hellster Aufregung. An der Raika vorbei waren sie bis vors Ortsschild von Cronberg gefahren. Zwanzig Kilometer! Und einmal, auf der langen Geraden, die hinter der Eisenbahnbrücke leicht bergab ging, hatten sie tatsächlich 95 Stundenkilometer draufgehabt. Wahnsinn! Der Vater hatte ihr auf den rechten Arm geklopft, damit sie vom Gas herunterging, denn wenn es nach ihr gegangen wäre, hätte sie die Hundert spüren wollen. Wenn sie Jo jetzt träfe, würde sie sagen, deine Puch Racing ist ja ganz nett, aber mit einem richtigen Motorrad kann sie nicht mithalten! Dann würde sie ihm erzählen, wie sie mit der BMW die langgezogene Steigung hinter den Fuggerwiesen hoch ist, und schließlich, mit dem Scheinwerfer an, die vielen Kehren von der Hohen Klamm hinuntergefahren war. Zweiter, Erster, Motorbremse.

Agnes zuckte zusammen. Etwas war anders geworden. Sie drehte sich zur Wand und horchte angestrengt. Auf der anderen Seite war es mucksmäuschenstill. Vorsichtig stieg sie über Karoline und legte das Ohr an die Wand. Nichts. Schliefen die? Hatte sie so viel über Jo gegrübelt, dass die auf der anderen Seite eingeschlafen waren? Da hörte sie, wie die

Haustür geöffnet und wieder zugezogen wurde. Sie war nun hellwach. Panik überkam sie.

Sie stieg aus dem Bett und huschte in die Wohnküche. Niemand war da, und der Eingang war dunkel und geschlossen. Sie trat vor das Schlafzimmer der Eltern und schob die Tür einen Spalt weit auf. Zuerst dachte sie, sie sähe auf dem Bett Vater und Mutter in inniger Umarmung, aber dann erkannte sie, dass es nur die zusammengeschobene Decke war. Wo waren Vater und Mutter? Fort? Beide? Ließen sie sie etwa mit den Kleinen alleine zurück? Agnes drehte das Licht an – niemand.

»Was ist?«

Agnes schreckte zurück, denn die Mutter stand plötzlich neben ihr. Sie starrte die eben noch verschwunden Geglaubte an und brauchte einen Augenblick, um zu begreifen, dass es tatsächlich die Mutter war.

»Kannst du nicht schlafen?«, fragte die.

Agnes schüttelte den Kopf.

»Ich auch nicht«, sagte die Mutter. »Ich hab mir aus dem Bad Melissengeist geholt.« Wie zum Beweis hob sie die geriffelte Flasche hoch, als Agnes ihr an den Hals flog. Sie drückte die Mutter, klammerte sich an sie wie eine Ertrinkende.

»Ich hab gedacht, dass du mit dem Vater für immer fort bist«, murmelte sie.

»Ach, Dummerchen. Wie kommst du denn auf so was! Ich bin hier, und der Vater ist hinaus, um sich für die Arbeit vorzustellen. In ein paar Tagen ist er wieder da.«

*

Die Hitze hielt unverändert an, und die Tage zogen sich dahin, zäh wie der geschmolzene Teer auf der Straße, dem Agnes ausweichen musste, wenn sie in der Mittagspause nach Hause und von dort wieder zur Arbeit radelte. Auf den Hängen links und rechts verdorrte das nachwachsende Gras, und nur die Pflanzen mit Flaum und Silber auf den Blättern hielten es besser aus. Johanniskraut, Waldschmiele und das Zittergras, das mit seinen herzförmigen Ähren bebte.

Es ging auf Ende Juni zu, und niemand konnte den hohen Temperaturen noch etwas abgewinnen. Auch die Bauern nicht, die nach dem hochwertigen ersten Heu nun auf den Feldern die vertrockneten und viel zu kleinen Weizenkörner beklagten. Ununterbrochen fuhren die Mähdrescher, um wenigstens das Kümmerkorn zu ernten, bevor die Ähren mit einem weiteren heißen Tag den Rest der Körner verloren.

Nur unten in der Senke, wo der Bach die Schleife zog und von Weiden gesäumt war, konnte man es gut aushalten. Auch Gemüse und Salat gerieten hinter dem Stall prächtig, während in anderen Gärten vieles einging. Der Vater hatte nämlich eine Bewässerungsanlage durch den Gemüsegarten gebaut, die, wie er sagte, kein Pharao am Nil so hinbekommen hätte. Er hatte vom Bach bis in die Beete alte Dachrinnen vergraben, und einmal am Tag, meistens zeitig am Morgen, zog er am Bach einen Schieber hoch, das Wasser schoss in die Leitung und flutete für eine Viertelstunde den Gemüsegarten.

Außerdem war es hier unten kühler als rundum, und stets wehte eine leichte Brise. Das sei ihre Aircondition, hatte der Vater letzten Sommer erklärt. Weil wir im Talgrund sind, gibt es immer Zugluft, und die streicht über das kalte Gletscherwasser und – Abrakadabra! – schon haben wir eine perfekte Klimaanlage. Nicht anders funktioniert so was in New York! Warst du schon in Nuork?, hatte Lorenz gefragt, und bevor der Vater hatte antworten können, sagte die Mutter: Aber sicher! Der Vater war schon überall auf der Welt – mit dem

Finger auf der Landkarte! Das nimmst du zurück!, hatte der Vater gerufen, und sie waren übereinander hergefallen, so wild und zärtlich wie die Schwalben im endlos blauen Himmel.

Das war an jenem vollkommenen Sonntagnachmittag gewesen, den Agnes in ihrem Aufsatz bei der Berufsberatung hatte beschreiben wollen. Dieses Glück, das man nur mit geschlossenen Augen ertragen kann.

Am Morgen zog, weil der Vater unterwegs war, Agnes den Bewässerungsschieber, und während die Beete geflutet wurden, fütterte sie die Tiere, dann die Geschwister, dann fuhr sie diese zur Bushaltestelle. »Dass mir keine Klagen kommen!«

»Ja, ja«, murrte Lorenz zur Antwort, und Karoline winkte, während sie in den Bus stiegen, von wo Roman, der Held der Arbeit, ihr zublinzelte.

In der Raika ging alles seinen Gang. Scholtysek war weiterhin unsichtbar, die Klimaanlage blieb ausgeschaltet, die Ventilatoren ächzten und erzeugten mehr Hitze, als sie verdrängten. Kaum einer bewegte sich, und wenn doch, dann in Superzeitlupe. Wenn tatsächlich etwas von links nach rechts kam, dann, weil Agnes es dorthin bugsierte. »He, Rekrut!«, riefen sie, oder: »Bursche! Azubi! Sklave! Bestellung Froberg zusammensuchen!« Agnes stellte die Posten zusammen: 20 Meter Vliesunterlage fürs Hochbeet, Bio-Schafwolldünger in Noppen, 15 Kilo Rasenkalk. Da hörte sie, dass sich draußen eine Puch Racing der Halle näherte. Augenblicklich schlug ihr Herz bis zum Hals. Jo! Er hatte sie ja gefragt, wo sie die Lehrstelle habe, und hatte das nicht so geklungen, als ob er sie besuchen würde? Es dauerte keine Minute, bis Heinz nach ihr rief. »Lehrling, Kundschaft!« Agnes war froh, dass er sie nicht mit einem der Spottnamen rief, aber wahrscheinlich durften sie das vor der Kundschaft nicht; sie wischte sich den

Schweiß vom Gesicht, stopfte das heraushängende T-Shirt in die Latzhose und ging zum Eingang. Sie grinste, weil sie sich vorgenommen hatte, so das Gespräch anzufangen: Kennst du den Song? Ich hör auf mein Herz! Ich will den Verstand verlieren …

Es war aber nicht Jo, es war sein Vater, der Oberhunne. Agnes war enttäuscht. Er wollte sieben Meter Ansauggarnitur, 11/2 Zoll, und zwei C-Kupplungen dazu.

»Der Jo war mit mir in der gleichen Klasse«, sagte sie. »Als ich die Puch gehört hab, hab ich gedacht, er ist's.«

»So …«, sagte der alte Weis, »aber er ist gar nicht hier. Ich hab mir das Moped nur ausgeliehen«

»Ah. Ist er schon in Cronberg? Fängt er auch früher an?«

»Nein, der Jo ist in Spanien. Noch einmal richtig Ferien machen, bevor der Ernst des Lebens beginnt.«

»Wo denn? In Mallorca?«, fragte sie mechanisch, denn die Antwort wollte sie schon nicht mehr hören. Trotz der Hitze bekam sie klamme Hände. Warum hatte er ihr nichts gesagt? Sie war doch seine Kumpanin.

»Costa Blanca, Alicante. Die Eltern seiner Freundin haben ein Haus am Meer gemietet und ihn eingeladen. Bezahlen alles, Flug, Essen …«

Der Vater kam nicht, wie es die Mutter angekündigt hatte. Es war schon mehr als die halbe Woche um. Unablässig quälten Agnes die Neuigkeiten über Jo. Jedes Detail daran piesackte sie wie ein Brennnesselkleid. Warum mit dieser abscheulichen Kuh?! Mit ihrem widerlichen Busen! So sehr sie auch den Namen verdrängte, er ploppte immer wieder auf: Margit. Sie war die Tochter vom Malermeister Unger, der im Umland fünf Betriebe hatte. Jos zukünftiger Lehrherr. Wenn wenigstens der Vater zurück wäre! Bestimmt hätte er ihren Kummer sofort bemerkt und sie getröstet. Weine nicht um den, würde er sagen, es werden andere kommen, bessere! Oder: Wart's ab, der findet schon heraus, was für einen blöden Trampel er sich da angelacht hat, der kommt schon bald reuevoll zu dir zurück! Und weißt du was? Dann nimmst du ihn nicht mehr! Das fand sie noch ermutigender.

Jeden Morgen war Agnes schon lange vor dem Wecker wach und lauschte in das Zwielicht hinaus, ob sie nicht ein verräterisches Geräusch vom Vater hörte. In der Mittagspause und am Abend stürmte sie in der Hoffnung nach Hause, dass er an seinem Platz sitzen und ungeduldig nach dem Essen verlangen würde. Aber er kam nicht.

Wieder war es Mittag geworden. Agnes bog von der Hauptstraße auf den Schotterweg. Sie ließ das Fahrrad laufen und den Fahrtwind durch ihr T-Shirt wehen. Sie rumpelte über die löchrige Bohlenbrücke, die eine Schleife des Baches überquerte, fuhr durch die Streuobstwiese, vorbei an den Bienenstöcken und dem Haufen grob gespaltener Meterscheiter, die letzten Herbst hier abgeladen worden waren und nicht am Schuppen, wo sie hingehört hätten. Seitdem moderten sie vor sich hin, anstatt dass sie mit der Kreissäge zugeschnitten und mit dem Spalter in die richtige Größe geteilt worden wären. Sie malte sich aus, wie gerecht es nur wäre, Margit ebenfalls mit Kreissäge und Spalter zurechtzustutzen, als sie in den Hof einbog.

Vor dem Hauseingang parkte ein hellgrünes Auto. Agnes kannte es nicht. Kreisstadt-Kennzeichen. Sie blickte in den Wagen, entdeckte aber nichts, was einen Rückschluss auf den Fahrer zugelassen hätte. Wo war der überhaupt? Im Haus? Bei der Mutter? Sie hörte Lorenz und Karoline unten am Bach, wo sie von den höher gelegenen Steinen in die Gumpe sprangen.

»Lori! Karo!«, rief sie, doch die beiden hörten sie nicht. Merkwürdig, dachte sie, dass die Kinder so gar nicht am Besuch interessiert waren. Nochmals rief sie nach ihnen, und als sie wieder nicht reagierten, ging sie ins Haus. Überrascht blieb Agnes in der Tür stehen.

Am Tisch saß eine Frau, die ihr bekannt vorkam, eine andere Frau stand am Herd und inspizierte die Kochtöpfe mit dem vorbereiteten Mittagessen. Jetzt drehte sie sich um, und Agnes, die gerade fragen wollte, was die beiden wollten, blieb das Wort in der Kehle stecken. Rot wie Blut, weiß wie Schnee und schwarz wie Ebenholz.

»So schnell sieht man sich wieder, Fräulein Waldner. Wer hätte das gedacht.«

Agnes starrte Sonja Hartmann an. Der Blick, die Stimme. Schon in der Wirtschaftskammer neulich hatte Agnes gemeint, an ihrer Angst ersticken zu müssen. Da war etwas Bedrohliches, das seit sieben Jahren in ihr hauste. Manchmal schien das Drohende verschwunden zu sein, es gab sogar Tage, an denen das Mädchen nicht daran dachte, um dann wieder nachts aus einem Traum hochzufahren, in dem jemand auf Nase und Mund drückte und sie zu ersticken drohte. Sie hatte aber keine Erinnerungen daran, was damals geschehen war.

»Was ist? Was schaust mich so an?«, sagte Sonja Hartmann und stellte sich hinter die Frau am Tisch, um Agnes besser ins Gesicht schauen zu können. Agnes schüttelte den Kopf, murmelte einen kaum verständlichen Gruß und ging zum Herd. Sie schaltete die Platte an und rührte das Vorgekochte durch.

»Ich bin die Klassenlehrerin vom Lorenz«, sagte die Frau am Tisch. »Aber du kennst mich ja, warst ja noch bis vor Kurzem auf der gleichen Schule. Es geht um Lorenz. Er schlägt seine Mitschüler. Er prügelt sich. Er ist renitent. Ich werde seiner nicht mehr Herr. Da ist mir gar nichts anderes übrig geblieben, ich musste das Jugendamt einschalten.«

Agnes brachte kein Wort heraus. Sie starrte an die Wand. Sonja Hartmann ging durchs Zimmer und schaute sich ungeniert um, sah das nicht abgewaschene Frühstücksgeschirr, Anziehsachen, die herumlagen, Spielzeug und Schulbücher, die achtlos verstreut waren.

Währenddessen zählte Frau Zauner, die Klassenlehrerin, weitere Verfehlungen von Lorenz auf. So kannte man ihn hier nicht. Agnes öffnete die Eingangstür und ging die vier Stufen hinunter.

»Lorenz! Karoline! Mittagessen! Aber sofort!«

Als sie in die Küche zurückkam, deutete die Lehrerin irritiert zum Badezimmer. »Wer ist das?«

»Unsere Mutter.« Agnes wunderte sich, dass sie sich noch nicht bemerkbar gemacht hatte.

Frau Hartmann und die Lehrerin starrten auf die Frau im offenen Bademantel, die sich unter den laufenden Wasserhahn beugte und mit gierigen Schlucken trank. Dann richtete sie sich auf, trocknete mit dem langen Zipfel des Badetuches ihren Mund ab und blickte abschätzig auf die Besucher.

»Agnes, wer sind diese Leute?«

»Frau Zauner, die Klassenlehrerin vom Lorenz. Er hat sich danebenbenommen und …«

Lorenz und Karo kamen herein und stellten sich kleinlaut neben Agnes. Schützend legte sie die Arme um die Geschwister. Für Augenblicke herrschte eine abwartende Stille. Sonja Hartmann kämpfte mit sich, ob sie etwas sagen sollte, da wandte sich die Klassenlehrerin an die Mutter.

»Frau Waldner«, sagte sie, »entschuldigen Sie, dass wir so unangemeldet hereinplatzen, die Frau Hartmann vom

Jugendamt und ich, aber ich habe den Lorenz mehrfach aufgefordert, Ihnen oder dem Vater mitzuteilen, dringend mit mir Kontakt aufzunehmen ...«

»Unserer Mutter geht's seit ein paar Tagen nicht gut«, sagte Agnes. »Sie hat die Sommergrippe. Wenn Sie entschuldigen, sie soll wieder ins Bett, und die Kinder müssen gleich essen. Und ich muss in einer halben Stunde wieder in der Raika sein. Lorenz, Karoline – Tisch decken!«

Überrumpelt nickte die Klassenlehrerin, aber Sonja Hartmann wollte nicht so schnell nachgeben. »Für ein paar Sätze wird's ja vielleicht noch reichen, Frau Waldner. Gestatten Sie, Hartmann, Leiterin des Jugendamts, Erziehungs- und Familienberatung ...«

Da legte Frau Zauner besänftigend die Hand auf Sonja Hartmanns Arm und sagte leise: »Wir wollen uns doch nicht anstecken – so kurz vor Ferienbeginn.«

Die Mutter nickte wie zur Bestätigung und zog sich ins Schlafzimmer zurück. Die Kinder legten die Tischdecke auf und grüne Papierservietten, auf die rote Weihnachtsbäume gedruckt waren.

Sonja Hartmann warf der Lehrerin einen ärgerlichen Blick zu. Ihr gefiel diese Nachgiebigkeit nicht. »Und wo ist der Vater? Noch immer arbeitslos?«, fragte sie spitz.

Agnes füllte die Teller am Herd, und ohne sich umzudrehen, sagte sie: »Er ist drüben in Lubis. Er hat eine Stellung im Nationalpark in Aussicht.«

»Und? Wann kommt er wieder?«

»Er hat sich noch nicht gemeldet, aber wir erwarten ihn bald zurück.«

»Richte ihm aus, er soll unbedingt bei mir erscheinen, bevor ...«, sagte Frau Zauner.

»... bevor sich alles verschlimmert und ich Schritte einleiten muss«, fiel ihr Sonja Hartmann ins Wort, »und was dann kommt, das weiß er ja.«

Agnes wusste es auch. Damals hatte Frau Hartmann auch Schritte eingeleitet. Ihr Herz klopfte wie wild.

Endlich gingen die Frauen. Die Kinder aßen stumm und linsten zu Agnes, die mit dem Löffel in der Faust dasaß und keinen Bissen hinunterbrachte. Lorenz räusperte sich.

»Dauernd hänseln sie mich und werfen mir den nassen Schwamm an den Kopf. Von hinten! Und die Zauner hackt auf mir rum, immer bin ich schuld, auch wenn die Kreide abbricht, weil sie der Pippo angesägt hat …«

»Ist gut, Lori. Das hat alles nichts mit dir zu tun.«

»Agnes! Kommst du mal!«, rief die Mutter.

Das Mädchen ging zum Schlafzimmer und blieb in der Tür stehen. Die Vorhänge waren zugezogen, im dämmrigen Licht konnte es die Mutter kaum erkennen, die im Bett saß, nach hinten in die Kissen gelehnt – und rauchte.

»Mama!«, entfuhr es dem Mädchen. »Du darfst doch nicht rauchen!«

»Ich weiß, es ist eine Ausnahme. Komm, setz dich zu mir.«

Agnes setzte sich zur Mutter aufs Bett und wedelte demonstrativ mit der Hand den Rauch von ihrem Gesicht.

»Jetzt stell dich nicht so an. Ich sterbe an Nierenkrebs und nicht an Lungenkrebs.« Erschrocken sah das Mädchen sie an, aber die Mutter redete weiter. »Einmal in der Woche rauche ich eine, was ist das schon! Außerdem ist das hier eine Belohnungszigarette, die ich dir zu Ehren rauche.«

»Aber du stirbst doch nicht!«, sagte das Mädchen heftig.

Die Mutter nahm einen tiefen Zug und blies, begleitet von einem Zungenschnalzen, Ringe an die Decke. »Du hast recht, so schnell trete ich nicht ab. Nicht wie die beiden Wichtigtuerinnen. Die hast du richtig gut abserviert. Hast dich nicht einschüchtern lassen und bist trotzdem höflich geblieben. So kriegst du sie alle klein. Und das Wichtigste war: Du hast keine Angst gehabt!«

»Aber ich hab Angst gehabt.«

»Das war nur die äußere Angst. Innen drinnen hast du keine Angst gehabt. Und das ist entscheidend.«

*

Eine Hand rüttelte sanft an ihrer Schulter. Agnes schreckte hoch, und ein Finger legte sich auf ihren Mund. »Ssssch!« Für ein paar Augenblicke stand die Welt still, doch dann bewegten sich die Staubkörner wieder im schmalen Streifen des Dämmerlichts, das durch die Vorhänge und auf das Gesicht der Gestalt fiel.

Es war der Vater. Es ist Sonntag, und er ist nun doch aufgetaucht, wie es die Mutter angekündigt hat, dachte Agnes.

»Komm«, sagte er leise.

Mit einem Schlag war sie hellwach. Behutsam stieg sie über die ausgestreckten Arme und Beine der schlafenden Geschwister, nahm ihre Anziehsachen vom Stuhl und schlich mit dem Vater lautlos aus der Kammer.

Der frühe Morgen wartete mit einem Überfluss an Schönheit auf. Es war, als ob die Natur ihre Pracht und Erhabenheit regelrecht zur Schau stellen wollte. Klare, feste Luft. Wie ein Zeremonienmeister strich Nebel durch die Erlen und Ebereschen, umschlang die Schlehen; das Wollgras und die Moorlilien waren vom Tau bedeckt, der wie Bergkristallsplitter glitzerte.

Vater und Tochter gingen auf dem notdürftig instand gehaltenen Knüppelpfad durch die Sumpfwiese auf den Hochtenn zu, über dessen Ostgrat bald die ersten Sonnenstrahlen blitzen würden. Beide hatten sie das feste Bergzeug angezogen. Der Vater hatte eine Feldflasche umgeschnallt, was auf eine längere Wanderung hindeutete. Er zeigte auf den Wald und die Berge, die scheinbar vollkommen unberührt vor ihnen lagen.

»Wenn der Wald dich mag, dann verschluckt er dich und niemand wird dich mehr finden.«

Agnes verstand nicht, was er meinte.

Sie schritten stramm einen Ziehweg hoch, als der Vater wieder ansetzte: »Du sollst es nur wissen. Merk es dir.« Aus der Jackentasche fischte er eine Lederschnur, an der eine Patronenhülse hing. Er hängte sie ihr wie ein Schmuckstück um den Hals.

»Die erste Patrone, mit der du auf was Lebendiges geschossen hast. Das soll ab jetzt dein Talisman sein.«

Der Weg, der kein Weg mehr war, wurde steiler. Ohne auf das Mädchen Rücksicht zu nehmen, führte Wenzel die Tochter durch bemooste Felsen und abgestorbene Bäume bergan, rastlos und ohne Pausen einzulegen. Nur ab und an blieb er stehen, deutete auf eine Besonderheit der Natur, die sie sich einprägen sollte, eine Felsnase oder einen verwachsenen Baum. »Merk's dir!«

Manchmal reichte er Agnes die Wasserflasche. »Nur ein Schluck«, sagte er und hetzte dann weiter, wie ein Getriebener, der einen Auftrag zu Ende bringen muss.

»Wohin gehen wir?«, fragte das Mädchen.

»Das zeigt sich, wenn wir angekommen sind«, antwortete Wenzel kurz angebunden, und das Mädchen wusste, dass es besser war, nicht auf einer anderen Antwort zu bestehen.

Drei, vielleicht vier Stunden waren sie unterwegs. Die Sonne stand gleißend am Himmel, aber im Wald war es kühl. Immer öfter musste sich der Vater im immergrünen Dickicht orientieren. Dann deutete er auf eine Höhle oder eine Tellerwurzel, die ihm die Richtung wiesen – und weiter ging's.

Schließlich traten sie aus dem Wald. Nur mehr vereinzelt standen jetzt Bäume. Lärchen, Zirben. Der wellige Almboden, mit Steinbrocken übersät, zog sich hoch bis zu den Felswänden. Sie tranken aus einer Quelle und schöpften sich das eiskalte Wasser über die Köpfe. Durchatmen. Agnes sah ins Tal hinunter und suchte ihr Zuhause. Sie fand sich nicht zurecht, denn die Häuser und Scheunen waren so winzig klein, als wären sie von Liliput ausgeliehen und ins Tal gestreut worden.

»Wo wohnen wir denn?«, fragte sie.

»Irgendwo da unten.« Das klang so, als interessierte ihn das nicht. Ein Ton verirrte sich zu ihnen, es waren die Kirchenglocken aus dem Tal, sie hörten sich an wie aus einer anderen Welt.

»Hochamt«, sagte das Mädchen.

»Ja. Wenn's hilft!«, sagte der Vater, der Spott war nicht zu überhören.

Agnes sah ihn irritiert an.

»Bei der Suche nach der Wahrheit«, ergänzte er. »Hier oben fühl ich mich dem Herrgott näher als dort unten zwischen all den Scheinheiligen. Komm! Weiter!«

Es war eine sanfte Mulde, bauchig wie ein Bassschlüssel, über deren Kuppe der Vater und das Mädchen schritten. Sechs Stunden waren sie jetzt unterwegs. Schwer atmend und mit gesenktem Kopf stand Agnes da, der Vater tätschelte anerkennend ihren Rücken.

»Wir sind da.« Es klang fast feierlich.

Agnes kniff die Augen zusammen, und in der gleißenden Mittagssonne setzte sich das Bild allmählich zusammen: Am Fuße der mächtigen Felsen und Kare, zwischen jungen

Lärchen und Krüppelkiefern duckte sich eine Hütte. Sie schmiegte sich so sehr an die Landschaft, dass sie sichtbar war nur für den, der von ihr wusste, und unsichtbar für den Ahnungslosen, der nicht nach ihr suchte. Wie in einem Vexierbild.

»Wolfsegg«, sagte der Vater. »Früher waren die Berge das Reich der Wölfe, es erstreckte sich bis hinunter nach Slowenien. Die Wölfe besaßen Kristalle und Edelsteine im Überfluss, während die Menschen nur Eisensteine aus dem Berg holten. Die Wölfe verlachten sie wegen ihrer armseligen Ausbeute. Da begannen die Menschen, das Erz unten im Tal zu schmelzen. Aus dem Eisen fertigten sie Waffen und rächten sich an den Wölfen, beraubten, vertrieben und töteten sie. Nur diese Mulde war für die Menschen unerreichbar, und so wurde sie zum letzten Zufluchtsort der Wölfe.«

Agnes griff nach der Hand des Vaters. Sie war rau und warm.

»Niemand weiß, dass es die Hütte gibt«, fuhr er fort. »Es gibt keine Pläne von ihr, sie ist nirgendwo registriert und in keinem Kataster eingetragen. Auf keiner Karte verzeichnet, keine Wanderkarte führt hierher. Selbst der Name ist längst vergessen. Hier ist man unerreichbar. Deswegen kam der alte Mosheim am liebsten hierher. Das mochte er, wenn niemand wusste, wo er war. Einmal waren wir dreiundzwanzig Tage hier oben, dann haben wir den Hubschrauber gehört. Wir wussten, jetzt suchen sie uns, es war Zeit, wieder aufzutauchen. Ich musste ihm versprechen, niemandem dieses Versteck zu verraten. Nicht einmal seine Kinder kennen es, auch jetzt nicht, wo er tot ist. Du bist die Erste, die davon weiß.«

Er ließ das Gesagte auf Agnes wirken. Es machte sie schwindelig. Warum nur hatte der Vater sie hierhergeführt? Was befürchtete er?

»Lebensmittel gibt es für viele Monate. Genug Petroleum für die Lampe, eine kleine Solaranlage fürs Licht. Und der Schuppen ist voll mit Holz.« Er deutete zu dem Holzverschlag hinter der Hütte, dann zu einer Luke im dahinterliegenden Erdwall, der dicht von Latschen bewachsen war. »Dort drüben – ein Erdkeller. Da hat es konstant sechs, acht Grad, da kann man das Erlegte abhängen und Verderbliches lagern. Und in der Mulde hinter den Felsen entsteht im Herbst ein kleiner See, der im Winter zufriert und das notwendige Eis zum Kühlen liefert.«

Sie gingen entlang eines Rinnsals über den welligen Grasboden zur Hütte, der so federnd war, als wären unter ihre Bergschuhe Sprungfedern geschraubt. In dem hölzernen Brunnen vor der Hütte sammelte sich frisches Quellwasser. Sie steckten beide die Köpfe hinein und tranken.

3

Die Attacke kam vollkommen unvorbereitet. Agnes hatte nicht gemerkt, dass er sich ihr genähert und sie schon eine Weile beobachtete hatte. Dick und Doof hatte sie kurz zuvor gesehen, wie sie hinter dem Hochregal für Schmierstoffe zu ihr herüberglotzten, kicherten und sich wieder verzogen. Ihre Gedanken waren noch immer bei dem sonntäglichen Ausflug. Nie hätte sie geglaubt, dass es eine solche Einsamkeit gab. Die Hütte war wie aus der Welt gefallen. Deshalb hatte sie der alte Mosheim so geliebt. Der Vater hatte ihr nicht gesagt, warum er ihr diesen geheimen Ort anvertraute. »Du sollst es bloß wissen. Für den Fall der Fälle. Merk's dir.« Seitdem zerbrach Agnes sich den Kopf darüber, was der Fall der Fälle sein könnte. Hatte der Vater eine Ahnung? Wusste er, was sonst niemand wusste? Sie zerrte einen 25-Kilo-Sack Bio-Langzeitdünger aus dem Regal, als jemand sie von hinten umklammerte, herumschleuderte und auf den Boden warf. Es war Scholtysek.

Agnes zog den Sack mit sich, er schlug auf dem Betonboden auf, platzte und das blaue Granulat quoll heraus. Es sah aus, als übergebe sich eine dieser blauen Figuren aus dem *Avatar*-Film, den sie mit der Mutter im Stadtkino gesehen hatte.

Scholtysek warf sich auf sie, zerrte an der Latzhose, bekam einen Träger über ihre Schulter gezogen, seine Hand fuhr unter ihr T-Shirt und krallte sich, rau wie Schmirgelpapier, in ihre Brust. Wortlos ging das vor sich. Agnes hörte nur das Keuchen und Schnaufen, und sie wunderte sich, warum sie nicht um Hilfe schrie. Sie versuchte es, brachte aber keinen Ton heraus. Schrei doch, flehte es in ihr, vielleicht hilft dir ja doch einer. Grätschi vielleicht? Aber so sehr sie sich bemühte, jeder Ton war wie abgeschnitten.

Da, auf einmal, roch sie ihn wieder: Es war der gleiche Geruch wie beim Einstellungsgespräch, als er ihr die Ohrfeige verpasst hatte. Diese Mischung aus süßem Schweiß und saurem Lehm. Plötzlich schien sie es zu wissen. *Maria Hilf!* Sie kannte den Geruch von damals. Eine unbändige Kraft stieg in ihr auf. Agnes wand sich, schlangenhaft und geschickt, sodass Scholtysek sie nicht bändigen konnte. Er versuchte, sie zu schlagen, doch sie schleuderte ihren Kopf wie wild hin und her. Seine Hiebe gingen ins Leere. Da bekam sie das Granulat zu fassen und stopfte ihm eine Handvoll der blauen Perlen in den weit aufgerissenen Mund. Und als Scholtysek es ausspucken wollte, verpasste sie ihm eine zweite Ladung.

Panisch ließ er von ihr ab, sprang auf, spuckte und würgte die blauen Kügelchen heraus, fuhr sich mit dem Finger in den Mund, um die klebrige Masse vom Gaumen und aus den Backentaschen zu kratzen. Er rannte in den Waschraum, und Agnes hörte, wie er dort das Granulat hervorwürgte, kotzte und den Mund spülte.

Maria Hilf! Maria Hilf! Maria Hilf!, hämmerte es in ihrem Kopf. *Segen bringen – Segen sein* stand über der Tür zum Schlafsaal des Kinderheims. Es war ihr vollkommen entfallen. In hellblauen Buchstaben stand es geschrieben, mit Gold eingefasst. Agnes richtete sich auf, sie zitterte am ganzen Leib, das Herz pochte in ihrem Kopf, der zu zerspringen drohte. Mechanisch ordnete sie ihre Kleidung. Zwei Regale weiter sah sie Rudi und Heinz sich davonstehlen. Sie hatten offensichtlich die Szene beobachtet. Hatten sie gewusst, was passieren würde?

Eine Zeit lang stand sie wie gelähmt da. Ratlos wie niemals zuvor. Die Luft schien stillzustehen, kein Lichtstrahl tanzte, keine Bewegung. War das eben wirklich passiert? Wollte er sie … vergewaltigen? Einfach so? Der Scholtysek kann auch anders, hatte die Mutter gesagt. Aber sie konnte auch anders, sie konnte sich wehren! Aber war ihr das damals auch gelungen? Was war damals nur geschehen? *Meerstern, ich dich grüße, o Maria hilf!* Da war diese Melodie wieder in ihrem Kopf. Tagtäglich hatten sie es im Kinderheim gesungen, immerfort, voller Hingabe, voller Inbrunst. Plötzlich wusste Agnes, dass das Flehen damals nicht erhört worden war.

Es war noch weit vor der Mittagspause, aber sie konnte keine Sekunde länger hierbleiben. Sie rannte aus der Halle, panisch und voller Angst, dass hinter der nächsten Ecke einer hervorsprang und sie packte. Verwirrt und wütend radelte Agnes nach Hause. Scheißkerl! Scheißkerl!, fluchte sie mit jedem Tritt in die Pedale, als könnte sie Scholtysek unter den heißen Asphalt stampfen. Warum tat er ihr das an? Vor aller Augen? Und was bedeutete es, wenn er damals auch im *Maria Hilf!* gewesen war?

Weit vorne erkannte sie ein Polizeiauto, das von der Bundesstraße einbog. Es kam ihr entgegen, wurde langsamer und stellte sich schließlich quer über die Straße. Ein Polizist stieg aus, und sie erkannte ihn sofort an der Figur – so fett war nur der Heimon. Er war alleine gekommen, vielleicht war es seinem Kollegen zu heiß gewesen.

»Anhalten!« Winkend kam er ihr entgegen.

Sie wunderte sich, dass er schon von der Sache wusste. Hatte also doch einer Mitleid mit ihr gehabt und die Polizei gerufen.

»Gut, dass du so schnell kommst«, sagte Agnes. »Ich …«

»Du musst mitkommen«, sagte Heimon.

»Ja, wohin?«

»In die Raika. Der Scholtysek hat dich angezeigt.«

»Mich? Es geht doch um ihn! Er hat …«

»Wird sich alles rausstellen«, unterbrach der Polizist. Er nahm ihr Fahrrad und legte es in den Kofferraum. Die vollkommen überrumpelte Agnes schob er auf den Rücksitz und fuhr zügig in Richtung Lagerhaus.

In der Halle kam ihnen Scholtysek entgegen. Er war sehr aufgebracht und schüttelte dauernd den Kopf. Noch bevor sie sich gegenüberstanden, rief er: »Ich hab sie schon lange im Verdacht. Seit sie hier angefangen hat, fehlen ein Haufen Kleinartikel.«

Agnes wurde rot, ihr Herz schlug wie wild.

Der Polizist sah sie fragend an. »Was sagst du dazu? Der Scholtysek sagt, du stiehlst.«

»Ich hab nie was genommen!«, sagte Agnes fassungslos, sie brachte die Wörter kaum heraus.

Scholtysek beachtete sie nicht, er sprach über ihren Kopf hinweg mit Heimon. »Sie soll ihren Spind aufmachen!«

»Spind aufmachen!«, sagte Heimon zu Agnes, die immer ratloser wurde.

»Aber ich hab doch gar nichts genommen. Ich hab nichts gemacht, ich schwör's.«

»Jetzt nicht auch noch ein' Meineid«, sagte Scholtysek über die Schulter und ging voran. »Kein Unrechtsbewusstsein! Und schau, was sie anhat«, sagte er zu Heimon, »die firmeneigene Latzhose. Obwohl es ausdrücklich untersagt ist, sie außerhalb der Raika zu tragen, radelt sie damit in der Gegend herum, als wären es ihre Klamotten! Ich sag's dir, kein Unrechtsbewusstsein, die ganze Familie nicht!«

Im Umkleideraum öffnete Agnes mit ihrem Schlüssel den Spind. Wespenschaum, Bio-Mülltonnenpulver, Rosenpilzfrei lagen in ihrem Fach. Teure Bioware und chemische Mittel, alles in Kleinmengen.

»Aber das ist nicht von mir, das gehört mir nicht!«, sagte Agnes stimmlos.

»Richtig, das gehört dir nicht, das gehört der Genossenschaft, und du hast es gestohlen! Die ganze Zeit schon beobachte ich dich!« Scholtysek klang entrüstet.

Da platzte es aus Agnes heraus. »Das stimmt nicht! Das ist gelogen! Von Anfang an hat er mich schikaniert, weil ich von seiner Anmacherei nichts wissen wollte. Gleich am ersten Tag hat er mich geschlagen, aber heut hätt er mich vergewaltigt, wenn ich mich nicht gewehrt hätt.«

Scholtysek ging drohend auf Agnes zu, sodass Heimon sich dazwischenstellen musste.

»Immer mit der Ruhe, Sigi …«

»So ein Miststück! Sagt, dass ich lüge! Dabei bestiehlt sie die Raika, und weil sie auffliegt, beschuldigt sie ausgerechnet mich, dieses Luder.« Er klang ehrlich empört.

»Gibt's dafür Zeugen?«, fragte Heimon Agnes. »Für deine Anschuldigung?«

Agnes sah zu Dick und Doof hinüber, die aus sicherem Abstand dem Fortgang des Dramas folgten – doch von denen war keine Hilfe zu erwarten: Grätschi war nirgends zu sehen.

Der Polizist nahm ihren Blick auf, Heinz und Rudi starrten jetzt vor sich auf den Boden.

»Ich erstatte Anzeige, nicht nur wegen Diebstahl, sondern auch wegen Verleumdung und Rufschädigung!« Scholtyseks Stimme klang sachlich. Er trat so nah vor Agnes, dass sie augenblicklich wieder den süß-säuerlichen Geruch in der Nase hatte. *O Maria hilf!*

»Du bist fristlos entlassen«, sagte eine Stimme. »Heute noch informier ich die Bezirksdirektion. Räum den Spind, aber nur von deinem Klump. Das gestohlene Zeug bleibt natürlich hier. Die Latzhose selbstverständlich auch! Heimon, komm ins Büro, da ist es kühler. Willst was trinken?«

Agnes saß am Küchentisch. Einsam, verwirrt, ratlos. Sie wusste nicht, wie viel Zeit vergangen war. In Tränen aufgelöst hatte sie dem Scholtysek die Raika-Hose vor die Füße gepfeffert. Dann war sie in Shorts, T-Shirt und Badelatschen hinausgelaufen, hatte den Kofferraum des Polizeiautos aufgerissen und ihr Fahrrad herausgezogen, als Heimon hinzukam.

»He, das ist Staatseigentum! Das darf nur ich handhaben. Aber vor fremdem Eigentum hast anscheinend keinen Respekt …«

»Er hat mir Gewalt angetan«, hatte sie ihn angeblafft, »aber du glaubst nur ihm!« Dann war sie nach Hause gefahren.

Nebenan stöhnte die Mutter. Agnes raffte sich auf und trat ins dämmrige Schlafzimmer. Die Mutter schob sich im Kissen hoch und sah sie irritiert an. »Ist was passiert?«, fragte sie.

Agnes schüttelte den Kopf und half ihr auf. Die Mutter nahm ihr Gesicht in beide Hände und sah es prüfend an. Agnes schüttelte nochmals den Kopf und lächelte beruhigend.

»Alles gut.«

»Bist nicht bei der Arbeit?«

»Heut ist hitzefrei.«

Das Telefon klingelte, Agnes war froh, den Fragen der Mutter zu entkommen.

»Hallo, hier bei Waldner«, meldete sie sich. Es war Frau Zauner. Sie bat darum, ein Elternteil solle unverzüglich zur Schule kommen. Lorenz habe wieder etwas angestellt. Agnes versprach, es weiterzugeben.

»Ich muss jetzt los!«, rief sie zum Schlafzimmer und verließ das Haus.

Agnes radelte durch den Ort. Die Kirchturmuhr schlug Viertel vor eins. Sie spürte, dass sie beobachtet wurde. Dass über sie getuschelt wurde. Die Leute stießen sich an, blieben stehen und schauten ihr nach. Aber wie konnten sie schon von dem Vorfall wissen? Beim Bäcker schauten sie durch das Auslagenfenster nach draußen, beim SPAR standen sie vor der Tür und drehten sich nach ihr um.

Was Agnes nicht wusste: Scholtysek hatte den Burschen freigegeben, und sie waren sofort nach Eisenstein gefahren. So hatte sich die Neuigkeit rasch herumgesprochen. Zuerst beim SPAR, dann auf der Post. Dick und Doof hatten ihr Bestes gegeben. Es war wie eine Seuche. Mit jeder Frage wurde die Geschichte dramatischer, und auch Grätschi hatte sich wichtig gemacht. »Die hat gestohlen wie eine Elster«, behauptete er. Und als man ihn nach der »Sexgeschichte« fragte, hatte er verschwörerisch getönt: »Die ist so ein heißes Luder, hat nix anderes im Sinn, als einem den Kopf zu verdrehen! Mir hat sie sich auch angeboten, obwohl sie einen Freund hat.«

Das Mädchen fuhr am *Stiegenwirt* vorbei, dort standen sie am Getränkelieferwagen, und die Briefträgerin brachte es auf den Punkt, so laut, dass Agnes es hören konnte. »Das war ja abzusehen. Die ganze Familie – alle asozial.«

Die Volks- und Hauptschule lag hinter dem Forstamt und dem Sportplatz am Ortsrand. Lorenz hockte in der prallen Sonne auf den Stufen, sah kurz zur Schwester auf und kratzte dann mit einem Stöckchen weiter im Staub. Hinter der Glastür wartete die Lehrerin. Als sie Agnes kommen sah, kam sie genervt heraus.

»Wo sind die Eltern?«

»Können grad nicht. Ich war aber zufällig zu Hause …«

»Zufällig? Hat sich schon herumgesprochen, warum du Hausverbot in der Raika hast.« Kurz sah es so aus, als wollte sie das weiter kommentieren, dann aber sagte die Lehrerin: »Er hier«, sie deutete auf den Bruder, »hat auch Hausverbot. Ich habe Lorenz des Unterrichts verwiesen, weil er seinem Mitschüler Eder den Mittelfinger gebrochen hat. Pippo musste ins Spital nach Cronberg … Ich muss das dringend mit eurem Vater oder mit der Mutter besprechen und nicht mit dir.«

»Ich richt's aus.«

Agnes drehte das Fahrrad um, Lorenz setzte sich hinten drauf – und sie fuhren los.

»Das Jugendamt ist informiert!«, rief Frau Zauner ihnen nach.

Wütend stieg Agnes in die Pedale. Hatte sie nicht schon genügend Probleme? »Warum bist du so blöd? Du weißt doch, dass die nur darauf warten, dass sie was gegen uns sagen können!«, schrie sie nach hinten.

»Weil der Pippo sagt, du bist eine Nutte, die stiehlt! Und du hast selber gesagt, ich soll ihm beim nächsten Mal, wenn er Scheiße erzählt, eine reinhauen, damit eine Ruh ist! Und ich kann ja nichts dafür, dass er so bescheuert die Hand vors Gesicht hält und ich sein' blöden Finger erwisch.«

Erschrocken hielt Agnes an und drehte sich zu Lorenz um. »Warum sagt er das?«

»Sein Cousin, der Rudi, hat ihn mitten in der Pause angerufen und hat's ihm brühwarm erzählt! Dass du klaust, dass du rausgeflogen bist, alles.«

Der Mutter erzählte Agnes nichts. Nichts von Scholtysek, nichts von der Entlassung, auch nichts von Lorenz' Vergehen.

Am nächsten Morgen brachte sie die Geschwister wie immer an den Schulbus. Sie nahm Lorenz zur Seite und sagte ihm, er solle der Lehrerin sagen, die Mutter liege noch immer mit Sommergrippe im Bett und der Vater komme erst übermorgen zurück.

»Und sag ihr, dass es dir leidtut – und dass du den Pippo nicht verletzen wolltest.«

Nachdem sie zu Hause das Frühstücksgeschirr abgewaschen und die Bettwäsche über den Zaun in die Sonne gehängt hatte, kam die Mutter aus dem Schlafzimmer.

»Musst du nicht längst los?«

»Ich hab ein paar Tage frei.« Die Lüge kam Agnes mühelos über die Lippen.

Verwundert sah die Mutter sie an. »Ja? Wieso?«

»Im Augenblick ist in der Firma nicht viel los. Wegen der Hitze. Da müssen nicht alle da sein. Und die freien Tage kann ich im Herbst, wenn's Geschäft wieder brummt, mit Überstunden abarbeiten. Geht nicht mal vom Urlaub ab.«

Skeptisch sah die Mutter sie an. Für Agnes war es schon immer schwer gewesen, diesem forschenden Blick standzuhalten, egal, ob sie die Wahrheit sagte, log oder eine Ausrede vortrug – sie fühlte sich immer ertappt und wurde rot. So wie jetzt.

»Und? Vergessen?«, sagte sie schnell. »Wir müssen ins Krankenhaus. Chemo, alle drei Wochen! Sonst faltet uns Schwester Rose wieder zusammen. Und der Vater hat's mir auch aufgetragen, darauf zu achten.«

»Ich weiß …«, sagte die Mutter. Sie sah der Tochter an, dass etwas nicht stimmte. »Ich wär auch allein gegangen. Aber zu zweit ist es lustiger, nachher gibt's beim *Dobler* einen Eiskaffee.« Sie machte eine Pause. »Du sagst mir, wenn du ein Problem hast.«

Für einen Augenblick stand die Zeit still, Agnes nickte und sagte: »Ich hab kein Problem.«

»Oder was immer es ist. Du kannst mir alles sagen. Ich bin nicht so krank, wie alle immer tun.«

Agnes nickte wieder und war nahe daran, alles zu erzählen. Es stieg in ihr hoch, und sie spürte, wie sie an dem Kotzbrocken Scholtysek würgte.

»Versprich's mir«, sagte die Mutter.

Wieder nickte Agnes, brachte aber kein Wort heraus und schluckte den säuerlichen Geschmack hinunter.

Anderntags um zehn waren sie im Krankenhaus.

»Oh, es geschehen noch Zeichen und Wunder!«, sagte Schwester Rose.

Marie Waldner saß mit den anderen Frauen im lindgrün gestrichenen Raum. Sie sah hinaus in den Park. Ihr Blick fiel auf die Silberlinde, welche die Unterseite ihrer Blätter nach oben, gegen die Sonne, gewendet hatte und sich mit ihrer silbrigen Behaarung gegen das mörderische Wetter schützte. Vielleicht hatte ja auch ihre Agnes eine Unterseite, die sie nach oben wenden konnte. Diese vermaledeite Tröpfelei! Sie musste alles ordnen, bevor es zu spät war. *Bestell dein Haus*, fiel ihr der Spruch des Pfarrers beim Begräbnis ihres Vaters ein, *denn du wirst sterben und nicht am Leben bleiben.* Sie durfte nicht wie ihr Vater mit einem mühlsteinschweren Herzen wegsterben und all das Ungesagte mit sich nehmen.

Während der vier Stunden, in denen die Chemo in die Mutter lief, war Agnes in der Stadt. Wie immer war sie zuerst zum Stadtkino gegangen und hatte sich die Aushangbilder angesehen. Sie wollten sich ja *Ice Age 5* um drei Uhr anschauen, in 3 D. *Independence Day 2* wäre auch toll gewesen, aber die erste Vorstellung gab's erst um fünf, und das war zu spät, das ging sich mit der Rückfahrt nicht aus. Sie hätte auch gerne *Das Tagebuch der Anne Frank* gesehen, aber die Mutter hatte gleich gesagt, das sei ihr zu deprimierend. »Traurig sind wir selber!«, hatte sie gelacht. »Nein, im Ernst, lass uns etwas Lustiges anschauen.«

Vom Stadtkino bummelte sie zum Parfümerie Discounter. Sollte sie wie üblich zu H&M gehen? Der Weg würde am Malergeschäft Unger vorbeiführen. Was wäre, wenn Jo da plötzlich vor ihr stünde? Vielleicht war er gar nicht mit Margit nach Spanien gefahren. Wie von einer seltsamen Macht angezogen stand sie plötzlich vor dem Malergeschäft. Sie nahm all ihren Mut zusammen und ging hinein.

»Was soll's sein?«, fragte ein älterer Angestellter.

»Ich …«

»Ja?«

»Ich … ich hab … ich hab gedacht, ich seh hier jemanden …«, stammelte sie, und mangelndes Selbstvertrauen überwältigte sie.

»Niemand zu sehen.«

»Ich meine … ich bin … ich bin eine Klassenkameradin von der Margit Unger, und weil ich heute zufällig in der Stadt bin …«

»Ah, verstehe. Nein, Pech gehabt. Die Margit ist noch mit den Eltern in den Ferien in Spanien. Gestern erst ist eine Ansichtskarte gekommen.«

Er war hinter die Kassentheke gegangen und hatte eine Ansichtskarte von der Pinnwand genommen. »Hier.« Er reichte ihr die Karte.

Ein langer Strand war abgebildet, mit endlosen Reihen von bunten Liegestühlen und Sonnenschirmen und dahinter ein Gebirge aus Hochhäusern. *Benidorm Bay* las sie. Agnes drehte die Karte um: *Herzliche Grüße aus dem schönen Spanien!* Und alle hatten unterschrieben, als letzter auch Jo. Wie betäubt ging Agnes ins Krankenhaus zurück und setzte sich in den Warteraum.

Wie lange sie da gesessen hatte, wusste sie nicht, als die Tür zum Tröpfelzimmer aufging und die Mutter mit dem Dr. Landschützer herauskam.

»Einen Moment noch, Kleines«, sagte die Mutter sanft und verschwand mit dem Arzt in dessen Sprechzimmer.

Der Minutenzeiger der Wanduhr sprang auf halb vier – eineinviertel Stunden wartete sie jetzt schon, seitdem sie im Krankenhaus zurück war. So lange wie noch nie! Agnes stand auf, trat in den Korridor hinaus und folgte den roten Fußspuren auf dem hellblauen Linoleum. Sie führten genau auf das Zimmer von Dr. Landschützer zu. Agnes klopfte an, und ohne ein *Herein!* abzuwarten, trat sie ein. Erschrocken sahen die Mutter und der Doktor Agnes an. Sie waren über den Tisch gebeugt gewesen, der Doktor hatte die Hand der Mutter gehalten und sie ihr beim Eintreten von Agnes schnell entzogen.

»Mein Gott«, sagte die Mutter aufgekratzt, »jetzt haben wir uns aber verplaudert! Aber stell dir vor, Agnes, Dr. Landschützer kannte meinen Papa recht gut, deinen Opa … und wir haben über den alten Geschichten völlig die Zeit übersehen.«

Agnes glaubte kein Wort.

»Jetzt darf ich Sie aber nicht mehr länger aufhalten. Danke, Doktor, danke für das nette Gespräch und für die lustigen Anekdoten.«

Als Mutter und Tochter sein Büro verlassen hatten, saß Dr. Landschützer noch eine Weile still da und sah auf die geschlossene Tür. Was für eine Frau!, dachte er. Von der einen zur anderen Sekunde eine vollständig andere Person, wie ausgewechselt. Er hatte sie untersucht. Er war mit ihr die letzten Blutwerte durchgegangen. Seit der Untersuchung vor drei Wochen hatten sich diese dramatisch verschlechtert.

Außerdem dicke Lymphknoten, Ödeme an den Beinen. Der Leukozytenwert war enorm vermindert, der Wert des Tumormarkers in die Höhe geschossen, und der Ultraschall hatte die Geschwulst in der Seite, die letztens erbsengroß war, als nun eigroß identifiziert, er konnte sie schon mit den Fingern ertasten.

»Wie viel Zeit hab ich noch?«, hatte Marie Waldner gefragt.

»Ich weiß es nicht«, hatte er gesagt, »man kann das nicht … jeder Mensch reagiert anders, wir könnten aber die Chemo absetzen und auf eine Therapie mit Sorafenib umsteigen …«

»Zwei Monate? Drei?«, hatte sie ihn unterbrochen. »Oder vielleicht nur mehr eine Woche?«

»Eher Letzteres«, war ihm herausgerutscht, und er hatte schnell hinterhergeschoben: »Vielleicht auch länger. Nein, bestimmt länger …«

Sie hatte sich vorgebeugt, die Hand ausgestreckt, als wollte sie nach den Untersuchungsergebnissen greifen, da begann sie zu zittern, die Hand fiel kraftlos auf die Papiere, und ihre Augen füllten sich mit Tränen. Es waren aber keine Tränen des Seelenschmerzes, es waren Tränen des Zorns. Er hatte ihre Hand genommen und unbeholfen gehalten und gedrückt, aber er hatte gespürt, es war vergeblich – sie hatte abgeschlossen. Sie wollte keine Verlängerung. Diesmal nicht. Nicht wie damals, als man sie zerschmettert aus der Doline gezogen hatten. Drei Tage wurde zwischen der Seetaleralm bis hoch zum Schultergrat nach ihr und dem Wenzel gesucht. Es war purer Zufall gewesen, dass die Bergrettung, der er angehörte, die Einbruchstelle gefunden hatte. Dohlen hatten sich um Maries Schultertuch, das sie beim Absturz verloren hatte, gestritten und mit ihrem Geschrei auf den abgelegenen Winkel aufmerksam gemacht. Eine kaum erkennbare Spur hatte die Retter ins Himmelsmehl geführt, das so hieß, weil es von aufgelöstem und verwittertem Gips bestäubt war. Nie und nimmer hätten sie dort gesucht, weil alle wussten, wie löchrig und gefährlich der Boden dort war.

Als sie schließlich die beiden aus zehn Meter Tiefe geborgen hatten und der Vater seine Tochter weinend im Arm hielt, hatte Marie bloß gesagt: Papa, wird schon wieder, Unkraut vergeht nicht! Und das, obwohl sie x Knochenbrüche hatte, dehydriert und ein Lungenflügel eingerissen und schon zusammengefallen war.

Dr. Landschützer sah noch immer auf die geschlossene Tür und wusste, dass sich diese Tür für Marie Waldner nicht wieder öffnen würde. Und er wusste, dass sie es schon gewusst hatte, bevor sie heute erschienen war. Er schlug die Krankenakte zu, und aus alter Gewohnheit knickte er die untere rechte Ecke ein, ein Zeichen für die Eingeweihten: unheilbar.

4

Kein Kino, kein *Café Dobler*, kein Konzert, das auf dem Stadtplatz aufgebaut wurde. Ja, nicht einmal mehr ein Fetzen von Christina Stürmers Plakat hing an der Bushaltestelle. *Mama, sag mir, was du meinst* – der Ohrwurm kroch tiefer und quälender in Agnes' Verstand –, *sag mir, warum es hier so dunkel ist …*

Der blaue Linienbus fuhr auf die Bergrücken zu, die hinter den durch die Hitze zerfließenden Luftschichten wie eine düstere Festung auf die Heimkehrer warteten. Agnes und die Mutter saßen hinten im fast leeren Wagen. Vorne, hinter dem Fahrer, saß die alte Kindleben, die Mutter vom Tischler und Bestatter und die Oma von Theresa, in die der Lorenz so verknallt sein sollte.

»Die Geschichte mit dem Opa und dem Landschützer? Stimmt die?«, fragte Agnes, ohne die Mutter anzusehen. Lieber hätte sie von Jo erzählt und von seinem gemeinen Verrat, von Scholtysek und dem süß-sauren Geruch.

»Wieso soll sie nicht stimmen?!«

»Weil du nie vom Opa erzählst … und vom Dr. Landschützer nur, dass er der Wichtigtuer aus dem Krankenhaus ist.«

Die Schiebefenster standen offen, Fahrtwind und Motorenlärm zwangen sie, fast zu schreien.

»Ich kenne den Landschützer schon lang …«

»Er hat deine Hand gehalten!«

Die Mutter sah sie verständnislos an. »Ja? Und?«

»Er hat deine Hand gehalten, und als ich reingekommen bin, hast du sie schnell weggezogen.«

»Weil es mir peinlich war, dass er so fürsorglich ist. Der Dr. Landschützer möchte nämlich immer mein Lebensretter sein, seit er einmal dabei war, als man mich und euren Vater aus einer schlimmen Situation gerettet hat.« Sie sah Agnes an und es pochte hinter ihrer Stirn. Also gut, dachte sie, es ist Zeit. Laut sagte sie: »Der Landschützer gehörte zu den Leuten, die euren Vater und mich damals gerettet haben. Und Opa war auch dabei. Der Wenzel und ich wollten vom Schattensee hinüber zur Seetaler Höhe, sind dort aber nie angekommen. Es war nämlich dämmrig geworden, und damit wir nicht ins Dunkle kommen, haben wir die Abkürzung durchs Himmelsmehl genommen. Wir waren weiß wie die Bäcker und schon fast drüber, da sind wir eingebrochen. Mit einem Schlag waren wir weg.«

Drei Tage und drei Nächte steckten Marie und Wenzel in dem Spalt, fast zehn Meter tief. Später, im Krankenhaus, hatten sie bei ihnen siebzehn Knochenbrüche zusammengezählt, reichlich Prellungen, Stauchungen, Hautabschürfungen und einen geplatzten Lungenflügel bei Marie. Von Sich-Bewegen konnte da unten nicht die Rede sein, von Nach-oben-Klettern schon gar nicht. Unter ihnen ging es noch weiter in die Tiefe des Berges.

»Wir waren ineinander verkeilt. Verschränkt, Brust an Brust, Gesicht an Gesicht …« In diesen 72 Stunden hätten sie, wie man so sagt, reichlich Zeit gehabt, sich zu prüfen. Fürs Leben. Für ein kurzes oder für ein langes, das stand noch nicht fest. 72 Stunden miteinander auskommen müssen, 72 Stunden Schmerzen, Stöhnen, Weinen, Jammern Kopf an Kopf, ohne zu wissen, ob je Rettung kommen würde. Ein paar Mal sei sie ohnmächtig geworden. Dann wieder aufmunternde Worte und Küsse, das ewige Brüllen nach Hilfe bis zur Heiserkeit. Und schließlich erschöpfte, wasserlose Tränen. Wange an

Wange, Mund an Mund. Irre, den anderen aussaugende Küsse, als könnten sie den Durst bezwingen, das Austrocknen verhindern. »… und zugleich spürte ich, dass ich es nicht mehr halten konnte, und wie es über meine Schenkel auf seine Beine rann. Entschuldige, flüsterte ich, da spürte ich: Auch Wenzel ließ es laufen, und unsere Wasser rannen warm über die wehen gebrochenen Beine …«

Die Mutter starrte in die vorbeiziehende Landschaft, als könnte sie draußen im Grellen und Flirren die Vergangenheit aufspüren, die sie im Dunkel so viele Stunden durchlebt hatte. Agnes beobachtete sie irritiert von der Seite. Vom Sturz in eine Doline hatte sie noch nie gehört. Von einem Unglück war einmal die Rede gewesen, vor vielen Jahren, noch vor ihrer Geburt! Sie hatte immer gedacht, dass von einem Autounfall die Rede sei oder von einem Sturz beim Schifahren, bei dem sich die Mutter zwei Rippen gebrochen hatte, die sie immer dann spürte, wenn der Luftdruck fiel: Sie sagte dann, Regen kommt, und im Winter prophezeite sie den Schnee.

Die Mutter drehte sich zu Agnes und sah sie forschend an. »Verstehst du?! Wir waren alles, was der Mensch ist: Elend, Verzweiflung, Schmerz, Pisse und … Am Anfang heulte ich vor Scham, aber dann, als die Minuten wie Stunden vergingen und die Stunden wie Tage, da akzeptierte ich alles. Die ganze Scheiße. Und wenn du das mit jemandem zusammen erlebst, wird das Einvernehmen … überwältigend. Dein Vater und ich … wir hatten Verkehr … Wenn wir schon sterben mussten, dann wollten wir wenigstens einmal miteinander …« Die Mutter hielt inne, und Agnes schluckte, als hätte sie Überdruck auf den Ohren. »Ich weiß nicht, wie es in unserer Position überhaupt möglich war, aber Wenzel zwängte sich in mich, und ich spürte einen leichten Schmerz, der sich gegenüber den anderen Schmerzen als geradezu wohltuend anfühlte. O Gott, dachte ich, jetzt rinnt hoffentlich nicht noch mehr Blut, da stöhnte Wenzel einmal kurz auf, einmal nicht vor Schmerzen, und wurde somit zu deinem Vater.«

Agnes sah die Mutter an. Hatte die gerade wirklich erzählt, dass sie da unten Liebe gemacht hatten? Dem Tod näher als dem Leben? Hatte die Mutter eben wirklich erzählt, dass sie, Agnes, in einem dunklen Loch gezeugt worden war? Hinter ihren Augen begann sich ein Film abzuspulen, der mehr und mehr an Geschwindigkeit zunahm. Die Mutter fuhr mit dem Zeigefinger über Agnes' Stirn.

»Was immer sich jetzt dahinter abspielt – akzeptier es! Ich sage dir eins: So abwegig es dir auch vorkommen mag, einen besseren Zeitpunkt für deine Zeugung hätte es nicht geben können. Du hast von Anfang an alles mit uns geteilt und wurdest so für immer immun. Es war wie eine Impfung gegen die Angst, den Schmerz, die Verzweiflung. Du bist randvoll mit dem Willen zum Überleben und lässt dich nicht unterkriegen. Denn alles, was deinen Vater und mich dort unten hat durchhalten lassen, trägst du auch in dir.«

Sie saßen stumm nebeneinander. Der Bus fuhr am Sägewerk vorbei, und der Geruch der harzigen Bretter und Sägespäne mischte sich mit dem Geruch der trockenen Stoppelwiesen und staubigen Ackerkrumen. Agnes horchte nach vorne und wartete darauf, dass das Getriebe zwei Gänge runtergeschaltet wurde, denn gleich ging es in zwölf Serpentinen bergan, und sie waren fast zu Hause.

»Warum hast du beim Landschützer geweint?«

Die Mutter zögerte. »Weil meine Werte nicht besser geworden sind.«

»Sind sie schlechter geworden?«

Die Mutter schwieg.

»Mama?«

»Ja. Ein wenig.«

»Und was heißt das?«, fragte das Mädchen.

»Das heißt … das heißt, dass ich mich in Zukunft noch mehr auf dich verlassen muss.«

Agnes wusste, das bedeutete nichts Gutes.

»Tu mir den Gefallen und lass dir nichts anmerken.« Die Stimme der Mutter war fest und eindringlich. »Die Kinder sind noch zu klein und können nicht damit umgehen. Und wenn der Vater kommt, sag ihm nichts, er hat selber genug Probleme. Er soll sich nicht auch noch meinen Kopf zerbrechen. Versprich's.«

Agnes nickte.

Da drückte die Mutter sie fest an sich und flüsterte ihr ins Ohr: »Das kann ich nur mit dir durchstehen. Lass mich bitte nicht im Stich.«

Der Vater kam am folgenden Sonntagmorgen, ganz zeitig in der Früh. Diesmal hatte er eine Gams mitgebracht, und Agnes fiel die Aufgabe zu, das Tier vollständig aufzubrechen. Alleine. Wie selbstverständlich hatte ihr der Vater das Ausbeinmesser gereicht, und sie hatte zu Ende gebracht, was er begonnen hatte. Konzentriert arbeitete sie, und der Vater verbesserte sie gelegentlich mit einem Handgriff.

»Stimmt es, was sie erzählen? Du hast im Lagerhaus gestohlen?«, fragte er beiläufig.

Agnes wurde rot. Dabei wollte sie schon die ganze Zeit fragen, wie es in der Doline gewesen war, er und die Mutter … Sie schüttelte den Kopf.

»Der Scholtysek hat's mir untergeschoben. Aus Rache. Weil er … Er wollt mich haben, und da hab ich mich gewehrt.«

Der Vater stand da, als hätte er nichts gehört. Sie suchte seinen Blick, wollte von der hinterhältigen Attacke erzählen, wollte endlich all das Widerwärtige loswerden, aber sein Blick ging in eine ferne Leere. Dann murmelte er, als bespreche er das tote Tier.

»Immer nur Elend hat er uns gebracht. Das Herz müsst man ihm rausreißen, weil da drinnen das Böse wohnt. Und dann müsst man's in einem Kübel einfrieren, damit es bei der Auferstehung nicht mehr in seine Brust passt!«

Agnes schnitt der Gams Herz, Schlund und Luftröhre heraus. Warum fragt er mich nicht, wie es mir geht?, dachte sie. Warum nimmt er mich nicht in den Arm und sagt, du hast alles richtig gemacht? Stumm bearbeitete Agnes das Wildbret. Im Stall nebenan begannen die Bohlen zu knarren, die Tiere erhoben sich. Der Vater sah zu Agnes. »Ich bring das in Ordnung. Verlass dich darauf«, sagte er.

Die zweite Juliwoche – dann waren endlich Schulferien. Lorenz und Karoline bauten sich unten in der Gumpe aus Ästen, Schilf und Weidengerten ein schwimmendes Nest. Karolines Schulzeugnis war ausgezeichnet gewesen, lauter Einsen, nur in Rechnen gab es eine Zwei. Lorenz hatte in Mathematik eine Eins, sonst aber jede Menge Dreier, und in Betragen tatsächlich die angekündigte Vier. Und einen Brief der Klassenlehrerin Zauner hatte Lorenz auch mitgebracht, in dem stand, dass sie in dieser Woche noch in der Schule sei und dass unbedingt ein Elternteil bei ihr erscheinen solle. Es bestehe dringender Gesprächsbedarf.

Agnes scheuchte die Hühner auf die Wiese und streute Hände voll geschroteter Maiskörner. Den Brief hatte sie der Mutter gar nicht gezeigt, und der Vater war noch am selben Sonntagmorgen wieder fort. Sie hatten das Fleisch der Gams in der Tiefkühltruhe verstaut, dann hatte ihr der Vater gesagt, wahrscheinlich bekomme er die Stellung drüben im

Nationalpark, er müsse am Anfang der Woche noch ein paar Prüfungen im offenen Gelände ablegen und dann … Sag aber den anderen nichts, denn wenn es nicht klappt, sind sie enttäuscht. Und sag auch der Mama nichts, ich will sie damit überraschen. Ich verlass mich auf dich! Er hatte sie auf die Stirn geküsst und das Motorrad durch die hintere Tür geschoben, damit ihn kein Frühaufsteher im Hof sehen konnte.

Agnes hörte das Moped der Briefträgerin und ging zum Haus zurück. Obwohl es noch früh am Vormittag war, war die Briefträgerin schon vollkommen durchgeschwitzt. Das Grau ihres Polohemds hatte sich unter den Achseln bis zu den Brüsten dunkel verfärbt, und am darüberliegenden Gelb zogen sich die Salzränder bis hinter den Kragen. Sie hatte schlechte Laune, wusste sie doch, dass sie auf dem Rückweg in der letzten Steigung vor der Bundesstraße in die Pedale würde treten müssen.

Die Postbotin zog einen Brief aus der Tasche, und als Agnes danach griff, zuckte die Hand mit dem Brief zurück. Abschätzig sah sie das Mädchen an, und ihre Lippen mussten es gar nicht sagen, denn ihr Blick sagte es: Na, du kleine Schlampe! Hat noch nicht einmal ordentliche Titten und hält schon jedem die Muschi hin!

»Einschreiben. Vater oder Mutter, einer muss unterschreiben.«

»Der Vater ist drüben im Nationalpark«, sagte Agnes. »Die Mutter liegt im Bett. Sie hat die Sommergrippe. Wollen 'S reinkommen?«

»Damit ich mich ansteck! Da. Sie soll da unterschreiben.« Sie gab Agnes Brief und Empfangsbestätigung, und Agnes ging ins Haus.

»Mutter! Einschreiben!«, hörte die Postbotin das Mädchen rufen. Ohne abzusteigen paddelte sie sich auf dem Moped in den Schatten des Hauses und zündete sich eine Zigarette an. Sie nahm einen tiefen Zug und stieß wie erlöst den Rauch aus. Dass so ein unterentwickeltes Ding so viel Unheil anrichten kann, dachte sie, wenn sie wenigstens was hermachen würde.

Die Mutter döste, als Agnes eintrat. Es war ihr Vormittagsschlaf, der meist nicht länger als ein paar Viertelstunden dauerte. Nach einer durchquälten und durchwachten Nacht war es ihre einzige Erholung. Sie beobachtete die Mutter: kurze, stoßende Atemzüge und dann, nach jedem fünften, siebten Schnaufer, ein Schmatzen mit spitzen Lippen, als würde sie etwas Delikates probieren.

Agnes setzte sich an den Küchentisch und unterschrieb die Empfangsbestätigung. Dann ging sie wieder hinaus, rief über die Schulter *Ja gleich, Mama!* ins Haus und reichte der Briefträgerin die Empfangsbestätigung, die sie ungeprüft einsteckte.

Die Postlerin zog noch einmal an der Zigarette, und während sie den Rauch ausstieß, taxierte sie Agnes kopfschüttelnd. »Jugendamt! Diebstahl, Anzeige, Verleumdung. Anstehender Schulverweis! Bei euch is' was los! Da brauchen andere ein ganzes Leben, was ihr in einer Wochen schafft!« Sie schnippte die Zigarette weg und fuhr vom Hof.

Agnes trat die Zigarette aus, warf die Kippe in den Mülleimer, während sie noch lange das Moped hörte, das sich die Steigung hochquälte und kurz vor der Bundesstraße knapp vorm Absterben war. Aber woher wusste die das alles? Öffnete sie die Briefe über Wasserdampf? Las sie die Post? Oder gab es im Ort eine Art »stille Post«, von der bloß sie, die Waldners, ausgeschlossen waren?

Der Brief war vom Jugendamt. Agnes öffnete ihn und las. … *nach den weiteren Vorfällen durch Agnes und Lorenz Waldner mit immer eskalierenderem Charakter (Diebstahl, Verleumdung,*

Körperverletzung) sehe ich mich zu einem erneuten Hausbesuch, diesmal in Begleitung unserer Psychologin, Frau Verena Windisch, verpflichtet. Hiermit kündige ich diesen unumgänglichen Kontrolltermin an. Danach wird zu entscheiden sein, ob die Kinder Karoline, Lorenz und Agnes in einem Heim untergebracht werden müssen.

»Wo ist der Vater?«

Agnes fuhr hoch. Der Polizist Heimon war, ohne anzuklopfen, in die Küche getreten. Sie hatte das Auto nicht gehört. Er nahm sich am Spülbecken ein Glas Wasser, trank es in einem Zug leer, füllte es nochmals und setzte sich Agnes gegenüber an den Küchentisch. Stöhnend wischte er sich den Schweiß von Stirn und Nacken. Trank. Lorenz und Karoline kamen angerannt, neugierig, was der Polizist wollte.

»Servus, Heimon, was gibt's?«, sagte Lorenz.

»Servus, Lori. Wo der Vater ist, frag ich?«

Agnes und die Kinder zuckten mit den Achseln.

Heimon verzog den Mund. »Ist ja nicht anders zu erwarten«, sagte er für sich. Er fingerte in der Brusttasche herum, sah dabei Agnes an, und sein anzügliches Grinsen wurde unverschämt. »Na, wie fühlt man sich so? So in aller Munde …«

Agnes wurde rot. »Ich hab nichts gemacht«, sagte sie, »frag doch den Scholtysek, wie das Granulat schmeckt, das ich ihm in den Mund gestopft habe.«

»Ja, das hat er auch angezeigt, dass du ihn vergiften wolltest – hier …« Er zog zwei Fotos heraus und hielt sie Agnes hin.

»Ich hab ihn nicht vergiften wollen!«, gab sie zurück. »Ich hab mich nur gewehrt, weil er mich …«

»Schon mal gesehen?«, fiel er ihr ins Wort. Auf dem einen Foto war eine Doppelflinte mit vergoldetem Seitenschloss. Die Detailaufnahme auf dem zweiten Foto zeigte eine mit Arabesken verzierte Basküle.

»Die Mosheims sagen, dass euer Vater nach dem Tod vom Alten mehrere Flinten gestohlen hat. Wo hat er sie versteckt?«

Agnes zuckte mit den Schultern. »Ich hab die noch nie gesehen. Hier sind sie nicht«, sagte sie.

Heimon stand auf, winkte kurz zum Fenster hinaus und begann sich dann ohne Scheu im Raum umzuschauen. Agnes sah, wie draußen ein weiterer Polizist wartete und auf ein Zeichen von Heimon hin in den Schuppen ging. Unsicher blickten die Kleinen die Schwester an.

»Darfst du das denn?«, fragte Agnes.

Heimon ignorierte sie. Er öffnete den großen Schrank, in dem die Anziehsachen der Familie waren. Er fasste hinter die Kleider, Jacken und Mäntel, fuhr an der Rückwand entlang und griff unter die Sachen, die auf dem Boden lagen. Dann stieg er auf einen Stuhl und tastete den Schrank oben ab. Schließlich rückte er ihn ein paar Zentimeter von der Wand ab, linste in den Spalt und vergewisserte sich, dass nichts an der Rückwand hing.

»Was machst du hier?« Die Mutter stand in der Schlafzimmertür. Sie hatte den Morgenmantel übergezogen, die Haare notdürftig aufgesteckt und sah aus wie eine der Furien aus Lorenz' *Römischen Götter- und Heldensagen*. Ertappt stieg Heimon vom Stuhl, und bevor er sich erklären konnte, fuhr sie ihn an.

»Was machst du in meiner Küche?«

»Marie, grüß dich, wie geht's? … Ich suche, ich suche das hier.«

Er hielt ihr die beiden Fotos hin.

Sie schlug seine Hand weg, und die Fotos fielen auf den Boden. »Wer hat dir erlaubt, in meinen Schrank zu schauen? Wer hat dir erlaubt, meine Kinder zu erschrecken? Raus aus meinem Haus!«

Kleinlaut hob Heimon die Fotos auf, zuerst sah es so aus, als wollte er sich noch erklären, dann verließ er aber mit einem Kopfnicken wortlos die Küche.

Durch das Fenster sahen sie, wie er draußen nach seinem Kollegen pfiff, der gleich aus dem Schuppen kam und mit einer Geste anzeigte, dass er nichts gefunden hatte. Die Autotüren knallten zu, aus Versehen gingen die Scheibenwischer an, dann fuhren sie mit durchdrehenden Reifen vom Hof.

Währenddessen hatte die Mutter den Brief vom Jugendamt gelesen. Ihr und Agnes' Blick trafen sich, und die Mutter sagte: »Lorenz! Karoline! Was ist? Wollt ihr die ganzen Ferien im Haus herumhängen? Raus!«

Die Kinder stürmten hinaus, und Agnes warf sich der Mutter an den Hals.

»Nie und nimmer kommt ihr ins Heim!«, sagte die Mutter. »Dafür werden wir vorsehen.« Sie fasste Agnes unters Kinn und hob ihren Kopf. »Du und ich. Verstehst du?«

Agnes verstand nicht, aber sie nickte, denn die Mutter klang so unverzagt und zuversichtlich wie selten in den letzten Tagen.

Eine Stunde später fuhren sie mit dem Rad nach Eisenstein. Erst auf den zweiten Blick sah man die Mutter hinten auf dem Gepäckträger sitzen und Agnes umfassen – so dünn war sie, dass man sie von vorne, durch die gleichfalls schmale Agnes verdeckt, gar nicht sehen konnte. Mutter und Tochter waren guter Stimmung. Marie Waldner schmiegte sich an Agnes' Rücken und schloss die Augen. Ihr weites Sommerkleid blähte sich wie ein Segel, und sie genoss den Fahrtwind, das Surren der Räder und die Nähe zu ihrer Tochter. Bestell dein Haus, pochte es in ihren Gedanken, und sie lächelte.

Sie hielten vor der Post. Die Mutter schob am Geldautomaten die Bankkarte in den Schlitz und wollte gerade die

Geheimzahl eingeben, als sie es sich anders überlegte. Sie zog Agnes vor die Tastatur.

»Tipp ein: 8-9-2-4. Und merk's dir.«

Die überraschte Agnes tippte die Geheimzahl ein, und als im Feld *Betrag* die Frage nach der Summe auftauchte, sagte die Mutter: »Tausendzweihundert! Auf einmal geht's nicht, du musst es teilen. Zweimal sechshundert.«

Die erste Tranche erschien in der Öffnung. »Wie war die Geheimzahl?«, fragte die Mutter.

»8-9-2-4.«

»Sehr gut.«

Ein zweiter Stapel Scheine kam.

Die Mutter bedeutete Agnes, das Geld zu nehmen. Noch nie hatte sie so viel auf einmal in den Fingern gehabt.

Danach saßen sie im *Seehof* im hinteren Teil des Gastraums, weit weg von Tresen und Stammtisch, wo die saßen, die immer dort saßen und sich die Hälse nach ihnen verdrehten. Hier hinten waren die Vorhänge zugezogen und hielten Hitze und Helligkeit draußen. Aber vor allem waren sie ungestört. Agnes hatte einen gespritzten Apfelsaft bestellt, die Mutter ein kleines Bier. Sie hob das Glas.

»Prost! Der Teufel soll das Jugendamt holen!«

Prost! Lachend stießen sie an. So gefiel Agnes die Mutter. Sie tranken und wischten sich mit dem Handrücken über den Mund. Die Mutter nahm den Brief vom Jugendamt aus der Tasche und notierte auf der Rückseite des Umschlags: Familienbeihilfe, Kinderabsetzbetrag, Mehrkindzuschlag.

Wie beim Zahlenschiebespiel, bei dem man im Quadrat die nummerierten Steine in die gerade Reihenfolge eins bis fünfzehn bekommen musste, so notierte und schob die Mutter die Zahlen in die richtige Reihenfolge, dass es Agnes schwindelig wurde.

»Macht 984,80 Familien, 195,20 pro Monat Kinderabsetz – wird aber nur alle zwei Monate ausbezahlt, im September dafür doppelt, zwanzig für Karoline als Mehrkind …«

Am Tresen und am Stammtisch hatte man das Interesse an ihnen verloren. Drei Kühe, erzählte einer lautstark, sollen mitten auf der Wiese tot umgefallen sein – Hitzschlag. Und die frisch geschlüpften Küken stürben wie die Fliegen!

»Mama«, sagte Agnes, »ich hab dir nicht die Wahrheit gesagt. Ich … im Lagerhaus …«

»Du hast dir nicht freigenommen, sie haben dich rausgeschmissen«, sagte die Mutter und sah Agnes nachsichtig an.

»Woher weißt du's?«, fragte sie entgeistert.

»Der Vater hat's mir erzählt. Er hat mir auch erzählt, was dir der Scholtysek hat antun wollen und dass er dich angezeigt hat.«

»Wann hat er es dir erzählt? Er ist doch schon lange nicht mehr hier gewesen …«

»Agnes, lass es, ich bin auf dem Laufenden. Ihr habt doch erst die Gams zerlegt … euer Vater kommt jede Nacht. Dann besprechen wir alles Notwendige.«

»Ich hab euch aber nicht gehört, dabei ist die Wand ganz dünn, und man kriegt jede Kleinigkeit mit …«

»Der Vater wird sich darum kümmern«, sagte die Mutter bestimmt.

Agnes nickte, und der Schauder und die Verzweiflung, die sie verdrängen wollte, stiegen abrupt in ihr hoch. Stumm rannen Tränen über ihre Wangen. Die Mutter zog sie an sich und strich über ihren Rücken. Nach einer Weile sagte sie: »Der Scholtysek macht das meinetwegen. Ich hatte gehofft, dass er es in all den Jahren verwunden hat, sonst hätte ich dich nie in die Raika gelassen. Es war mein Fehler. Du musst wissen, er rächt sich, weil er bis heute nicht ertragen kann, dass ich nicht ihn genommen hab.«

Marie Waldner erzählte ihrer Tochter die ganze Geschichte. Sie begann an dem Tag, an dem sie in die Doline gestürzt waren. Es war in der zweiten Maiwoche, an Christi Himmelfahrt gewesen, alle aus dem Ort, und viele aus dem weiten Umland, hatten sich am Schattensee getroffen, dort fand das berühmte *Wasserscheibenschießen* statt. Von überall her kamen die Leute, und der, der Schützenkönig werden würde, war für ein Jahr ein angesehener Mann.

An einem Ufer wurden die Zielscheiben so aufgestellt, dass sie sich einen knappen Meter über dem Wasser befanden und sich darin spiegelten. Vom anderen Ufer, in gut hundert Meter Distanz, wurde auf das Spiegelbild im See geschossen, und die von der Wasseroberfläche abprallende Kugel sollte die wirkliche Scheibe an Land treffen.

»Ich war damals die Freundin vom Scholtysek«, sagte die Mutter.

Agnes sah die Mutter verwirrt an. »Du? Vom Scholtysek?«

»Ja, vom Scholtysek. Komisch, er hieß immer so. Scholtysek. Nie Sigi. Oder Siegfried, wie er eigentlich heißt. Wir Mädchen standen auf ihn, und es war ein offenes Geheimnis, dass er mit zwei verheirateten Frauen ein Verhältnis hatte.«

Marie Waldner hielt inne. Dann fuhr sie fast heiter fort: »Es war Fasching, und ich war seit Kurzem aus Frankreich zurück, und der Sigi bemühte sich sehr um mich. Mit meinem Parisaufenthalt und dem Französisch war ich was Besonderes. Die Burschen überboten sich, um mich Exotin zu beeindrucken. Einer sprang sogar von der Rotmühlbrücke in den eiskalten Fluss. Der Scholtysek versuchte es anders. Er war ironisch, witzig und gab den Kavalier. Kurz und gut, er kriegte mich beim Faschingsball herum, und nach ein paar Monaten sagten alle, ich hätte ihn gezähmt. Aber dann an Himmelfahrt … Am Mittag tauchte der Wenzel auf, und am Nachmittag war es um mich geschehen. Ich hatte mich Hals über Kopf in euren Vater verliebt. Er war so anders als die Burschen sonst. Er war draußen in der Welt gewesen und brachte von dort eine Gelassenheit mit, die mich verzauberte. Und er sah gut aus, wie der Filmstar Andy Garcia. Fließend Spanisch sprach er auch noch, weil er die zweijährige Praxis als Forstadjunkt in Patagonien absolviert hatte, im Nationalpark *Los Alerces* an der chilenischen Grenze.«

Die Mutter schwieg eine Weile, als müsste sie sich für das Kommende sammeln. Schließlich sagte sie: »Als wir mit unseren zusammen siebzehn Knochenbrüchen im Krankenhaus lagen, kam Wenzel einmal zu mir ins Zimmer. Eingegipst, eingewickelt und verklebt wie eine Mumie, den Ständer mit den Infusionen schob er vor sich her, trat er an mein Bett, klopfte an die Gewichte, die meine Beine streckten, und nuschelte einen alten Schlager: *Hallo schönes Fräulein, haben Sie heut Zeit, mit mir auszugehen, nur zum Zeitvertreib?* Und er sagte, er würde mit mir durch den argentinischen Nationalpark gehen und mir die patagonischen Zypressen zeigen, die *alerces*, nach denen der Park benannt ist.«

Die Mutter nahm einen kräftigen Schluck, bevor sie fortfuhr: »Der alte von Mosheim hatte den Nationalpark in Argentinien besucht als Vorbild für seine Waldwirtschaft hier. Dort lernte er den Wenzel kennen, und als er dann feststellte, dass sie beide aus der Gegend hier kamen, hat er ihn vom Fleck weg engagiert. So war der Waldner Wenzel als Revierförster der Mosheims hier wieder aufgetaucht. Am frühen Himmelfahrtsnachmittag begann also das Ausscheidungsschießen, und schließlich blieben der Scholtysek und der Wenzel, den alle den *Gaucho* nannten, übrig. Beide waren gleichwertig, und der Wettstreit musste sich mit dem letzten Schuss im Stechen entscheiden.

Es war Wind aufgekommen, und das Wasser kräuselte sich. Das Spiegelbild der Zielscheibe wurde unscharf und verschwamm. Euer Vater schoss eine Rand-Zwei – sein bisher schlechtester Schuss. Dann war Scholtysek dran. Er hatte die ganze Zeit getrunken, und ich bin mir fast sicher, er hatte mitbekommen, dass es zwischen mir und dem Wenzel knisterte. Er schoss. Der Zielerer, der die Scheibe prüft und dann das Ergebnis anzeigt, signalisierte vom anderen Ufer: kein Treffer! Der Wenzel hatte das Schießen gewonnen. Der Applaus war verhalten, denn die meisten waren Freunde vom Scholtysek und hatten auf ihn gesetzt. Ich aber hatte nur noch Augen für den Wenzel. Was für ein Mann! Ich wollte in seinen Armen liegen. Er war der Retter, auf den ich gewartet hatte.«

Eine Weile saß Marie Waldner stumm da. »Dass sie uns gefunden und wir überlebt haben, galt als ein Wunder«, erzählte sie schließlich weiter. »Wildfremde Menschen kamen zu mir ins Krankenzimmer, um mir zu gratulieren und mich zu berühren. Die wollten was von meiner Unzerstörbarkeit abbekommen. Meist aber hatte ich die Augen geschlossen. Dann stand auf einmal einer nah an meinem Bett. Ich erkannte ihn am Geruch. Es war der Scholtysek.«

Agnes zuckte, als wäre sie an einen elektrischen Weidezaun gestoßen.

»Es war Ende August. Das bedeutete, er kam drei Monate nach dem Unglück zum ersten Mal zu Besuch. Dabei war ich das Mädchen, mit dem er ging. Mit dem er, wie er überall prahlte, verlobt war, und wie es auch von allen gesehen wurde. Ich hielt die Augen geschlossen. Dann sagte er: Ich hab dir was mitgebracht. Äpfel. Ich hörte eine Papiertüte rascheln und wie er sie auf das Nachttischchen legte. Ich deutete auf meinen immer noch verschraubten und verdrahteten Kiefer und nuschelte, dass ich nur flüssige und breiige Nahrung zu mir nehmen kann.

Oh, sagte er, verstehe. Er stand nur da, und ich spürte, wie er mich anstarrte und es ihn graute. So eine kaputte Verlobte hatte er sich nicht vorgestellt. Der Wenzel und ich sind jetzt ein Paar, sagte ich unvermittelt. Wenn wir hier rauskommen, heiraten wir. Ich konnte es selbst nicht glauben, wie artikuliert das aus meinem Mund gekommen war. Es wurde noch stiller im Zimmer, und ich glaubte schon, der Scholtysek hätte unbemerkt den Raum verlassen, da sagte er: Das ist keine gute Idee, das solltest du dir wirklich noch mal überlegen. Jäh beugte er sich über mich, presste seine Lippen auf meine und stieß seine Zunge gegen die Verdrahtung in meinem Mund. Ich jaulte auf wie ein getretener Hund. Wie konnte einer nur so roh sein! Er wischte sich über die untere Lippe, die ein Stück Draht blutig gerissen hatte, grinste und sagte: Und dich liebe ich! Stell dir vor, wenn ich jemanden nicht mag … Darum merk dir: Du gehörst mir – und solltest du dir das anders überlegen, dann … das mal dir selber aus. Er nahm die Tüte vom Nachttisch und ging.«

Mutter und Tochter saßen stumm im hinteren Gastraum des *Seehof,* und der Sonnenstrahl, der durch einen Spalt im Vorhang fiel, war weit über den Tisch gewandert. Agnes sah, er lag jetzt auf der rechten Hand der Mutter und beleuchtete wie ein Scheinwerfer die gezackte Narbe, die sich von der Handwurzel den ganzen Unterarm entlangzog.

»Er macht das meinetwegen«, beendete die Mutter die Stille. »Ich hätte es wissen müssen.«

Auf der Heimfahrt saß die Mutter wieder hinten auf dem Gepäckträger, zwei volle Einkaufsnetze hingen vorne links und rechts am Lenker. Die beiden schwiegen. Es war drückend heiß. Die Vorstellung, dass die Mutter und der Scholtysek ein Paar gewesen waren, war aberwitzig. Was für ein Glück, dass der *Gaucho* aufgetaucht und ihr Vater geworden war und nicht der … Aus dem Nichts war der Gedanke da! Konnte es sein, dass die Mutter schon mit dem Scholtysek … und er und nicht der Wenzel in Wirklichkeit ihr leiblicher Vater war? Sie rechnete. Die um den Lenker gekrallten Finger zuckten beim Zählen. Juni, Juli, August … Mitte November. Das waren knapp sechs Monate. Mit dem Scholtysek war die Mutter vorher schon drei Monate gegangen – das waren, wenn sie's gleich gemacht hatten, neun Monate. War das nicht wahrscheinlicher?

»Stehen bleiben«, sagte die Mutter.

Agnes tat, wie ihr geheißen.

»Ich war noch immer bis unter die Arme wegen des Beckenbruchs eingegipst, und du hattest allmählich keinen Platz mehr in mir, und ohne Gips wären meine Knochen von dir gesprengt worden … Sie haben dich mit Kaiserschnitt geholt, in der 25. Woche, viel zu früh, aber es gab keine andere Möglichkeit«, sagte die Mutter.

Agnes rutschte vom Fahrrad, ließ es samt dem Einkauf umkippen, umarmte die Mutter und klammerte sich weinend vor Erleichterung an sie.

Drei Tage später hing frisch gewaschene Wäsche auf dem Trockenplatz zwischen den Schuppen. Weißzeug lag auf der Wiese zum Bleichen. Ein hellgrünes Auto fuhr auf den gefegten Hof. Frau Hartmann und Frau Windisch kamen zum Kontrolltermin, den sie am Tag zuvor telefonisch angekündigt hatten. Sonja Hartmann im üblichen Schwarz-Weiß-Rot brachte schlechte Laune mit. Sie wäre an diesem heißen Tag schon gerne in der Früh an einen Badesee gefahren oder hätte sich in der Hölltalklamm unter den Wasserfall gestellt, aber die Psychologin wollte unbedingt diesen Termin einhalten! Typischer Anfängerehrgeiz! Als könnte man Asoziale retten!

»Jetzt kommen Sie schon!«, rief Sonja Hartmann der Psychologin zu, die mit dem Handy den Hof fotografierte, die Wäsche auf der Leine und auf der Wiese. »Was machen Sie denn noch?«

»Dokumentieren. Jedes Detail erzählt was über den Charakter und das Verhalten der Klienten. Oft verrät aber erst der zweite oder dritte Blick, was das Auge beim ersten Mal nicht sieht. Dann sind Fotos Dokumente der Tatsächlichkeit.«

Na, das kann ja heiter werden, dachte Sonja Hartmann. Laut sagte sie: »Wir sollten uns nicht zu lange hier aufhalten. Ich habe nämlich noch einen wichtigen Folgetermin!«

»Ja, verstehe. Bin gleich so weit.«

Kurz darauf saß Marie Waldner mit Verena Windisch am Tisch, die drei Kinder saßen in frischen Kleidern und artig wie Hummelfiguren auf der Couch. Sie beobachteten Sonja Hartmann, wie sie alles inspizierte. Systematisch wie ein Kammerjäger ging sie dabei vor. Sie tastete in den Schränken, prüfte das Geschirr, indem sie es gegen das Licht hielt, und sah unter die Spüle, wo der Mülleimer stand. Alles war tipptopp. Es roch nach Ata. Sogar der Eimer war mit Zeitungspapier ausgelegt.

Die Psychologin beobachtete die Waldners dabei, wie sie die Hartmann beobachteten. »Geht es Ihnen wieder besser?«, fragte sie die Mutter, die so frisch aussah wie die Wäsche draußen auf der Leine.

»Ja, viel besser! Diese Sommergrippe hatte mich übel erwischt! Aber Ihr angekündigter Besuch hat mich vollends kuriert.« Sie lächelte, stand auf und öffnete die Tür zur Schlafkammer der Kinder. »Hier schlafen die Kinder. Vielleicht gibt es ja hier, wonach Sie suchen.«

Sonja Hartmann hob abwehrend die Hand. »Danke. Wir machen uns einen eigenen Eindruck. Nach unserem Maßstab.« Und über die Schulter sagte sie zu den Kindern: »Zeigt der Frau Psychologin eure Schulhefte. Deutsch-Diktat. Rechnen.«

Die Kinder holten ihre Schulhefte und legten sie vor Verena Windisch auf den Küchentisch.

Sonja Hartmann ging unterdessen in die Kammer. Als sie an der Mutter vorbeikam, trafen sich ihre Blicke. Sie kannten sich vom Sehen, waren sich einmal bei der Einweihung des neuen Turnsaals des Kinderheims begegnet. Alle waren damals da gewesen, die Honoratioren, die Blasmusik, der Pfarrer mit Ministranten und Weihwasser – und die unterstützenden Mitglieder des Vereins *Maria Hilf!*, zu denen auch Marie und Wenzel Waldner gehörten, weil ihre Tochter Agnes einmal hier Aufnahme gefunden hatte.

Frau Hartmann schlug die Bettdecken auf, kontrollierte die Laken. Wonach suchte sie eigentlich? Bettnässen? Spermaflecken? Sie durchwühlte die Kommode, in der die Hemden, T-Shirts und die Unterwäsche der Kinder lagen. Alles war sauber.

Verena Windisch blätterte derweil durch die Hefte der Kleinen und sah dann zu Agnes, die im Sofa lümmelte, in knappen Shorts und einem über dem Bauch geknüpften Herrenhemd. Dieses Mädchen, von dem sie so Widersprüchliches gehört hatte, war ein Fall. Ihr Fall.

»Und du bist … Sie sind Agnes?«

Agnes nickte, beobachtete aber weiter Sonja Hartmann, die in der Kammer aufhorchte und jedes Wort belauerte.

»Wie alt sind Sie denn?«, fragte die Psychologin, obwohl sie es wusste. Sie hatte die Akten genau studiert.

»Fast sechzehn.«

»In einem halben Jahr wirst sechzehn«, verbesserte die Hartmann. »Also sind wir noch für dich zuständig.«

Agnes schluckte, und gleich rauschte es wieder in ihren Ohren.

»Du … Sie waren Lehrling im Lagerhaus und wurden fristlos entlassen. Wegen fortgesetztem Diebstahl.« Die Psychologin hatte die Hefte zur Seite geschoben und sich zu Agnes gedreht.

»Ich habe nichts gestohlen. Nie.«

»Und die Sachen in deinem Spind?«

»Für jeden Spind gibt es einen zweiten Schlüssel. Den hat der Scholtysek in seinem Büro im Schrank.«

»Du … hasst den Scholtysek, oder?« Sonja Hartmann war hinter das Sofa getreten.

Agnes fühlte sich, als steckte sie zwischen den Backen eines Schraubstocks, die langsam zugedreht wurden. Sie schwieg.

»Was ist das für eine Geschichte mit der Vergewaltigung?«, beharrte die Psychologin.

»Sie hat gesagt, wie's war, und ich glaub ihr«, ging die Mutter dazwischen. Sie trat neben Sonja Hartmann und sah sie herausfordernd an. »Ein Richter wird's entscheiden. Das ist das eine. Aber was wollen Sie hier? Ich habe es mir jetzt lang genug angesehen. Sie nutzen eine missliche Situation aus. Ich bin von der Sommergrippe angeschlagen, und mein Mann ist kurzfristig aushäusig. Und Sie überfallen uns und produzieren sich. Vollkommen ungerechtfertigt. Sie sagen zu meiner Tochter, Sie seien für sie zuständig. Nein, sind Sie nicht. Das Jugendamt hat hier nichts verloren. Ich kann allein auf meine Kinder aufpassen. Merken Sie sich das!« Sie hatte Agnes von hinten die Arme um die Schultern gelegt.

Sonja Hartmann gab sich ungerührt. »Das können Sie gerne so sehen. Aber wir verschaffen uns lediglich einen Eindruck. Sorgfaltspflicht, wie es uns das Gesetz vorschreibt, §8a SGB VIII, Schutzauftrag bei Kindeswohlgefährdung. So! Und wo ist der Vater? Wir müssen … wir möchten auch mit dem Vater sprechen.«

»Kein Kind ist hier gefährdet. Keine Sorgfaltspflicht wird vernachlässigt.«

»Tut mir leid, Frau Waldner, ich hab das Gesetz nicht erfunden. Also nochmals: Wo ist der Vater?«

»Mein Mann ist drüben in Lubis, er hat eine Stellung im Nationalpark in Aussicht. Ich weiß nicht, wie lange er fort ist. Es braucht die Zeit, die es braucht.«

Sonja Hartmann verzog den Mund. Wie gingen ihr diese Muttertiere auf die Nerven. Immer glaubten die, dass sie ihre Mutterschaft unverletzbar mache. »Bevor wir nicht mit dem Vater gesprochen haben, ist nichts entschieden. Er meldet sich bei uns, oder wir kommen alle vierzehn Tage zum Kontrollbesuch. Das liegt nämlich allein in *meinem* Ermessen. Frau Windisch, was ist? Wollen Sie hier einziehen?«

Die Psychologin schüttelte den Kopf und schob ihre Notizen zusammen. Sie war mit dem Auftritt der Hartmann nicht einverstanden, wollte es aber nicht gleich zeigen. Sie meinte, sie sei auf einem guten Weg gewesen mit Agnes, sie hätte nur etwas mehr Zeit gebraucht. Hatte sie nicht gespürt, wie das Mädchen begann, Vertrauen zu ihr aufzubauen? Vielleicht stimmte die Diebstahlgeschichte tatsächlich nicht.

»Ihr Mann soll wertvolle Gewehre gestohlen haben«, hörte sie Frau Hartman sagen. »Ist er deswegen fort, weil er die draußen verkauft?«

Verena Windisch sah, wie die Hartmann sich in der Tür umgedreht hatte und Marie Waldner fixierte. Für einen Moment stand alles still.

Dann antwortete Marie Waldner ruhig: »Es gibt keine gestohlenen Gewehre. Aber das Gegenteil ist richtig: Mein Mann wurde von den jungen von Mosheims betrogen.«

»Aber ja doch. Immer sind die andern schuld«, sagte Sonja Hartmann und verließ das Haus. Die Psychologin gab Marie Waldner und Agnes wortlos die Hand. Von draußen tönte es: »Frau Windisch, wo bleiben Sie denn?«

Als das hellgrüne Auto schon lange nicht mehr zu hören war, saßen die vier Waldners noch immer reglos auf dem Sofa.

»Die können uns nix!«, sagte die Mutter schließlich. »Lasst euch nicht einschüchtern!«

5

Grell lag das Land an diesem denkwürdigen Sonntag unter der Sonne, ein Funke hätte genügt, um alles in Brand zu setzen. Die Getreidefelder waren längst abgeerntet, auch der Flachs war eingebracht, und die Früchte an den Obstbaumspalieren hatten Sonnenbrand. Eisenstein suchte den Schatten an den Ausläufern des Waldes, der zu beiden Seiten bis zur Baumgrenze hochstieg, dann war der Berg nur mehr Stein. Die Häuser des Städtchens lehnten aneinander wie Eidechsen mit ihren glänzenden Schieferschuppen auf den Dächern. Nur den Zeugen des früher so florierenden Erzabbaus ganz hinten im Tal, dem aufgeschürften und durchlöcherten Berg, den rostigen Förder- und Röstanlagen und den Ruinen der Floßöfen, konnte die Hitze nichts anhaben. Sie waren weit Schlimmeres gewohnt.

Die vier Glocken – in h-dis-fis-gis waren sie gestimmt – riefen zur heiligen Messe, und die Dorfbewohner, spröde und unzugänglich wie die Felsen ringsum, strömten in die Kirche. Die dicken Mauern, der Steinboden und die Grabplatten aus rotem Marmor hielten den Kirchenraum kühl, und die schmalen Fenster ließen nur Streifen von Sonnenlicht herein. Die Bänke waren gut gefüllt, ebenso die Empore, und es summte, wisperte und zischte, wie es oft in den Wiesen am Nordhang vor einem Unwetter zu hören ist. Eine Unruhe hatte von den Kirchgängern Besitz ergriffen, als hätte eine Vorahnung ihren sonst so trägen Verstand erfasst.

Agnes kam mit der Mutter und ihren Geschwistern. Herausgeputzt wie an hohen Feiertagen gingen sie, von allen beobachtet, bis ganz nach vorne und nahmen in der Bank Platz, die den von Mosheim vorbehalten war. Was für ein Sakrileg! Auch wenn die von Mosheim schon lange nicht mehr zur Messe kamen, es war ihre Bank, es waren ihre Plätze, ganz vorne beim Altar, bei Gott. Sie waren die Ersten beim Abendmahl, und der Segen galt immer zuerst ihnen, auch wenn sie nicht anwesend waren. So war es der Brauch.

Die vier Waldners saßen eng aneinandergerückt wie Holzscheite an der Hauswand. Sie spürten die Blicke und hörten das Tuscheln in ihrem Rücken. Die Mutter hatte darauf bestanden, die Vormittagsmesse zu besuchen. Sie war als Erste aufgestanden, hatte das Frühstück vorbereitet und für die Kinder frische Anziehsachen herausgelegt. Für Agnes das ärmellose weiße Kleid mit den breiten, blauen Querstreifen, das sie erst einmal, zum Schulabschluss, angehabt hatte. Einige hatten sie damals bewundert, ein paar von den Buben hatten ihr sogar nachgepfiffen, aber dann war Margit in einem tief ausgeschnittenen, rubinroten Taftkleid aufgetaucht, das mehr auf einen Ball passte als zum Schulabschluss, wo man in der Aula sein Zeugnis in die Hand gedrückt bekommt. Natürlich hatte sie allen Mädchen und auch den jungen Lehrerinnen die Schau gestohlen. Aber Jo, der im Alphabet gleich nach Agnes kam und nach ihr zum Klassenvorstand auf die Bühne gerufen wurde, um sein Zeugnis in Empfang zu nehmen, hatte ihr im Vorbeigehen zugeraunt, sie sehe toll aus. Da hatte Agnes sich vorgenommen, dieses Kleid nur anzuziehen, wenn sie sich mit Jo verabredete. Das hatte sich erübrigt, als Agnes gesehen hatte, welches Kleid die Mutter für sie an die Schranktür gehängt hatte.

Agnes fiel es schwer, den Blick geradeaus zu halten. Sie fixierte den Gekreuzigten mit seinem zur Erde gesenkten Blick. Gleich würde ihr selbst der Kopf von den Schultern fallen. Karoline drehte sich um und sah in die empörten Gesichter. Und Lorenz hätte sich am liebsten unsichtbar gemacht, weil er zwei Reihen hinter sich Theresa wusste und sich nicht sicher war, ob sie die Sitzplatzwahl der Waldners nun dämlich oder cool fand.

In der Sakristei legten sich die Ministranten die Schulterkragen um, und Scholtysek, der den Mesner während seines Sommerurlaubs vertrat, half dem Pfarrer ins grüne Messgewand.

»Unsere Hilfe ist im Namen des Herrn«, sagte der Pfarrer, und seine Helfer antworteten: »Der Himmel und Erde erschaffen hat.«

Der Pfarrer nickte Scholtysek zu, der drückte auf der Lautsprecheranlage eine Taste und gab damit dem Organisten das Zeichen anzufangen.

Der *Introitus* setzte ein, der Pfarrer trat mit den Ministranten aus der Sakristei, das Rumoren in der Kirche verebbte. Der Pfarrer wandte sich, vor dem Altar stehend, der Gemeinde zu. »Der Herr sei mit Euch.«

»Und mit Deinem Geiste.«

In der Sakristei schenkte sich Scholtysek ein Krügelchen vom Messwein ein und trank vorsichtig von der Schnabelseite. Im spiegelnden Glas der Kredenz sah er eine Bewegung, und bevor er sich umdrehen konnte, spürte er einen Stoß in den Rücken. Jetzt erkannte er die Person in der Spiegelung.

»Wenzel … was soll das?«

Der Angesprochene trat vor Scholtysek und drückte ihm den Doppellauf einer Bockflinte unters Kinn. »Du weißt, warum ich hier bin.«

Scholtysek schüttelte den Kopf. Wenzel Waldner schob ihn vor das Mikrofon der Sprechanlage.

»Ich bekenne Gott, dem Allmächtigen, und allen Brüdern und Schwestern, dass ich Gutes unterlassen und Böses getan habe …«, beteten sie in der Kirche. »Ich habe gesündigt in Gedanken, Worten und Werken durch meine Schuld, durch meine Schuld …«

Auf einmal begann es zu knistern, die Lautsprecher hatten sich eingeschaltet. Das Schuldbekenntnis der Gemeinde erstarb nach und nach.

»Ich bin's … der Sigi, der Scholtysek, und ich möchte etwas …«

Die Kirchenbesucher verstummten. In den Lautsprechern knackte es, dann würgte Scholtyseks Stimme das Wort *bekennen* heraus, ein abermaliges lautes Knacken folgte, und dann sagte Scholtysek klar und für alle vernehmlich: »Ich gebe zu, dass ich gelogen habe.«

Die Worte hallten durch alle drei Schiffe des gotischen Kirchenraums, in jeden Winkel, bis hinauf zur Empore. »Ich habe … gelogen … ich habe die Agnes, die Waldner Agnes, falsch beschuldigt …«

Agnes wurde rot. Ihr Herz schlug bis unter das Schädeldach. Sie fühlte sich wie in einem wunderbaren Albtraum – wenn es so etwas überhaupt geben konnte. Zum Glück spürte sie die Hand der Mutter und hielt sie fest.

»… sie hat nichts gestohlen, ich habe die Sachen in ihren Spind gelegt … mit dem zweiten Schlüssel … und …« Ein heftiges Rumpeln ertönte, dann fuhr Scholtysek fort. »Und ich habe … habe versucht, sie zu … vergewaltigen.«

In den angehaltenen Atem der Kirchengemeinde drängte sich ein Aufstöhnen. Alle sahen weg von den Lautsprechern und starrten auf den Rücken von Agnes in der ersten Bank. Der Pfarrer bekreuzigte sich, und die Ministranten und einige Gottesdienstbesucher taten es ihm gleich.

Agnes drehte sich zur Kirchengemeinde um. »Genau das hat er mir angetan!«, sagte sie mit glockenheller Stimme.

Die Mutter stand auf. Als wäre ihr Auftrag erledigt, schob sie die Kinder aus der Bank und verließ mit ihnen die Kirche. Mucksmäuschenstill war es die ganze Zeit, erst als das bronzene Eingangstor hinter den Waldners zugefallen war, brachen sich Entrüstung und Ärger Bahn. Unmittelbar war die Gemeinde in zwei Lager gespalten. Alle schrien und drängten aus den Bänken, um sich im Gang Luft zu machen. Die einen hatten für Agnes Verständnis und Bedauern, sie hatten den Scholtysek schon immer verwünscht. Die anderen verteidigten ihn und spielten den Vorfall herunter.

»Leute! … Liebe Gemeinde! … Beruhigt euch!«, versuchte der Pfarrer mit donnernder Stimme auf die erregte Menge einzuwirken. Aber da war nichts zu machen, so konnte die Messe nicht fortgesetzt werden. Seit Menschengedenken musste zum ersten Mal in der Geschichte des Sprengels ein Sonntagsgottesdienst abgebrochen werden.

Die Anhänger Scholtyseks wollten der Sache auf den Grund gehen und drängten, den Pfarrer und die Ministranten vor sich herschiebend, in die Sakristei. Scholtysek hockte vor der Sprechanlage. »Er hat mich gezwungen!«, sagte er schlaff.

»Wer? Sag uns, wer, und wir schnappen ihn uns!«

Scholtysek sah auf. »Na, er, der Wenzel! Wer sonst?!« Und einer Eingebung folgend ergänzte er: »Mit einer Flinte mit goldenem Seitenschloss.«

Am frühen Nachmittag tauchten unten vor dem Häuslerhof drei Mopeds auf. Rudi und Heinz waren dabei, der Naaz und der Valentin. Freunde vom Scholtysek. Sie lungerten auf dem Vorplatz herum, tranken Dosenbier und wussten nicht so recht, was sie eigentlich wollten. Beim *Schlosswirt* hatten sie schon ein paar Halbe getrunken und grandiose Reden geschwungen. Rudi und Heinz galten als Kronzeugen für Agnes' Mitschuld, denn sie sei es gewesen, die alle in Versuchung geführt habe. »Wie sie uns alle dauernd angemacht hat mit ihren kleinen Titten. Vor allem mich …« Rudi konnte gar nicht genug Einzelheiten von diesem Teufelsweib erzählen.

Als das Thema nichts mehr hergab, weil alle im *Schlosswirt* längst Bescheid wussten und zum Essen nach Hause mussten, beschlossen sie, eine Delegation zusammenzustellen, die von den Waldners *Richtigstellung* und *Entschuldigung* fordern sollte. Schade, dass der Scholtysek nicht dabei war, das hätte ihm gefallen, wie sich alle für ihn einsetzten. Aber der Gemeindesekretär hatte noch in der Sakristei darauf gedrängt, dass sich der Scholtysek dringend vom Doktor Heinze untersuchen lassen müsse, um das Hämatom am Hals zu dokumentieren.

Rudi warf eine leere Dose in Richtung Haustür. Dann nahm Naaz seinen ganzen Mut zusammen und brüllte: »Wenzel, du feige Sau, komm raus!« Naaz war der älteste Sohn von der Gerberei Salzkorn. Er hatte einige Zeit darauf bestanden, *Ignaz* gerufen zu werden, aber weil sich kaum einer an seinen Taufnamen gewöhnen wollte, gab er sich bald wieder mit dem *Naaz* zufrieden. Oder *Naazi* – das durften aber nicht alle sagen.

»Wenzel, was ist?«, brüllte er. »Hosen voll?«

Die vier Burschen lachten grölend. Im Haus blieb es still, als wäre niemand zu Hause. Die Mittagssonne stach unerbittlich vom Himmel. Sie begannen, Sand nach den Hühnern zu werfen, die aufgeregt gackernd herumflogen. Heinz traf mit einer halb vollen Bierdose die Sau, die voller Erwartung über den Planken lehnte, weil sie eine Sonderration erhoffte. Quiekend flüchtete Aglaia und verkroch sich unter der großblättrigen Pestwurz, die den Pferch an einer Seite säumte. Auch ein Steinhagel trieb die Sau nicht wieder aus dem Versteck. Valentin öffnete seinen Hosenstall und pinkelte in Aglaias Trog. Die anderen taten es ihm nach.

»Wohl bekomm's!«, schrie der dicke Heinz und alle lachten bis zum Schluckauf.

Im Haus rührte sich nichts. Sie warfen Steine und Erdbrocken ans Haus und aufs Dach. Rülpsten die Nationalhymne und johlten *Wenzel! Wenzel!* Aber dann hatte Rudi eine bessere Idee.

»Agnes! Komm ficken!«, rief er. Sie kugelten sich vor Lachen und riefen nun alle zusammen in verschiedenen Stimmlagen: »Agnes, ficken! Agnes, ficken! Agnes, fi…«

Da trat Wenzel Waldner vor die Tür, ein Gewehr in der Hand, schaute einen nach dem anderen an, richtete die Doppelflinte auf und schoss den Burschen eine Ladung Schrot vor die Füße, dass es nur so spritzte. Erschrocken sprangen sie hoch, rasten panisch zu ihren Mopeds und knatterten davon.

Eine gute Stunde später tauchten sie wieder in einer schon weithin sichtbaren Staubwolke auf. Ein Pick-up mit rotgelbem Flammen-Airbrush und drei Mann waren dazugekommen. Jetzt waren sie zu siebt, alle, bis auf Rudi und Heinz, mit Flinten und Gewehren bewaffnet. Heinz hatte seine Luftdruckpistole mitgenommen, und Rudi eine Zwille, mit der er Zehner-Muttern verschießen konnte.

Ihr Anführer war Franz, er war in Scholtyseks Alter und dessen engster Vertrauter. Seit Kindertagen steckten die beiden zusammen. Schule, Militär – auf Gedeih und Verderb waren sie miteinander verbunden. Hinter vorgehaltener Hand erzählte man sich, dass sie mindestens eine gemeinsame Leiche im Keller hatten.

Franz trat drei Schritte vor die anderen, stand breitbeinig

da und brüllte zum Haus: »He, Wenzel! Ich zähl bis zehn, und wenn du dann nicht draußen bist, stürmen wir! Oans, zwo, drei …«

… Marie Waldner trat vor die Tür und musterte die Männer. Denen war das unangenehm, mit der spindeldürren Frau hatten sie nichts am Hut.

»Schick den Wenzel raus«, sagte Franz. »Er hat den Scholtysek mit dem Gewehr gezwungen … Lauter Lügen hat er sagen müssen!«

»Mein Mann ist nicht hier. Ihr könnts wieder verschwinden!« Sie ging hinein und schloss die Tür ab.

Die Männer waren unschlüssig. Was jetzt? Heinz schoss mit der Luftdruckpistole auf ein Huhn, das gackernd davonflatterte. Ein paar fanden das komisch, Franz aber verpasste dem nächststehenden Naaz eine schallende Ohrfeige.

»Die Drecksau versteckt sich unterm Weiberkittel, und ihr spielts herum wie die Kinder! Werdet ihr denn nie erwachsen?!« Energisch ging er voran und trat die Haustür ein. Das nahmen nun alle als Aufforderung. Zuerst zögerlich, dann stürmten sie wild entschlossen das Haus.

Marie Waldner fiel Franz in den Arm, der schleuderte sie von sich. Sie knallte mit dem Gesicht gegen die Wand und rutschte benommen zu Boden. Agnes stürzte mit den Geschwistern, die wie Klammeraffen an ihr hingen, zur Mutter. Karoline schrie und machte sich in die Hose, Lorenz zitterte so heftig, als hätte er Schüttelfrost. Agnes rutschte zur Mutter hin und zog sie ein wenig hoch. Rudi hatte Heinz die Luftdruckpistole entrissen und fuchtelte damit vor Agnes' Gesicht herum.

»Die da ist an allem schuld!«, kreischte er. »Sie hat den Scholtysek provoziert. Hat immer mit dem Arsch gewackelt. Für ein' Fünfer wollt sie mir ein' blasen!«

»Ah, geh!«, lachte der Naaz. »Wer will dir schon ein' blasen!«

»Wenzel! Zeig dich!«, schrie Franz. Er begann das Haus zu durchsuchen. Küche. Elternschlafzimmer. Schlafkammer der Kinder. Riss Schränke auf. Die Kredenz. Geschirr ging zu Bruch. Alles flog durcheinander.

»Komm raus, oder es tut dir noch leid!«, brüllte Franz. Für einen Augenblick hielten alle still und lauschten, ob man ein verräterisches Geräusch hörte. Aber sie hörten nur die vier Waldners schluchzen – am lautesten Karoline.

Dann schoss der Franz in die Decke. Ohrenbetäubend klang das in dem kleinen Haus. Die Klappe in der Decke, die zum Zwischenboden führte, sprang auf. Franz fegte das Frühstücksgeschirr vom Tisch, zog ihn unter die Öffnung, stieg auf den Tisch und reckte sich durch die Luke in den niedrigen Dachboden. Zweimal schoss er in das heiße, dunkle Loch unter den Schindeln, aber auch hier hatte sich Wenzel nicht versteckt.

Nun gab es kein Halten mehr. Sie zerrten die Matratzen und die Tuchenten von den Betten, schossen Schrot und Kugeln hinein, dass die Federn wie Schneeflocken flogen. Rudi schoss Stahlmuttern in die Glasfüllung der Kredenztür und auf die Vasen, die auf der Kredenz standen. Naaz riss den Duschvorhang aus der Schiene und schüttete alles aus dem Einbauschränkchen, und der dicke Heinz setzte sich mit Schwung auf das Waschbecken, dass es abbrach und die Wasserleitung barst. Dabei schrien und kreischten sie. »Ja, wo is' er denn?! Ja, wo denn?«

Marie Waldner schien ohnmächtig, Lorenz wimmerte, Karoline plärrte immer lauter, Agnes legte sich schützend über die drei. Plötzlich zerrte Franz an ihrem Bein, um sie wegzuziehen.

»Wo ist der Vater?!«, brüllte er Agnes an.

Rudi kam hinzu, um Franz zu helfen. Er schob Agnes' Kleid bis zur Hüfte hoch und riss an ihrer Unterhose. Aber sie wehrte sich so vehement, dass er den Slip nicht abstreifen konnte.

Draußen kam eine 125er Enduro herangebraust. Sie rumpelte die Stufen zum Eingang hoch und fuhr ins Haus. Augenblicklich füllte sich die Küche mit Abgasschwaden, der Fahrer drehte ununterbrochen am Gaszug, als ginge gleich der Motor aus. Es war Martin, der beim Dachdecker Fasching arbeitete, er schrie: »Der Wenzel ist drüben in der Sonnleiten! Er will in' Wald hinauf!«

Franz ließ Agnes los, die Enduro drehte auf dem Hinterrad und fuhr mit hochgerecktem Vorderteil aus dem Haus. Johlend stürmten die Burschen hinterher.

Agnes versuchte, die Wirklichkeit zurück ins Lot zu rücken, während der Vater draußen um sein Leben rannte. Ich schlag mich durch, hatte er lachend zu ihr gesagt, ich kenn den Wald wie kein anderer. Sie flehte inständig, dass das stimmte. Dabei schob sie die zerfetzte Decke vom Bett und zog die apathische Mutter auf die durchlöcherte Matratze. Jede Bewegung wirbelte Federn und Staub auf, sie mussten husten, ihre Augen tränten.

Der Überfall hatte die Mutter überwältigt. Die Kraft rann aus ihr wie Milch aus einer zerbrochenen Flasche. Agnes versuchte, hinter ihre Stirn zu schauen. Und verstand allmählich. Der gesundheitliche Fortschritt der letzten Tage hatte nichts zu bedeuten, das war nur Tarnung gewesen. Wie ein Zauberer hatte die Mutter ihren größten Trick vorbereitet und aufgeführt: zur vollständigen Ehrenrettung der Tochter. An einem heiligen Ort, dort, wo das Himmlische dem Unerklärlichen begegnet, wo alle zuhören mussten und nicht gleich vor der Wahrheit davonlaufen konnten. Sie hatte nur einen einzigen Menschen eingeweiht, ihren *Gaucho*. Er war der Einzige, der mit ihr aus der Unterwelt entkommen war.

Das ist gerade mal vor ein paar Stunden gewesen, dachte Agnes, und es fühlt sich an wie die Geschichte eines anderen Lebens. Nach dem abrupt beendeten Gottesdienst waren sie nach Hause gekommen, der Vater hatte schon auf sie gewartet. Sie hatten sich umarmt, ihre Erleichterung und Freude hinausgeschrien, hatten getanzt und ihren Sieg gefeiert. Agnes hatte sich im weißen Kleid mit den blauen Streifen gedreht, immer schneller, bis es sich zu einem Teller hochgeschraubt hatte, und Lorenz hatte gerufen: »Achtung! Eine fliegende Untertasse!«

Agnes weinte. Endlich. Sanft, ohne Krampf und Schluchzen. Wie ein Landregen die Natur tröstet, so trösteten sie die kleinen Tränen, die an ihren Wangen herunterrannen und auf die Brust der Mutter tropften. Agnes versorgte die Platzwunde auf ihrer Stirn.

Lorenz hatte inzwischen den Wasserhaupthahn zugedreht, im Bad hörte das Plätschern auf. »Hol die Flaschen und Dosen aus dem Bad«, sagte Agnes zu ihm. »In Zukunft waschen wir uns am Küchenbecken.« Sie gab Karoline eine frische Unterhose. »Mach dir nichts draus«, sagte sie zu ihr, »ich war schon neun, da habe ich mir auch einmal in die Hose gemacht.«

»Warum hast du in die Hose gemacht?«, fragte Karoline und hörte auf zu weinen.

»Ich weiß es nicht mehr«, sagte Agnes, »vielleicht habe ich geträumt, dass ich auf dem Klo war …« Nein, das war es nicht. Die weißen Kleider. Auf einmal stand es wieder vor ihren Augen. Früh waren sie am Sonntagmorgen geweckt worden, und Agnes kam sich, wie die anderen Mädchen, wie gerädert vor. Kam es von der Tablette, die sie am Samstagabend immer mit der Fluortablette verabreicht bekamen? Für den Knochenaufbau, wie es hieß. Sie spürte dann immer so eine Wurstigkeit. Alles war ihr egal. Sie erinnerte sich, wie sie am Waschbecken gestanden war, taumelte und auch das kalte Wasser den Schwindel nicht vertrieben hatte.

Sie musste an die weißen Kleider denken. *Marienkinder.* An alle die vielen Mädchen des Kinderheims *Maria Hilf!* in ihren weißen Kleidern. Sie gingen in der Fronleichnamsprozession hinter dem Baldachin, unter dem die Monstranz vom Bischof getragen wurde, und schwenkten zartgrüne Birkenzweige.

Die Erzieherinnen hatten die weißen Kleider aus den Schränken auf dem Dachboden geholt und an die Mädchen verteilt, denn die Kleider gehörten nicht den Mädchen, sondern dem Heim. Nach jedem Tragen wurden sie gereinigt und weggeschlossen und nach Bedarf wieder hervorgeholt. Manche Kleider erlebten schon die dritte Generation Trägerinnen, waren abgestoßen und an den Ellenbogen so dünn, dass der Musikantenknochen durchschimmerte. Die Mädchen schlüpften hinein, und eine Wolke von Naphthalin zog durch den Schlafsaal. Ein paar Mädchen schwankten und mussten sich an der Freundin festhalten, nicht nur wegen des intensiven Geruchs, sondern auch, weil sie alle kein Frühstück bekommen hatten, sollten sie doch später nüchtern zur heiligen Kommunion. Da stöhnte eines der Mädchen laut auf. Agnes sah, wie es sich mit einer Hand am Bettgitter abstützte und die andere Hand in seinen Schoß presste. Zitternd versuchte es, dem Schmerz standzuhalten und der Ohnmacht entgegenzustehen. Das Mädchen war dicklich, hatte schon kleine Brüste und bekam nie Besuch. Niemand mochte sie sonderlich. Nicht, dass man sie absichtlich mied – man übersah sie. Fanny, fiel es Agnes ein, so hieß das Mädchen, und der rote Fleck, der sich unter ihren gespreizten Finger breit machte, gehörte definitiv dort unten nicht hin. Da fiel Fanny in Ohnmacht, knallte mit dem Kopf gegen das Bettgitter und rutschte auf den Boden.

In diesem Augenblick hatte sich Agnes in die Hose gemacht.

Schnell hatten die Erzieherinnen eine Decke über das Kind geworfen und es aus dem Saal geschleppt. Sie habe sich eine Zecke aus dem Nabel gerissen, hatte es später geheißen. Andere sprachen von einer viel zu frühen ersten Monatsblutung, ohne dass Agnes damals verstanden hätte, was gemeint war. Fanny verschwand erst auf der Krankenstation – und dann auf Nimmerwiedersehen.

Das mit Fanny muss ich vergessen. So hatte etwas im Kopf der Neunjährigen entschieden. Jetzt war es plötzlich wieder da. Agnes wollte es nicht an sich heranlassen. Sie konnte es jetzt nicht brauchen! Wie besessen begann sie aufzuräumen. Sie wütete regelrecht, riss Stück für Stück der herunterhängenden Decke ab, horchte auf den Atem der wie ohnmächtig daliegenden Mutter, horchte nach draußen, fegte zusammen, teilte den Geschwistern die Arbeit zu und schaufelte den Dreck durch die Haustür hinaus ins Freie.

Dort stand sie dann und lauschte. Alles war durcheinander. Das Unterste war zuoberst. Wie bei einer Lawine.

Droben, am Fuß des Hochwalds, jagten sie den Wenzel. Gellende Pfiffe markierten die Positionen der Jäger, sie kamen ihm näher, versuchten, ihn zu umstellen. Wenzel hetzte den Wald hoch, hielt inne, denn auf der oberen Forststraße tauchte eine weitere Motocross-Maschine auf. Er wich nach links aus, in Richtung der Kalkklippen, die von Fichten und Schwarzföhren umwachsen waren. Wieder die Pfiffe. Links, rechts, über ihm. Sie kesselten ihn ein, jagten ihn wie einen schwer erreichbaren Steinbock. Der Vater floh durchs verbliebene Nadelöhr unterhalb der Klippen in Richtung Geröllhalde.

Agnes sah zum Berg. Sie hörte die Pfiffe und das Gejohle, es war wie im Herbst, wenn die Treiber das Wild aus der Deckung scheuchten. Sie hörte den Steinschlag. War sie zurück in dem Albtraum, den sie vor ein paar Wochen gehabt hatte? Alles mischte sich. Traum und Wirklichkeit. Sie rutschte wieder die Geröllhalde hinunter, aber stand doch vor dem Haus, und hörte jetzt zwei Schüsse mit einem nicht enden wollenden Echo. Ein Luftzug streifte ihre Wange, als ob eine Kugel daran vorbeiflog. Oder eine Seele? Das Herz pochte ihr bis in den Kopf. Sie würgte und erbrach sich schließlich mit einem Schmerz, der ihren ganzen Körper durchrüttelte.

*

Das Totenglöckchen läutete. Unter den steilen Wiesen duckte sich das Städtchen in die Mulde, als wollte es sich verstecken. Es war Abend geworden, und die stehen gebliebene Hitze des Tages färbte die Luft bläulich.

Ein Wagen kam mit aufgeblendeten Scheinwerfern den Stationenweg hochgefahren, fuhr vorbei an der siebten Station, *Jesus fällt zum zweiten Mal unter dem Kreuz*. Am Waldrand lag die Kalvarienbergkapelle, die letzte der vierzehn Stationen des Kreuzweges. *Der heilige Leichnam Jesu wird in das Grab gelegt.*

In der Zufahrt standen Autos und Geländemaschinen und Leute, die dem Wagen Platz machten, als er vor die offene Eingangstür fuhr. Doktor Heinze stieg aus. Ein Mann nickte ihm zu und deutete zum Inneren der Kapelle. Der Arzt nahm seine Tasche vom Beifahrersitz und ging hinein.

Es war eine Steinkapelle, nah an einer Quelle, deren Wasser eine heilende Wirkung bei Augenleiden zugesprochen wurde. Man sagte, etliche Blinde hätten dank des Wassers ihr Augenlicht wiedererlangt. An den Wänden der Kapelle hingen deshalb zahlreiche Votivtafeln, voll mit Dank oder Gelübden zur erfolgten oder erbetenen Heilung.

Für Wenzel Waldner aber gab es keine Rettung. Auf dem Altar lag der Tote. In die Kapelle hatten sie ihn gebracht, nicht ins Dorf. Sie hatten den Kerzenleuchter näher herangerückt und die Kerzen angezündet. Die Flammen flackerten, warfen ein gelbes Licht und rauchige Schatten auf den Leichnam und auf die Fresken in der kleinen Apsis, wo blasse Skelette mit Geigen, Blasinstrumenten und Dudelsack zum Totentanz aufspielten.

In den engen Bänken saßen ein paar von denen, die den Wenzel gejagt hatten. Die anderen lehnten hinten an der Wand, dort, wo es am dunkelsten war.

Der Anblick erinnerte den Doktor an das Gemälde eines alten holländischen Meisters, *Totenwache* vielleicht, oder doch eher an die Fotografie des aufgebahrten Che Guevara, umringt von seinen triumphierenden Häschern. Er schnitt das Hemd vom Körper des Toten und untersuchte das zerschlagene Fleisch. Abgerissene Haut, Prellungen, Knochenbrüche. Dieser Leib hatte schon viel überlebt, diesmal war er zerbrochen.

Polizist Heimon, der den Doktor verständigt hatte, sah zu, wie der Doktor über die Leiche gebeugt war und sie mit einer Leuchtlupe Zentimeter für Zentimeter absuchte.

»Und, Doktor, was ist die Todesursache? Genickbruch? Schädelbruch? Ein Augenzeuge hat erzählt, der Wenzel ist hundert Meter in die Tiefe gestürzt! Hat sich dabei mehrmals überschlagen. Immer wieder auf den Kopf. Warum er nur übers Geröllfeld ist und nicht über die Forststraße. Wenn man überhaupt wüsst, wohin er wollte?«

»Ich sag es dir, wenn ich es weiß«, sagte der Doktor, und Heimon war nicht klar, was der Arzt meinte – die Todesursache? Oder wohin er wollte? Trotzdem nickte er und sagte: »Es ist … wegen dem Totenschein. Dass alles seine Ordnung hat.«

Später am Abend, schon halb in der Nacht, saß die Jagdgesellschaft am Tresen und am Stammtisch des *Schlosswirt*. Ernüchterung hatte sich breitgemacht. Und ein schlechtes Gewissen, das sich allmählich wie ein Kater auf die Schläfen und die vordere Stirn legte. Die nächste Runde Obstler. Weg damit! Das half. Ein wenig.

Scholtysek, der am Tresen stand, drehte sich zum Stammtisch um. »Wer sich in Gefahr begibt, kommt darin …«

»Halt's Maul!«

Der Gemeindesekretär Fellner, der den Scholtysek in der Sakristei noch unterstützt hatte, war mit zwei Mitgliedern des Gemeinderats in die Wirtsstube getreten. Er sah verärgert zu Scholtysek, dann zu dessen Kameraden, wollte was sagen, bekam aber kein Wort heraus. So ungehalten war er. Er stellte sich mit seinen Begleitern in deutlichem Abstand zu Scholtysek an den Tresen. Die Wirtin schenkte ihnen ein. Die drei kamen von der Beratung beim Bürgermeister, bei der Doktor Heinze das Resultat seiner Leichenschau vorgetragen hatte. Der Befund war eindeutig. Aber das ließ der Bürgermeister nicht gelten. Er wies auf den schlechten Ruf hin, den so eine Aussage nach sich ziehen würde. Pochte auf die Reputation der Gemeinde. Den Leumund der Gegend, der sich gerade festigte und damit versprach, den Fremdenverkehr in der ehemaligen Eisenerzregion anzuschieben. Nach einer guten Stunde hatte der Doktor den Totenschein neu ausgestellt. Jetzt war die Todesursache nicht mehr eindeutig zu klären. »Die Wahrheit macht den Wenzel auch nimmer lebendig«, hatte der Bürgermeister zum Schluss gesagt, »aber uns Lebenden tät's schaden. Danke, Herr Doktor.«

Gemeindesekretär Fellner stieß mit seinen Begleitern an – und ex! Das war ein hartes Stück Arbeit gewesen. Und jetzt musste er noch diese Idioten aufs Stillschweigen einschwören.

Durch den Thekenspiegel beobachte er die Jagdgesellschaft am Stammtisch, dann traf sein Blick den von Scholtysek.

»Was ist, Fellner? Was schaust mich so an? Ich war nicht da draußen. Ich hab keinen gejagt!«

»Pass auf, Sigi, Hochmut kommt vor dem Fall! Du wärst nicht der Erste, der das erfahren würde.«

Ein Polizeiauto fuhr auf den Hof der Waldners. Es war dunkel, nur ein schwaches Licht fiel durch das Küchenfenster. Heimon stieg aus und ging die Treppen zum Eingang hoch. Er sah das aufgesprengte Türschloss, registrierte, dass das Türblatt schief in den Angeln hing. Kein Lebenszeichen war zu hören. Er schrak auf, denn vom Schuppen kamen Geräusche. Aber das waren die Tiere. Heimon war nicht wohl. Es wäre ihm lieber gewesen, wenn ein anderer für die Aufgabe eingeteilt worden wäre, die ihm bevorstand. Er klopfte an den Türstock. Mehrmals. Als er keine Antwort erhielt, überlegte er kurz, wieder wegzufahren. Dann aber er schob er die Tür auf und ging hinein.

So gut es ging, war aufgeräumt worden. Doch die nachmittägliche Raserei war unübersehbar. Heimon hatte davon gehört, aber er hätte nicht gedacht, dass sie so gewütet hatten. Die herunterhängende Dachlukenklappe, die zersplitterten Kredenztüren, die aus den Schienen gerissenen Vorhänge.

Die Tür zur Schlafkammer der Kinder stand einen Spalt auf.

Licht kam aus dem Schlafzimmer der Mutter. Die Tür stand offen, Heimon trat näher, sah, wie Agnes der Mutter etwas zu trinken einflößte. Beide mussten ihn doch gehört haben, aber sie blickten sich nicht um. Er räusperte sich laut, nahm die Mütze vom Kopf und trat näher. »Der Wenzel«, er stotterte, »tut mir leid. Der Wenzel … der Vater ist tot.«

Von den beiden Frauen kam keine Reaktion. Hatten sie ihn nicht gehört? Er sprach ein wenig lauter.

»Er ist in der Sonnleiten im Geröll gestürzt. Hundert Meter ist er gefallen … Wir konnten nix mehr machen. Der Doktor hat nur mehr den Tod feststellen können. Unfall. Der Doktor hat die Leiche zur Beerdigung freigegeben. Wir haben den Wenzel zum Kindermann gebracht, weil hier … wir haben gedacht, wegen der Kinder … Einen Anzug bräucht er …«

Aus tränenlosen Augen blickten sich Mutter und Tochter an und verschmolzen in einem unsagbaren Schmerz. Tot. Der Mann tot! Der Vater! Das Unbegreifliche breitete sich in ihnen aus wie ein Schwelbrand.

»Ich geh dann mal wieder …«, sagte Heimon, »alsdann … mein Beileid.« Er wartete noch einen Augenblick, aber die beiden Frauen zeigten keine Regung. Er ging. Erleichtert, dass er es hinter sich hatte.

»Ab jetzt bist du verantwortlich«, flüsterte Marie Waldner nach einer Weile in die Stille hinein.

Agnes nickte.

Die Mutter richtete sich auf. Plötzlich schien es Agnes, als hätte die schlechte Nachricht ihr neue Energie eingehaucht. Sie nahm Agnes' Gesicht in beide Hände.

»Jeder hat seine Doline. Fünfzig Meter tief stürzt du, und alle deine Knochen brechen, und du denkst, *das überlebe ich nie!* Aber du wirst es überstehen, hörst du!« Sie atmete schwer. Dann deutete sie zum Kleiderhaufen, der auf dem Boden lag.

»Such das weiße Hemd mit den Umschlagmanschetten. Die Knöpfe sind in der Schublade im Nachtkästchen auf seiner Seite … und dann nur die Hose vom Anzug. Kein Sakko, keine Jacke. Keine Krawatte … offener Kragen. Er braucht Luft zum Atmen … hat er immer gebraucht …«

Dann dämmerte Marie Waldner zurück in eine Mischung aus Schmerz, Ohnmacht und Erinnerungen.

Agnes saß reglos an ihrer Seite. Sie begann zu zittern. Was sollte das heißen, sie sei jetzt verantwortlich? War sie nicht schon seit Langem für alles verantwortlich? Kümmerte sie sich nicht um alles? Fiel nicht die Mutter tagelang aus, war nicht der Vater wochenlang fort? Gab es neben der Verantwortung noch eine andere Verantwortung? Mit einem Gewicht, das sie erdrücken würde?

Agnes ging an der dunklen Halle der Tischlerei Kindermann vorbei zur Rückseite des Gebäudes. Hier lag, eingezwängt zwischen hohen Bretterstapeln, der Hintereingang des Bestattungshauses. Vorne, an der Straßenseite, war es violett gestrichen, mit einer großen Auslage, in der diverse Urnen und Blumengestecke aus Plastik ausgestellt waren. Eine Tafel wies auf das Angebot hin: Särge – aus eigener Herstellung. Leichenwaschung, Ankleiden, Aufbahrung und Einsargen.

Der Anbau war unverputzt, die Tür leicht zu finden. Agnes ging hinein und stand nach ein paar Schritten im Büro des Bestatters. Herr Kindermann und seine Mutter saßen nebeneinander hinter einem prachtvollen Schreibtisch mit ausladenden Tatzenfüßen.

»Ich bring die Sachen für den Vater«, sagte Agnes und hob das Päckchen, eingeschlagen in Zeitungspapier, hoch.

»Ist recht … So ein Unglück auch! Mein Beileid!«, antwortete Herr Kindermann. »Leg's da hin.«

»Mein Beileid«, murmelte die Alte, die kaum aufsah und Sterbebildchen sortierte.

Agnes legte das Päckchen auf den Stuhl neben dem Tisch. Ein paar Augenblicke war es still. Dann räusperte sich der Bestatter und sagte: »Eigentlich habe ich deine Mutter erwartet. Sagst es ihr bitte weiter: Die Gemeinde übernimmt die Kosten für Grab und Bestattung und auch die Friedhofsgebühr. Der Bürgermeister hat es so bestimmt, weil der Wenzel … weil dein Vater … weil ihr jetzt Halbwaisen seid, und eurer Mutter geht's offensichtlich nicht gut … Auch die Kosten für den Totenschein und die Sterbeurkunde übernimmt die Gemeinde … ich hol meine Frau. Die erklärt dir, wie's weitergeht«, sagte er irritiert, weil Agnes so unbeteiligt und wortlos vor ihm stand, und verließ das Büro.

Agnes starrte auf die runzlige Stirn der alten Frau, als wollte sie die Gedanken dahinter lesen. Die Alte sortierte ungerührt ihre Bildchen. Agnes sah zur Seite, wo ein roter Samtvorhang von Wand zu Wand gezogen war – mit einem schmalen Schlitz in der Mitte. Sie ging zum Vorhang und schob den Spalt auseinander. In dem Raum war der Vater aufgebahrt. Kein Schwarz und Purpur, wie Robert behauptet hatte. Nüchtern weiß. Zwei Kerzen flackerten in hohen Ständern neben der Leiche, an ihrem Kopfende stand ein Herz-Jesu-Bild auf einer Staffelei. Jesus hielt sein Herz, brennend und in Dornen gewickelt, mit beiden Händen vor der Brust.

Agnes trat an die Seite des Vaters und sah ihn aufmerksam an. Nackt war er, aber schon gewaschen. Sie hatte den Vater zuletzt beim Baden in der Gumpe nackt gesehen. Jetzt waren die Augen geschlossen. Ich bin dem Hiob sein Bruder, hatte der Vater manchmal gesagt. Schau mich nicht so an, sonst springt das Unglück auf dich über! Ja, stimmt, dachte Agnes, ich hätte ihn nicht so ansehen sollen, und jetzt ist es zu spät. Er sah aber gar nicht tot aus, fand sie, eher so, als stellte er sich schlafend. Die Verletzungen waren zugespachtelt, die Schürfwunden überschminkt. Gleich macht er laut *Buh!* und erschreckt mich. Sogar einen Scheitel hatten sie ihm frisiert.

Da sah sie das Loch. Das Einschussloch. Es war nicht gut zu erkennen, so verdeckt, wie es war, und doch zog es ihren Blick magisch an. Es war genau über dem Herzen. Als sie den Blick wieder davon losriss, fiel er auf das brennende Herz Jesu.

Sie untersuchte die Schusswunde. Kratzte mit dem Zeigefinger an der Schminke. Etwas war in den Schusskanal gestopft worden. Wie Marzipan in einen ausgestochenen Bratapfel, dachte sie. Sie zog eine Klammer aus dem Haar und pulte damit das Plastilin aus dem Loch. Glatt und rot, wie die Kiemen einer frisch gefangenen Forelle, führte der Schusskanal ins dunkle Innere. Agnes stemmte den Oberkörper des Vaters hoch, um seinen Rücken zu besehen. Hier war das Austrittsloch – wesentlich größer und ausgefranst. Nicht zugestopft, nicht verspachtelt.

Als die Frau des Bestatters ins Büro kam, war Agnes nicht da. Sie schlug den Samtvorhang auf, aber auch in der Aufbahrungshalle war Agnes nicht mehr. Das Päckchen mit Hemd, Hose und den Manschettenknöpfen lag auf der Brust des toten Wenzel Waldner.

Das Herz-Jesu-Bild fehlte. Das registrierte Frau Kindermann aber erst am nächsten Morgen.

Nur Agnes und Lorenz gaben dem Vater das letzte Geleit. Die Mutter war zu schwach und dämmerte die meiste Zeit vor sich hin, und Karoline traute Agnes die Strapaze nicht zu. »Jemand muss zu Hause bleiben«, hatte sie gesagt, »und auf die Mama aufpassen. Kann ich mich auf dich verlassen?« Karoline hatte genickt.

Es war spät am Vormittag, und die Sonne drückte mit aller Macht auf die frisch ausgehobene Grube an der Friedhofsmauer. Dort wurden auch die Selbstmörder und die unbekannten Toten begraben. Kein Baum, der Schatten spendete, und als Lorenz eins der schmiedeeisernen Kreuze anfasste, verbrannte er sich fast die Finger. Der billige Kiefernsarg wurde von den Sargträgern ungeschickt in das Loch hinabgelassen.

»Ich übergebe den Leib unseres Bruders Wenzel der Erde und seine Seele in die Arme Gottes, des Allmächtigen«, sagte der Pfarrer und segnete den wackeligen Hergang mit Weihwasserspritzern. Dann drehte er sich zu Agnes und Lorenz um. »Euer Vater war ein reicher und ein armer Mensch zugleich. Reich war er, weil er vom Wunsch nach Gerechtigkeit getrieben war, arm war er, weil er damit auch so manchen Irrweg beschritten hat …«

»Herr Pfarrer«, fuhr ihm Agnes ins Wort, »wir wissen, wie unser Vater war.«

Sie warf den mitgebrachten Strauß Wiesenblumen auf den Sarg und eine Handvoll Erde hinterher. Schob Lorenz vor, und auch er warf Erde in die Grube. Dann zog sie den Bruder, der jetzt Rotz und Wasser heulte, weg vom Grab, und sie verließen den Friedhof, ohne den Pfarrer und die Sargträger eines Blickes zu würdigen. Niemand sonst war zum Begräbnis erschienen.

Zwei Autos fuhren vor dem Raiffeisen-Lagerhaus vor. Vier Männer stiegen aus und betraten die Halle. Rudi und Heinz standen verdeckt hinter den Düngerregalen und beobachteten, wie die Männer zielstrebig zur gläsernen Box gingen und, ohne anzuklopfen, eintraten.

In der Bürobox sah Scholtysek verwundert auf die Männer, die sich vor seinem Schreibtisch aufbauten. »Was gibt's? Was verschafft mir die Ehre?«

Es waren der Gemeinderat Alois Gmeiner, Gemeindesekretär Fellner und einer, dessen Gesicht ihm bekannt vorkam, mehr nicht. Der vierte war Bürgermeister Horn.

»Es ist eine Unruhe im Ort … wegen dem … Unfall«, sagte der Bürgermeister. »Die Leute geben dir die Schuld, und ein paar denken auch, dass da was Wahres dran ist, was du … was in der Kirchen gesagt worden ist.«

Scholtysek sah zu Rudi und Heinz in die Halle hinaus, die am nächstliegenden Regal lehnten und herüberlinsten. Diese Ratten …, dachte Scholtysek, haben das Maul nicht halten können! Er schüttelte den Kopf und sagte: »Nichts Wahres ist dran! Alles Lüge und Denunziation eines unreifen Mädchens! Sie hat gestohlen, und ich hab sie nicht angerührt. Das ist die Wahrheit. Und was habe ich mit dem Unfall zu tun? Ich war nicht dabei, ich war nicht einmal dabei, als die Schnapsidee aufgekommen ist, den Wenzel zu besuchen.«

»Das mag alles sein«, sagte der Bürgermeister und vergewisserte sich bei den Begleitern des nächsten Schritts. »Aber in der heutigen Dringlichkeitssitzung hat der Gemeinderat beschlossen … es ist für alle besser, wenn du aus der Sicht bist. Zumindest eine Zeit lang.«

Er nickte dem Unbekannten zu, der einen halben Schritt vortrat.

»Das ist der Reinhold Karl von der Raika-Zentrale«, stellte der Bürgermeister vor.

»Die Herrschaften haben mit uns Ihren Fall besprochen, und wir sind der Überzeugung, Sie sollten hier beurlaubt werden«, sagte Herr Karl, »es ist nicht gut, wenn Gerüchte herumschwirren und sich womöglich an den guten Namen der Raika kleben. Verstehen Sie? Aber ich bin mir sicher, wir finden was für Sie in einem anderen Ort. Die Raika ist eine große Familie und lässt keinen im Stich …«

»Aber das geht nicht!« Scholtysek sprang auf. »Ich bin doch von hier, ich wohne hier … schon immer. Ihr könnt mich doch nicht einfach wegschicken!« Er legte dem Gemeindesekretär die Hand auf die Schulter. »Fellner, sag was! Du bist doch mein Freund!«

Der Angesprochene nahm langsam Scholtyseks Arm von der Schulter. »Sigi, reiß dich zusammen! Ist ja nur für kurz. Bis sich alles wieder beruhigt hat. Glaub mir, es ist für alle das Beste. Gerade auch für dich!«

Fellner klopfte ihm ermutigend auf den Arm, die anderen nickten ihm zum Abschied aufmunternd zu.

Der Herr Karl fragte: »Was ist denn mit der Klimaanlage in der Halle? Funktioniert sie nicht?«

»Doch … funktioniert«, sagte Scholtysek.

»Dann lassen Sie sie doch laufen.«

Fassungslos sah Scholtysek den Männern nach, wie sie sein Büro und dann die Halle verließen. Er hatte nicht einmal die Kraft, die zwei Idioten in der Halle, die sich längst verdrückt hatten, nach Strich und Faden zusammenzufalten. Stattdessen schaltete er die Klimaanlage an. Konnte ihm doch jetzt egal sein, ob die Sparmaßnahme, die er wochenlang durchgehalten hatte, anerkannt werden würde, wenn sie ihn sowieso irgendwohin versetzten.

*

Vier Tage waren vergangen. Stumm hockten die Kinder am Bach unten in der von Weiden gesäumten Senke. An einem heißen Sommertag gab es keinen kühleren Fleck weit und breit. Unausgeschlafen waren sie. Erschöpft. *Keine Lust!*, hörte Agnes seit Neuestem als Antwort, wenn sie etwas forderte. *Später. Warum ich?* Fuchsteufelswild hätte sie werden können, aber dann sah sie in die blassen Gesichter der Kleinen, bemerkte die rot geränderten Augen. *Gut, später,* sagte sie dann, oder *dann verschieben wir's – ich hab nämlich auch keine Lust.*

Die Waldner-Kinder saßen im Ufersand, die Füße im Wasser. Sie hatten Frühäpfel, Karotten und Kohlrabi klein geschnitten und aßen träge die Schnitze aus einer Schüssel. Es war kein Brot mehr im Haus gewesen, kein Aufstrich. Agnes hatte das Einkaufen vor sich hergeschoben, weil sie nicht wusste, wie die Leute sie behandeln würden. Mitleidig? Abschätzig? Gleichgültig? Oder würden sie ihr alle Schuld zuschieben?

Seit dem Überfall lag die Mutter wieder. Früh am Morgen war Agnes zu ihr gegangen, weil sie nicht schlafen konnte. Eine Weile waren sie nur dagesessen und hatten sich an den Händen gehalten. Dann hatte Agnes ihr gestanden, den überfälligen Einkauf vor sich herzuschieben, weil sie sich vor den Leuten fürchtete. Nichts wird sein, hatte die Mutter gesagt, du allein bestimmst, wie sie sich verhalten. Wenn du aufrecht gehst, dann ducken sich die Leut', wenn du dich duckst, dann treten sie nach dir.

Das Schellen der Telefonklingel, die außen am Haus angebracht war, um auch im Stall gehört zu werden, unterbrach ihre Gedanken. Agnes reichte den Kindern die Schüssel und lief zum Haus hoch. Drinnen riss sie den Hörer von der Gabel und sah zur halb offenen Schlafzimmertür. Die Mutter lag ruhig da.

Als das kurze Gespräch zu Ende war, legte Agnes auf. Ungläubig sagte sie in Richtung Schlafzimmer: »Die Zentrale von der Raika. Ich kann wieder kommen … und der Scholtysek … der Scholtysek ist fort.« Sie konnte es nicht glauben. Da die Mutter nicht reagierte, betrat sie das Zimmer. Erst jetzt hörte sie es, zarte, süße Opernmusik kam aus dem kleinen Radio, das auf dem Nachttischchen lag.

»Mama, der Scholtysek ist weg«, flüsterte sie, aber die Angesprochene schlief fest, und Agnes wollte sie nicht wecken. Leise zog sie die Tür zu.

Draußen setzte sie sich auf die Hausbank neben dem Eingang. Die Sonne brannte auf sie herunter, ihr Körper fühlte sich an wie zuvor die Füße, als sie diese aus dem eiskalten Wasser gezogen hatte. Es war still, nur das Summen der Insekten war zu hören, das Gackern der Hühner. Die leichte Zugluft, die über das Gletscherwasser strich, ließ die schwarz-weißen Weidenblätter wie Seidenpapier rascheln. Kein Laut sonst, nur das Plätschern des Baches. Agnes lehnte den Kopf nach hinten an die warme Hauswand und döste vor Erschöpfung ein. Sie versuchte, sich Jo vorzustellen, sie beide auf dem Moped, sie lächelte.

Aber das Glück war kurz. Mit einem Schlag war Agnes hellwach. Ein Geräusch? Sie lauschte – nichts. Ein Stich fuhr ihr jäh in die Brust. Sie sprang auf und rannte ins Haus, öffnete die Schlafzimmertür. Aus dem Radio kam noch immer leise Opernmusik, und die Mutter lag da wie vorhin – tief entspannt, und der Sonnenstrahl, der durch den Spalt im Vorhang fiel, tanzte über ihr Gesicht. Sie lächelte.

So sehr sie sich dagegen wehrte, Agnes wusste es auf einmal: Die Mutter war gestorben. Sie strich ihr übers Haar, übers Gesicht. Es fühlte sich an wie immer.

Irgendwann hörte Agnes undeutlich, wie ein Auto vorfuhr,

kam aber erst zu sich, als eine Tür zuschlug. Sie hörte Lorenz rufen: »Agnes! Die Frau Lehrerin!«

Die Kinder brachten Frau Zauner mit, als sie ins Haus rannten.

»Was ist mit den Füßen, wie oft soll ich's noch sagen!«, schimpfte Agnes. »Seht ihr denn nicht, was für einen Dreck ihr von draußen hereinschleppt? Und seid leise, die Mama schläft.«

Lorenz und Karoline drehten um und putzten, überrascht von der Strenge, die Füße auf dem Scheuerlappen neben der Tür, liefen dann in die Küche und warfen sich aufs Sofa, neugierig, was die Lehrerin wollte.

Die stand in der Tür, unsicher, ob sie gleich eintreten konnte oder vorher die Schuhe ausziehen sollte. Agnes rückte einladend einen Stuhl vom Tisch, die Lehrerin streifte die Schuhe ab und setzte sich. Unschlüssig sah sie zu, wie das Mädchen Kartoffeln aus dem Schrank holte, sich zu ihr an den Tisch setzte und die Kartoffeln zu schälen begann.

»Fläzt euch nicht so ins Sofa«, unterbrach Agnes die Überlegungen der Lehrerin, »wir haben Besuch!«

»Ist alles gut, ich bin ja nicht als Lehrerin hier … ich … Agnes … ich wollte Ihnen … und auch euch …« Sie sah zu den Kindern, die still und mit verschränkten Armen auf der Couch saßen. »Wegen dem Vater … mein Beileid. So ein schreckliches Unglück! Wenn ihr irgendwas braucht … also, der ganze Lehrkörper … wir sind für euch da, jederzeit.« Ihr Blick ging zur Schlafzimmertür, die einen Spalt offen stand. »Ich wollte auch eurer Mutter sagen …«

»Die schläft jetzt«, unterbrach Agnes, ohne vom Schälen aufzublicken. »Die ganze Nacht hat sie Schmerzen gehabt und ist erst in der Früh eingeschlafen. Ich möcht sie jetzt nicht wecken.«

»Ja, sicher … versteh ich.«

Da registrierte Frau Zauner die Musik, die laut angeschwollen war. Sie sah Agnes fragend an.

»Die Mutter liebt Opernmusik, es hilft ihr … es hilft ihr, zur Ruhe zu kommen.«

Die Lehrerin nickte, hörte zu, wiegte den Kopf. »Es ist nur so«, sagte sie, »wegen der neuen Situation muss jetzt natürlich das Jugendamt vollkommen neu prüfen … die Frau Hartmann möchte zeitnah mit der Psychologin kommen und mich möchten sie auch dabeihaben … deswegen, wegen einem Termin, wollt ich eure Mutter …«

»Ich richte es aus.« Agnes überlegte kurz, stand auf und ging zum Wandkalender neben der Tür. Sie blätterte einmal um.

Frau Zauner horchte auf die Musik, die aus dem Schlafzimmer kam. »Puccini, Madame Butterfly«, sagte sie, »dann läuft das weiße Schiff in den Hafen ein … siehst du, er ist gekommen.«

»Nächste Woche wär's gut«, sagte Agnes. »Am Donnerstag. Weil, vorher muss ich mit ihr ins Krankenhaus, am Dienstag, und nach der Behandlung braucht sie immer einen Tag Ruhe … ach, was, ich weck sie!«

Sie ging zum Schlafzimmer, als wollte sie die Mutter wecken, öffnete die Tür. Aber da war die Lehrerin schon aufgesprungen und hielt Agnes am Arm zurück.

»Eilt nicht. Nimm dir für alles Zeit. Ist eh schwer genug für euch … also, richte es der Mutter aus, und ich informiere die Hartmann. Dann sehn wir uns in einer Woche. Grüß dich … Auf Wiedersehen, Kinder!« Plötzlich hatte sie es eilig und stürzte hinaus.

Lorenz und Karoline sahen zu Agnes. Sie stand noch immer in der halb offenen Schlafzimmertür und rührte sich nicht. Die Kinder rutschten von der Couch und gingen zur Schwester. Sie blickten ins Schlafzimmer, sahen die bewegungslos daliegende Mutter. Das war kein besonderer Anblick, Hunderte Male hatten sie die Mutter in den letzten Monaten so gesehen. Agnes ging ins Zimmer und stellte das Radio ab. Die Kleinen sahen die Schwester fragend an.

»Die Mama ist gestorben. Das Herz ist ihr gebrochen«, sagte sie. Dann nahm sie die beiden in den Arm, zog die Schlafzimmertür zu und führte die Geschwister aus dem Haus.

Später saßen sie unten am Bach. Agnes hatte die Arme um Lorenz und Karoline gelegt. Alle drei starrten ins gurgelnde Wasser und verloren sich im Anblick der Strudel.

Kümmere dich um alles, hatte die Mutter gesagt. Ich verlass mich auf dich, hatte der Vater gesagt. Agnes rüttelte die Geschwister an der Schulter. »Passt auf. Jetzt gibt es nur mehr uns drei. Wenn das Jugendamt weiß, dass wir alleine sind … ohne Eltern … dann landen wir im Heim. Wahrscheinlich nicht einmal im selben Heim. Bei mir ist das nicht so schlimm, ich bin in zwei Jahren achtzehn, und dann müssen sie mich wieder laufen lassen. Aber euch packen sie für Jahre. Wollt ihr das?«

Verstört sahen die Kinder sie an. Sie schüttelten den Kopf. Karoline begann zu weinen, und Lorenz war knapp davor, seine Lippen zitterten. Agnes drückte sie fest an sich und flüsterte in die ängstlichen Gesichter. »Ihr müsst nicht ins Heim, wenn ihr macht, was ich sage. Verstanden?«

Die beiden nickten.

»Die Mama ist nicht tot. Die Mama ist zu Verwandten nach Murnau, weil sie mit uns dorthin ziehen will. Sie ist heute Nachmittag losgefahren, um alles vorzubereiten. Verstanden?«

Die beiden nickten. Karoline lief der Rotz aus der Nase. »Aber Mama ist doch tot, da kann sie gar nicht wegfahren!«

»Stimmt«, sagte Agnes und nahm Karolines Gesicht in beide Hände. »In Wirklichkeit kann sie es nicht. Wir tun auch nur so bei denen, die uns was wollen. Bei der Frau Hartmann und der Psychologin vom Jugendamt, auch bei der Frau Zauner. Weil sie uns sonst auseinanderreißen. Deswegen darf unsere Mama für niemanden von denen tot sein. Verstehst du?«

Karoline nickte.

»Und was passiert mit Mama?«, fragte Lorenz.

»Wir begraben sie. Hier.« Agnes deutete zu den Weiden hinüber. »Dort im Schatten der Bäume, da war die Mama gerne. Da ist es kühl im Sommer und mild im Winter.«

Agnes hatte die Mutter frisiert und ein wenig geschminkt, und sie hatte ihr zusammen mit Karoline das altrosa Kleid mit der Blumenstickerei über der Brust, das sie zur Hochzeit angehabt hatte, angezogen. Lorenz hatte ein Grab ausgehoben, nicht tief, einen knappen Meter. Karoline hatte einen Kranz aus Wiesenblumen geflochten, kniete über der Mutter und legte den Kranz über ihre Stirn. »Und schön den Kopf gerade halten, damit der Stirnreif nicht hinunterrutscht«, sagte sie zur Mutter. Es war wie ein Kinderspiel, die Mutter tat ja nur so, als wäre sie tot.

Lorenz schob die Schubkarre ins Haus, und Agnes legte eine Decke hinein. Dann hoben sie gemeinsam die Mutter in die Schubkarre. Das war nicht leicht trotz ihres Fliegengewichts, denn die Totenstarre hatte ihre Glieder steif gemacht. Agnes schob die Mutter in der Schubkarre aus dem Haus, über den Hof und hinunter zu den Weiden am Bach. Sie legte das Herz-Jesu-Bild aus dem Bestattungshaus unter ihre gefalteten Hände. Dann ließen die Kinder die Mutter vorsichtig in ihr Grab gleiten.

Jedes Kind legte der Mutter zum Abschied etwas auf ihren

Schoß. Lorenz den Ferguson-Traktor. Karoline ihre kleine, schwarze Lieblingspuppe. Und Agnes einen Zeitungsausschnitt über das Ungeheuer von Loch Ness.

»Und wenn du jemanden erschrecken willst, tauchst du einfach auf!«, sagte Agnes. Sie legte der Mutter ein weißes Taschentuch aufs Gesicht, und gemeinsam schaufelten sie Erde auf sie.

Als das Grab zugeschaufelt war, traten sie den Boden fest, fassten sich dabei an den Händen und tanzten in der Dämmerung im Kreis, wie sie es früher beim Sauerkrautstampfen gemacht hatten. Ich esse gerne Sauerkraut und tanze gerne Polka …

Agnes machte Grießbrei zum Abendessen. Danach brachte sie die Kleinen ins Bett und las ihnen aus den *Höhlenkindern* vor:

Da trug sich dem suchenden Peter eine abgestorbene Fichte als Steigbaum an. Nach kurzem Klimmen hatte er die untere Höhle erreicht. Mit Herzklopfen trat er ein. Sein erster Gedanke waren die Bären. Aber auf dem Lehmboden fand er keine Abdrücke von Tatzen: die Höhle war unbewohnt … Und noch während sie vorlas, schliefen die Kinder vor Erschöpfung ein.

Die Eltern waren tot! Wie sollte es weitergehen? Was tun? Agnes hatte die Kammer verlassen und war in den Schuppen gegangen, in dem sie mit dem Vater den Rehbock und die Gams zerwirkt hatte. Sie setzte sich auf den Hackstock, das Halblicht, das der Mond durch die Luke warf, beruhigte sie. Sie spürte einen leichten Druck auf ihrem Handgelenk, als prüfte jemand ihren Puls. Ein sanftes Streicheln über ihre Wange. Einen Zeigefinger, der ihr Kinn anhob.

»Was soll ich tun, Vater?«, flüsterte sie, schloss die Augen und hörte sein Flüstern – das für andere Ohren genauso von einem Luftzug herrühren mochte, der durch die Fugen strich.

6

Es sollte wieder ein heißer Tag werden. Schon zeitig am Morgen zeigte das Thermometer an der Stallwand 24 Grad. Agnes flutete wie immer als Erstes den Gemüsegarten. Danach versorgte sie die Tiere und ließ sie aus dem Stall. Erstaunt rempelten sich die Ziegen an, denn Agnes trieb sie mit sanften Worten zu den Beeten mit Karotten und Runkelrüben, die im üppigen Blattgrün standen. »Lasst es euch schmecken!«, sagte sie.

Karoline und Lorenz, die noch schliefen, legte sie eine Nachricht auf den Küchentisch: *Bin einkaufen! Bin gleich zurück!* Dann fuhr sie mit dem Fahrrad nach Eisenstein. Wenige waren um diese Zeit unterwegs, ein paar Autos und auf den Feldern zwei Traktoren.

Es war kurz vor sieben. Ihr Ziel war der Geldautomat vor der Post. 8-9-2-4. Sie hatte sich die Zahlen wie Glückszahlen gemerkt. Und als der Geldautomat zu rattern begann, überwältigte sie ein Glücksgefühl. Sie hatte befürchtet, die Maschine würde nur in Anwesenheit der Mutter funktionieren. Sie zählte: 600! Auch beim zweiten Mal: 600!

Agnes ging in die Bäckerei, und kaum erkannten die Verkäuferinnen, wer da vor ihnen stand, waren sie befangen. Wie es die Mutter vorausgesagt hatte. *Wenn du aufrecht gehst, dann ducken sie sich.* Die Jüngere wurde sogar rot.

»Was ist?«, fragte Agnes. »Gibt's heute nichts?«

»Ja, natürlich … selbstverständlich … es war nur, weil – so was Schreckliches, es tut mir so leid, Agnes. Auch der Mutter, herzliches Beileid, und den Geschwistern.«

»Danke, ich werd's ausrichten. Ein Roggenmisch, drei Mohnwecken …«, schnell verbesserte sie sich, »vier. Aber drei Puddingtaschen, weil, die Mama soll nichts Süßes.«

Beseelt von ihrem Erfolg stolzierte Agnes durch das Städtchen … Vorbei am frisch renovierten Gendameriegebäude, wo Heimon residierte, am SPAR, am *Schlosswirt.* Am Marktbrunnen mit dem heiligen Nepomuk trank sie Wasser aus einer Röhre. Allmählich kamen Leute auf die Straße, gingen zur Arbeit. Die Kirchturmuhr schlug acht Uhr. Die ersten öffneten ihre Geschäfte. Die Drogerie, die Gemischtwarenhandlung. Jeder sollte sie sehen. Alle nickten ihr zu, manche murmelten *Beileid.* Sie schob ihr Fahrrad am Kaufhaus Piringer vorbei, kam zum Friseursalon Marlies, wo Gitti, das Lehrmädchen im dritten Jahr, die Auslagenscheibe putzte.

»Wie geht's dir?«, fragte sie, und Agnes antwortete. »Gut. Und dir?«

Vor dem Schaukasten des Alpenvereins blieb sie unvermittelt stehen und studierte das Georelief der heimischen Bergwelt vom Steinernen Meer bis zur Adria hinunter. Zweimal einen Meter. Ein roter Punkt kennzeichnete Eisenstein, und Agnes folgte den Spalten und Graten bergan, die sie kannte. Streitkogel, Gefrorene Wand, Meßnerin … Dann bewegte sie sich auf namenlosem Terrain. Über Risse und Kanten stieg ihr Blick, über winzige grüne Plättchen hinein in die Scharten, die wie Sägeblätter in den Himmel ragten. Kein Name benannte das Gelände. Keine Bezeichnung existierte für die Gegend. Es war eine namenlose Abgeschiedenheit dort oben, wie der Vater gesagt hatte. Nicht ganz. Nur er und sie kannten ihren Namen: Wolfsegg.

Merk's dir!, hatte er ihr aufgetragen, und sie war überrascht, wie leicht es ihr fiel, den Weg in Gedanken wieder bergan zu gehen, über Wege und Steige, auf zugewachsenen Pfaden, durch Klammen und Schluchten. Da war es Agnes klar: Das war die Prüfung, die sie zu bestehen hatte. Ihr musste sie sich stellen.

Am nächsten Vormittag fuhr der mobile Viehhändler auf den Hof. Agnes hatte ihn gleich angerufen und bestellt, als sie nach Hause gekommen war. Sie begrüßte ihn und führte ihn hinter den Stall. Auf halbem Weg drehte sie sich zum Haus um und rief: »Mama! Es ist der Viehhändler! Ich komm gleich wieder!«

Fragend sah der Viehhändler sie an.

»Die Mama hat die Sommergrippe«, sagte Agnes, »ich bin froh, dass sie uns noch nicht angesteckt hat. Ich soll alles aushandeln, ich bin eingewiesen … Oder wollen Sie's lieber mit ihr besprechen?«

Der Viehhändler hob abwehrend die Hände. »Nein, nein! Is' schon recht so. Eine Grippe fehlt mir gerade noch! … Und ihr wollts alles verkaufen?«

»Genau. Alles. Wir übersiedeln, und da können wir die Tiere nicht mitnehmen. Fällt uns schwer, geht aber nicht anders. Sie wissen ja, was passiert ist?«

»Verstehe … ja, eine Schande, was mit eurem Vater passiert ist. Beileid, echt … auch deiner Mutter.«

»Danke. Ich richt's aus.«

Hinter dem Stall hatten es sich die Ziegen und Aglaia gut gehen lassen und durch die Karotten und Runkelrüben gefressen. Die Beete durchgeackert, Aglaias Werk, um an die Wurzeln und Knollen zu kommen.

»Heiliger Bimbam!«, rief der Viehhändler. »Habt ihr das Gatter offen lassen?«

»Ja«, sagte Agnes, »zum Dank.«

Der Viehhändler schüttelte verständnislos den Kopf.

Karoline war währenddessen am Grab der Mutter. Sie fegte

es mit einem Weidenzweig und schmückte es mit Wiesenblumen. Einmal sah sie auf wegen des Radaus, der oben vom Stall kam, wo der Viehhändler die meckernden Ziegen auf den Hänger schob und Agnes und Lorenz die Hühner einfingen. Sie konnte nicht sehen, was dort passierte, und sie hatte auch Wichtigeres zu tun. Aus zwei Ästen bastelte sie ein Kreuz und sprach mit einem imaginären Kameraden, der seitlich neben ihr hockte. »Und nicht vergessen«, sagte sie, »die Mama ist verreist, weil, wenn du das vergisst, werden die Kinder auseinandergerissen, und jedes wird einzeln ins Gefängnis geworfen, und dort bleiben sie, bis sie verdurstet und verhungert sind …«

Oben wurde die quiekende Aglaia verladen. Der Viehhändler schlug die Klappe zu, die Verschlusshaken rasteten ein. Er zählte die Scheine ab und ging zu Agnes. »Weil ich dir alles abnehm, gibt's natürlich auch ein Skonto – wie's üblich ist. Also, hier … 350.«

Das waren hundert weniger als ausgehandelt. Er hielt ihr das Geld hin, doch Agnes achtete nicht darauf, sondern ging an ihm vorbei zu den jammernden Tieren. Sie stellte sich auf die Zehenspitzen, kraulte Köpfe und Hälse, die sich ihr entgegenstreckten, und begann bitterlich zu weinen.

Der Viehhändler war hinter Agnes getreten und hielt ihr das Geld unter die Nase. Sie wischte sich die Tränen aus den Augen und nahm die Scheine, ohne nachzuzählen.

»Du hast mitgekriegt – ich hab einen Rabatt abgezogen.«

»Ja, hab ich«, sagte Agnes.

Das Auto fuhr vom Hof. Agnes hielt sich die Ohren zu, um das Jammern der Tiere nicht weiter zu hören. Als sie die Hände herunternahm und es rundum wieder still war, hörte sie Karoline neben sich flüstern, sie solle mitkommen zum Grab der Mutter.

»Karo, das geht nicht«, sagte sie sanft, als sie das blumenübersäte Grab mit dem Astkreuz und dem Stumpf von Karolines Kommunionskerze sah. »Nichts darf uns verraten. Niemand darf wissen, dass hier ein Grab ist. Denn wenn es jemand entdeckt, dass die Mama hier unten liegt, dann sind wir erledigt.«

Kurz sah es so aus, als hätte die Schwester nicht verstanden. Dann entzog sie ihre Hand Agnes' Griff, riss das Kreuz heraus und trat die Kerze in den Bach. »Das weiß ich doch. Ich bin doch kein Baby«, sagte sie trotzig, und mit immer größerer Verzweiflung und Wut fegte sie das Grab frei, bis nur mehr nackte Erde übrig blieb.

Am Donnerstag, am frühen Vormittag, kamen sie dann: Frau Hartmann, Frau Zauner und Frau Windisch. Sie saßen um den Küchentisch, Agnes füllte einen Krug mit kaltem Wasser, die Kleinen saßen herausgeputzt auf der Mosheim'schen Couch.

Der Blick der Psychologin wanderte über die durchlöcherte Zimmerdecke. Waren das Einschusslöcher? Ihr Blick suchte die Aufmerksamkeit der beiden anderen Frauen, aber die Lehrerin blätterte in ihren Unterlagen, und Frau Hartmann inspizierte ihre roten Fingernägel.

Agnes trug das Wasser zusammen mit drei Gläsern auf und blieb am Tisch stehen. »Bitte«, sagte sie, »was anderes haben wir nicht.«

»Danke … schrecklich. Wirklich schrecklich!«, sagte die Psychologin. »Wenn du … Sie … wenn ihr euch aussprechen wollt …«

»Ja, wir vermissen den Vater sehr«, sagte Agnes.

»So ein Unglück!«, sagte die Lehrerin. »Gerade wo sich alles einer Klärung zuzuwenden begann …«

»Ja, darum müssen wir umso mehr sehen, wie's mit euch weitergeht«, fiel ihr Sonja Hartmann ins Wort. Dieses Haus und dieses Mädchen machten sie verrückt. »Wo, sagst du, ist die Mutter?«

Bevor Agnes antworten konnte, sprang Sonja Hartmann auf, bedeutete Agnes, still zu sein, ging zur Couch und baute sich vor Lorenz und Karoline auf. »Ja? Ich höre. Wo ist die Mutter?«

Agnes stand wie versteinert. Lorenz wand sich wie ertappt, räusperte sich und bekam doch keinen Ton heraus. Wird jetzt alles auffliegen?, dachte Agnes.

Da blinzelte Karoline zu Sonja Hartmann hoch. »Die Mama ist beim Onkel in Murnau, weil wir dorthin ziehen.«

»Ach ja?«, sagte Sonja Hartmann.

»Vielleicht … vielleicht ziehen wir dorthin«, verbesserte Lorenz, »die Mama informiert sich gerade dort.«

Karoline rutschte an die Sofakante vor: »Der Onkel hat zwei Fischteiche und eine Räucherhütte … und Bienenstöcke in einer Lichtung mit Akazien …«

»Karo!«, sagte Agnes. »Das will niemand wissen.«

Das Mädchen hielt sich die Hand vor den Mund und lehnte sich an den Bruder.

»Na schön … Wenn die Mutter zurück ist, soll sie sich bei mir … bei uns melden«, sagte Sonja Hartmann, halb an die Kinder, halb an den Tisch adressiert, wo die beiden anderen Frauen fast gleichzeitig ihr Wasserglas in die Hand nahmen und tranken.

»Und du gehst wieder ins Lagerhaus, hör ich?«, fragte Frau Zauner.

»Nächsten Montag. Aber das hängt davon ab, was die Mutter in Murnau herausfindet. Und ich geh nur, weil sie den Scholtysek entlassen haben. Weil man jetzt mir glaubt und nicht ihm.«

Agnes' selbstbewusster Ton gefiel Sonja Hartmann immer weniger. »Im Augenblick sieht es so aus, ja. Aber morgen kann alles schon wieder ganz anders sein. Nicht wahr? Sei dir deiner Sache nicht zu sicher. Erstens kommt es anders und zweitens als man denkt. Die Mutter soll sich melden, sobald sie zurück ist. Verstanden? Meine Damen, wollen wir?«

Frau Zauner und Frau Windisch tranken ihre Gläser aus, standen auf.

»Wenn du was brauchst, Agnes, melde dich«, sagte die Lehrerin.

»Sie können gerne auch mich kontaktieren, jederzeit, wenn Sie Rat oder Hilfe brauchen«, sagte die Psychologin und gab Agnes eine Visitenkarte.

Frau Hartmann ging grußlos. Als sie schon fast draußen war, räusperte sich Agnes und fragte leise: »Wissen Sie … was mit Fanny passiert ist?«

Was war das denn? Sonja Hartmann versuchte, die Contenance zu bewahren. »Um was geht's?« Sie kehrte um und trat nah vor Agnes. »Von wem redest du da?«

Der bekannte Kopfschmerz drohte Agnes zu überwältigen, doch diesmal hielt sie dem Blick Sonja Hartmanns stand: »Von Fanny. Sie war mit mir im *Maria Hilf!* und ist plötzlich verschwunden. Damals.«

»Fanny«, murmelte Frau Hartmann, als krame sie in ihrem Gedächtnis, »Fanny.« Dabei erinnerte sie sich gut an dieses pummelige Mädchen. Konnte man diese alten Geschichten nicht endlich ein für alle Mal los sein?

»Sie ist nie wieder aufgetaucht«, sagte Agnes. »Und wenn man nach ihr gefragt hat, gab's Arrest im schwarzen Loch.«

Das schwarze Loch. Agnes erinnerte sich plötzlich daran, als sei es erst gestern gewesen. Es handelte sich um einen Schrank in der Wäschekammer. Das Mädchen, das bestraft wurde, musste in den Schrank steigen und wurde, wenn es sich wehrte, von den Erzieherinnen mit Gewalt hineingestopft. Tür zu, Riegel vor, und die schwärzeste Schwärze, die es im Universum gab, legte sich auf einen. Man fühlte sich wie lebendig begraben. Eine Stunde, zwei, vier – bis zu zwölf Stunden ging die Strafe. Wiederholtes Unartigsein ergab ein oder zwei Stunden, unkeusches und unzüchtiges Verhalten konnte zwölf Stunden einbringen.

Agnes hatte damals nach Fanny gefragt, die geblutet hatte, und war für zwei Stunden in die Dunkelheit gesperrt worden. Sie war an der Schrankwand hinuntergerutscht, hatte auf dem Boden gehockt, die Knie umklammert und hatte sich so klein wie möglich gemacht. So hatte sie die Panik überstanden, und als die Schranktür wieder entriegelt wurde, war sie herausgestiegen, als wäre nichts gewesen.

»Hör mal, dein Ton gefällt mir nicht!«, sagte Sonja Hartmann. »Ich kann nichts dafür, dass ihr in dieser schlimmen Lage seid. Dass euer Vater tot ist, tut mir leid für euch, aber er hat dazu auch seinen Teil beigetragen. Was muss er auch …« Abrupt hielt sie inne. Sie atmete tief durch, spürte die Blicke ihrer Begleiterinnen, welche die Szene beobachteten. Warum konnte Vergangenes nicht einfach vergangen sein?

»Fanny? … Ja, ich erinnere mich …«, sagte sie fast versöhnlich. »Eine kleine Dicke? Die wurde weitervermittelt … eine Familie hat sie genommen … in Neustadt, glaube ich … ja, Neustadt war's.«

»Sie hat stark geblutet. Untenherum«, sagte Agnes.

»Stimmt, da war was. Sie hatte was an der Blase … eine Zyste oder so was war geplatzt … im AKH Süd wurde das operiert. Sie kam später in ein Erholungsheim … Herzberg. Kindererholungsheim Herzberg. Wir haben jedenfalls ihre Unterlagen dorthin geschickt. Zufrieden?«

Agnes nickte, obwohl sie wusste, dass die Frau log. Es gab da einen Zusammenhang zwischen der Geschichte mit Fanny, den Kopfschmerzen, dem Katzenjammer. Warum hatten einige der Mädchen vor der Prozession gekotzt? War wirklich das Essen am Abend vorher verdorben gewesen?

»Na, Gott sei Dank. Schön, dass ich deine Wissbegierde befriedigen konnte.« Sonja Hartmann ging zu den wartenden Frauen. »Alte Geschichten«, sagte sie und schüttelte verständnislos den Kopf.

Die drei stiegen ins Auto und fuhren davon. Die Psychologin und die Lehrerin winkten den Kindern zu.

»War's so richtig?« Lorenz und Karoline standen hinter Agnes, die sich auf die oberste Treppenstufe gesetzt hatte.

War es ein Fehler gewesen, dachte sie, die Hartmann auf Fanny anzusprechen? »Perfekt«, sagte sie fröhlich und drehte sich zu den Kleinen um. »Aber du plapperst ein bisschen viel – eine Lichtung mit Akazien! Wo hast denn das her?«

»Aus den *Höhlenkindern*, da entdecken Peter und Eva Wildbienen und stochern mit einem Stock in ihrem Bau ...«

Während Karoline weiterplapperte, dachte Agnes, ich hätte sie nicht aufscheuchen sollen ... die Hartmann ist unberechenbar.

Da wusste Agnes, was sie tun musste.

Agnes wartete, bis Karoline und Lorenz schliefen, dann radelte sie zum Friedhof. Es war dunkel, wie es in einer warmen Sommernacht eben dunkel sein kann. Kein Vergleich zu der Dunkelheit im schwarzen Loch. Agnes hatte für das Abendessen gedünsteten Blumenkohl in Semmelbröseln gewälzt, sie hatten mit Appetit gegessen. Im Bett hatte sie den Kleinen aus den *Höhlenkindern* vorgelesen:

Noch am Abend mussten sie nach dem Heimlichen Grund aufbrechen. Pfadlos über Schutthalden empor stiegen sie zu einem Sattel auf, der südwärts führte. Bei Tage versteckt, bei Nacht wandernd, langten die Flüchtlinge am dritten Morgen auf der Höhe einer Glimmerschieferhalde an, die sich sanft niedersenkte zu einem tief ausgewaschenen Tal …

Stumm hockte Agnes am Grab des Vaters, als wäre sie der Grabstein auf diesem Erdhügel. Ein Stück entfernt flackerte eine Kerze, die Flamme zuckte wie ein Glühwürmchen. Eine Seele, die den Weg nach Hause suchte? »Hoffentlich hab ich mir alles richtig gemerkt«, murmelte sie. Sie nahm eine Handvoll Erde vom Grab, steckte sie in die rechte Hosentasche, küsste die Fotografie des Vaters auf dem Holzkreuz und verließ den Friedhof.

Jo. Noch ein Abschied. Sie versteckte sich hinter den Mülltonnen und sah zu dem kleinen Wohnblock, der im Volksmund *Russenhaus* hieß, weil dort Spätaussiedler wohnten. Jo musste doch aus Spanien zurück sein. Die Hausfront lag dunkel da, die meisten Fenster standen wegen der Hitze offen. Agnes interessierte aber nur das eine Fenster im ersten Stock, neben der Regenrinne.

Die Puch 50 Racing stand vor dem Hauseingang. Agnes ging zur Maschine und holte aus der Werkzeugtasche unter der Sitzbank einen Sechzehner-Schlüssel. Sie zog den Zündkerzenstecker ab und drehte mit dem Schlüssel die Zündkerze heraus. Dann kletterte sie am Fallrohr hoch. An den Schellen konnte sie sich gut einhaken und hochziehen. Mit wenigen Griffen war sie im ersten Stock und lehnte sich auf die Fensterbank. Langsam gewöhnten sich ihre Augen an die Dunkelheit. Jo lag auf dem Bett, mit einem Laken halb zugedeckt. Er hatte Kopfhörer auf und schlief.

Still lag sie mit dem Oberkörper auf dem Fensterbrett, Beine und Füße waren um das Fallrohr und in die Halterung geklemmt. Sie konnte Jo riechen. Er roch wie klare Rindssuppe! Ja, eindeutig. Agnes roch den Sellerie heraus und das Liebstöckel. Und die Markknochen. Was wäre, dachte Agnes, wenn ich jetzt ins Zimmer steige und mich neben ihn lege, ganz sacht, dass er nicht aufwacht davon?

Die Kirchturmuhr schlug. Agnes schreckte aus ihren Träumen. Ein Uhr. Was tat sie bloß hier? Ein halber Mond stand am Himmel. Bald war es Morgen, und sie sollten sich früh auf den Weg machen.

Agnes beugte sich nochmals ins Zimmer hinein und legte die Zündkerze auf den Schreibtisch. Dann verschwand sie, ohne sich noch einmal umzudrehen.

7

Der halbe Mond war schon untergegangen, schickte aber von der anderen Seite der Welt noch immer genug Licht, das vom Firmament auf sie herunterfiel. Die drei Waldner-Kinder gingen auf einem Ziehweg an Sumpfwiesen vorbei auf die Wälder des Hochtenn zu, über dessen Ostgrat sich das Nachtblau in Aschgrau verwandelte, ein heller werdender, schmaler Streifen kündigte den Morgen an.

Ihr Hab und Gut war in drei Rucksäcke und eine Reisetasche gepackt. Die Rucksäcke hingen über dem Lenker des Fahrrads und die Reisetasche klemmte im Gepäckträger. Agnes schob das Fahrrad bergan. Das war anfangs recht gut gegangen, doch dann wurde der Weg steil und schrundig, und sie mühten sich zu dritt mit dem Rad ab.

Als Agnes vom Friedhof und vom Abstecher zu Jo nach Hause gekommen war, hatte sie die Kinder geweckt. »Es ist so weit!«, hatte sie gesagt und für jeden eine Tasse Kakao gemacht. Drei Butterkekse gab's dazu. Stumm waren sie am Küchentisch gesessen, nur die trockenen Kekse im Mund hatten geknirscht.

Agnes hatte die Kinder angesehen. Erwartung stand in den Augen der Kleinen. Sie ging mit ihnen hinunter zum Bach, um sich von der Mutter zu verabschieden. Der Platz war aufgewühlt. Waren das Wildschweine gewesen? Ein Dachs? Agnes nahm eine Handvoll Erde und steckte sie in die linke Hosentasche. Dann trampelten alle gemeinsam den Boden fest. »Servus Mama«, hatte Agnes gesagt. »Servus Mama«, war das Echo von Lorenz und Karoline gekommen.

»Auf geht's! Und ja nicht umdrehen, sonst erstarrt ihr wie die Frau Lot zur Salzsäule!«, hatte sie lachend hinzugefügt. Sie hatte das schwer beladene Fahrrad genommen und am Schuppen vorbeigeschoben; vorbei an der verrosteten Zinkenegge und dem Kartoffelpflug, um die Mädesüß wucherte, das mit seinen wolligen Blüten Honig- und Mandelgeruch verströmte.

»Noch eine Kurve«, sagte Agnes. Sie hatte es sich von der Tour mit dem Vater gemerkt: Hinter der nächsten Biegung hielten sie vor einer mächtigen Brombeerhecke. Während sich die Kinder auf die Früchte stürzten, nahm Agnes das Gepäck vom Fahrrad und schob es zur Rückseite der Hecke. Mit einem Ast hob sie die Dornenzweige zur Seite, ein schmaler Pfad führte ins Brombeerdickicht. Sie schob das Fahrrad hinein. Das Innere war wie ein kleiner Hof, über dem sich die Ranken wie ein Dach wölbten. Unter einer Plane stand da das Motorrad des Vaters. Agnes war so überrascht, dass ihr die Tränen kamen. Sie zog die Plane weg und inspizierte die Maschine. Im Gepäckträger war eine Plastiktüte eingeklemmt, darin eine kurze Notiz:

Liebe Agnes! Ich wusste, dass ich mich auf dich verlassen kann. Du bist jetzt das Familienoberhaupt. Verzweifle nicht daran. Deine Mutter und ich stehen hinter dir. Du wirst uns immer spüren, wenn du uns brauchst. Pass auf euch alle auf. Dein Vater Wenzel

Noch nie hatte sich Agnes so alleine gefühlt. Sie hörte die Kinder rufen. »Agnes! Agnes! Wo bist du?« Immer angstvoller wurden die Rufe. Agnes zog die Plane wieder über das Motorrad und schlüpfte hinaus. Mit dem Ast drückte sie die Dornenzweige in die Öffnung zurück, und der Weg wurde wieder unsichtbar und unbegehbar, als die Kinder hinter ihr auftauchten. Karoline warf sich auf sie und umklammerte sie wild.

»Wo warst du? Ich hab geglaubt, du lässt uns allein!«, heulte sie.

»Ach, Dummerchen«, antwortete Agnes, »wie kommst du denn auf so was! Das würde ich nie tun. Ich verspreche es dir …«, und sie sah dabei auch Lorenz an, »ich lasse euch nie alleine. Ich schwör's euch.«

Das Morgenlicht sickerte durch die Bäume. Die Geschwister stiegen im Hochwald bergan. Setzten Schritt vor Schritt. Jedes hatte nun einen Rucksack geschultert, Agnes und Lorenz trugen gemeinsam die Reisetasche.

Es waren versteckte Wege und Steige, über die sie gingen, vorbei an über hundertjährigen Baumriesen, die in den Himmel ragten. Fichten, Tannen, Buchen, vereinzelt gab es ein paar Lärchen und Vogelbeeren. Moos und Flechten hingen an der Wetterseite der Riesen und ließen manche Bäume aussehen wie lustige Monster.

Agnes trieb sich und die Kinder voran, als säßen ihnen Verfolger im Nacken. Wann würde man ihre Flucht entdecken? Wann das Grab der Mutter? Hätten sie nicht doch schwere Steine daraufwälzen sollen, auch wegen der Tiere?

Weiter ging es über zugewachsene Pfade, im weiten Bogen um einen vom Windwurf gefällten Riesen, der wie das gebleichte Gerippe eines Riesenfisches dalag. Ab und an musste sich Agnes orientieren. Dann erkannte sie einen markanten Felsen wieder oder einen vom Steinschlag getroffenen Baum, der mit seiner wulstigen Wucherung ein Anhaltspunkt war und die Richtung wies. Weiter ging es durch Heidelbeersträucher und kniehohen Engelsüß, durch Farn, aus dem die Mutter letztes Jahr einen Sud gegen Bandwürmer gekocht hatte. Weiter durch Wiesen, gelb von Fuchskreuzkraut und Schlangenbärlapp. Zunderpilze wuchsen an Buchen himmelan, und Stelzwurzeln standen manchmal so hoch, dass sie darunter durchschlupfen konnten. Alles Pflanzen, die sie kannte, denn der Vater hatte sie ihr erklärt und oft sogar die lateinischen Namen dazu gesagt. *Lycopodium annotinum*, Schlangenbärlapp. Auch fast schon vergessene Namen hatte er ihr beigebracht: *Zwiesel*, das war ein Baum, der sich in zwei stattliche Stämme gabelte. *Schrofen*, ein felsiges, meist steiles Gelände an Gebirgshängen. *Grummet* und *Öhmd* – die zweite Mahd. *Gletschermilch*, das weiß getrübte Abflusswasser der Ferner, wie es im Eiserbach unten am Haus vorbeifloss.

Schließlich erreichten die drei die Waldgrenze. Sie traten ins Helle hinaus, warfen das Gepäck ins Gras und ließen sich erschöpft in den schmalen Schatten einer Grünerle fallen. Eine Weite tat sich vor ihnen auf, ein buckliges, mit Felsbrocken übersätes Band, das die steinerne Bergwelt von der Waldwelt trennte. Zur rechten Hand stiegen die Felsmassive und Höhenzüge an, von Graten und Riffen zerklüftet, zur linken lag der Hochwald – ein lässig hingeworfener Mantel, grünblau in allen Schattierungen und an manchen steilen Hängen erhaben wie das Hauptschiff eines Doms.

Eine einzelne Wolke erschien am Himmel und zog langsam in ihre Richtung. Ein Zeichen? Zuerst sah die Wolke aus wie ein Hund, dann zerrann sie allmählich zu einem Seepferdchen. Wenn sich die Wolke vor die Sonne legt und uns für einen Augenblick in Schatten taucht, dann ist es ein Zeichen vom Vater, sagte sich Agnes. Das Seepferdchen verwandelte sich allmählich in ein mageres Küken, das immer kleiner wurde, mit Abstand an der Sonne vorbeizog und sich in nichts auflöste.

»Hast auch so Hunger? Wenn's nicht bald was zum Essen gibt, dann sterbe ich auf der Stelle.«

Agnes sah, dass die Schwester mit Traudl plapperte, ihrer schwarzen Lieblingspuppe.

»Wo kommt denn die Traudl her?« Mit einem Mal wusste Agnes, wer das Grab aufgewühlt hatte. Nicht der Dachs.

»Wir haben getauscht. Der Mama macht es nichts aus. Ich hab ihr den Mecki dagelassen, weil der eh schon alt war. Aber die Traudl ist ja noch jung und hat noch gar nichts von der Welt gesehen. Das hat auch die Mama gesagt.«

»Die Mama hat mit dir gesprochen?«

Karoline nickte.

»Was hat sie noch gesagt?«

»Ihr hat das Begräbnis gut gefallen.«

»Wirklich?!«

Karoline nickte. »Sehr gut sogar. Besonders die Fahrt in der Schubkarre. Und sie hat uns eine gute Reise gewünscht. Und dass alles flutscht.«

»Sie hat *flutscht* gesagt?«

»Gell, du hast es auch gehört?« Karoline drehte die Puppe zu Agnes und ließ sie nicken.

Agnes packte die geschmierten Brote aus. Für jeden gab es noch ein hartes Ei. Aus der Feldflasche tranken sie Himbeersaft, und als die Flasche fast leer war, füllte sie Lorenz an einer nahen Quelle mit Wasser auf.

»Wo ist denn unser Haus?« Lorenz reckte den Hals und suchte das Tal ab.

Agnes wusste, sie durfte keine Zweifel zulassen. Ihr durfte die Autorität nicht entgleiten. Sie sprang auf, fasste Lorenz grob an der Schulter und drehte ihn zum Berg.

»Dort. Dort droben ist unser Haus. Kapier es endlich. Wir bleiben dort droben, bis die Karo nicht mehr ins Heim kommen kann. Wenn ich volljährig bin und das Sorgerecht für euch bekomme, können wir früher runter. Wenn nicht, bleiben wir bis zum Schluss. Und wenn's elf Jahre werden. Verstanden?« Agnes schulterte den Rucksack, stürmte bergan, die Reisetasche schleppte sie jetzt alleine. Eingeschüchtert folgten ihr die Kleinen.

Nach weiteren zwei Stunden erreichten sie Wolfsegg. Einladend duckte sich die Hütte in die Mulde. Der Vater hatte ihr auch erzählt, dass vor vielen tausend Jahren ein Meteorit hier eingeschlagen war. In dessen Trichter hatte der alte Mosheim die Hütte errichten lassen. *Im Kern der außerirdischen Welt*, hatte er erklärt, wären sie unangreifbar. Unverwundbar. Wie damals die Wölfe.

Die Bauarbeiten hatten unter äußerster Geheimhaltung stattgefunden. Keiner im weiten Umland wusste davon. Die fünf Arbeiter waren in Italien angeworben und mit einem Hubschrauber direkt zur Baustelle gebracht worden. Sie hatten keine Ahnung, wo sie sich befanden, und wohnten während der ganzen Zeit in einem Zelt. Das Baumaterial wurde aus dem benachbarten Bundesland eingeflogen. So gab es wenig Mitwisser, alle hatten sie eine Verschwiegenheitserklärung mit Androhung einer hohen Konventionalstrafe unterschreiben müssen. Den Wenzel Waldner hatte der alte von Mosheim Verschwiegenheit schwören lassen. Und tatsächlich, nichts war bisher nach außen gedrungen. Wenzel war der Erste gewesen, der die Abmachung gebrochen hatte.

Agnes entriegelte die Tür, wie es ihr der Vater gezeigt hatte. Eine Schiebeleiste inmitten der Tür, darunter musste sie einen sichtbar gewordenen Zapfen drücken … ein kniffliger Mechanismus, den einer, der sich hierher verirren würde, nie und nimmer durchschaut hätte. Drinnen roch es muffig. Sie stieß die Fenster und Klappläden auf, das Sonnenlicht schoss herein und machte den aufgewirbelten Staub sichtbar.

Alles war genauso, wie Agnes es vor Wochen mit dem Vater vorgefunden hatte. Auf dem Tisch lagen die Jausenbrettchen und Messer. Im Abtropfgitter neben der Spülwanne steckten Teller und Besteck. Der Pullover des Vaters hing über der Stuhllehne. Daneben das rote Halstuch, das er so gerne getragen hatte. Die zerknautschte Wolldecke auf dem Sofa. Zwei eingedrückte Kissen. Dahinter das Regal mit Broschüren und alten Büchern.

Agnes und die Geschwister ließen die Rucksäcke von den Schultern fallen und setzten sich erschöpft an den Tisch. Unsicher sahen sich Lorenz und Karoline um. Erst jetzt verstanden sie: Die neue Zeit war angebrochen, es war kein Spiel.

»Hier ist es ja so klein«, sagte Lorenz.

»Für uns wird es reichen«, gab Agnes unwirsch zurück.

Die Hütte und die Wände waren aus massiven Kantbalken gezimmert, nur in der Küche gab es einen gemauerten Sockel, in den der Herd mit Eisenplatte und zwei Ringlöchern gesetzt war.

»Lorenz, schau, hier!«, sagte Agnes und tätschelte den gemauerten Sockel. »Das ist was für dich.« Dort wölbten sich Bruchsteine, die Eisen- und Nickeladern glänzten geheimnisvoll. »Vom Mars oder vom Neptun ist der Meteorit gekommen, so hat es der Vater erklärt, über eine Million Jahre unterwegs ist er gewesen, bevor er es hierher geschafft hat«, sagte Agnes. »Hier, da drinnen, schläft unser ganzes Sonnensystem!«

Lorenz nickte, seine Anteilnahme hielt sich jedoch in Grenzen. Ihn beschäftigte vielmehr, dass es bitter ernst geworden war. Die Vorstellung, für immer hier zu leben, war niederschmetternd. Kein Pippo, keine Theresa … Nicht einmal Kontakt konnte er mit den beiden aufnehmen, denn Agnes hatte in einem überraschenden Handstreich das Mobiltelefon der Familie, das er an sich genommen hatte, zerstört. Sie hatte es auf die steinerne Eingangsschwelle gelegt und mit der Axt zertrümmert. »Und was ist, wenn es einen Notfall gibt? Einen Beinbruch oder eine Blinddarmentzündung?«, hatte er wütend geschrien. Doch sie hatte nur geantwortet: »Da, wo wir hingehen, hilft auch kein Anruf.«

Agnes stieß die Türen zu den beiden Kammern auf. »Links schlaft ihr, in der anderen Kammer schlaf ich«, sagte sie, besann sich aber gleich, als sie Karolines verstörten Blick sah. »Oder wir schlafen zuerst zusammen in einer Kammer, bis wir uns eingewöhnt haben. Dann sehen wir weiter. Und was haben wir hier?« Sie öffnete die fensterlose Abstellkammer, in der die Lebensmittel gelagert waren. Mehl, Zucker, Nudeln, Reis. Milchpulver, Konserven. Lange Salamis. Marmelade … von allem reichlich. Das letzte Mal war nicht annähernd so viel in den Regalen gewesen.

»Verhungern müssen wir nicht«, sagte sie und hielt einen Karton hoch. »Vanillepudding! Reicht für ein Jahr.«

Lorenz stand auf, er hatte den Waffenschrank neben der Eingangstür entdeckt. Der Vater hatte alle Waffen aus dem Haus hierher gebracht: die zweiläufige Bockbüchsenflinte, den Bockdrilling mit den zwei Kugelläufen und dem einen Schrotlauf, aber am meisten faszinierte Lorenz die Doppelflinte mit dem vergoldeten und reich verzierten Seitenschloss.

»Die hat der Heimon auf dem Foto zeigt!« Lorenz sah Agnes an. »Hat's der Vater doch gestohlen?«

»Nein. Der Vater hat nichts gestohlen und nichts Unrechtes getan. Merk dir das!«

Lorenz stand verunsichert da, und Agnes spürte, sie musste nachsichtiger sein.

»Hier, die Hütte und alles was drinnen ist«, erklärte sie, »das hat alles dem alten Mosheim gehört, und nur er und der Vater haben davon gewusst. Auch die angeblich gestohlenen Gewehre waren immer hier oben. Der Mosheim hat unserem Vater alles anvertraut, und als der Mosheim tot war, hat der

Vater mir das Geheimnis für den Notfall verraten. Jetzt ist der Vater tot und die Mutter auch, und wir haben den Notfall …«

Leichter Wind war aufgekommen. Es war früher Nachmittag. Um diese Zeit entschied sich meistens das Wetter. Es konnte eben noch schön gewesen sein, aber wenige Minuten später konnte die Stimmung umschlagen und ein Gewitter aufkommen. Agnes, Lorenz und Karoline kletterten den Hang hoch. Er war übersät mit Steinen und Felsbrocken, die manchmal aussahen, als hätte sie ein Steinmetz behauen und vergessen. Matten von Blaubeeren und Almrosen wucherten dazwischen, vereinzelt standen Zirben und niedrige Lärchen. In den Falten flossen kleine Rinnsale bergab. Schmetterlinge, Hummeln und Scheinwespen schwirrten herum.

Die Kinder blickten hinunter zur Hütte, die schon nach den wenigen Metern Kletterei unsichtbar geworden war. Abgeschirmt von den Föhren, verschwunden in der Mulde, als hätte ihr der Meteorit vom Mars eine Tarnkappe aufgesetzt. Und das Tal dahinter, von dem sie nur wussten, dass es in Richtung Hochtenn liegen musste, war schon so weit entfernt wie das Weltall.

Agnes griff in ihre Hosentaschen und holte je die Handvoll Graberde heraus. Mischte sie durcheinander. »Und der Vater und die Mutter sind immer bei uns.« Sie warf die Erde in die Luft. Die kleine Wolke wurde vom Wind erfasst, weitergetragen und löste sich schließlich in nichts auf.

Sie lagen zu dritt in der kleinen Schlafkammer, Lorenz und Karoline Kopf an Fuß im Bett, Agnes lag auf der Matratze, die sie aus der anderen Kammer geholt hatte, auf dem Boden. Die Kleinen schliefen fest. Agnes lag wach. Sorgen drückten sie.

Am Abend hatte sie die Kinder, wie sie die Geschwister jetzt nannte, noch im Zaum halten können. Sie waren nach dem Ausflug in die Hütte zurückgekehrt, denn es war dort, wo die Sonne nicht mehr hinreichte, kühl geworden. Sie hatten die Taschen ausgepackt und sich eingerichtet. Agnes hatte die Bücher, die auf dem Boden der Reisetasche geschichtet waren, ins Regal gepackt. Eine Menge Bücher, deswegen war die Tasche so schwer gewesen.

»Was sind das für Bücher?«, hatte Lorenz gefragt, denn ihm schwante nichts Gutes.

»Meine alten Schulbücher. Jedes Fach.«

»So viele!«

»Genau! Soll auch für ein paar Schuljahre reichen, und wenn ihr einmal von hier wegkommt, dann soll doch keiner da unten sagen: Schauts mal, die Deppen vom Berg kommen!« Agnes sortierte die Bücher nach Schuljahren.

Die Dämmerung war schnell gekommen, und das Licht funktionierte! Der Lichtschalter machte *Klack*. Zwei Lampen brannten. Eine Lampe konnte man am langen Kabel bis in die Schlafkammer tragen und an einen Haken hängen. Der Strom kam von der kleinen Solaranlage auf dem Dach, die zwei Akkus unter der Zimmerdecke speiste. Der Vater hatte es Agnes bei ihrem ersten Besuch erklärt, und dass sie darauf achten müsse, dass das Panel frei lag – keine Blätter und im Winter kein Schnee.

Sie hatten den Küchenherd geheizt, und Agnes hatte eine Nudel-Wurst-Pfanne zubereitet. Schnell war der Kachelofen warm geworden, und die wohlige Wärme hatte sie beinahe schon am Küchentisch einschlafen lassen. Vollkommen erschöpft waren die Kinder ins Bett gefallen, nicht einmal eine halbe Seite aus den *Höhlenkindern* hielten sie durch; wenig später hatte sich auch Agnes hingelegt.

In einem dünnen Schlaf rumorten Zweifel durch ihre Träume. Dann lag sie wach. Nur das Atmen der Kinder und ihr Schmatzen im Schlaf waren ihr vertraut. Das Haus ächzte und knarrte so anders als das alte Zuhause. Draußen schlich etwas um die Hütte. Ein Tier? Ein Wolf? Oder der Bergmönch, der in einer schwarzen Kutte durchs Gebirge wanderte und in einem Eimer Erz aufsammelte? Vorsichtig stand Agnes auf und ging in die Stube.

Der Wassereimer war fast leer, sie kippte das wenige in ein Glas. Trank. Der Kachelofen war noch lauwarm, trotzdem fröstelte sie. Sie legte sich die Decke vom Sofa über und entriegelte die Tür. Es war überraschend kalt draußen, Agnes bibberte. Das erste Licht floss über den Grat und tauchte alles in eine klare, unvergleichliche Schönheit. Die niedrigen Lärchen und Föhren. Den Wacholder. Auf den Preiselbeersträuchern und auf dem Wermutkraut funkelten die Tautropfen. Das Schwarz der Felsen und Gesteinsrinnen glänzte wie Tinte.

Weit oben ging Steinschlag ab, und Agnes sah über der Geröllhalde eine Herde Gämsen, die im spielerischen Galopp dahinjagten, eskortiert von aufgeschreckten Dohlen. Sie verschwanden hinter der nächsten Kuppe.

Agnes ging zurück in die Hütte. Mit der Decke über der Schulter schrieb sie am Küchentisch in ihr Aufsatzheft:

Im Wolfsegg, unerreichbar und aus der Welt sind wir jetzt. Unverwundbar. Niemand packt uns mehr und drückt uns nieder. Keiner zwingt uns mehr seinen Willen auf. Keine Frau Hartmann und kein Scholtysek. Wir sind jetzt frei wie die Gämsen, die übern Grat laufen. Aber die Kinder sollen so großwerden, als hätten sie Vater und Mutter gehabt. Und eine Schule.

8

Schnell vergingen die ersten Tage. Noch vergingen sie spielerisch, so, als wären die Waldner-Kinder in der Sommerfrische. Doch eines Morgens, in der frühen Stunde, in der Agnes ihre Gedanken in das Aufsatzheft schrieb, hielt sie plötzlich inne und trat vor die Tür. Die Luft hatte sich verändert. Sie war nicht mehr wie Sirup. Über Nacht war sie dünner geworden. Durchsichtiger. Der Sommer sandte die ersten Zeichen, dass er sich bald verabschieden würde. Noch stand die Sonne jeden Tag über ihnen, aber ihre Bahn wurde kürzer und am Ende des Tages verlor sie schon fühlbar an Kraft.

Es ging auf Ende Juli zu, und als Agnes die Kalenderblätter weiterblätterte, sah sie ein dick gemaltes Kreuz am 1. August. Es war Zeit, Vorsorge zu treffen.

Ab sofort führte Agnes ein strengeres Regiment. Mehr Ordnung und Disziplin. Es gab einen Tagesplan, der den Wochenplan ergab. Und im Monatsplan war das Kreuz in den Kalender eingezeichnet, das ihr das größte Kopfzerbrechen bereitete.

Sie frühstückten. Agnes hatte eine Liste vor sich liegen und teilte die Aufgaben ein. »Lorenz, du bist fürs Holz zuständig und fürs Wasser … Es muss immer genügend davon im Haus sein. Männerarbeit halt. Und wir …«, sie stupste Karoline an, »sind fürs Haus zuständig.«

Aus dem Baumtrog vor der Hütte, der von der Quelle gespeist wurde, holte Lorenz mit dem Eimer Wasser. In der Hütte schüttete er es ins Wasserschiff im Ofen, das darin warm werden würde, wenn sie anheizten, und in eine Blechwanne neben der Abwasch – das war das Wasser für den täglichen Gebrauch. Agnes und Karoline lüfteten die Bettdecken in den offenen Fenstern und fegten Kammer und Stube aus.

Am Nachmittag waren sie im Hang und sammelten Blaubeeren und Preiselbeeren. Trockenes Holz und Reisig legten sie, für den späteren Transport, in Haufen zusammen. Öfters hielt Agnes inne, ihr Blick wanderte prüfend über den zerklüfteten und gezackten Gebirgsstock, der ihre Seite vom anderen Tal trennte. Vor sich die namenlosen Felsen und Klippen. Zur Linken, weit hinten das Hohe Riff und noch weiter weg die Gefrorene Wand, die so milchig weiß herüberschimmerte, als wäre sie von ewigem Eis bedeckt. Der Sage nach soll früher jedes Loch, jeder Riss, ja jede Unebenheit des Berges mit Butter ausgefüllt und die Steige mit Käse gepflastert gewesen sein. Die Senner und Sennerinnen sollen auf den Almen in Milch gebadet und allen erdenklichen Frevel gelebt haben. Aber dann war's verspielt, Gottes Geduldsfaden riss, und er bereitete der Maßlosigkeit mit einem gewaltigen Unwetter ein Ende, das alles mit Hagel, Schnee und Eis unter sich begrub.

Direkt vor Agnes lagen allerdings nur namenlose Felsen. So namenlos aber dieses Nichts war und so weglos, sie musste auf die andere Seite. Sie musste ins jenseitige Tal. Dort würde es einen Geldautomaten geben und einen SPAR.

Mit ihrem Blick wanderte sie mögliche Routen ab, fixierte einen Einstieg über den Steig, der hinter der Geröllhalde stetig bergan führte, möglicherweise war das der Schlupf durchs Nadelöhr. Zwei Versuche hatte sie schon unternommen. Beim ersten Mal war sie viel zu spät aufgebrochen und hatte auf halbem Weg kehrtgemacht, weil sie es nicht geschafft hätte, an einem Tag den Weg hinüberzufinden und vor der Dämmerung wieder zurück zu sein.

Beim zweiten Mal war sie im Morgengrauen aufgebrochen und wollte sechs Stunden später zurück sein. Den Kindern hatte sie am Abend vorher eingebläut, wenn wer auftauchte oder weit entfernt sichtbar würde, sollten sie sich in der Hütte verbarrikadieren. Wieder hatte sie die Entfernung vollkommen unterschätzt. Als sie am Fuß der Felsen angekommen war, waren schon vier Stunden vergangen. So nah am Kalkstein war die Sonne besonders intensiv gewesen, und der Bockdrilling, den sie sich unnötigerweise umgehängt hatte, scheuerte die durchgeschwitzte Schulter wund. Schließlich landete sie unter der Steilwand, die sie gemeint hatte, und suchte endlos lange nach einer Schneise, die sie auf die andere Seite bringen würde. Nichts. Keine Chance. Schließlich brach sie ab und marschierte zurück. Schon von Weitem hatte sie gesehen, dass Tür und Fensterläden der Hütte geschlossen waren. Von Lorenz und Karoline keine Spur.

Sie hatte das Gewehr von der Schulter gerissen und war panisch losgerannt, bis sie an der Hüttentür war. Sie hatte gerüttelt, mit dem Gewehrkolben gegen das Holz geschlagen und nach den Geschwistern geschrien. Sie hatte versucht, den Öffnungsmechanismus der Tür zu betätigen, aber sie war so zittrig, dass sie die Schiebeleiste nicht bewegen konnte. Da war auf einmal die Tür aufgegangen – Lorenz hatte sie von innen geöffnet.

Schnell war alles erzählt. Als Agnes nach sechs Stunden nicht aufgetaucht war, hatten die Kinder begonnen, sich Sorgen zu machen. Die Kuckucksuhr im Blick, die zwischen den beiden Vorderfenstern hing, wurden sie immer ängstlicher. Dann war es schon nach Mittag, neun Stunden vorbei. Lorenz hatte mit dem Fernglas den Berg abgesucht, nichts.

Da hatte er auf einmal zum Tal hin einen Mann entdeckt. Deshalb hätten sie alles zugemacht und sich versteckt.

»Wo? Zeig, wo du den Mann gesehen hast!« Agnes zog Lorenz vor die Hütte. »Wo?«

»Dort drüben.« Lorenz zeigte in die Richtung, in der die Wälder weit unter dem hochsteigenden Bergmassiv lagen.

»Wie willst du da jemanden sehen? Da ist ja nur Wald«, sagte Agnes.

»Du musst es mit dem Fernglas anschauen. Aber jetzt ist er nicht mehr da.« Er gab ihr das Fernglas, und Agnes suchte die Landschaft ab.

»Strommasten … Überlandleitung«, sagte sie.

»Genau«, sagte Lorenz. »Da ist einer im Mast herumgeklettert. Er hatte eine orangene Jacke an.«

Noch eine ganze Weile suchte Agnes die Gegend mit dem Fernglas ab, aber bis auf einen Habicht, der durch die Baumwipfel glitt, entdeckte sie nichts.

Nach dem Essen wuschen sich die Kinder in der emaillierten Waschschüssel. Agnes schrubbte mit dem Waschlappen die Rücken der Geschwister. Unvermittelt hatte sie eine längst vergangene Szene vor Augen. Sie sah sich im weiß gekachelten Waschraum des Kinderheims. Eine dünne Neunjährige. Nackt. Auch andere Mädchen standen nackt vor den Waschbecken. Mit einer Bewegung, langsam wie im Schneckengang, wusch sie sich mit dem Waschlappen Gesicht und Brust. Sie spürte, wie sie gegen das Gefühl, gleich erbrechen zu müssen, ankämpfte … wie ihre Haut brannte … wie sie schluckte und schluckte … Ein plötzlicher Blitz riss alles ins gleißende Nichts. Agnes kniff die Augen zusammen, als müsste sie sich hier in der Hütte vor dem stechenden Weiß schützen.

»Was ist?«, fragte Lorenz. »Ist dir schlecht?«

»Nein, nein … ich hatte nur ein' Blitz vorm Auge.«

»Hast du einen Sonnenstich?«

»Vielleicht … schon möglich«, lachte sie.

»Oder vielleicht hab ich halluziniert, dass gewisse Kinder schon längst im Bett liegen sollten!«

Wie jeden Abend las sie ihnen aus den *Höhlenkindern* vor. Die Lampe hing am Haken. Das Halstuch, das der Vater vergessen hatte, war darüber gelegt und tauchte alles in ein warmes Licht.

Wie groß war die Überraschung, als sie vom Ufer aus, jenseits des Baches, zwei schwarze Löcher in der Felswand gewahrten, groß genug, dass ein erwachsener Mensch aufrecht eindringen konnte. Nach kurzem Klimmen hatte Peter die untere Höhle erreicht. Mit Herzklopfen trat er ein.

Die Kinder waren eingeschlafen. Agnes setzte sich an den Küchentisch und schrieb das Tagesgeschehen in das Schulheft. »Jetzt gilt umso mehr: aufmerksam sein!« war der letzte Satz.

Wie um den Vorsatz zu unterstreichen, nahm sie den Bockdrilling aus dem Schrank und ging hinaus. Sie wartete, bis sich ihre Augen an die nur von den Sternen erhellte Dunkelheit gewöhnt hatten, und suchte dann mit dem aufmontierten Zielfernrohr das Gelände ab. Nichts. Vom angestrengten Schauen fielen ihr fast die Augen zu. Zerschlagen setzte sie sich auf die Bank, lehnte sich gegen die noch warmen Balken der Hütte und schlief ein.

Nach dem Frühstück am anderen Morgen gingen sie wieder und wieder den Hang hinauf und schleppten das angehäufelte Holz und Reisig zur Hütte hinunter. Einige Hundert Meter waren das. Agnes trug die Hauptlast auf dem Rücken, aber auch Lorenz und Karoline schleppten dicke Bündel. Auf dem

Weg zurück blieb Agnes öfters stehen und suchte mit dem Fernglas die Gegend ab, vor allem die Richtung, in der die Überlandleitung lag. Nichts. Allmählich kam ihr der Verdacht, Lorenz habe sich das Auftauchen des Fremden vielleicht nur ausgedacht, weil er zurück ins Tal wollte. Und Karoline hatte mitgemacht. Agnes beobachtete, wie die Kinder die letzten Bündel Reisig schleppten. Missmutig warfen sie vor dem Schuppen die Last ab. Lorenz wollte gleich in der Hütte verschwinden, aber Agnes hielt ihn zurück.

»Du bist fürs Holz zuständig! Du hackst es jetzt in Ofenstücke und räumst es in den Schuppen, und zwar nicht reingepfeffert, sondern sauber aufgeschichtet, damit noch mehr Platz hat. Hast du mich verstanden!? Komm, Karo. Wir kochen was.«

Agnes ging zur Tür, als Lorenz ihr heulend nachschrie: »Ich bin nicht dein Knecht!«

Sie wirbelte herum und bemerkte, dass Karoline bei ihrem Bruder stehen geblieben war.

»Ich bin nicht dein Sklave!«, rief Lorenz.

Agnes ging zurück und war kurz davor, dem Bruder eine zu knallen. Da sagte Karoline: »Früher haben wir nicht so viel arbeiten müssen, und bei der Mama haben wir viel mehr machen dürfen.«

»Früher …« Lorenz zog seine Rotznase hoch, doch Agnes schrie beide an: »Zum letzten Mal – es gibt kein Früher! Wenn ihr das nicht kapiert, landet ihr dort, wo ich nicht will, dass ihr hinkommt! Aber bitte, wenn ihr einen besseren Plan habt – nur zu!«

Wütend ging sie in die Hütte. Nach einer Weile hörte sie Hacken, das Splittern des Holzes und dann das Knacken und Knistern, wenn die beiden das Kleinholz in den Schuppen trugen. Ihre Wut verflog.

Agnes ging wieder hinaus und rief die Kleinen zu sich. Zu dritt setzten sie sich auf die Holzbank.

»Nach deiner Geburt«, sagte Agnes zu Karoline, »gab es Komplikationen bei der Mama, und ihr wart fast ein Jahr im Müttergenesungsheim. Lorenz, du warst fünf und ich war neun. Der Vater hat dich überallhin mitgenommen, in den Wald, ins Forsthaus und auch zu den Mosheims. Er konnte sich um dich kümmern und dich in seinen Rucksack stecken, weil du noch klein warst. Ich musste aber regelmäßig in die Schule, und darum bin ich ins Heim *Maria Hilf!* gekommen. Schon damals hat mich die Hartmann verwaltet. Zehn Monate war ich im Heim. Sie tun immer so, als ginge es dort den Kindern gut, aber das stimmt nicht. Es reicht, wenn es einer in der Familie kennt.«

Agnes grübelte. Sie konnte das Wort nicht finden, das den Zustand beschrieben hätte, der sich in ihr eingebrannt hatte. Sie konnte sich ja an kaum etwas erinnern – eigentlich konnte sie sich an gar nichts wirklich erinnern. Nur helle Blitze. Weiße Kacheln. Brennende Haut. Das schwarze Loch. Agnes sah in die Gesichter von Bruder und Schwester. Da wusste sie, sie hatten verstanden.

Beim dritten Versuch, bei dem sie nur das Gelände erkunden wollte, fand Agnes die schmale Schneise, durch die sie ins andere Tal schlüpfen konnte. Wieder war sie in der Morgendämmerung aufgebrochen, war aber diesmal dem ausgetrockneten Bachbett bergauf gefolgt. Schemenhaft hatte sie Bergrücken und Grat zur Linken im Blick, wissend, dass sie auf die andere Seite musste. Das Bachbett begann am Fußende einer Schuttreise. Ein dünnes Rinnsal rieselte ein paar Meter talwärts, bevor es versickerte. Die ersten Sonnenstrahlen kamen über den Grat. Agnes legte eine Pause ein, aß einen

Apfel und studierte die Geröllschneise. In der Mitte kam es immer wieder zum Rutschen und Fließen des Untergrunds und auch zu Steinschlag – sie musste an den Rändern gehen, auch wenn es der längere Weg war.

Schneller als gedacht kam sie über den Steilhang. Manchmal sprang sie von Stein zu Stein und fühlte sich dabei selbst wie eine Gams. Sie durchquerte eine Spalte, über der sich Steinwände auftürmten, die den Himmel verdunkelten. Schließlich schob sie sich durch eine schmale Öffnung hinaus ins Helle.

Da stand sie, auf der anderen Seite des Berges, und sah ins Tal hinunter. Weite Flächen schimmerten tief unten wie in einem Diorama, aber dann, hinter den Wäldern, reflektierte eine Kirchturmspitze das Sonnenlicht, dorthin musste sie.

Am Nachmittag des nächsten Tages brach Agnes auf. Sie hatte morgens das Kalenderblatt abgerissen – es war der 31. Juli. Die Kinder hatte sie schon instruiert: Sie würde bei Tageslicht über den Berg gehen und auf der anderen Seite im Wald übernachten. Dann würde sie am 1. August zeitig hinunter nach Almont. Sie kannte das Städtchen von einem Schulausflug, bei dem sie sich das Renaissanceschloss angeschaut hatten, und sie kannte den SPAR unterhalb des Schlosshanges, auf dessen Parkplatz der Bus damals auf die Klasse gewartet hatte. Im SPAR hatten sie sich Getränke gekauft. Margit natürlich was Besonderes, ein Smoothie mit Apfel, Birne und Grünkohl, von dem Jo probieren sollte, der aber wollte nicht. Agnes hatte an einer Mineralwasserflasche genuckelt, die sie auf der Schlosstoilette mit Leitungswasser aufgefüllt hatte.

Im Anstieg kam Agnes schnell voran, schließlich stand sie wieder auf dem Grat und blickte ins andere Tal. Die Sonne würde bald untergehen. Der weglose, steile Hang war hier nicht so steinig, sodass Agnes zügig vorankam. Über eine lang gezogene Mulde gelangte sie in den Hochwald, und augenblicklich wurde es kühler und dämmrig. Immer wieder blieb sie stehen und prägte sich das Terrain und seine Besonderheiten ein, um den Rückweg auch ja wiederzufinden. Manchmal legte sie als Wegweiser einen Stein in den offenen Wurzelstock eines Baumes oder klemmte einen dürren Ast hinter die Rinde eines toten Stamms.

Sie erreichte eine Lichtung, in der eine Futterkrippe für den Winter stand, sogar ein paar Armvoll Heu waren noch darin. Ein nahezu perfektes Nachtlager. Schnell wurde es dunkel und die Luft kühl. Agnes lag in der Raufe, zugedeckt mit Heu und dem Rucksack. Über ihr der Nachthimmel, eine schwarze Decke, in die Millionen Löcher gestochen worden waren, durch die Licht fiel. Sie kannte ein paar Sternbilder, der Vater hatte sie ihr beigebracht: Großer Wagen, Kleiner Wagen, an dessen Deichselspitze Polaris leuchtete, der helle Nordpolarstern. Und siehst du dort das W?, hatte der Vater gesagt und an den Rand des Himmels gezeigt, dort, wo die Milchstraße mittendurch geht – das sind die fünf Sterne der Kassiopeia. Und dann hatte er noch gesagt: Wenn ich oder die Mutter mal nicht mehr sind, dann fliegen unsere Seelen dort hinauf, und ihr könnt uns immer auf einem dieser fünf Sterne erreichen. Nicht umsonst ist es ja ein W, W wie Waldner. Er hatte gelacht und sie an die Nase gestupst.

Agnes ging über den leeren Parkplatz des Supermarktes. Es war kurz vor sieben Uhr. Sie trug ein kurzärmliges Sommerkleid, Slipper und helle Kniestrümpfe. Eine Wolljacke hatte sie sich um die Hüften gebunden. Ihr Haar war gescheitelt, und eine Spange mit einer Schildkröte bändigte die Strähne – ein nettes, harmloses Mädchen. Sie musste nicht lange im Ort nach einem Geldautomaten suchen – neben dem Eingang zum SPAR hing einer. Agnes schob die PSK-Karte der Mutter in den Schlitz und gab die Geheimzahl ein. Auszahlung vom Girokonto. 600. Zweimal.

Eine Uhr schlug sieben. Die Türen des SPAR öffneten sich wie von Geisterhand. Agnes fuhr mit dem Einkaufswagen durch den fast leeren Supermarkt. Ein paar Angestellte füllten Regale auf, niemand beachtete das zierliche Mädchen. Agnes füllte den Einkaufswagen mit Grundnahrungsmitteln, wie sie es beim Einkauf mit der Mutter gelernt hatte: Mehl. Nudeln. Reis. Grieß. Dosenmilch. Zucker. Dann Kartoffeln. Karotten, Kohlrabi. Paprika, Tomaten, Bohnen … so viel, dass es für einen Monat reichte. Ob sie das würde tragen können?

An der Kasse machte die Kassiererin ein erstauntes Gesicht. »Muss wohl für ein paar Tage reichen?«

Agnes nickte. Wieder zahlte sie mit der EC-Karte. Ganz selbstverständlich tippten ihre Finger schon die Zahlen.

»Danke – und besuchen Sie uns bald wieder«, sagte die Kassiererin.

»Ja, gut möglich.«

Am Packtisch verstaute sie den Einkauf in den zwei mitgenommenen Netzen, die sich mehr und mehr bauschten. Sie hatte eindeutig zu viel eingekauft, musste nochmals zur Kasse, um eine Tüte zu kaufen. Die Kassiererin schenkte sie ihr.

Im Versteck, das sie nah an der Straße gefunden hatte, packte Agnes den Einkauf in den Rucksack. Sie wechselte die Kleidung, zog wieder die festen Bergsachen an. Die Mädchenverkleidung ließ sie, gut in der SPAR-Plastiktüte eingeschlagen, in einer hohlen Eiche zurück.

Eine Uhr schlug neun. Sie hatte zwei Stunden gebraucht. Sie schulterte den Rucksack, er war jetzt so riesig, dass sie dahinter verschwand und es von hinten aussah, als hätte der Rucksack Beine bekommen, die munter bergan stiegen.

Erst als sie den Grat überwunden und sich durch die Spalte mit den Überhängen geschoben hatte, ließ die Anspannung nach. Agnes blickte über die Geröllhalde, die im grellen Mittagslicht weiß wie ein Schneefeld vor ihr lag. Ihr Blick wanderte über die darunterliegenden dunkelgrünen Matten zu der Mulde, die vor Tausenden von Jahren der Meteorit geschlagen hatte. Eine überwältigende Zuversicht erfüllte Agnes. Sie wusste jetzt – es war möglich. Sie würden unabhängig sein, niemand würde über ihr Leben bestimmen und sie ins Heim schicken.

9

Der August blieb heiß. Nur abends und in der Nacht wurde es kühl. Dicker Tau legte sich im Morgengrauen auf die Grasflächen und niedrigen Sträucher. So löste sich auch das Rätsel um den Bergmönch, der in seiner schwarzen Kutte durchs Gebirge wanderte. Er kam nicht jeden Tag, aber er kam regelmäßig und schlich an die Rückseite der Hütte. Knurrte dort, knirschte mit den Zähnen und fraß die Blätter der Hundsrosen. Wenn ihn Agnes stellen wollte, war er immer schon verschwunden, und auch seine breite Spur verlor sich schnell im feuchten Gras. Jetzt aber war das Gras nicht nur beschlagen, es war nass, und die Spur zog sich deutlich bis zu der Gruppe Bergkiefern, die den Rand der Mulde abschirmten. Es war ein Schneehase im bräunlich grauen Sommerfell. Agnes sah ihn im letzten Augenblick, als er aus seinem Versteck zwischen Stauden und Alpenröschen wegsprang. Dabei flogen seine breiten Hinterläufe weit nach vorne und setzten sich neben die Vorderpfoten, sodass ein riesiger Abdruck entstand, unförmig wie der eines Schneeschuhs.

Die Tage waren voll mit Vorkehrungen für den Winter: Holz, Beeren, Pilze. In der Speisekammer sortierte Agnes die Regale um, die häufig verwendeten Lebensmittel kamen nach vorne, wie sie es von der Mutter kannte. Dabei stellte sie fest, ihr Vater und der von Mosheim hatten am liebsten Thai-Curry aus Tüten gegessen, denn davon gab es zwei Kartons voll. Doch leider schmeckte es ihr und den Kindern überhaupt nicht. Beim nächsten Mal würde sie mehr Lebensmittel in Pulverform kaufen, Milchpulver und Kartoffelpulver.

Brotbackmischung. Suppengranulat. Diesmal hatte sie zu viele sperrige und schwere Lebensmittel gekauft. Einen Kohlkopf! Ein Netz Zwiebeln. Einen Zweieinhalb-Kilo-Sack Kartoffeln! Aber immerhin, das ergab drei Mal Krautfleckerl und einen Krautsalat. Da entdeckte Agnes ein in die Wand eingelassenes Fach. Sie hatte ein weiteres Regal ausgeräumt und plötzlich war er sichtbar geworden: der Tresor. Grau emaillierter Stahl, robust, an der Frontseite hing ein Vorhängeschloss mit vierfacher Zahlenkombination. Sie rüttelte daran. Keinen Millimeter bewegte sich die Kassette, so, als wäre die Hütte um sie herum gebaut worden. Was mochte darin eingeschlossen sein? Papiere? Geld? Liebesbriefe? Agnes drehte sinnlos an den Rädern der Zahlenkombinationen. Mit dem Stiel einer Schöpfkelle versuchte sie vergeblich, das Vorhängeschloss aufzusprengen, doch nur der Stiel verbog sich. Sie holte aus dem Schuppen die Axt, aber die bewirkte ebenfalls nichts.

In den folgenden Tagen stand Agnes noch einige Male davor, probierte all ihre Glückszahlen, drehte an den Zahlenrädchen, als könnte plötzlich eine höhere Gewalt den Tresor öffnen. Auch die Geheimzahl für den Geldautomaten versuchte sie. Ohne Erfolg. Nie würde sie erfahren, was in der eingemauerten Kassette war. Das Klügste war, sie zu vergessen.

Andere Entdeckungen machten mehr Freude. Im Regal hinter dem Sofa lag das Herbarium, das der Herr von Mosheim mit dem Vater angelegt hatte. *Die Flora meines Reiches* stand auf dem Umschlagdeckel, darin waren die Pflanzen gesammelt, die um die Hütte herum wuchsen.

»Schaut, die Schrift vom Vater!«, rief Agnes den Geschwistern zu. *Diese 150 Pflanzen leben in unserer näheren und weiteren Umgebung*, hatte er auf der nächsten Seite geschrieben. Auf hundertfünfzig Kartons waren die gepressten Pflanzen aufgeklebt, und unter ihnen standen ihre Namen und Angaben zum Auffindungsort.

Echtes Alpenglöckchen – Soldanella alpina. Juni, in einer Schneemulde, 1800 m

Berg-Hauswurz – Sempervivum montanum. Juli, trockene Felsspalte, 2100 m

Gegenblättriger Steinbrech – Saxifraga oppositifolia. Juli, an der Langen Wand, 2400 m

Beim Auskehren unter ihrem Bett förderte Agnes einen Schaukasten zutage, der in eine Decke eingewickelt war. Agnes schlug sie zurück, und hinter dem Glas leuchteten eine Vielzahl von Schmetterlingen. Vierundvierzig. *Unsere fliegende Fauna*, lautete die Überschrift. Aufgespießt waren das Kleine Wiesenvögelchen, das dem Braunauge so ähnlich sah, der Admiral, der jedes Jahr die Alpen überquerte, das Waldbrettspiel. Weißbindiger Mohrenfalter, Kaisermantel. Kleiner Eisvogel und Schwarzer Trauerfalter. Großes Ochsenauge, Schachbrett, Kleiner Fuchs, Tagpfauenauge. Das Sommerlandkärtchen, dessen Flügelunterseite mit einem Netz von Linien bedeckt war, das einer Landkarte glich – und der Distelfalter.

Agnes stiegen Tränen in die Augen, so nah fühlte sie den Vater. Ihn, der alle Tiere und Pflanzen mit Namen kannte. Da, schau! Eine Blaugrüne Mosaikjungfer!, hörte sie ihn rufen, als eine Libelle auf der Gießkanne gelandet war. 13 Mal müssen sie sich häuten, bis sie ihre endgültige Gestalt haben. Traf das auch auf sie zu? Wie oft würde sie sich noch häuten müssen, bis sie ihre endgültige Gestalt bekam?

Und dann, eines Tages in der letzten Augustwoche, ging Agnes endlich los. Sie hatte es vor sich hergeschoben, aber schließlich gab sie dem Wunsch der Kinder nach. Vor allem

Lorenz wollte endlich wieder einmal Fleisch. Aufsässig waren sie geworden. Immer wieder hatten sie nach einem Schnitzel gefragt oder gestöhnt: Ah, wär jetzt a Gulasch recht! Das halbe Kilo Karreespeck, das sie beim letzten Einkauf mitgebracht hatte, war längst aufgegessen.

Nebelfetzen zogen dicht übers Geröll und die Grasmatten des Kars. Den Bockdrilling vor sich, huschte Agnes lautlos bergan. Abrupt blieb sie stehen und lauschte. Weiter oben wurden Steine losgetreten und kollerten bergab. Alpendohlen schrien ihr *Schirrk! Schirrk!*. Agnes stieg weiter hoch, nach wenigen Schritten hatte sie der Nebel verschluckt. Alle Geräusche erloschen, und auch das Schreien der Dohlen verstummte.

Dann fiel der Schuss.

Lange blieb Agnes neben dem toten Gamsbock und hatte die Hand in seinem Nacken liegen. Sie kraulte das drahtige Haar. Diesmal hatte sie den Schuss nicht über das Tier gesetzt, obwohl das Böcklein die nahe Gefahr erkannt und sich zu ihr umgedreht hatte. Aber durch den Nebelschleier hatte sie seinen Blick nicht wirklich gespürt. Jetzt wusste sie, sie konnte den rechten Zeigefinger bewegen und töten. Traurigkeit beschlich sie. Es war anders als am Leichnam des Vaters. Damals hatte sie eine unendliche Leere gefühlt, jetzt fühlte sie Schuld.

Agnes spürte, wie allmählich die Wärme aus dem Tier wich. Das Weiß und der schwarze Streifen der Gesichtsmaske schoben sich ineinander. Über die bisher klaren Augen legte sich ein wässriger Schleier, und die Spannung der Muskeln ließ nach. Plötzlich hatte sie die Vorstellung, das Böcklein vergebe ihr und seine Seele entweiche nun, friedvoll und ohne Vorwurf.

Ohne an der Hütte anzuhalten und die Kinder zu rufen,

ging sie mit ihrer Last gleich zum Erdkeller. Dreizehn Stufen führten in den Berg hinein und mündeten in einen halbrund gemauerten Raum. Sie ließ das tote Tier auf den Blechtisch rutschen und brauchte eine Weile, um wieder ruhig zu atmen. Die Kühle tat gut. Das Thermometer zeigte sechs Grad. Eine LED Lampe, deren Akku an der Solaranlage aufgeladen wurde, hing an der Wand und tauchte den Raum in helles Licht. Vier Blechwannen hingen unter der Decke und darin lag das Eis, dessen Kälte über den Wannenrand nach unten floss und die Lebensmittel kühlte. Je hundertfünfzig Kilo Eis, wusste sie, lagen in den Behältnissen, und in Stroh eingepackt und mit Salz bestreut, hielten die Blöcke gut ein Jahr. Im März musst du das Eis aus dem See hacken und die Wannen damit auffüllen, hatte ihr der Vater erklärt, harte Arbeit, lohnt sich aber.

Agnes hängte das Böcklein an zwei Haken und schnitt die Organe heraus. Lunge, Herz, Leber – die Leber gab sie, von den anderen Organen getrennt, in eine Plastikschüssel. Heute würde es Leber geben.

Da ging in ihrem Rücken die Tür auf und ein Schwall Wärme fegte die dreizehn Stufen herunter. »Tür zu!«, rief Agnes, ohne sich umzudrehen. Oben wurde die Tür wieder geschlossen. Sie hatte sich schon gewundert, wo Lorenz blieb, doch die Schritte, die herunterkamen, gehörten zu keinem der Geschwister. Sie waren schwer und fest.

Agnes fuhr herum, das Messer nach vorne gestreckt. Mit einem schnellen Seitenblick vergewisserte sie sich – der Bockdrilling lehnte keine drei Schritte entfernt an der Wand. Die Gestalt trat ins Licht. Agnes stand wie versteinert. Glotzte den grinsenden Eindringling mit offenem Mund an.

»Willst mich umbringen?«, fragte Jo.

»Wie … wie kommst du … was …«, stammelte sie.

Jo kramte in der Hosentasche und zog etwas heraus. »Ich wollt dir was bringen.« Er öffnete die Hand und hielt eine Zündkerze hoch. »Die hast du bei mir liegen lassen … oder?«

Agnes nickte. Verlegen standen sie sich gegenüber. Wahrscheinlich hätten sie sich ewig angestarrt, hätte nicht Lorenz von oben gerufen: »Soll ich was helfen?«

»Ja, komm!«, antwortete Agnes, erleichtert über die Unterbrechung.

Lorenz schlüpfte an Jo vorbei und flüsterte: »Plötzlich stand er in der Küche.«

»Alles gut, Lori, mach dir keinen Kopf«, sagte Agnes. »Was ist mit Karo?«

Lorenz zuckte mit den Schultern. »Weiß nicht. Die hockt unter ihrer Decke und hat gar nichts mitgekriegt.«

Agnes hob das Böcklein von den Haken, um es zum Abhängen unter den Eiswannen festzumachen. Jo trat wortlos vor und half ihr. Wie war das nur möglich?, pochte die Frage in ihrem Kopf. Hatte er sie gefunden, weil er sie gesucht hatte?

Ein letzter Ruck, und das Böcklein hing unter den Eiswannen.

Es dauerte nicht lange, dann war es heraus: Jo war der Mann im Mast der Überlandleitung gewesen, den Lorenz mit dem Fernglas entdeckt hatte. Der Mann mit der orangefarbenen Jacke.

Gleich die erste Aufgabe, nachdem er die Lehre begonnen hatte, war für Jo gewesen, mit zwei Gesellen die vier Masten der Stromleitung, die auf ihrer Seite über den Berg führten, zu kontrollieren und etwaige Schäden für eine spätere Sanierung zu dokumentieren. Gut gesichert waren sie in die Masten hochgeklettert. Im letzten hatte sich Jo Zeit mit dem Abstieg gelassen und die Aussicht genossen. Da hatte er den

Blitzer gesehen. Und dann noch einen. Weit entfernt, wie das Zeichen eines Außerirdischen. Der Außerirdische war Lorenz gewesen. Jo hatte in die Richtung gestarrt, aber es kam kein Zeichen mehr. Aber er hatte einen leisen Verdacht.

»Hast du es in der Firma erzählt?«, fragte Agnes.

»Nein. Außer der Putzfrau war niemand mehr da.«

»Und Margit?«

Verblüfft sah Jo sie an. »Was ist mit Margit?«

»Hast du ihr was erzählt? Schließlich ist sie deine Freundin, und der Freundin erzählt man doch alles.«

»Wir gehen nicht mehr miteinander«, sagte Jo. »Zumindest vorläufig.«

»Ach!«, sagte Agnes. »Es hat doch geheißen, du heiratest in die Firma Unger ein.«

»Wir probieren es gerade ohne den anderen.«

Sie konnte es nicht glauben. Glücksgefühle überfluteten sie.

Heute war er zeitig am Morgen wieder zu den Hochspannungsmasten gestiegen und dann weiter in die Richtung, in der er das zweimalige Aufblitzen gesehen hatte. Das Gelände war unwegsam, mehrmals hatte er Umwege gehen müssen, schließlich hatte er die Orientierung verloren. Dann war ein Schuss gefallen. Verblüfft hatte er festgestellt, dass er sich in die entgegengesetzte Richtung orientiert hatte. Nach gut einer Stunde war er dann aus dem Wald getreten und hatte das Dach der Hütte entdeckt.

Später an diesem Samstag saß Jo mit ihnen am Tisch, und sie aßen zu Mittag. Gebratene Leber, Röstkartoffeln und wilde Preiselbeeren. Anfänglich war die Stimmung steif. Mit gesenkten Blicken belauerten die Kinder den Neuen. Auch Agnes wagte nicht, sich einen Reim auf Jos Besuch zu machen.

»Bleibst du jetzt für immer hier?«, fragte Karoline Jo

unvermittelt und sah ihn dabei eindringlich an. »Weil, wir haben nur Essen vom Supermarkt. Wir haben nichts, was Hunnen gerne essen.«

»Keine Angst«, sagte Jo, »ich bin nur zu Besuch. Übers Wochenende, wenn's recht ist. Am Montag muss ich wieder zur Arbeit unten in Cronberg.« Er beugte sich zu Karoline und flüsterte verschwörerisch: »Und wegen dem Essen mach dir keine Sorgen. Ich esse alles. Am liebsten kleine Mädchen, schön knusprig herausgebacken, mit Vanillesauce!«

Sie lachten, und die Stimmung wurde unbeschwert wie schon lange nicht mehr. Agnes malte sich aus, wie es wäre, wenn Jo bliebe; ja, wenn er für immer hierbliebe. Eine richtige Familie wären sie dann.

Lorenz forderte gleiches Recht für alle, sein Freund Pippo sollte ihn auch besuchen dürfen. Und Karoline wollte gleich ihre ganze Klasse zu Besuch haben.

»Was ist denn das für eine Logik?«, sagte Agnes. »Sind wir hier ein Ausflugslokal?«

»Wieso darf er dich besuchen, der Pippo darf aber nicht kommen?«

»Er hat sich verlaufen. Er wollte doch nicht mich besuchen!«

»Wen den sonst? Das sieht doch jeder, dass er in dich verliebt ist!«

»Bis über beide Ohren!«, plapperte Karoline hinterher.

»So ein Quatsch! Er hatte das blöde Fernglas blitzen sehen, das hat ihn neugierig gemacht. Sonst nichts! Kapiert?«

Lorenz verzog sich, und Karoline folgte ihm. Seit einigen Tagen wich sie dem Bruder nicht mehr von der Seite. Agnes hatte das ein wenig irritiert, jetzt war sie froh darüber und lief hinaus, wo Jo Holz hackte, das für Lorenz offensichtlich zu groß gewesen war.

Jo hielt inne. »Was macht ihr hier? Sommerferien? Ist das eure Hütte?«, fragte er.

Sie schüttelte den Kopf.

»Alle sagen, ihr seid weggezogen, nachdem euer Vater … zu einem Onkel. Nach Murnau.«

»Stimmt, das war so geplant …«, sagte Agnes vage. »Dann kam was dazwischen.«

Jo sah sie an und wartete. Schließlich erzählte sie alles. Kreuz und quer. Vom Schusskanal im toten Körper des Vaters, der mit Knetmasse zugestopft war, vom Tod der Mutter, und dass sie sie unten am Bach begraben hatten. Wie der Vater ihr das Schießen beigebracht und sie zur Hütte geführt hatte. »Wenn der Wald dich mag, hat er gesagt, dann verschluckt er dich, und niemand wird dich finden«, sagte Agnes.

»Außer Jo, der Hunnenkönig!«

Agnes' letzte Anspannung fiel von ihr ab. Alles plumpste aus ihr heraus. Endlich konnte sie das Elend und den Jammer mit jemandem teilen. Wie damals, im Kinderheim … Urplötzlich erinnerte sie sich an Toni. Agnes war wegen *Renitenz* in das schwarze Loch gesperrt worden. Warum sie aufmüpfig gewesen war, wusste sie nicht mehr. Nur dass ihr speiübel war, der Bauch tat ihr weh, und die Blutergüsse an Armen und Beinen pochten von den harten Griffen, mit denen man sie gebändigt und in den Schrank gestopft hatte. Als die Einsamkeit und Not am größten gewesen war, die Schwärze so schwarz, dass sie sich die dunkelste Nacht als Lichtblick herbeiwünschte, da hörte Agnes es flüstern. »Hab keine Angst, ich bin's, Toni, ich leiste dir Gesellschaft.« Und wirklich, das Mädchen blieb die ganze Zeit nah am Schrank. Hörte sie jemanden kommen, versteckte sie sich im Korb mit der Schmutzwäsche. Dann sang sie wieder *Froh zu sein bedarf es wenig* oder *Auf einem Baum ein Kuckuck* … Und wenn

Agnes nah an einer Angstattacke war, fragte Toni sie nach der Familie aus und ließ sie erzählen.

Wie jetzt. Jo war wie Toni. Er hörte zu und ließ Agnes reden. Zum Schluss fühlte sie sich wie eine blank geputzte Schüssel.

»Aber so lange!«, hörte sie Jo schließlich sagen. »Vielleicht geht sich ein halbes Jahr aus, aber elf! So lange kann man es hier nicht aushalten. Das ist Wahnsinn.«

»Elf ja nur im schlimmsten Fall. In zwei Jahren bin ich achtzehn, dann beantrage ich das Sorgerecht. Nur, wenn ich es nicht bekomme, dann bleiben wir, bis Karo volljährig ist.«

Entgeistert schaute Jo sie an.

Agnes sah den Blick voller Zweifel.

»Gut, angenommen, man kann mit achtzehn das Sorgerecht beantragen, was ich nicht glaube – du wirst es aber nicht bekommen! Weil du keine Wohnung hast, keine Arbeit …«

»Die suche ich mir natürlich vorher!«

»Du hast nichts gelernt, du bekommst nur Hilfsarbeiterjobs. Von dem Geld kannst du dir keine Wohnung leisten, die für drei Leute …«

»Wir bekommen Vollwaisenrente!«

»Und wenn sich das Jugendamt trotzdem querstellt?«

»Dann bleiben wir hier.«

Ein schlimmer Gedanke schoss Agnes durch den Kopf: Es war ein Fehler gewesen, Jo so viel zu erzählen. Sich ihm anzuvertrauen. Vielleicht war Jo gar nicht zufällig hier? Er war auf sie angesetzt, ein Spion, der alles über sie und die Kinder herausfinden sollte. Und sie hatte sich ihm geöffnet. Und das mit Margit war gelogen – natürlich war er noch mit ihr zusammen!

Im Laufe des Nachmittags und später am Abend entkrampfte sich die Situation wieder. Agnes und Jo mieden das Thema, Lorenz und Karoline krochen aus dem Zelt, das sie mit Decken gebaut hatte. Sie belagerten Jo. Lorenz wollte sich dauernd mit ihm messen, Armdrücken und Ringen, und Karoline wollte von ihm getragen oder an Arm und Bein im Kreis herumgewirbelt werden.

Jo schlief in der bisher nicht genutzten Kammer. Agnes wartete, bis die Kinder eingeschlafen waren, dann stand sie auf und ging hinüber. Sie stand in der Tür und sah, wie die Augustnacht durch das offene Fenster fiel und alles in ein bläulich weißes Licht tunkte. Sogar die Balken und die Dielen hatten diesen milchigen Schimmer, den die Mutter *la lumière bleue* genannt hatte, als sie einmal nach Mitternacht draußen auf einer Decke lagen und vom Mondlicht eingehüllt wurden.

Sie wollte nur stehen und schauen. Aber sie konnte nicht anders, ein Fuß setzte sich vor den anderen. Agnes' Herz schlug wie wild, als sie vor Jo stand. Er war in den Bettbezug, den sie ihm als Decke gegeben hatte, geschlüpft, als wär's ein Schlafsack. Sein nackter Arm und Oberkörper lagen frei. Und sie tat etwas, was sie nie für möglich gehalten hätte, sie zog ihr Unterhemd und ihre Unterhose aus und schlüpfte zu Jo in den Bettbezug. Das war gar nicht so einfach, denn seine Gliedmaßen verteidigten ihr Terrain, doch schließlich gaben sie nach, und Agnes lag in den Armen von Jo.

Agnes hielt den Atem an. Sie spürte, dass auch er völlig nackt war. War das der sagenumwobene Augenblick? Wollte sie das? Dass Jo sie entjungferte? Agnes erinnerte sich an die Erzählung der Mutter, was in der Doline passiert war, als Jo an ihrer Wange heftiger zu atmen begann. Unterdrückt, mit geschlossenem Mund. Agnes spürte kaum einen Schmerz, als gehörte die Stelle dort unten gar nicht zu ihr. Er war in diesen feuchten Winkel eingebettet und zuckte nur gelegentlich. Träumte sie? Sie war so erfüllt davon, in seinen Armen zu liegen, dass sie nichts anderes spürte als die schaukelnden

Bewegungen, als läge sie auf der Luftmatratze in der Gumpe. Das Atmen an ihrer Wange ging über in ein Keuchen … Da, unvermittelt krampfte sich alles in Agnes zusammen. Sie erkannte dieses Keuchen, das gleich überlaufen und mit einem Röcheln versickern würde. Ihr Unterleib brannte wie Feuer. Jo stöhnte auf und sackte in sich zusammen. Die Erinnerung war ein weißer Fleck, aber ihr Körper, das wusste sie jetzt, hatte das schon erlebt.

10

Sie war tatsächlich eingeschlafen. Trotz des kleinen brennenden Schmerzes und trotz des Durcheinanders in ihrem Kopf. Als sie aufwachte, lag sie in Jos Armen, an seiner Brust. Ein Geräusch aus der Küche ließ beide hochfahren. Der Blecheimer vorne an der Tür schepperte, jemand machte sein Morgengeschäft.

Wahrscheinlich Karo, dachte Agnes.

Sie schlüpfte aus dem Bettbezug und wunderte sich, dass untenrum kein Blut war, nichts. Hatte Jo sie gar nicht entjungfert? Er zog sie zu sich und küsste sie auf den Mund, strich über ihre Wange, über den Kopf.

»Ich hoffe, es war für dich auch … schön … für mich war es … wunderbar«, murmelte er in ihr Haar.

Agnes wusste nichts darauf zu sagen. Sie sah in sein fragendes Gesicht, lächelte und nickte. »Ja, für mich auch«, sagte sie scheu, wie sie es in einem Film gesehen hatte. Schnell schlüpfte sie in ihre Unterwäsche und schlich sich aus der Kammer.

Es wurde ein schläfriger Sonntag. Es war wieder heiß geworden, aber auch drückend und schwül. Das Blau am Himmel war dunstig, weit hinten über dem Hohen Riff türmten sich Quellwolken, die vielleicht ein Gewitter bringen würden.

Agnes fiel es leicht, vor den Kleinen so zu tun, als wäre nichts passiert. Jo hatte dazu weniger Talent. Immer wieder suchte er ihren Blick, suchte eine schnelle Berührung, und als die Kinder draußen waren, suchte er ihre Lippen. Sie küssten sich, nur kurz, denn Agnes löste schnell wieder die Umarmung.

»Ich bin froh, dass es jetzt … passiert ist«, sagte er. »Weil … ich hab immer nur dich gemeint.«

Agnes nickte. Die Frage, warum er dann so lange mit Margit herumgemacht hatte, stellte sie nicht.

Mehrmals verschob Jo seinen Aufbruch. Zuerst wollte er mittags los, dann nach dem Essen, dann am späteren Nachmittag, wenn es nicht mehr so drückend heiß war. Schließlich brach er am frühen Abend auf.

»Ich begleite dich ein Stück«, sagte Agnes zur Überraschung aller.

»Ich auch! Ich auch!«, riefen die Kinder.

Agnes sah sie ungerührt an. »Nein. Ihr bleibt hier! Ich will mit Jo alleine sein.«

Sie lächelte vielsagend und ging in die Kammer, um sich festere Sachen anzuziehen.

Karoline und Lorenz sahen Jo an, der verlegen geworden war. Sie saßen um den Rest der Blaubeerküchlein, die es zum frühen Abendessen gegeben hatte. Jo nahm sich noch ein Küchlein.

»Kommst du wieder?«, fragte Karoline unvermittelt.

»Vielleicht. Mal sehen. Wieso?«, antwortete Jo.

Lorenz beugte sich vor und flüsterte, weil es Agnes nicht hören sollte. »Bringst du mir dann ein Handy mit? Prepaid. Egal was für eins. Hier«, er schob Jo zwanzig Euro in die Hand, »mehr hab ich nicht, aber ich zahl es dir bestimmt zurück, wenn's mehr kostet.«

»Und … was sagt deine Schwester dazu? Warum besorgt sie dir kein Handy, wenn sie unten einkauft?«

»Die hat's verboten. Die ist so streng und stur! Weil: Die hat Angst, dass sie uns orten, aber …«

»Du, Jo«, unterbrach Karoline, »wirst du jetzt unser neuer Vater?«

»Wieso?«

»Weil, ihr seid doch jetzt ein Paar.«

»Wie kommst du denn da drauf?«

»Heute Nacht habt ihr geflutscht.«

»Was haben wir?«

Karoline verdrehte die Augen, sah Jo nachsichtig an, »du weißt schon, das Wort, das man nicht sagen darf …«, und formte mit ihren Lippen *gefickt*.

Jo sah verlegen zur Kammer hin, aber Agnes blieb unsichtbar. »Wir sind kein Paar … wir sind Schulfreunde … wir waren in derselben Klasse. Ich bin nur zu Besuch. Ideen hast du!«, sagte er.

Agnes kam aus der Kammer und erlöste Jo. »Beklagen sie sich über mich? Wie schlecht es ihnen geht? Was ich ihnen alles nicht erlaube? Dass früher alles besser war und die Mama viel großzügiger?«

Alle drei am Tisch wiegelten ab.

»Fertig?«, sagte Agnes zu Jo. Sie ging zum Waffenschrank, schloss ihn auf und nahm den Bergstutzen heraus. Dazu etwas Winchester-Munition und eine Handvoll .222-Remington-Patronen für den oberen Lauf. »Vielleicht läuft mir in der Dämmerung ein Hase über den Weg«, sagte sie. »Oder es greift mich was an, und ich muss mich verteidigen. Uuuuh, vielleicht der Nachtkrabb!«

»Den gibt's ja gar nicht«, sagte Karoline unsicher.

»Aber was, wenn doch?«, fragte Agnes und sah dabei ganz unschuldig aus. »Ich würd's nicht drauf ankommen lassen. Also. Sobald wir draußen sind, Tür zu und verriegeln. Verstanden?«

Ohne die Antwort abzuwarten, war Agnes in die Jacke

geschlüpft, hatte den Bergstutzen geschultert und war hinausgegangen. Jo verabschiedete sich schnell von den Kindern.

»Vergiss das Handy nicht!«, flüsterte Lorenz.

Agnes war schon ein gutes Stück voraus, Jo musste sich beeilen, um sie einzuholen. Die fetten Quellwolken hatten sich im Laufe des Nachmittags verdichtet, waren aber noch immer weit entfernt. Einzelne Blitze fuhren herunter, aber sie mussten lange zählen, bis man den Donner hörte.

»Zweiunddreißig«, sagte Agnes. »Wahrscheinlich regnet's hier gar nicht.«

Sie sollte recht behalten. Wind kam auf und blies die Wolken auf die andere Seite des Kamms.

Kurz nach Mitternacht kam Agnes zur Hütte zurück. Sie verschob die Schiebeleiste in der Tür, drückte den Zapfen, und kaum war sie eingetreten, ging die Lampe an und Lorenz stand vor ihr.

»Ist was?«, fragte Agnes erschrocken. »Ist was passiert?«

»Nein«, sagte Lorenz, »ich kann nicht schlafen.«

Sie atmete auf. Verstaute das Gewehr im Schrank.

»Hast was geschossen?«, fragte Lorenz.

»Nein«, sagte sie und legte die Patronen in die Verpackung zurück.

»Ich hab einen Schuss gehört. Karo auch.«

»Das wird ein Donner gewesen sein. Die ganze Zeit hat's ja geblitzt und gedonnert. So, und jetzt, Abmarsch!«

In der Tür zur Kammer drehte sich der Junge nochmals um. »Kommt er wieder?«

»Keine Ahnung. Das wird sich zeigen.«

»Aber er liebt dich doch.«

»Kann sein. Kann sein, dass nicht.«

»Ich glaub schon, dass er zuverlässig ist.«

»Das glaub ich auch, aber man weiß nie, wie Menschen wirklich sind. Weißt du, man soll sich nie zu viel erwarten. So, zermarter dir nicht den Kopf, geh schlafen.« Agnes ging die paar Schritte zu Lorenz, umarmte ihn und drückte ihn fest an sich. »Hauptsache, wir können uns aufeinander verlassen.«

»Au, du zerquetschst mich ja!« Lorenz befreite sich aus der Umklammerung.

Kurz war Agnes irritiert, dass er ihr auswich, doch dann patschte sie ihm zärtlich auf die Backen. »Ach, so einer bist du! Zärtlichkeit von der Schwester ist dir peinlich, willst lieber mit dem Jo raufen und Armdrücken. Was soll er dir denn mitbringen, wenn er das nächste Mal kommt?«

Ertappt schluckte Lorenz und wurde rot bis hinter den Nacken. »Nichts.«

»Ach, nichts? Vielleicht ein Handy?«

»Nein! Bestimmt nicht.«

»Und warum hat der Jo zwanzig Euro eingesteckt, ganz schnell, damit ich's nicht sehe?«

»Das weiß ich doch nicht.«

»Glaubst du, er hat die zwanzig Euro aus meiner Haushaltskasse gestohlen?«

Lorenz starrte vor sich auf den Boden.

»Sollen wir nachzählen? 1575 Euro müssten in der Kasse sein. Aber ich befürchte, es sind nur mehr 1555 da. Was glaubst du? Oder hat er sich die zwanzig Euro nur ausgeliehen?«

»Ausgeliehen«, sagte er leise.

»Und wofür?«

Lorenz zuckte mit den Schultern. »Für ein Handy«, und schnell fügte er hinzu, »glaub ich.«

Eine Weile standen sie stumm voreinander. Dann zog Agnes einen Zwanzig-Euro-Schein aus der Hosentasche. »So, dann hätten wir das auch geklärt«, sagte sie und reichte Lorenz das

Geld. »Schönen Gruß vom Jo. Er war sich nicht mehr sicher, ob er dir deinen Wunsch erfüllen kann. Am besten ist, du legst die zwanzig Euro in die Kasse zurück. Und dann gehst schlafen, morgen ist auch noch ein Tag.«

Agnes saß noch eine Weile am Küchentisch. Sie drehte die Zündkerze zwischen den Fingern. Hat er gewusst, dass er mich hier findet und mir die Zündkerze zurückgeben kann? Oder hatte er sie immer bei sich, weil sie ihn an mich erinnerte?

Dann vertraute sie ihre Gedanken dem Aufsatzheft an.

Auf einmal war der Monat vorbei. Agnes riss am Morgen das Kalenderblatt ab, und es war der 31. August. *Wunder erleben nur diejenigen, die an Wunder glauben*, war der Spruch des Tages. Von Erich Kästner. Ja, stimmt, dachte sie. Dass wir es bis hierher geschafft haben, ist auch ein Wunder. Aber würde es ewig so weitergehen?

Am Nachmittag schwor Agnes die Kinder ein. Kein Fernglas! Kein Aufenthalt draußen! Türe abschließen! Fensterläden verriegeln! Die Anweisungen, die sie ihnen gab, hatte sie auch auf einen Zettel geschrieben, Punkt 1, Punkt 2, usw. – denn doppelt hält besser. Sie hatte vorgekocht. Frische Handtücher rausgelegt. Pyjamas.

»Wenn aber der Jo kommt und an die Tür klopft?«, fragte Karoline.

»Karo, ich bin mir sicher, dass er nicht kommt. Er kann gar nicht kommen!«, sagte Agnes.

»Warum kann er nicht kommen?«

»Weil … weil es mitten in der Woche ist und er arbeiten muss.«

»Trotzdem! Er kann sich ja plötzlich daran erinnern, dass er am Wochenende nicht gekommen ist, und darum kommt er jetzt! Weil er es ja auch versprochen hat!« Das Mädchen war den Tränen nahe.

»Also gut«, sagte Agnes, »wenn es Jo ist, könnt ihr ihn hereinlassen.«

Wie einen Monat zuvor brach Agnes am späten Nachmittag auf. Diesmal hatte sie einen Bergstock dabei, den sie im Schuppen entdeckt hatte. Wahrscheinlich war es der Stock vom alten Mosheim. Er war lang, aus Hasel und mit einer Eisenspitze. Sie konnte damit ausbalancieren, sich abstützen und abstoßen und kam so noch zügiger voran. Sie übernachtete wieder in der Futterkrippe, zugedeckt mit Heu und einem dicken Wollpullover, den sie wohlweislich mitgenommen hatte. Sie sah in die blinkende Unendlichkeit über sich und fühlte sich nicht mehr winzig und einsam. Jetzt wusste sie, dass sie alles bewältigen konnte. Diesmal schlief sie ohne Tränen ein. Der letzte Gedanke, bevor sie in die Schwerelosigkeit fiel, galt Jo. Wie sie mit ihm in ihrer Doline eingeklemmt war, Wange an Wange, Mund an Mund, und sie spürte, wie sie allmählich zusammenwuchsen.

Am nächsten Tag zogen Wolken über den Himmel und verdeckten schon mal die Sonne. Wind kam auf und trieb die grauen Schwaden vor sich her, bis sie über die Baumwipfel schrammten, ihre Feuchtigkeit blieb in den Nadeln und Blättern hängen. Sonst war alles wie gehabt. Um sieben öffnete der Supermarkt, und Agnes kam, wieder in ein braves Mädchen verwandelt, über den Parkplatz. Am Geldautomaten zog sie wie selbstverständlich zwei Mal 600 Euro. Sie füllte den Einkaufswagen mit den notwendigen Lebensmitteln und nickte den Angestellten zu, als wären sie gute Bekannte. An der Kasse erkannte die Kassiererin sie und nickte ihr zu.

»Muss wieder ’ne Zeit lang reichen!«

»Ja, genau.«

Die Kassiererin wollte wissen, ob sie zugezogen sei, Familie, und wo sie wohne. »In Almont?«

»Weiter draußen«, antwortete Agnes, auf diese Frage war sie vorbereitet gewesen. »Richtung Nationalpark. Darum komm ich auch nur einmal im Monat rein.«

Diesmal hatte sie vernünftiger eingekauft, sie würde keine zusätzliche Tüte brauchen. Als sie am Packtisch den Einkauf in die Netze packte, sah sie draußen einen alten Mann, der einem Passanten ein Katzenbaby verkaufen wollte. Agnes ging hinaus. Zu den Füßen des Mannes stand ein Karton mit einem ganzen Wurf, acht Katzenbabys. Auf einem Pappdeckel stand in schiefen Großbuchstaben: RETTE DIE BÄBIS VON ERTRINKEN!

Agnes hockte sich vor den Karton und streichelte die kleinen Wollknäuel. Spielte mit ihnen, ließ sich in den Finger beißen und daran knabbern.

Im Supermarkt trat ein Mann an die Kasse. Er legte seinen spärlichen Einkauf aufs Band, verpacktes Brot, Streichwurst, H-Milch, Dosenbier. Als er aufsah, entdeckte er draußen das Mädchen, das sich gerade aufrichtete, zwei Kätzchen im Arm hatte und sein Gesicht in ihr Fell drückte. Der Mann war vollkommen überrascht. Die Kassiererin nahm seinen Blick auf.

»Ein merkwürdiges Mädchen«, sagte sie. »Kommt am Monatsanfang, zieht Geld am Automaten und macht dann einen Großeinkauf. Kennen Sie die?«

Es dauerte eine Zeit lang, bis der Mann antwortete: »Oh ja. Die kenn ich.«

Es war Scholtysek. Er war dünner geworden und hohlwangig. Seit Tagen hatte er sich nicht rasiert, die Haare waren ungepflegt, seine berühmte Elvis-Tolle hing ihm wie Tang in die Stirn. Der Anblick von Agnes Waldner erinnerte ihn unvermittelt an das, was ihm widerfahren war. Was sie ihm angetan hatten. Seine Freunde und Bekannten, die auch, aber vor allem Agnes und ihre verdammte Familie. Sie hatten sich an ihm versündigt. Aber jetzt, vollkommen unerwartet, kam die Gelegenheit, das Unrecht zu vergelten. Der Gedanke versetzte ihn augenblicklich in Hochstimmung.

Scholtysek beobachtete, wie Agnes die beiden Kätzchen in die Taschen ihrer Jacke steckte, zwei zum Bersten volle Netze hochnahm und losging. Er ließ seinen Einkauf auf dem Band liegen und folgte ihr eilends.

»He, was ist denn jetzt? Ich hab schon was eingetippt!«, rief ihm die Kassiererin nach.

»Legen Sie's zur Seite, ich komm wieder!«

Scholtysek folgte Agnes über den Parkplatz und dann, mit reichlich Abstand, durch die Ausläufer des Städtchens. Agnes fühlte sich sicher und drehte sich kein einziges Mal um. Sie ging über die Steinbrücke, unten plätscherte die Ache, die wenig Wasser führte.

Nach dem Ende des Ortes stieg die Straße in Serpentinen bergan. Scholtysek hielt vor der nächsten Biegung an, um nicht zu nah aufzulaufen. Seine Wangen glühten. Was für ein Zufall! Sollte es das Schicksal tatsächlich einmal gut mit ihm meinen?! Ganz weit entfernt grollte ein Donner. Er verharrte kurz, dann nahm er die Verfolgung wieder auf. Nach der Kurve war Agnes auf der Geraden schon nicht mehr zu sehen. Auch nach der nächsten Kurve blieb sie verschwunden. Scholtysek rannte die Straße zur nächsten Biegung hoch – von Agnes keine Spur. Eine Weile stand er da, atmete schwer. Er lauschte. Sein Blick suchte die Gegend ab. Agnes war wie vom Erdboden verschluckt.

Das Wetter war jäh umgeschlagen. Schwarze, regenschwere Wolken fegten zum Grat hoch. Den Bergrücken entlang zuckten Blitze. Der Geruch von nassem Staub lag in der Luft. Binnen kaum einer Viertelstunde war es dunkel geworden. Fast schwarz. Agnes, wieder in ihrer Bergkleidung, hatte den Hochwald schon hinter sich und hetzte die lang gezogene, steile Mulde hoch. Sie wollte unbedingt zu Hause sein, bevor rundherum die Welt in einem Gewitter untergehen würde. Hab ich gerade *zu Hause* gedacht? Sie musste grinsen.

Als sie den Gamssteig passiert hatte und unten, in den Wolkenschwaden, die Hütte sah, fielen die ersten dicken Tropfen. Sie schlugen ihr auf Kopf und Stirn und, weil sie es dem Himmel entgegenstreckte, aufs Gesicht. Agnes war glücklich. Sie hatte es zum zweiten Mal geschafft! Und der lang ersehnte Regen setzte ein. Das letzte Mal hatte es einen Tag vor der Berufsberatung geregnet. Alles danach war unter einer unnachgiebigen Sonne geschehen. Was für eine Erlösung war der Regen! Als ob ein neues Zeitalter begänne.

Auf dem letzten Stück des Weges prasselte es auf Agnes ein. Tropfen so groß wie Kirschen, dicht wie ein Duschvorhang. Auf dem trockenen Boden konnte das Wasser nicht versickern, es schoss in unzähligen Strömen bergab, riss Rinnen und Furchen und schob alles, was keinen Widerstand leistete, vor sich her. Agnes war froh, dass sie den Mosheim'schen Bergstock dabeihatte, er half ihr, die Balance zu halten. Sie wich in die Ränder der Schuttreise aus, mied so das Innere des Steilhangs, wo allmählich alles in Bewegung geriet. Das Rinnsal vom Tag zuvor hatte sich in einen Sturzbach verwandelt und gebar zahllose neue Bäche, die Steine vor sich herschoben.

Nass bis auf die Haut erreichte Agnes endlich die Hütte, wo Lorenz schon die Tür aufriss. Klatschnasse Umarmungen und feuchte Küsse, groß war die Freude, dass Agnes wieder heil zurück war.

»Besondere Vorkommnisse?«, fragte sie.

»Nichts Besonderes!«

»Und der Jo ist nicht gekommen«, sagte Karoline mit enttäuschter Stimme.

»Aber das war doch logisch«, sagte Agnes, »das hab ich dir doch erklärt.« Sie zog die Allwetterjacke aus, schlüpfte aus den Bergschuhen und schüttete den Inhalt des Rucksacks auf das Sofa. Erwartungsvoll knieten die Kinder davor.

»He, schau, ein Sack Kartoffeln für den Lorenz und Reis für die Karo!«, sagte Agnes.

Aber schon hatten die Kinder die Süßigkeiten entdeckt. Und das Micky-Maus-Sammelbuch für Lorenz. Und das Lillifee-Buch für Karoline.

»Danke, danke, liebe Agnes!«

Plötzlich hielten die Kinder irritiert inne.

Agnes sah sie fragend an. »Was ist?«

»Da war was …«, sagte Lorenz, »da! Schon wieder!«

»Was? Ich hör nichts.«

Neugierig blickten die Kinder auf Agnes' Brust, von wo das Geräusch kam.

Karoline zeigte darauf. »Da!«

»Ja? Was soll da sein?«, fragte Agnes. »Hier?« Sie öffnete die zugezogene Fleeceweste, und zwei Katzenbabys purzelten heraus. »He! Wo kommen die denn her?«, tat Agnes überrascht. »Wie haben die sich denn da hineingeschmuggelt?«

Die Freudenrufe der Kleinen übertönten das Unwetter draußen. Sie rührten aus Milchpulver eine Mahlzeit für die Kätzchen an, und als dann die Kinder mit ihnen spielten, verstaute Agnes die Einkäufe und legte das nicht ausgegebene Geld in eine Blechdose mit Weihnachtsmotiven. Eine Menge

Geld war schon darin, denn Agnes brauchte bei Weitem nicht so viel für die Einkäufe, wie sie abhob.

Das Gewitter war abgezogen, es regnete in Strömen. Das Wasser trommelte und manchmal, mit einer Windbö, klatschte es gegen die Fensterläden. Doch in der Hütte, ihrem Zuhause, fühlten sich die drei sicher und geborgen.

Am Abend krochen sie wie gewöhnlich zusammen ins Bett, und Agnes las von den Höhlenkindern vor, die Ähnliches erlebt hatten.

Als sie erwachten, regnete es, und es regnete fort, stetig und reichlich. Tagelang eingeregnet in der Höhle. Anfangs ertrugen sie ihre Gefangenschaft tapfer – aber wollte der Regen nimmer aufhören? Sie lagen mit offenen Augen und starrten durch die Dämmerung, als sie plötzlich ein donnerartiges Getöse hörten …

11

Es regnete und regnete. Wie eine Sintflut kam das Wasser über das Tal und das Städtchen. Die Äcker ringsherum waren Schlammwüsten geworden, das Grün der Kartoffeln ragte aus einer Seenlandschaft. Die dunklen Wälder strotzten nur so vor Nässe, und der lustige Eiserbach war zu einem reißenden Fluss angeschwollen.

Es war Sonntag, und die Kirchgänger kamen die Kirchgasse herunter, durch die das Wasser hinabschoss. Der Pfarrer hatte über die *Sündflut* gepredigt. Die Sätze der Genesis steckten den Eisensteinern noch in den Knochen: *Der Herr sah, dass auf der Erde die Schlechtigkeit des Menschen zunahm und dass alles Sinnen und Trachten seines Herzens immer nur böse war. Da reute es den Herrn, auf der Erde den Menschen gemacht zu haben, und es tat seinem Herzen weh. Der Herr sagte: Ich will den Menschen, den ich erschaffen habe, vom Erdboden vertilgen, mit ihm auch das Vieh, die Kriechtiere und die Vögel des Himmels, denn es reut mich, sie gemacht zu haben.*

Dunkle Regenschirme bogen sich unter den Böen. Keiner sprach ein Wort. An der Kreuzung teilten sich die Leute. Die Frauen eilten nach Hause, das Mittagessen zubereiten, die Männer gingen zum Frühschoppen in den *Schlosswirt.*

Ein einsames Auto mit beschlagenen Scheiben parkte vor der Post. Scholtysek wischte sich die Sicht frei und beobachtete, wie seine ehemaligen Kumpane im Gasthaus verschwanden. Als die Straße leer war, stieg er aus und lief durch den Regen zur Wirtschaft.

Als er eintrat und das Wasser abschüttelte, verstummten die Gespräche im gut gefüllten Gastraum. Die Männer drehten sich um und sahen zu ihm. Er grinste verlegen und nickte ihnen zu. Im Stillen hatte er erwartet, dass sie mit einem »He!« aufspringen und ihm auf die Schulter schlagen würden. Er kannte sie ja alle. Valentin, Naaz, den Fellner, Franz … Schließlich war er so was wie ihr Anführer gewesen. Ja, aber auch der Franz, mit dem er seit Kindertagen durch dick und dünn gegangen war, nickte ihm nur kaum merklich zu. Keiner rückte zur Seite, keiner machte ihm am Stammtisch Platz.

Scholtysek stellte sich an den Tresen und bedeutete dem Schankburschen – ein Bier!

»Lang nicht gsehn. Wie geht's drüben? In Almont?«, brach der Schankbursche das Schweigen.

»Ja … muss ja.« Scholtysek zündete sich eine Zigarette an und stieß den Rauch in die Luft. »Und was ist mit denen … du weißt schon? Ursache allen Übels!«

»Die sind nach Murnau gezogen … zu einem Onkel.«

Murnau? Das war mindestens hundert Kilometer von Almont entfernt! Und hatte nicht die Kassiererin gesagt, dass das Mädchen außerhalb von Almont wohne, in Richtung Nationalpark?

Der Bursche stellte das Bier vor Scholtysek. Der nahm einen langen Zug, knallte dann das Glas auf den Tresen und drehte sich zum Stammtisch um. »Ihr glaubts noch immer diesem Pack! Murnau! Zu einem Onkel! Nichts stimmt! Alles erlogen. Aber mich habt ihr fortgejagt! Mich, einen Freund! Aber die Gerechtigkeit wird siegen. Ich sag's euch. Weil, Gutes wird mit Gutem und Böses wird mit Bösem vergolten werden!« Dann trank er mit einem zweiten Zug das Glas aus, knallte es noch heftiger auf den Tresen, zahlte und ging grußlos.

Dann fuhr Scholtysek zum Hof der Waldners. Im strömenden Regen wirkte der noch trostloser. Der Bach riss an den tief hängenden Weiden, sein Wasser begann, sich ungehemmt auszubreiten und überall hineinzulecken. Die von seinen Freunden eingetretene Tür hing noch immer halb offen in den Angeln. Scholtysek ging ins Haus. In der Wohnküche rann das Wasser in Schnüren ins Zimmer. Es kam aus den Löchern, die der Franz in die Decke hineingeschossen hatte. Scholtysek sah sich um. Die Möbel waren noch da, Geschirr. Die Singer-Nähmaschine stand, mit dem Faden in der Nadel und dem vollen Nähkästchen, in der Ecke. Im Schlafzimmer war noch die Bettwäsche im Schrank, und die Kleider von der Marie und vom Wenzel hingen ordentlich auf der Stange. Nur die Anziehsachen der Kinder fehlten.

Scholtysek stieg wieder in sein Auto, blieb noch eine Weile sitzen und versuchte, das alles zu verstehen. In Sturzbächen floss der Regen über die Windschutzscheibe. Verzerrt war seine Sicht auf den Schuppen. Den Stall. Auf die Weiden. Alles war unscharf. Aber, so sagte er sich, nichts geht für immer verloren. Irgendwann findet sich alles wieder.

Weil der Sonntag für ihn ohnehin ein verlorener Tag war und sie ihn hier verleugneten, fuhr er wieder hinüber nach Almont. Eineinhalb Stunden brauchte er. Er fuhr hinter dem SPAR die Serpentinen hoch, mehrmals und im Schritttempo, konnte aber keinen Anhaltspunkt für Agnes' plötzliches Verschwinden entdecken. Irgendwo, auf halber Strecke, hatte sie sich in Luft aufgelöst. Zwischen der zweiten und der dritten Kurve.

In Scholtysek reifte eine Idee. Ein Plan. Er würde einfach nur Geduld brauchen.

Das ganze Wochenende hindurch hatte Lorenz gerätselt, was Agnes da vom Einkauf wortlos zur Seite gelegt hatte. Am Sonntagabend nach dem Essen wurde das Geheimnis gelüftet: Agnes packte Hefte, Schreibblöcke, Tintenpatronen,

Bleistifte und Buntstifte, einen Malkasten, Spitzer, Radiergummi und so weiter auf den Tisch.

»Tätarätä! Morgen eröffnen wir das neue Schuljahr!«

Verwirrt sahen sie die Kinder an.

»Gehen wir wieder hinunter?«, fragte Karoline. »Nach Hause?«

»Karo, sei nicht kindisch, unser Zuhause ist hier.«

»Kommt die Lehrerin zu uns hoch?«, fragte Lorenz.

»Natürlich nicht. Ich werd euch unterrichten«, sagte Agnes.

Sie hatte alles vorbereitet. Agnes nahm zwei Stapel Bücher aus dem Regal und legte je einen vor Karoline und Lorenz. Deutsch, Mathematik, Englisch – alles war da, auch Geschichte, Biologie, Physik, Chemie und Umweltkunde, Geografie. »Der Lehrstoff für das neue Schuljahr.«

»Aber du bist keine Lehrerin«, widersprach Lorenz.

»Das wird sich zeigen«, sagte Agnes. »Alles hat ein erstes Mal. Morgen geht's los.« Sie heftete zwei Stundenpläne ans Regal und teilte die Sitzplätze am Tisch neu ein, sodass sich die beiden nicht ablenken konnten.

»Nach dem Frühstück wird der Tisch abgeräumt und sauber gemacht. Punkt acht geht's los. Es gibt Einzelunterricht. Wie in der Schule gibt es drei Pausen, um zwölf ist Schluss. Es gibt Hausaufgaben. Wann ihr die macht, das könnt ihr euch selbst einteilen. Aber sie werden gemacht. Wir haben eine Fünf-Tage-Woche, Samstag und Sonntag ist frei. Die Hausaufgaben kontrolliere ich jeden Morgen als Erstes.«

Entgeistert sahen die Kinder Agnes an, dann sahen sie sich an. War das echt? Oder spielte ihnen die Schwester einen Streich? Aber da kam kein Lachen, kein ausgestreckter Zeigefinger mit einem schadenfrohen »Reingefallen!«.

»Schaut nicht so belämmert. Habt ihr geglaubt, ihr kommt um die Schule herum?«

Am nächsten Tag Punkt acht Uhr begann der Unterricht. Deutsch für Karoline, Physik für Lorenz.

Es regnete die ganze Woche. Und die nächste. Und es hörte nicht auf. Die Bäche waren zu reißenden Flüssen geworden. Steinschlag donnerte ins Tal. Muren gingen ab. Wege und Steige wurden weggespült. Regen. Regen. Regen. Im Tal. Im Ort. Auf den Bergen. Unten bei den Weiden, nahe dem verlassenen Waldner-Hoff, tobte und schäumte der wild gewordene Bach. Die Wasser rissen an der Erde, in der Marie Waldner von ihren drei Kindern bestattet worden war.

Wind und Regen peitschten über Wolfsegg. Lorenz, im übergeworfenen Poncho, holte Wasser aus dem überlaufenden Brunnentrog und schleppte den vollen Eimer ins Haus. Hier war es warm und heimelig. Agnes nahm ihm den Eimer ab und half ihm aus der nassen Regenhaut.

»Danke, mein Großer … wenn ich dich nicht hätte!«

»Und mich!«, rief Karoline. Sie hatte sich auf dem Sofa ein Nest gebaut und spielte dort mit den Kätzchen.

»Und natürlich dich!«, antwortete Agnes.

Lorenz hechtete zu Karoline auf das Sofa und steckte ihr seine kalten Hände ins Genick. Geschrei. Gebrüll.

»Agnes! Er bringt mich um!«

»Lorenz, lass deine Schwester in Ruh!«

»Ich tu ihr gar nichts!«

Es war wieder Wochenende, wie angekündigt gab es keinen Unterricht. Auch keine Hausaufgaben waren zu erledigen. Alle hatten sie frei. Nur die häuslichen Pflichten mussten erledigt werden.

»Was soll es heute zum Essen geben?«

»Blaubeerküchlein!«, riefen die Kinder unisono.

»Schon wieder? Die gab's doch erst.«

»Aber die hat Jo alleine verputzt!«, sagte Lorenz.

Kurz wurde es still. Jo. Die Erinnerung an Jo war fast verblasst. Und doch war jeder Gedanke an ihn ein Stich. Ein Schmerz. Besonders für Karoline. Besonders für Lorenz. Besonders für Agnes.

»Na schön, Blaubeerküchlein«, sagte Agnes. In der Speisekammer holte sie Mehl und Milchpulver und versuchte, ihren Kummer hinunterzuschlucken. Jo würde nicht mehr kommen. Im Gewirr ihrer Gefühle drehte sie am Zahlenschloss des Tresors. Sie wählte die Zahl, die auf der Zündkerze eingestanzt war, die Jo zurückgebracht hatte und die sie seitdem bei sich trug. Nichts.

Agnes ging in die Wohnküche zurück. Draußen prasselte und brauste es, aber hier war es still. Lorenz lag auf dem Sofa und starrte ins Leere. Karoline, mit den Kätzchen im Schoß, saß am Fußende des Sofas und beobachtete den in sich versunkenen Bruder. Wie hypnotisiert war er, in Trance versetzt. Er war deswegen schon als junger Bub zur Untersuchung in der Kinderpsychiatrie gewesen. *Stupor. Mutismus.* Und an noch schlimmere Sachen hatten sie gedacht. *Katalepsie!*, schlug ein Assistenzarzt vor. Aber schließlich einigten sich die Ärzte darauf, Lorenz sei kein Autist, aber in einer Art Vorhof zum Asperger-Syndrom. Nur Pippo und die Zahlen beruhigten ihn.

»5 … 2 … 6 … 0«, sagte Lorenz plötzlich und streckte sich, als erwachte er aus einem Traum.

Agnes verstand nicht. »Was ist damit?«

»Das sind die Zahlen. Vom Tresor … bin ich mir sicher.«

»Wie kommst du denn da drauf?«, sagte Agnes belustigt. »Wie sollen die sein … 5… 2 …« Sie ging, die Zahlen laut vor sich hersagend, in die Speisekammer und drehte die Rädchen. Die Kleinen waren mitgekommen und schauten zu.

»Voilà!« Sie zog am Schloss – und die Tür ging auf! »Aber …«, verblüfft sah sie in das geöffnete Fach, dann wieder zu Lorenz. »Aber … woher kennst du die Zahlen?«

»Ich habe sie schon mal gesehen.« Es fiel Lorenz nicht leicht, seine Erinnerungen wiederzugeben, aber Agnes verstand: Als Lorenz mit dem Vater das halbe Jahr allein gewesen war, wurde er einmal krank. Der Herr von Mosheim verordnete ihm sein Arbeitszimmer, um darin gesund zu werden. Lorenz lag dort auf dem Sofa – dasselbe, das sie später unten in ihrem Zuhause hatten – und wurde verwöhnt. Im Arbeitszimmer stand der Tresor, und mehrmals am Tag öffnete ihn der Herr von Mosheim und verschloss ihn wieder. Jedes Mal sah Lorenz die Zahlen. Er spielte damit: 5 2 6 0, durch 2, 4 und 5 teilbar, auch durch 20, Quersumme 13, eine Primzahl. Automatisch merkte er sich die Kombination. Das war ihm wieder eingefallen. Und weil das in der Speisekammer auch ein Safe des Herrn von Mosheim war, und weil sich die meisten Leute keine neue Geheimzahl merken wollten, nahmen sie immer dieselbe. 5 2 6 0 eben.

Die Waldner-Kinder standen vor dem geöffneten Tresor und starrten hinein. Ein Schatz? Geld? Gold? Diamanten? Nein, nur jede Menge Papiere. Agnes nahm den Stapel heraus und sortierte ihn auf dem Küchentisch. Es waren Belege vom Bau der Hütte, Rechnungen, Pläne. Zwei Fotos, eins zeigte den Hubschrauber mit dem am Seil hängenden Eisenherd, der hinter ihnen bollerte, das andere zeigte fünf Bauarbeiter mit Herrn von Mosheim in ihrer Mitte. Einem älteren Herrn, der sehr elegant gekleidet war. In einem Taschenkalender aus dem Jahre 2000 war das Bautagebuch notiert, drei Wochen im August. Es war die Schrift des Vaters, *Ständer und Pfetten stehen, Sparren zugeschnitten.* Das stand unter dem 17. August.

»Schaut, die Schrift vom Vater«, sagte Agnes und registrierte, dass nur Karoline bei ihr war. »Lorenz?«

Jetzt erst kam Lorenz aus der Speisekammer.

»Was ist?«, fragte Agnes.

»Wieso?«

»Du hast rote Flecken im Gesicht.«

»Nichts.«

»Schau, die Schrift vom Vater«, sagte sie und blätterte durch den August 2000. »Da war unser Vater gerade mal ein halbes Jahr aus Südamerika zurück. Der von Mosheim hat ihn zurückgeholt …« Sie erzählte, was sie von der Mutter erzählt bekommen hatte.

Lorenz hörte kaum zu. Ihn bewegte etwas anderes: das Handy! Das Handy, das jetzt in seiner Hosentasche glühte, als hätte er es gestohlen. Agnes hatte es übersehen. Ganz hinten im Tresor hatte es gelegen, und das Ladekabel war darum gewickelt. Ein altes Sony Ericsson, mit dem man wahrscheinlich nur telefonieren konnte. Aber darauf kam es ja an. Wenn Agnes einmal länger draußen sein würde, dann würde er es aufladen und dann …! Er malte sich aus, was Pippo für ein überraschtes Gesicht machen würde, und zog sich auf das Sofa zurück.

»Und was ist das?«, fragte Karoline und zog einen schmalen Plastikstreifen aus dem Wust Papier. Und noch einen.

Es waren Kleinbildnegative in Zellophanhüllen. Sechs Fotos auf einem Streifen. Agnes zog ein Negativ aus der Hülle. Alles war umgekehrt dargestellt: Was in Wirklichkeit schwarz war, war weiß, was gelb oder grün war, war grau und so weiter. Es schien das Foto eines Pygmäenstamms zu sein. Dunkle Kleinwüchse waren zu einer Pyramide aufgeschichtet, in schwarzen Kitteln, die meisten mit schwarzen Haaren, einige aber auch mit weißen, alle hatten dunkle, kurze Speere in der

Hand. Da, auf einmal erkannte sie, dass es die Mädchen aus dem *Maria Hilf!* waren. *Marienkinder*, dicht an dicht auf der großen Treppe des Kinderheims, mit Kerzen in den Händen. Und dann wusste sie, sie war in der unteren Reihe die Zweite von links. Erkannt hätte sie sich nicht. Ihr Gesicht war eine graue Maske, die Augen waren weiße Schlitze, die Backen wie aus schwarzem Rauch. Die Haare waren kreidebleich, als wäre sie über Nacht eine Greisin geworden, und ein Kränzlein aus schwarzem Stacheldraht war in sie hineingedrückt.

Unvermittelt wusste Agnes, was in der Nacht passiert war, bevor dieses Foto aufgenommen worden war. Sie zitterte und spürte, dass Karolines kleine Hand nach ihrer Hand griff. Auf den anderen Negativen sah sie dunkle Körper. Wie aus einem Tintenfass gezogen. Sie lagen in schwarzer Nacktheit da, verbogen. Gespreizt. Hatten einen Stab in der Hand. Oder im Mund. In einem der Körper steckte das Ding und spaltete ihn förmlich. Fanny? Das dicke Mädchen, das niemand sonderlich mochte und das am nächsten Morgen so geblutet hatte. Und dann entdeckte Agnes eine magere Gestalt. Schwarz wie ein Negerkind mit weißer Perücke. Es saß rittlings auf einem massigen dunklen Körper und umklammerte etwas wie einen Sattelknauf, und hinter ihm lugte ein Kopf hervor mit einer Strähne.

Agnes wurde es schlecht, ihr Herz raste, ein pochender Schmerz überflutete sie. Sie schloss die Augen, sah aber den Fortgang der Szene. In Aschgrau. Der Mann hob das Mädchen hoch, und als es sein Ding nicht losließ, bog er seine Finger auf und setzte es darauf. So sehr das Mädchen alles zusammenpresste, um sich zu verschließen – es spürte, wie seine Hände es an den Hüften und andere Hände an der Schultern nach unten drückten und sich sein Ding in sie bohrte. Das Mädchen wurde ohnmächtig und …

»Darauf kann man ja gar nichts erkennen«, sagte Karoline und deutete auf die Negative. Wer sind denn die? Die zehn kleinen Negerlein?«

»Du hast recht, man kann gar nichts darauf erkennen. Weg damit!«

Agnes steckte die Negative zurück in die Hüllen und packte sie in ein Kuvert.

Der Hof der Waldners unten in der Senke war hinter dem Vorhang aus Regen kaum zu erkennen. Ein Mann kam den Schotterweg hochgelaufen. Er war dürr, klatschnass und hatte nur eine lange graue Unterhose an. Seine nackten Füße patschten in die Pfützen, dass es nur so spritzte. Panik und Entsetzen trieben den Landstreicher voran. Schwer atmend erreichte er die Bushaltestelle. Ohne auf den Verkehr zu achten, rannte er auf die Straße und dann auf dem Mittelstreifen weiter, als gebe der ihm Orientierung. Im letzten Augenblick wich ihm ein entgegenkommendes Auto aus, bremste und hielt auf dem Seitenstreifen.

*

Sonja Hartmann stand am Fenster ihres Büros und sah hinaus ins graue Nass. Das Telefon auf ihrem Schreibtisch klingelte. Dienstlich. Sie ging nicht ran, denn sie erwartete einen Anruf auf ihrem Handy. Von Sebi. Der war ein unzuverlässiger Patron. Kam nicht, rief nicht an, vergaß die Verabredung. Er war nicht so schlimm wie Harry, den hatte sie doch tatsächlich am Badesee mit einer Verkäuferin aus dem Möbelcenter in der Umkleidekabine beim Vögeln erwischt. »Wer zu spät kommt, den bestraft das Leben!«, hatte er sich herausgeredet. Zum Glück war ihr am selben Abend Sebastian über den Weg gelaufen. Ein Blick, ein Drink, ein Kuss – und schon war es um sie geschehen!

Da klingelte ihr Handy. Na endlich! »Jaaaa …«, gurrte sie, »wer kennt mal wieder nicht die Uhr?« Zuerst zeigte ihr Gesicht Verärgerung, dann Erstaunen. »Ja, ich komme. Sofort.«

Sonja Hartmann fuhr hinunter zum Taglöhnerhof der Waldners. Die Senke, in der vor Kurzem noch ein munteres Bächlein zwischen Weiden eine Schleife gezogen hatte, war jetzt von einem See bedeckt. Das Wasser reichte fast bis zum Hauseingang. Polizei war vor Ort. Mehrere Einsatzfahrzeuge. Sonja Hartmann stieg aus und machte unter ihrem großen roten Schirm einen weiten Bogen, um zum Hauseingang zu gelangen, ohne durchs Wasser waten zu müssen. Dort stand auf der obersten Stufe ein Polizist, der sich knapp mit »Ravic« vorstellte, und deutete hinunter zu den Weiden. Dort arbeiteten mehrere Männer in weißen Overalls, sie standen knietief im Wasser. Einer war, wohl wegen der reißenden Strömung, angeseilt und fischte mit einem Rechen im Wasser herum.

Eine Weile sahen sie ihm zu, dann sagte Herr Ravic: »Wir nehmen an, dass sie dort unten begraben war, aber nicht tief genug. Das Hochwasser hat sie freigespült, und ein Strudel hat sie vors Haus geschwemmt. Als der Obdachlose, der es sich im Haus gemütlich gemacht hat, zum Pinkeln vor die Tür geht, stolpert er direkt über die Tote. Kein Wunder, dass er denkt, er ist in einem Horrorfilm – bei der fortgeschrittenen Verwesung …«

P. Ravic stand auf dem Namensschild des, wie Sonja Hartmann fand, attraktiven Mannes. Der bedeutete ihr, ihm zu dem höher gelegenen Schuppen zu folgen. Dort hatten sie die Sammelstelle für die Spurensicherung eingerichtet. Dort war auch Verena Windisch, die Psychologin, und starrte auf einen Mecki, einen Spielzeugtraktor und ein dreckiges Herz-Jesu-Bild, die auf einem Klapptischchen lagen. Der Polizist Ravic zog den Reißverschluss eines grauen Leichensacks auf, der auf dem Boden lag. Marie Waldner.

»Können Sie die Frau identifizieren?«, fragte der Polizist.

Die beiden Frauen warfen einen kurzen Blick auf die aufgedunsene Leiche und wandten sich schaudernd ab. Nickten.

»Ja … das ist sie, Marie Waldner«, sagte Sonja Hartmann.

»Die Mutter von Agnes, Lorenz und Karoline«, ergänzte Verena Windisch.

Sie gingen ins Haus. Der Boden in der Wohnküche war nass, es tropfte von der Decke.

»Aber wo sind die Kinder? Ihre Anziehsachen sind nicht da. Die der Eltern dagegen schon.« Der Kriminalbeamte stand vor dem leeren Kleiderschrank der Kinder.

»In Murnau. Bei einem Onkel«, sagte Sonja Hartmann.

»Als wir das letzte Mal hier waren, war die Mutter in Murnau, um das festzumachen«, bestätigte die Psychologin.

»Ja, so erzählt man es sich«, sagte Ravic. »Die Kollegen in Murnau wissen aber nichts davon. Kein Zuzug, keine Schulneuanmeldung. Vier Personen Zuzug! Das wäre aufgefallen.« Er schaute hinüber zum Schuppen, in dem der Leichensack lag.

»Vielleicht sind die Kinder auch tot!«, sagte Verena Windisch. »Vielleicht sind sie auch irgendwo verscharrt. Hat der Landstreicher … ist er verdächtig?«

Ravic schüttelte den Kopf. »Nein. Er ist erst vor zehn Tagen aus der Pflegeabteilung des Bezirksspitals entlassen worden und war seit Sonntag hier untergekrochen. Er hat ausgesagt, dass sich am Sonntagmittag ein Mann hier im Haus umgeschaut hat. Nach einer Stunde ist der Mann wieder weggefahren. Beschreiben konnte er ihn nicht, weil er sich unterm Bett versteckt hatte und nur seine Füße sehen konnte. Braune Halbschuhe mit abgetretenen Absätzen. Das Auto soll rot gewesen sein …«

*

Endlich. Es hörte auf zu regnen. Plötzlich verschwand das Prasseln auf dem Dach, es war so still, dass Agnes davon aufwachte. Sie ging vor die Tür. Es war, als atmete die strapazierte und erschöpfte Natur auf. Es war kühl geworden. Der Boden dampfte, und die zurückgekehrten Sonnenstrahlen ließen die nassen Steine und Matten glitzern, machten das ewig schlechte Wetter vergessen.

Vergessen. Wenn ich das nur könnte! Immer wieder war Agnes zum Tresor gegangen, um die Negative, die sie dort eingeschlossen hatte, wieder und wieder hervorzuholen. Wie eine Süchtige. Sie verbarg es vor den Kindern. Erst wenn sie schliefen, starrte sie in diese seitenverkehrte und weiß-schwarz entstellte Welt, kroch in diesen schmächtigen schwarzen Körper zurück und schrieb dann in ihr Aufsatzheft.

Betäubt. Durchbohrt. Aufgespießt.

Vor sich hatte sie den Schaukasten des Vaters mit den Schmetterlingen auf den Tisch gestellt und verglich die auf das Samtbrett genadelten Schönheiten mit den abgelichteten Mädchen in ihren grotesken Verrenkungen und Posen. Chloroformiert und dann aufgespießt. Wie ähnlich ihr Schicksal war. Wie ähnlich sie sich sahen! Monika, mit den Leberflecken im Gesicht, dem Bergweißling. Dani, die im echten Leben rothaarig war, dem Kleinen Fuchs. Und Elfi, der man wohlweislich diesen Namen gegeben hatte, weil sie durchsichtig wie eine Elfe war, sah dem Unpunktierten Mohrenfalter verblüffend ähnlich, der auch so blass und transparent war. Der Blauschwarze Eisvogel. Ganz eindeutig war das Tonis Doppelgänger. Seine Grundfärbung war schwarz mit einem blauen Schimmer, er hatte eine Binde mit weißen Flecken – wie Tonis Haare und Wimpern. *Froh zu sein bedarf es wenig* … Toni hatte sie durch die schwärzesten Stunden im Schrank begleitet. Aber warum war sie in den Schrank gesperrt worden? Renitenz? Was für eine Renitenz denn? Warum hatte sie blaue Flecken und Blutergüsse gehabt, warum tat ihr der ganze Unterleib so weh, und warum musste sie sich jetzt unter Schmerzen krümmen, wenn sie nur daran dachte? … *und wer froh ist, ist ein König!* Blauschwarzer Eisvogel. Agnes betrachtete den wunderschönen Schmetterling und musste weinen.

In jener Nacht kamen die Bilder, jäh und überwältigend. Sie presste die Augen zusammen und drückte die Fäuste darauf, bis es hinter den Lidern blitzte. Dann schrieb sie in ihr Aufsatzheft:

Zwei Erzieherinnen haben uns geweckt, haben geschrien: »Aufstehen! Aufstehen!« Und haben im Schlafsaal alle Lampen angedreht. Wir standen bibbernd neben den Betten und mussten zuschauen, wie sie der Toni das Nachthemd über den Kopf gezogen haben und sie nackig auf das Bett drückten. Dann ist ein Mann mit der Heimleiterin hereingekommen. Direkt zum Bett von der Toni. Er hatte einen weißen Kittel an wie ein Arzt, eine OP-Haube auf und so einen Mundschutz. Er hat etwas aus der Manteltasche geholt und Toni unten reingesteckt. Mit aller Gewalt. Sie hat geschrien wie am Spieß und sofort stark geblutet. Ich hab es gesehen. Da hat eine Erzieherin, die sie festgehalten hat, ihr ein Kissen aufs Gesicht gedrückt, dass es still wurde. Die Heimleiterin hat gesagt: »Trauts euch ja nicht, bockig zu sein und euch zu verweigern. Sonst passiert dasselbe mit euch!« Ich bin fast verrückt geworden vor

Angst. Dann hat die Heimleiterin der Erzieherin, die an der Tür gewartet hat, ein Zeichen gegeben. Die kam mit einem Korb herein und legte uns allen einen Tannenzapfen auf das Kopfkissen. Als Zeichen, dass sie es ernst meinen.

Das Unwetter und die tagelangen Regenfälle hatten das Gelände stark verändert. Agnes tat sich schwer, den Weg zu finden. Wie die letzten Male war sie am Nachmittag des 30. aufgebrochen, um am 1. Oktober unten in Almont zu sein. Doch diesmal war alles anders.

Die Schuttreise war massiv verschoben. Das Rinnsal war ein reißender Wildbach. In einem weiten, kräfteraubenden Bogen musste sie den Steilhang mit dem rutschenden Geröll umgehen. Als sie endlich den Gamspfad erreichte, der an der Felswand entlangführte, ging gar nichts mehr. Der Steig war vom herabstürzenden Wasser teils weggespült, teils verschüttet. Agnes versuchte, das Hindernis zu umgehen. Vergebens.

Scholtysek saß auf dem Parkplatz des Supermarkts in seinem Auto. Es war der 1. Oktober. Von hier aus konnte er den Eingang gut überblicken. Er war aufgeregt, wie er es vom Beginn einer Jagd kannte. Eine Uhr schlug sieben, und die Eingangstüre des Supermarkts öffnete sich, die ersten Kunden gingen hinein.

Zwei Autos fuhren vor, und aus dem ersten stiegen Sonja Hartmann und eine junge Frau, die er nicht kannte. Aus dem anderen stiegen vier Männer aus, unschwer als Zivilpolizisten zu erkennen. Kurz besprachen sie sich mit den Frauen, gaben ihnen ein Funkgerät, dann postierten sich drei Kriminaler vor dem Supermarkt, einer ging hinein. Sonja Hartmann und die andere Frau setzten sich wieder ins Auto.

Scholtysek rutschte tief in den Sitz. »So eine Scheiße! Was wollen die denn hier?!« Ausgerechnet die Hartmann, die hatte ihm gerade noch gefehlt! Vor Jahren hatten sie was miteinander gehabt, aber sie war unersättlich gewesen. Er war überhaupt nicht mehr dazu gekommen, mit Freunden ein Bier zu trinken. Einmal, das war noch am Anfang gewesen, sie war gerade Leiterin der landeseigenen Kinderheime geworden, hatte sie ihn ins *Maria Hilf!* mitgenommen. Das war so um Fronleichnam gewesen, am nächsten Tag hatte die große Prozession stattgefunden. Sie waren mit der Heimleiterin bei einem Glas Wein gesessen. Die hatte einen Kühlschrank voll mit Wein und harten Sachen. Für liebe Gäste, wie sie sagte. Da fragte ihn die Sonja: »Willst du eine Jungfrau?« Sie drehte sich zur Heimleiterin. »Du hast doch hoffentlich noch eine!« Was hatten die gelacht. »Das ist jetzt eine kleine Aufmerksamkeit von mir, aber danach bin ich wieder dran, volles Programm und keine Ausflüchte!«, hatte sie ihm ins Ohr geflüstert, ihm in den Schritt gefasst und zugedrückt. Sie hatten noch ein paar Gläser getrunken und waren dann durch den Schlafsaal gegangen, hatten mit der Taschenlampe über die schlafenden Mädchen geleuchtet und, wenn er nickte, die Bettdecke weggezogen und das Nachthemd hochgehoben. Er hatte sich eine kleine Dicke ausgesucht, weil sie schon Brüste hatte und nicht so einen mageren Kinderkörper. Sie hatten das schlaftrunkene Mädchen in ein Zimmer neben dem der Heimleiterin geführt, und die Heimleiterin schrie gleich, »Stell dich nicht so an, Fanny!«, weil das Mädchen zu weinen angefangen hatte. Die Sonja hatte alles fotografiert. »Fürs Familienalbum, dass sich auch andere daran erfreuen!« Später hatte sie ihm erzählt, das seien Werbefotos. Inkognito natürlich. Für den Katalog. Interessenten konnten sich so die Fotos mit allen Details ansehen und dann ein Mädchen buchen. Ein gutes Geschäft für die Sonja, die Heimleiterin und ein paar andere. Ein paar Mal war er noch dort gewesen, umsonst natürlich. Die anderen mussten ganz schön gepfefferte Preise bezahlen.

Eine Uhr schlug halb elf. Auf dem Parkplatz war ein Kommen und Gehen. Es war nicht einfach, die Neuankömmlinge im Blick zu behalten. Nicht dass Agnes noch unbemerkt hineinschlüpfte. Scholtysek beobachtete, wie sich die Zivilpolizisten sammelten und vors Auto der Hartmann traten. Einer sprach kurz mit ihr, nahm das Funksprechgerät wieder an sich, sie verabschiedeten sich und fuhren ab.

Scholtysek rief die Nummer seiner Firma im Handy auf. »Frau Rest. Hier Scholtysek. Ich bin krank … Sommergrippe, denk ich … Ein paar Tage vielleicht … Ja, danke.«

Um zwei Uhr stiegen Sonja und die andere Frau aus ihrem Auto und gingen in den Supermarkt. Scholtysek folgte den Frauen, achtete darauf, dass sie ihn nicht bemerkten. Sie gingen zu der Kassiererin, die er kannte. Sonja Hartmann hielt ihr ein Foto hin. Bestimmt eines von Agnes. Scholtysek stellte sich so, dass er zuhören konnte.

»Sie wissen, das Mädchen … wir haben telefoniert … eigentlich hätte es heute auftauchen müssen.«

»Ja, längst. Gleich in der Früh, als Erste. Die kommt heute bestimmt nicht mehr.«

»Wenn sie doch noch kommt oder morgen … rufen Sie mich an. Und die Polizei.«

Scholtysek beobachtete, wie Frau Hartmann der Kassiererin eine Visitenkarte reichte und sich verabschiedete. Dann verließen die beiden Frauen den Supermarkt und gingen zum Auto.

Lorenz und Karoline spielten Pferdequartett, als es an die Tür und ans Fenster daneben klopfte. Im ersten Augenblick erstarrten sie, Karoline flüsterte: »Der Jo! Er hat uns nicht vergessen!« Aber dann hörten sie Agnes' Stimme und sahen ihr Gesicht an der Scheibe.

»Lori! Karo! Ich bin's!«

Lorenz schloss auf und ließ sie herein. Sie warf den leeren Rucksack ab und ließ sich erschöpft auf einen Stuhl fallen. Verwundert beobachteten die Kinder sie.

»Ich hab nicht über den Berg gekonnt. Alles ist verschüttet. Gestern hab ich den ganzen Nachmittag nach einem Steig gesucht. Nichts. Nur Stein und Felsen, wohin du gehst. Und dann kam die Nacht so schnell, dass ich nicht mehr runter konnte, ich hab in den Latschen geschlafen. Und heute hab ich weitergesucht. Nichts. Ich weiß nicht, wie lang es braucht, bis ich einen neuen Durchschlupf gefunden habe.«

Sie war so abgekämpft, dass sie die Stimmung der Geschwister nicht wahrnahm. Karoline war enttäuscht, weil sie und nicht Jo der Rückkehrer war. Und Lorenz fürchtete, jeden Augenblick überführt zu werden, denn er hatte mit Pippo telefoniert, und dieses Gespräch hatte ihn schwer mitgenommen. Sobald Karoline eingeschlafen war, hatte er das Handy am Akku unter der Zimmerdecke aufgeladen. Morgens hatte er dann die Hütte verlassen, um angeblich das Fleisch im Erdkeller zu kontrollieren. Er wusste, wie sehr sich Karoline vor dem Eisloch fürchtete und dass sie ihm deswegen nicht folgen würde. Ab da lief alles schief.

Zuerst fand er in dem alten Handy keine Einstellung, um anonym anzurufen. Dann fand er nicht heraus, wie er die Ortung ausstellen konnte. Er nahm sich vor, nur ganz, ganz kurz anzurufen, damit die Ortung nicht greift. Aber nicht Pippo war am anderen Ende, sondern Simon, der jüngste

Bruder. Und der begann gleich ein idiotisches Gespräch. *Wer bist du? Der Lorenz? Ich kenn dich nicht.* Endlich war Pippo dran. Aber der freute sich gar nicht, sondern machte ihm nur Vorwürfe, dass er so mir nichts, dir nichts verschwunden war. Und dann sagte Pippo noch: »Deine Mama ist aus dem Grab gestiegen und hat bei euch unten einen Landstreicher aufgefressen. Erst eine geweihte Gewehrkugel hat sie erledigt.« Da hatte Lorenz in Panik die Verbindung abgebrochen und das Gerät abgeschaltet. Eine Höllenangst hatte ihn gepackt. Etwas Schreckliches musste passiert sein. Lorenz hatte die SIM-Karte und den Akku aus dem Handy genommen und alles, samt Kabel und Ladegerät, vergraben. Einen halben Meter tief. Noch eine Stunde später saß er zitternd in den Latschen, die den Erdkeller bedeckten, und wenn er zu der Stelle sah, wo er alles vergraben hatte, glaubte er zu sehen, wie dort die Erde pochte. Als läge darunter ein Herz.

»Ich schlafe ein wenig, dann gehe ich wieder hinaus und suche weiter«, sagte Agnes. Sie streckte sich auf dem Sofa aus und war nach wenigen Augenblicken eingeschlafen.

*

Die ganze Gegend war in Aufruhr. *Grässlicher Leichenfund in Eisenstein* stand in der Lokalzeitung. Und der Boulevard titelte einen Tag später *Zombiefrau erschreckt Landstreicher zu Tode* und spekulierte wild über die Hintergründe des Leichenfunds. Journalisten aus dem ganzen Land kamen, sogar das Radio, Fernsehen. Die Eisensteiner wurden befragt. Die Alten wussten, das waren die sieben Plagen: die unerträgliche Sommerhitze mit dem brüllenden Vieh auf den Weiden, der Tod Wenzels, die Sintflut, die Mur, welche zwei Arbeiter weggerissen hatte, die verschwundenen Waldner-Kinder, die

Leiche Maries, die umging, weil sie ihr Kinder suchte. Was würde ihnen noch alles bevorstehen?

Ein Summen und Raunen ging durch die Gassen und Wirtsstuben von Eisenstein bis nach Cronberg. Das ganze Tal war in Aufruhr. Wenzel, der *Gaucho,* habe eine Art Pest aus Südamerika eingeschleppt. Er habe die Marie, die doch kerngesund gewesen sei, als Erste angesteckt. Und die Kinder? Verschwunden! Vielleicht geopfert? Schon lange hatten die Messen keinen solchen Zulauf mehr gehabt, die Gebete richteten sich an die Gottesmutter: »Hülle mich in deinen Mantel und ich werde sicher sein.« Nachdem die Marie Waldner unter großer Anteilnahme der Gemeinde neben dem Wenzel beigesetzt war, beging anderntags Pfarrer Stoder den Waldner-Hof und das Gelände unten in der Senke. Er wurde von einem geheimnisvollen Priester begleitet, den das bischöfliche Ordinariat geschickt hatte. »Ein Exorzist!«, flüsterten die Leute voller Ehrfurcht und sahen, wie die beiden den Ort dort unten von seinem Fluch erlösten, indem sie ihn mit Weihrauch und Weihwasser segneten. Ein Fernsehteam filmte die Szene.

In diese aufgewühlte Stimmung platzte die Nachricht, dass sich eins der Kinder, der Lorenz, gemeldet hatte. Zuerst glaubte man, der fantasiebegabte Pippo erfinde wieder mal was. Als man aber zurückrief und es nur eine tote Verbindung gab, recherchierte die Polizei den Besitzer der Nummer. Heimon erzählte es allen. Die Bestürzung war groß: Die Nummer gehörte zum Mobiltelefon des vor zwei Jahren verstorbenen Wessel Freiherr von Mosheim. Hatte sich Lorenz aus dem Reich der Toten gemeldet?

All das landete auf dem Schreibtisch des Leitenden Kriminalbeamten Ravic. Wie er es auch betrachtete, das machte keinen Sinn! Die Leiche, die verschwundenen Kinder, der

Anruf. Das passte nicht zusammen! Er hatte nochmals den Landstreicher vernommen, sinnlos, der war über sein Erlebnis vollkommen irre geworden, sie hatten ihn in der Psychiatrie der Landeshauptstadt untergebracht.

Was sie wussten, nachdem sie zusammen mit der Jugendpflegerin Hartmann und der Psychologin Windisch die Waldner-Akte studiert hatten: Familienbeihilfe und Kinderabsetzbetrag wurden jedes Monatsende auf das PSK-Konto der Maria Waldner überwiesen. Und die Bank bestätigte: Jeweils am ersten des Monats waren 1200 Euro abgehoben worden. Immer in zwei Tranchen à 600. Und zwar in Almont drüben, am Geldautomaten neben dem SPAR.

Mit vier Mann hatten sie am 1. Oktober den Supermarkt in Almont überwacht. Nichts. Seitdem fuhr dort zweimal am Tag eine Streife vorbei. Die Kassiererinnen waren informiert und würden sich melden, wenn das Mädchen auftauchte. Er war mit einem Kollegen im Herrenhaus der von Mosheims gewesen. Aber außer dem alten Verwalterehepaar und einem noch älteren Hund, der sich heiser bellte, lebte seit dem Tod des Alten niemand mehr dort. »Die haben den Wald bis zum letzten Ast verkauft, und weil es hier nichts mehr zu holen gibt, tauchen sie nicht mehr auf.« Gemeint waren die Erben. Kurz dachte Ravic daran, das Grab des Freiherrn öffnen zu lassen, um festzustellen, ob es überhaupt einen Toten gab, und wenn, ob es der Adlige war, aber dann sah er sich die Fotos und den Fernsehbericht des Begräbnisses an, das einem Staatsakt gleichkam, und verwarf die Idee.

Die Ermittlung bei der Telefongesellschaft ergab, dass, abgesehen von dem aktuellen geheimnisvollen Anruf, die letzten Telefonate am Tag vor dem Tod des Freiherrn stattgefunden hatten. Das allerletzte Telefonat war ein Zwölf-Minuten-Gespräch nach Abu Dhabi gewesen. Der

Kriminaler hatte die Nummer angerufen, es meldete sich eine Margarete Noor Thabit-Molitor, Tierärztin für die Falken des Scheichs. Sie hatte mit von Mosheim geplaudert, er hatte ein wunderschönes Falkenpärchen angekündigt, das er schicken wollte, das aber nie ankam.

Von wo der Anruf, den Pippo erhalten hatte, getätigt worden war, konnte die Telefongesellschaft nur vage beantworten. Aus der Gegend, etwa im Umkreis von fünfzig bis einhundert Kilometern. Luftlinie.

Von all dem ahnten die drei Waldner-Kinder oben in ihrer Hütte nichts. Agnes suchte einen neuen Durchlass auf die andere Seite. Immer wieder stieß sie auf ein unüberwindbares Hindernis. Sie kletterte zurück, rutschte einige Male gefährlich ab, stieg von einer anderen Seite wieder hinauf und wieder zurück, stand vor einer glatten Felswand oder an einem steilen Abgrund. Ihre Verzweiflung wuchs. Lorenz schlich immer wieder vorsichtig um die Latschen herum, hinter denen er das Handy samt allem Drum und Dran vergraben hatte. Und Karoline führte mit Traudl und den beiden Kätzchen ein Stück auf, in dem es an der Tür klopfte und Jo plötzlich im Zimmer stand. »Wir haben geglaubt, dass du tot bist!«, sagte Traudl-Agnes. »Ich und tot! Hahaha!«, lachte Karoline-Jo und hielt sich den Bauch.

12

Scholtysek stand seit kurz vor sieben Uhr mit seinem Auto auf dem SPAR-Parkplatz in Almont und wartete. Wartete auf die *kleine Nutte*, wie er das Mädchen bei sich nannte. Seit dem 1. Oktober kam er täglich um diese Zeit. Heute war der 8. Irgendwann musste sie ja wieder auftauchen.

Als die Hartmann und die hübsche andere vor einigen Tagen wieder abgefahren waren, war er zur Kassiererin gegangen, hatte sich für sein plötzliches Verschwinden entschuldigt, hatte ihr schöngetan und sie ausgehorcht. Seitdem wusste er, die Marie war tot, und die Kinder galten als vermisst. Weil das Mädchen Geld vom Automaten draußen abgehoben hatte, hatte man es lokalisiert. Anhand eines Fotos hatte die Kassiererin es wiedererkannt. Alles andere wusste er aus den Zeitungen und dem Radio.

Die Uhr im Armaturenbrett zeigte 10:10. Scholtysek wollte gerade in der Firma anrufen und mitteilen, dass die Sommergrippe verdammt hartnäckig war – da ging Agnes, keine drei Schritte entfernt, an ihm vorbei. Sie hatte diese Mädchensachen an, wendete den Kopf sogar in seine Richtung, aber gegen die spiegelnde Windschutzscheibe konnte sie ihn nicht sehen.

Scholtyseks Puls schnellte hoch. Er beobachtete, wie Agnes am Bankautomaten neben dem Eingang Geld zog und dann in den Supermarkt ging.

Agnes machte den üblichen Großeinkauf. Sie hatte es eilig. Nichts lief wie geplant. Zuerst hatte sie tatsächlich verschlafen, dann hatte sich das Bauchweh verschlimmert, das sie zwickte, seitdem sie in den Latschen übernachtet hatte. Wahrscheinlich eine Blasenentzündung. Sie war deswegen zuerst in die Apotheke am Hauptplatz gegangen, weil sie später nicht mit den schweren Einkaufsnetzen dorthin wollte. Der Apotheker hatte ihr einen Blasen- und Nierentee und Buscopan empfohlen. »Viel trinken halt, das kann schnell zu einer chronischen Entzündung werden!«

Dann hatte sie der Versuchung nicht widerstehen können: Schräg gegenüber der Apotheke war das *Stadtcafé*. Sie bestellte Cappuccino und eine Malakoff-Torte, wie früher mit der Mutter im *Dobler*. »Mit einer Extraportion Schlagsahne!« Sie saß eine ganze Stunde im Café und ließ sich treiben. Nichts machen müssen. Nur vor sich hin träumen. Zuhören, was die Leute für einen Quatsch redeten. Schauen, was sie für schreckliche Sachen anhatten. In Gedanken mit der Mutter ablästern: »Die da drüben, mit den Augenbrauen, dick wie Raupen, die ist hundertpro aufgespritzt!« »Der hat ein Toupet, wetten!«

Als sie an der Kuchentheke zahlen wollte, bemerkte sie das kleine Plakat. Sie erkannte sofort das Jagdschloss in Greiffen, das als Hintergrund für die Aufschrift diente:

70 Jahre Kinderheim Maria Hilf!
Der Geburtstag wird am Samstag, den 20. Oktober, ab 11 Uhr gefeiert.
Die Feier ist öffentlich.
Getränke – Spezialitäten der Region – Musik

»Noch einen Wunsch?«, fragte die Kellnerin. *Maria Hilf!* Das war das Letzte, woran sie erinnert werden wollte.

»Haben Sie noch einen Wunsch?«, fragte die Kellnerin nochmals.

»Nein, danke. Ich möchte zahlen.«

An der Supermarktkasse scannte die Kassiererin gelangweilt die Beträge ein. Es war nicht die Nette, die Agnes kannte. Es war ein junges, stark geschminktes Mädchen, das schrecklich cool tat, so, als wäre es nur aus Versehen hier, als wäre es im echten Leben ein Star. Das Mädchen war so mit sich selbst beschäftigt, dass es Agnes überhaupt nicht richtig ansah. Deswegen erkannte sie nicht, dass Agnes diejenige war, deren Foto man ihnen allen gezeigt hatte. Die Telefonnummern des Jugendamtes und der Kriminalpolizei hatte man neben jede der Kassen geklebt, damit sie sofort anriefen, wenn das Mädchen auftauchte.

Unerkannt verließ Agnes den Supermarkt. Mit den vollen Einkaufsnetzen ging sie über den Parkplatz. Nur einer hatte sie erkannt, aber dessen Auto stand nicht mehr da – Scholtysek war weggefahren.

Agnes ging über die Steinbrücke, unter der nach dem vielen Regen die Ache toste, und auf die Serpentinen zu, die zum Schloss führten.

Kurz vor der ersten Kehre blickte Agnes sich um. Niemand folgte ihr. Nach der Kurve marschierte sie zügig noch ein Stück geradeaus, dann huschte sie rechts in einen überwucherten Pfad und war augenblicklich vom Grün verschluckt, unsichtbar für alle.

Aber nicht für Scholtysek. Er hatte sich auf der seitlichen Anhöhe postiert, dort, wo er das Mädchen das letzte Mal aus den Augen verloren hatte. Zuerst hörte er nur das Rascheln und sah, wie sich die Büsche bogen – da tauchte Agnes auf. Sie ging zu einer großen, verwachsenen Eiche, blieb stehen und sah sich prüfend um. Dann holte sie aus einem Hohlraum Bergschuhe und feste Kleidung hervor. Sie zog sich um und packte den Einkauf in den Rucksack.

Scholtysek war unschlüssig. Ursprünglich wollte er Agnes so schnell wie möglich attackieren. Kurzen Prozess machen. Aber hier waren sie womöglich noch zu nahe an der Straße, er konnte die Autos hören, manche gingen auch zu Fuß zum Schloss hinauf. Außerdem war er neugierig, wohin sie ging. Wo hatten sie und ihre Geschwister sich verkrochen? Wenn er sie aufspürte, wäre er vielleicht rehabilitiert.

Agnes war in die Trageriemen des Rucksacks geschlüpft und stieg mit ihrer Last rasch bergan. Scholtysek folgte ihr. Er hatte zwar feste Schuhe an und war das Wandern gewohnt, aber Agnes' Schnelligkeit und Kraft beeindruckten ihn. Trotz des schweren Rucksacks stieg sie wie eine Gams über kaum sichtbare Wege. Ab und zu blieb sie stehen, offensichtlich um sich zu orientieren. Dann zwängte sie sich weiter durchs Unterholz. Scholtysek folgte ihr mit immer mehr Mühe. Der Abstand vergrößerte sich.

Agnes kam an den Felsvorsprung, hinter dem sie den neuen Übergang entdeckt hatte. Da! Plötzlich ein Steinschlag. Das Geräusch kam von unten. Sie blieb stehen und lauschte. Jetzt war es wieder still, und sie stieg weiter.

Scholtysek war ausgerutscht und hatte Geröll losgetreten. Erschöpft hockte er auf der Erde und war knapp davor aufzugeben. Eine Weile saß er da und verfluchte dieses Mädchen, diese ganze Familie, die ihm immer nur Ärger bereitete. Mühsam raffte er sich auf und stapfte schweren Schrittes in die Richtung, in der Agnes verschwunden war.

Die Abenddämmerung zog schnell über die Bergflanken. Scholtysek stolperte zwischen den Felsen umher. Er war vollkommen erschöpft und so gut wie orientierungslos. Nur vage schwante ihm die Richtung, in die ihm Agnes abhandengekommen war. Gierig trank er aus einem Bach. Er rupfte Heidelbeeren und Preiselbeeren samt Blättern von den

Sträuchern und stopfte sie sich in den Mund. Das erinnerte ihn aber an das Granulat, das ihm Agnes zwischen die Zähne gestopft hatte, und er spuckte die Beeren wieder aus. Eine mordsmäßige Wut trieb ihn weiter.

Agnes kam in der Hütte an. Gemeinsam verstauten sie die Einkäufe, Agnes verteilte die Mitbringsel. Die Freude der Kinder war wie immer groß. Für Lorenz gab es einen weiteren Micky-Maus-Sammelband sowie ein Taschenmesser mit drei Messingnieten im Horngriff und einer zehn Zentimeter langen Klinge. Für Karoline ein Lillifee-Stickerbuch mit über fünfhundert Abziehbildern. Und Gummistiefelchen für Traudl. »Ich weiß«, sagte Agnes, »ein bisschen spät, aber regnen wird's auch in Zukunft.« Sie hob die Tüte Frischmilch hoch, die sie ausnahmsweise gekauft hatte. »Was gibt's mit richtiger Milch?«

»Grießbrei!«, rief Karoline begeistert.

Agnes schob zwei Scheite auf die Ofenglut und setzte Milch auf, die Kleinen mischten den Zimtzucker. Die Unruhe und die Anspannung der letzten Tage ließen merklich nach. Und die Ungewissheit, ob sie einen Weg nach Almont finden würde, die wie Blei über allen drei gelegen hatte, löste sich auf.

Nur Agnes drückte etwas aufs Gemüt – *70 Jahre Maria Hilf!* Sie versuchte, nicht daran zu denken. Doch immer wieder stand ihr das Plakat vor Augen. *20. Oktober. Die Feier ist öffentlich!* Sie sah zum Abreißkalender. Noch knapp zwei Wochen waren es bis dahin. Aber was interessierte sie das! Das ging sie nichts an! *70 Jahre schwarzes Loch* …

»Wer fürchtet sich vorm weißen Grießbrei?«, rief sie in den Raum.

»Niemand!«, riefen die Kinder wie aus einem Mund.

Der Himmel war bedeckt, es wurde dunkel. Scholtysek tastete sich zentimeterweise am Hang entlang, gab dann aber auf, weil es zu gefährlich wurde. Einige Male war er schon abgerutscht. Er legte sich auf den Bauch und verharrte. Dann war es nur noch dunkel. Er brach ein paar Latschenzweige ab und baute ein Biwak. Wenn nicht der Harzgeruch gewesen wäre, hätte er glauben können, er wäre tot und … Er hielt inne und starrte ins unendliche Schwarz hangabwärts. Da unten blinkte etwas. Weit entfernt und unbeständig, wie ein Stern.

Agnes kannte den Traum. So sehr sie sich dagegen wehrte und ihn nicht träumen wollte, träumte sie ihn: Sie war im Hochwald auf der Flucht. Stämme. Unterholz. Glitschiges Moos. Alles flog an ihr vorbei, unscharf, wie in einem Zeichentrickfilm. Schließlich erreichte sie den Waldrand. Kurz dachte sie, das wäre die Rettung, aber es war eine Falle. Sie war umstellt. Als einziger Ausweg blieb die Geröllhalde. Sie rutschte den Gesteinsschutt hinunter, in Richtung der Kalkklippen, die von Bäumen umstanden waren. Da fiel ein Schuss, und noch ein Schuss. Er traf sie in den Rücken. Gurgelnd stieg Blut in ihren Mund, und sie würgte es heraus.

Agnes fuhr hoch. Schweißgebadet und nach Atem ringend wachte sie auf. Sie brauchte eine Weile, um sich zurechtzufinden. Lorenz und Karoline neben ihr schliefen fest. Dämmerlicht sickerte durch die Fensterläden. Da! Von nebenan ein Klirren und Scheppern. Schon war es wieder still. Sie war sich sicher, jemand war in die Hütte eingedrungen!

Ohne die Tür aus den Augen zu lassen, tastete Agnes unter die Matratze und zog ihr Ausweidmesser hervor. Stille. Nur das ruhige Atmen der Kleinen neben ihr.

Agnes schlich an die Kammertür und sah durch den Spalt nach nebenan in die Wohnküche. Niemand war zu sehen. Sie drückte die Tür auf und trat vor. Da! Ein leichtes Klirren! Jetzt sah sie es: Die beiden Kätzchen hatten die Schüssel mit dem Rest Grießbrei vom Herd gestoßen und leckten sie aus.

»Ihr seid mir zwei!«, sagte Agnes erleichtert, goss den Rest der Milch in die Schüssel und sah den Kätzchen zu, wie sie selbstvergessen die Milch schlabberten. Sie fröstelte. Der Traum ging ihr wieder durch den Kopf. Schon zum x-ten Mal hatte sie ihn geträumt. Ob das was bedeutete? Ob der Vater ihn ihr schickte, um sie zu warnen?

Als sie den Herd anheizen wollte, war die Holzlade leer. Wieder einmal. »Lori! Lori!«, murmelte sie. Sie schlüpfte in die Jacke, stieg in die Holzschuhe und nahm den Korb.

Schirrk! Schirrk!

Auf dem Weg zum Schuppen blieb Agnes stehen. Sie sah zum Grat hoch, der noch halb in der Nacht und schon halb im Morgen lag. *Zwischen Tag und Tau*, pflegte der Vater zu sagen. Nebelschwaden zogen durch die Felsen. Sie stellte den Korb auf den Boden und sah zum Steilhang hoch. Etwas stimmte nicht. Ein Schwarm Dohlen kreiste über einer Stelle. Zwei, drei Dohlen scherten immer wieder aus dem Schwarm und stießen blitzschnell auf ein unsichtbares Ziel hinab.

Schirrk! Schirrk!

Plötzlich wusste Agnes, was das bedeutete. Sie ließ den Korb fallen und rannte in die Hütte zurück.

Schnell war sie in Hose und Schuhe geschlüpft. Sie riss den Bockdrilling aus dem Waffenschrank, stopfte sich eine Handvoll Munition in die Tasche, befestigte das Ausweidmesser am Gürtel und war schon wieder draußen.

Sie lief den Hang hinauf, orientierte sich dabei am Dohlenschwarm, der noch immer über der einen Stelle stand, und erreichte schnell die Bucht des Geröllfelds, in das die Latschen hineinwucherten.

Nebelfetzen wehten herein. Die legten sich über das Geröll und die spärlichen Grasmatten, strichen durch die Legföhren und packten jedes Geräusch wie in Watte.

Agnes hatte keine richtige Sicht mehr und horchte in die milchige Luft. Nicht weit vor ihr, schräg oben, hörte sie ein Knirschen, Steine kollerten bergab. Sie wusste, das war nicht der Tritt einer Gams oder eines Hirsches. Das war auch nicht Jo oder jemand, der sich verirrt hatte. Sie witterte es, der Eindringling war ihretwegen da, und es ging um Leben und Tod.

Schirrk! Schirrk!

Lautlos stieg sie in die Richtung weiter, die ihr die Dohlen wiesen, den Bockdrilling entsichert und im Anschlag. Nach wenigen Schritten hatte der Nebel sie verschluckt. Alle Geräusche erloschen. Auch das Schreien der Dohlen war nun verstummt.

Dann fiel ein Schuss.

Der Nebel hatte sich etwas gelichtet, und durch ein in die weiße Wand gerissenes Loch war der Scholtysek zu sehen. Er lag mit dem Kopf hangabwärts. Blut rann aus seinem Mund, und auch das aus der Hose gerutschte Hemd war blutgetränkt. Agnes hatte ihm in den Bauch geschossen. Sie hätte ihm auch in den Kopf schießen können oder in sein Herz, aber sie wollte ihn verenden sehen. Vom Vater wusste sie, wie sehr Tiere bei einem Bauchschuss litten. Deswegen musste man ihn vermeiden. Sie würden sich ins Dickicht verkriechen und dort elend und qualvoll verrecken.

So wie der Scholtysek jetzt.

Agnes hockte neben ihm und beobachtete ihn, aber nicht nah wie beim ersten Bock, den sie geschossen und dem sie die Hand in den Nacken gelegt hatte, um es seiner Seele zu erleichtern, aus dem Körper zu fahren. Sie hockte in sicherer Distanz, denn anfangs hatte Scholtysek sie noch beschimpft, als er torkelnd und mit den Händen vor dem Bauch auf sie zugekommen war. Dann hatte er plötzlich die Kontrolle über seine Beine verloren und war zusammengesackt. Er hatte auf das Blut gestarrt, das zwischen seinen Fingern hervorsickerte, hatte sie dann überrascht angeschaut und in diesem Augenblick wohl begriffen, dass es das jetzt war.

Agnes hatte das kleinere Kaliber gewählt, .222 Remington, weil Scholtysek nicht gleich tot sein sollte. Mit dem Magnum-76er-Schrot hätte sie ihn schlichtweg zerfetzt, und mit dem .308-Winchester-Kaliber, na ja, danach hätte sie sich auch nicht mehr mit ihm unterhalten können. Das kleinere Kaliber war schon richtig gewesen, es hatte ihn niedergestreckt, er litt Höllenqualen, und trotzdem fiel er nicht in Ohnmacht.

Sie stieß ihn aus sicherer Entfernung mit dem Gewehr an, sein Kopf kippte zur Seite. Sie stieß den Lauf gegen seinen Bauch. Scholtysek zuckte nicht. War er schon tot? Agnes war enttäuscht. Sie hätte noch so einiges mit ihm zu besprechen gehabt! Das Kinderheim, die Hartmann, die Tannenzapfen, die Fotos. Wie war das mit der Mutter gewesen, warum hasste er sie so … Da kam er wieder zu sich.

»Agnes, bitte, hilf mir …« Er wimmerte. Er flehte sie an, ihn zu retten. Mit seinem Handy den Hubschrauber zu rufen. Er würde sagen, dass es ein Unfall war.

Sie schüttelte den Kopf.

Als er endlich verstand, dass sie es ernst meinte, verlangte er nach einem Priester und der Letzten Ölung. Konnte man sich so was vorstellen! Führt ein komplett versautes Leben und bettelt am Ende um Vergebung. Scholtysek delirierte. Er brabbelte von seiner Kindheit, dass er eine Elisabeth an der Bahnschranke geküsst und sich als Ministrant den Himmel als Turnhalle vorgestellt hatte. Allmählich wurde er ruhiger, seine Gesichtszüge entspannten sich, und die Attraktivität, von der die Mutter geredet hatte, zeigte sich zum letzten Mal. Mit einer lässigen Bewegung strich er sich die verklebte Tolle aus der Stirn und war plötzlich ganz klar.

»Du bist meine Tochter, das ist dir schon klar?«

Die Behauptung war so schockierend, dass es eine Weile dauerte, bis sie begriff. »So ein Scheiß!«, sagte sie. »Der Wenzel ist mein Vater! In der Doline haben sie mich gezeugt. Ich musste geholt werden, bin eine Frühgeburt, die Mama hat es mir erzählt!«

»So? Hat sie?«

»Ja. Daran besteht kein Zweifel!«

»Hat sie dir auch vom Faschingsdienstag erzählt, vom Ball im *Seehof*? Wie wir uns von dort weggeschlichen haben, in den ersten Stock, in die Wohnung vom Wirt. Und wie wir es in seinem Schlafzimmer getrieben haben? Die ganze Nacht. Frag den Wirt. Er hat uns entdeckt. Nimm die Finger und zähl nach, nur so kommen neun Monate zusammen!«

Agnes konnte es kaum aushalten. Sie hielt sich an ihrem Gewehr fest. Jählings hatte sie sich erinnert, wie die Mutter bei ihrer beider Besuch im *Seehof* an die Decke geblickt hatte, als sähe sie etwas dahinter. *Nichts*, hatte sie dann gesagt, *es ist nichts* … Agnes kniff die Augen zusammen und presste die Lippen aufeinander, die Ohren verschließen konnte sie nicht.

»Wenzel – dein Vater! Dass ich nicht lache. Der Wenzel und die Marie, das ist doch nur ein Alibi. Wie der Josef bei der Jungfrau Maria. Haben sie dir nie erzählt, dass der Wenzel der Liebling vom alten Mosheim war? Warum hat er ihn wohl aus Südamerika geholt? Sein Schätzchen! Der Mosheim hat sich den Wenzel schon im Kinderheim ausgeguckt und herangezüchtet. Als jemand sie wegen Unzucht angezeigt hat, hat ihn der Mosheim nach Patagonien geschickt, bis Gras über die Geschichte gewachsen war. Hast du nicht mitgekriegt, dass die zwei immer wieder für Wochen verschwunden waren und keiner wusste, wohin? Zwei warme Brüder waren sie, die sich in den Arsch …«

Da beendete Agnes ein für alle Mal das Gerede und schoss dem Scholtysek 40 Gramm 76er-Magnum-Schrot mitten ins Gesicht.

Lange saß Agnes, über und über mit Blut und Hirn und Knochensplittern bespritzt, vor dem Leichnam. Fliegen kamen in Scharen. Aaswespen. Agnes fuhr sich mit der Zunge über ihre Oberlippe und schmeckte eine Süße, wie sie sie einmal bei einer Honigmelone geschmeckt hatte. Die hatte der Vater mitgebracht. »Die schickt euch der Wessel«, hatte er gesagt und sich dann korrigiert, »der Freiherr von Mosheim«.

Nein, das konnte nicht stimmen, das war unmöglich. Wer hat denn dann den Lorenz und die Karoline gezeugt? Und hatte sie nicht selbst erlebt, und nicht nur einmal, wie sich die Eltern geliebt hatten?

Agnes setzte das Messer ins Einschussloch und schnitt Scholtyseks Bauchdecke bis zum Brustbein auf. Beherzt griff sie in den Dampf, trennte die Innereien ab und riss sie schließlich heraus. Alles für die Dohlen, die Raben und Füchse. Dann wollte sie es wissen. Sie zog Scholtysek die blutgetränkte Hose herunter und legte den Penis frei. Mit dem Ausweidmesser hob sie ihn an. Das war also die Ursache allen Übels? Diese welke Gurke? Mit einem kreisförmigen Schnitt trennte sie den Penis und die violett-schwarzen Hoden von der Wurzel. Ein Schwall Blut quoll heraus. Sie warf die Teile in die Luft, und die Dohlen über ihr fingen sie im Flug und zankten sich kreischend um die Beute.

Schirrk! Schirrk!

Schließlich schnitt sie sein Herz heraus. Sie hielt es in beiden Händen und besah es sich von allen Seiten. Es sah gar nicht aus wie das Herz Jesu auf dem Bild, das sie beim Bestatter Kindermann mitgenommen und der Mutter ins Grab gelegt hatte. Es sah aus wie eine violette Fenchelknolle, und die durchtrennten Venen und Arterien ähnelten den abgeschnittenen Stielen des Fenchelkrauts. Sie packte das Herz in Latschenzweige und legte es zur Seite.

Nach einer weiteren Stunde erinnerte nur mehr ein über ihn gehäufter Steinhaufen an Scholtysek. Agnes wusch am Bach Hände und Gesicht, spülte Jacke, Hose und T-Shirt aus und legte sie zum Trocknen auf die Felsen. Als sie alle Spuren beseitigt hatte, zog sie sich wieder an, steckte das in die Latschenzweige eingeschlagene Herz in die Jackentasche und stieg bergab.

Sie konnte das Gedankenkarussell in ihrem Kopf nicht abstellen. So sehr sie sich auch bemühte, an etwas anderes zu denken, unaufhörlich ging es im Kreis, und unermüdlich wiederholte der Scholtysek die schrecklichsten Gemeinheiten. *Ich bin dein Vater! Wenzel und Marie – ein Alibi! Wenzel und von Mosheim ein Liebespaar!* Zornig schlug sie auf die Jackentasche, in der Scholtyseks Herz steckte, als könnte sie so die unerträglichen Gedanken zum Schweigen bringen.

Sie war froh, als Lorenz ihr entgegenkam.

»Hast was geschossen?«

»Nein, daneben …«

»Du hast zweimal geschossen, das zweite Mal mit Schrot.«

»Zweimal nichts getroffen. Es war zu viel Nebel … aber sag mal, was ist das? Die Holzlade war leer! Es ist deine Aufgabe, dass jeden Morgen Holz in der Schublade ist.«

»Jaaaa … ich hab's vergessen.«

»Mach's jetzt und heiz ein.«

»Immer ich! Kann auch mal die Karo machen.«

»Lorenz! Ich sag's nicht zweimal! Danach gibt es Frühstück und dann Unterricht. Also ist es ein Tag wie jeder andere. Keine Ausnahme. Für niemanden. Auch nicht für dich!«

Murrend verzog er sich in den Schuppen, und Agnes ging in den Erdkeller. Sie lehnte sich an den Blechtisch, die Atmosphäre da unten beruhigte sie. Ihr Bauch zwickte wieder, sie durfte gleich den Tee und das Buscopan nicht vergessen. Sie dachte nach. »Immer nur Elend hat er gebracht«, hatte der Vater gesagt. Sollte sie ihm nicht mehr glauben als dem Scholtysek? Und wenn der Scholtysek ihr Vater war, wie konnte er dann versucht haben, ihr Gewalt anzutun? Sie holte ein großes Stück Eis aus der Wanne über ihr und zerbrach es in kleine Brocken. Sie hatte zwar kein Seidentuch und keinen Silberbehälter mit Spiritus, in die sie das Herz hätte legen können, wie sie es in der Loretokapelle mit den Kaiserlichen gemacht hatten, aber sie hatte ein Fünf-Liter-Gurkenglas. Sie füllte es mit den Eisstücken, holte Scholtyseks Herz hervor, legte es ins Gurkenglas und schraubte den Deckel zu. Das Glas stellte sie ins Eis der Kühlwanne, verteilte das Stroh rundherum. Sie war sich sicher, den Auftrag des Vaters erfüllt zu haben.

»Das Herz müsst man ihm rausreißen«, hatte er einmal gesagt, »weil da drinnen das Böse wohnt. Und dann müsst man's einfrieren, damit es bei der Auferstehung nicht mehr in seine Brust passt!«

13

Im Besprechungsraum der Kriminalpolizei tauschten sich Sonja Hartmann, Verena Windisch und der Leitende Kriminalbeamte P. Ravic über den Stand der Dinge im Fall Waldner aus.

Ravic hatte das Treffen einberufen, denn seit der ganze Unsinn über *Zombies, südamerikanischen Voodoo, Kinderopfer* und so weiter durch das Tal geschwappt war, bestanden nicht nur die Verantwortlichen in der Landeshauptstadt auf einer schlüssigen Antwort. Den *verschwundenen Kindern von Eisenstein* gehörten fast täglich die Schlagzeilen, und auch immer mehr ausländische Journalisten fanden sich im Tal ein und stellten dumme Fragen. Ein Kamerateam war sogar aus Argentinien, eins aus Brasilien gekommen, und aus *Sodo*, einem Wallfahrtsort für Voodoo-Geisterwesen *und* Marienverehrung in Haiti, kam die Anfrage um eine Städtepartnerschaft.

Ravic und seine Abteilung standen also gehörig unter Druck. Um ein bisschen Luft zu bekommen, hatte er am Vormittag die Meldung lanciert, man verfolge eine vielversprechende Spur, aber um den Erfolg nicht zu gefährden, könne man nicht detailliert darauf eingehen.

»Am 8. Oktober wurden am Geldautomaten beim SPAR die üblichen zwei Tranchen à sechshundert abgehoben«, erläuterte Ravic den Frauen, »aber diesmal wurde auch in der Apotheke am Hauptplatz und gegenüber im *Stadtcafé* mit Karte bezahlt. 33,41 in der Apotheke, neun Euro im Café. Die Beschreibungen, die die Streifenbeamten später bekamen, treffen auf Agnes Waldner zu …«

»Weiß man, was sie in der Apotheke gekauft hat?«, fragte Verena Windisch.

»Ja … Blasentee«, er sah in seine Notizen, »und Buscopan – Mittel gegen Blasenentzündung respektive Bauschmerzen«, sagte er und blickte die Psychologin an, ob ihr das reichte.

»Wer hat das Mädchen bedient? Eine Apothekerin? Ein Apotheker?«

»Herr Leitner, der Besitzer – also wahrscheinlich ein Apotheker!«, sagte er.

»Sie verstehen offensichtlich nicht, warum das wichtig sein könnte«, entgegnete die Psychologin, »eine gerade mal Sechzehnjährige wird einem Mann kaum sagen, was für eine Art Bauchweh sie genau hat. Einer Frau dagegen schon. Also, was hat der Apotheker gesagt? Bauchweh?«

Ravic sah nach und las vor. »Sie klagte über Bauchweh. Auf die Frage, wo genau, sagte sie: im Bauch.«

»Na bravo!«, sagte Verena Windisch.

Einige Augenblicke war es peinlich still, doch dann sagte die Psychologin: »Tut mir leid, ich habe Sie unterbrochen.«

Ravic räusperte sich und fuhr fort. »Ungewöhnlich ist der Zeitpunkt ihres Auftauchens. Anstatt am 1., taucht sie am 8. auf, und nicht um 7.15 Uhr, sondern erst um 10.11 Uhr hat sie Geld am Automaten gezogen. Und nur dem Umstand, dass an der Kasse eine Vertretung der sonst üblichen Kassiererin saß, ist es zuzuschreiben, dass das Mädchen unerkannt verschwinden konnte. Seitdem fehlt jede Spur von ihm.«

»Und was ist mit den jüngeren Geschwistern?«, fragte Verena Windisch.

»Auch von ihnen keine Spur. Und jetzt kommt's: Auch vom Scholtysek gibt es kein Lebenszeichen. Und, um das Ganze weiter zu verkomplizieren, Jo Weis ist ebenfalls seit über acht Wochen verschwunden …«

»Wer ist Jo Weis?«, fragte die Psychologin.

»Ein ehemaliger Mitschüler von der Waldner.«

»Ja? Und was hat er mit der Geschichte zu tun?«

»Er kannte Agnes wohl recht gut. Und die Ex vom Weis, eine Margit Unger, behauptet sogar, dass sie ihn verhext hat.«

»Landen wir jetzt doch wieder beim Voodoo?«

»Nein. Aber vielleicht hängt alles zusammen. Nach dem Wochenende 18., 19. August ist Jo nicht mehr aufgetaucht. Nicht zu Hause, nicht in der Malerfirma Unger, wo er Lehrling ist. Eine mysteriöse Geschichte, für die es keine plausible Erklärung gibt. Genauso wie beim Scholtysek. Er hatte sich am Ersten krankgemeldet, Sommergrippe, wurde aber danach noch in einigen Lokalen gesichtet, also so krank war er nicht – aber seit dem 8. Oktober ist auch er verschwunden. Exakt mit dem Auf- und Abtauchen des Mädchens.«

Er trat vor die detaillierte Wandkarte und zeigte auf die Ortsausfahrt von Almont.

»Sein Auto war hier abgestellt, beim alten Post- und Telegrafenamt. Eine Suchmannschaft hat die Umgebung bis zum Schloss hoch abgesucht – nichts. Nach der Auswertung und Zuordnung der wenigen Hinweise können wir zwischen dem Verschwinden der Kinder und dem von Scholtysek überhaupt keinen Zusammenhang herstellen.«

»Aber die versuchte Vergewaltigung! In der Kirche ist er bloßgestellt worden! Seine Strafversetzung!«, sagte die Psychologin. »Er könnte Rache nehmen wollen! Das ist doch Zusammenhang genug. Und beide tauchen am gleichen Tag auf und verschwinden wieder! Nur Zufall?«

»Ja, ich weiß. Scholtysek hat sich im Dorf nach dem Verbleib der Waldners erkundigt, der Landstreicher hat ein rotes Auto auf dem Waldner-Hof gesehen. Mehrere Leute haben ihn und das Auto auch auf dem Parkplatz vor dem

SPAR stehen sehen. Die Kassiererin sagt, er hat sich noch zweimal nach dem Mädchen erkundigt. Aber das bedient nur Mutmaßungen – dagegen fehlt uns ein schlüssiger Beweis.«

Er deutete auf die großen Flächen der Geländekarte, viel Gebirge und Wald, wenig Ortschaften.

»Jede Dienststelle dort draußen hat eine Suchmeldung bekommen und die Personenbeschreibungen. Nichts. Niemand hat sie gesehen. Drei Kinder können aber nicht spurlos verschwinden. Deswegen komme ich zu folgendem Schluss: Sie haben sich schon längst abgesetzt. Gleich von Anfang an. In die Stadt. Wo sie keiner kennt, sie keinem auffallen und wo sich keiner um den anderen schert.«

»Aber sie kauft in Almont beim SPAR ein«, sagte Verena Windisch dickköpfig, »einmal im Monat!«

»Vielleicht ist die Große raffiniert? Wir sollen denken, dass sie und die Geschwister hier in der Gegend leben, und die Suche nach ihnen nicht erweitern. Sie hat auch immer diese niedliche Mädchenkleidung an. Wir sollten sie nicht unterschätzen. Sie hat immerhin die tote Mutter am Bach verscharrt. Wie alt ist sie jetzt genau?«

Sonja Hartmann, die bisher geschwiegen hatte, sah in der Akte nach, aber Verena Windisch kam ihr zuvor. »In zwei Wochen wird sie sechzehn.«

»Na dann, vielleicht schafft sie ja an«, sagte Sonja Hartmann süffisant. »Und das Einzige, was ich mir als Zusammenhang vorstellen kann, ist – der Scholtysek ist ihr Zuhälter. Der hat ja immer behauptet, dass sie eine kleine Nutte ist und dass …«

»So ein Quatsch! Garantiert trifft das nicht zu!«, unterbrach sie die Psychologin. »Sie sind noch in der Gegend! Da bin ich mir sicher. Wenn schon, dann hat Scholtysek die Kinder in seiner Gewalt und schickt die Agnes zum Einkaufen …!«

»Ja sicher, und wir sind alle Deppen.«

Ravic, irritiert von der Zankerei der beiden Frauen, packte seine Unterlagen zusammen. »Ich schlage vor«, sagte er, »keine weiteren Aktivitäten Ihrerseits. Sie bleiben auf Stand-by. Ergibt sich was Neues, informiere ich Sie. Einverstanden?«

Verena Windisch schüttelte verständnislos den Kopf und verließ mit einem knappen Gruß den Besprechungsraum. Sonja Hartmann klappte ihren Aktendeckel zu. Sie wäre heilfroh, wenn diese Geschichte erledigt wäre. Sie hatte die böse Ahnung, dass die Dinge aus dem Ruder laufen könnten. Sie hatte sich zurückgehalten, obwohl ihr das schlaue Gerede der Psychologin mächtig gegen den Strich gegangen war, aber sie wollte kein Öl ins Feuer gießen. Agnes Waldner, diese ewige Querulantin! Wollte sich nie fügen. Nicht gehorchen. Hätten sie sie bloß schon längst mundtot gemacht! Wie oft hatte die Heimleiterin des *Maria Hilf!* über das Mädchen geklagt. Sie würde Linda in ein paar Tagen treffen und ihr von den neuesten Faxen der Unruhestifterin erzählen.

»Das P vor Ihrem Namen, wofür steht es?«, fragte Sonja Hartmann den Kommissar. »Peter?« Seit ihrer ersten Begegnung hatte sie gerätselt. Paul? Patrick? Und heute, während die Windisch gesprochen hatte, hatte sie sich vorgestellt, eine Affäre mit ihm zu haben. Konnte es für sie nicht *einmal* ein bisschen Glück geben? Sebi, der Mistkerl, hatte sich gerade verdünnisiert. Sie würden nicht zusammenpassen, der Altersunterschied sei zu *eklatant*. Seine Kumpel würden ihn neuerdings begrüßen mit: He, Sebi, wie ist es mit der Oma? Da hatte sie ihm eine gescheuert, er hatte ihr eine gescheuert, und zum Abschied hatten sie nochmals eine gewaltige Nummer hingelegt, von wegen Oma, das sollte ihr eine Jüngere erst mal nachmachen …

»Parzival«, sagte der Leitende Kriminalkommissar verlegen.

»Oh! Ein hübscher Name«, sagte Sonja Hartmann.

»Finden Sie? Ich finde ihn bescheuert. Mein Vater war Opernfan. Wagner. Und ich habe es abgekriegt.« Schon jetzt bereute er, den Namen genannt zu haben.

»Ich finde ihn niedlich. Und sehr edel. *Parzival.* Sucht der nicht die ganze Zeit was?«

»Ja, den Gral. Den Heiligen Gral. Ein wundertätiges Gefäß, das ewige Lebenskraft spendet.«

»Aha …«, sagte sie und hob die Augenbrauen.

Agnes trat im Morgengrauen ins Freie und hielt Ausschau. Seit dem Vorfall mit Scholtysek war sie doppelt und dreifach wachsam. Kein Zeichen der Natur, keine aufgeregten Dohlen, keine Kolkraben. Danach ging sie in den Erdkeller und vergewisserte sich, dass Scholtyseks Herz im Gurkenglas lag. Ja, da lag es und schien sogar zu pochen.

Zurück in der Stube setzte sie sich mit einer Decke über der Schulter auf die Bank und wartete darauf, dass der Herd warm wurde. Aus purer Langeweile zog sie ein schmales Büchlein mit einem rot-weißen Rücken aus dem Regal, einen dünnen Gedichtband.

Das Jahr der Seele, von Stefan George.

Inmitten der Seiten steckte eine Fotografie. Ein junger, nackter Mann war abgebildet. Er stand auf einem Hackstock und hatte die Muskeln angespannt wie Tarzan. Sie erkannte ihn nicht gleich. Doch dann errötete sie, denn es war ihr Vater. Sie drehte das Foto um, und auf der Rückseite stand *Wenzel – der Sonnenknabe.* Und das Gedicht, neben dem die Fotografie eingelegt war, hieß *Rückkehr*, zwei Zeilen waren mit Bleistift unterstrichen.

Du wohntest lang bei fremden stämmen
Doch unsre liebe starb dir nicht.

Tatsächlich!, dachte sie – und alles ging wieder rundum in ihrem Kopf.

Das Frühstück zog an der geistesabwesenden Agnes vorbei. Danach gab es Klassenarbeiten. Für Lorenz in Geschichte: *Die ägyptische Hochkultur ist ein Geschenk des Nils. Erkläre diese Aussage.* Für Karoline in Deutsch: *Du hast zwei Kätzchen – beschreibe sie und ihren Tagesablauf.*

Agnes war froh, eine Stunde nur dazusitzen. Nichts zu tun. Den Kindern nichts erklären zu müssen. Sie musste sich erholen. Dringend.

Zum Glück hatten die Bauchschmerzen nachgelassen, aber ihre Tage waren überfällig. Ständig war irgendwas, aber das mit der verspäteten Regelblutung kannte sie. Letztes Jahr hatte sie einmal für drei Monate ausgesetzt. Die Schulärztin hatte gesagt, das komme daher, weil sie sich weigere, eine richtige Frau zu werden. Super Aussage! Jetzt fühlte sie sich aber, als erwachte sie gerade aus einer Ohnmacht. Wie nach dem *Würgespiel*, das sie regelmäßig in der Schule praktiziert hatten. Dabei musste man sich hinhocken, eine halbe Minute tief und schnell einatmen, blitzschnell aufstehen, und der *Adjutant*, ein Mitspieler, drückte auf die Halsschlagadern. Er würgte einen, bis man das Bewusstsein verlor und zusammensackte. Eine halbe Minute war man mindestens weggetreten, einmal war sie sogar über eine Stunde bewusstlos gewesen. Die anderen hatten schon gedacht, ihr Adjutant habe sie erwürgt. Sie kam aber wieder zu sich, als wäre nichts gewesen. Das Tolle am Würgespiel war, nach dem Aufwachen konnte man sich an nichts erinnern, fühlte sich aber high und euphorisch. Das hing, so hatte es die Klassenlehrerin Heugl erklärt, als die Ohnmächtigen in der Schule überhandnahmen, mit einer Sauerstoffunterversorgung im Gehirn zusammen. Sie hatte eindringlich vor dem Spiel gewarnt. Man könne davon sterben, Epilepsie bekommen oder bleibende Hirnschäden behalten. Aber Agnes hatte erst damit aufgehört, als sie gesehen hatte, wie die Jungs einem bewusstlosen Mädchen die Unterhose heruntergezogen und seine Muschi fotografiert hatten – das wollte sie nicht erleben.

Dabei war es ihr doch längst passiert, wie sie jetzt wusste! Schwarz auf weiß. Weiß auf schwarz. Immer wieder hatte sie sich in den letzten Tagen, sobald die Kleinen schliefen, die Negative angesehen. Jedes Mal hatte sie sich aufs Neue überwunden und war hinab in ihre Albträume gestiegen, um mehr herauszufinden. Sie kroch in die Negative, konzentrierte sich, versetzte sich in die wie von Nebel eingehüllten Augenblicke – aber sie erinnerte sich an nichts wirklich. Nur graue Fetzen flogen an ihr vorbei.

Agnes blickte zum Abreißkalender. Es war der 16. Oktober. In vier Tagen wäre das …

»Schreibt man Hieroglyphen vorne mit y oder ie?«, fragte Lorenz.

Agnes sah ihn verwirrt an. »Was?«

»Hieroglyphen – vorne mit y oder ie?«

Wenn sie das wüsste. Ihr Leben bestand ja auch nur aus Hieroglyphen, egal, ob vorne mit y oder ie.

»Schreib, wie du denkst, dass es richtig ist, wir schauen später im Wörterbuch nach.«

Zwei Tage später tauchte Kriminalkommissar Ravic unangemeldet bei Verena Windisch im Büro auf.

»Ich war zufällig im Haus, und da dachte ich …«

»Bei Frau Hartmann? Gibt es was Neues von den Kindern?«

»Nein, nein … also, ehrlich gesagt wollte ich zu Ihnen. Ich wollte mich entschuldigen, weil ich Sie in der letzten Besprechung nicht ernst genommen habe.«

»Halb so schlimm, ich bin nicht beleidigt«, sagte die Psychologin. »Und nicht nachtragend«, fügte sie schnell an.

»Umso besser. Es war mir nur wichtig … Sie sollten wissen, normalerweise bin ich nicht …«

»Aha. Und wie sind Sie *normalerweise*?«

Ratlos sah er sie an, zuckte mit den Schultern.

»Da haben Sie recht«, sagte sie, »selbst weiß man es nicht. Wollen Sie einen Tee? Grünen Tee?«

Er nickte. Bald saß der Leitende Kriminalkommissar P. Ravic über eine Stunde bei der Psychologin Verena Windisch in ihrem winzigen Büro: zwölf Quadratmeter, eine Kinderspielecke mit Puppenhaus, Papier auf der Rolle zum Bemalen.

»Das ist also Ihr Reich«, hatte er verlegen gesagt.

»Ja, für die Wahrheit ist Platz in der kleinsten Hütte.«

Er hätte lieber Kaffee gehabt, aber nach der dritten Tasse grünen Tee hatte sie ihm erklärt, das Gebräu sei nicht nur *antioxidant*, sondern auch *antihypertensiv*. Da hatte er sich in sein Schicksal ergeben.

Sie saßen Seite an Seite vor dem Bildschirm und sahen auf die topografische Karte der Gegend, die Frau Windisch im steten Wechsel mit der geologischen variierte. Er spürte die Wärme ihres Armes, roch ihren Körper und, wenn er zur Seite schielte, sah er, wie der Rock über ihren Schenkeln und dem Bauch spannte und die Bluse unter ihren Brüsten ein wenig aufklaffte. Von wegen *antihypertensiv* …

»Agnes und ihre Geschwister leben gar nicht drüben auf der Almonter Seite, sondern auf unserer. Und an jedem Ersten im Monat steigt sie über den Pass! Warum ist das nicht denkbar?«

Er sah sie an. »Weil …«

»Weil?« Sie legte den Kopf schief und sah ihn herausfordernd an.

Wie eine Ringeltaube, dachte er. »Weil da kein Pass ist. Weil kein Weg hinüberführt. Es ist ein Grat! Ein Gebirgskamm. Es ist unmöglich für das Mädchen, darüberzukommen«, sagte er und tippte auf das Braun auf dem Bildschirm. »Ein erprobter Kletterer schafft es – vielleicht – mit Gerät. Nicht mit zwei Einkaufsnetzen von zwanzig Kilo Gewicht und mehr. Und nach dem ewigen Regen geht erst recht nichts. Steinschlag, Muren, Bergstürze. Unmöglich. Das hat einen Schwierigkeitsgrad von IV oder V. Wenn dir das was sagt!«

Die Psychologin schüttelte den Kopf. Hatte er *dir* gesagt? Sie sah ihn an, während er weiter über die Unmöglichkeit einer Überquerung sprach. Er war ein attraktiver Mann. Wahrscheinlich mit vielen Haaren auf der Brust, den behaarten Unterarmen nach zu schließen. Solange sie nicht auf dem Rücken wucherten … Vielleicht war er zu alt für sie, aber wie viel älter mochte er sein? Zehn, fünfzehn Jahre? Spielte das eine Rolle?

»Willst du noch einen Tee?«

»Kann es auch was anderes sein?«, fragte er.

Überrascht sah sie ihn an.

Er grinste. Von der Nähe betrachtet hatte sie ein breites Gesicht, ihre Augen standen zu eng zusammen und sie hatte einen leichten Vorbiss … »Am Wochenende? Ich kenne einen Klub, da spielt man Livemusik – haben Sie Lust?«

Was für eine Wendung nahm das denn! So aus der Reihe, das mochte sie gar nicht; da konnte man nur die Kontrolle verlieren. »Ja. Warum nicht?«, sagte sie zu ihrer eigenen Überraschung. »Sind wir jetzt noch per Sie oder schon per Du?«

»Wie Sie … wie *du* willst«, sagte er.

Der Leitende Kriminalkommissar Ravic war schon lange gegangen, da saß Verena Windisch noch immer an ihrem Platz und plante den kommenden Samstag. Zu Mittag musste sie zu diesem Festakt *70 Jahre Maria Hilf!*. Aber nach den Reden, dem obligatorischen Sekt und der Führung durchs Kinderheim würde sie schnell von dort verschwinden. Sie würden dann ins Kino, in die Siebzehn-Uhr-Vorstellung, gehen, den Titel hatte sie schon wieder vergessen …

Da rief Sonja Hartmann an. »Sagen Sie, ich höre, Ravic war im Haus. War er bei Ihnen?«

Im Bruchteil einer Sekunde entschied sich Verena Windisch für eine Lüge. »Nein. Wieso?«

»Weil … warum ist er im Haus? Bei mir war er nicht, wen sonst könnte er aufsuchen? Da dachte ich, er ist vielleicht zu Ihnen …«

»Nein, tut mir leid.«

»Na ja … also dann bis Samstag.«

Verena Windisch ärgerte sich, wie ein Kind hatte sie gelogen. Lachhaft. Wollte sie etwa den Polizisten vor der Welt abschirmen? Sie schlug die Akte *Agnes Waldner* auf. Hatte das nicht ihr Ausbilder immer gesagt? Wenn Sie nicht weiterkommen, lesen Sie die Akte, und wenn es zum hundertsten Mal ist. Sie las: *Waldner, Agnes, 9 Jahre alt, wurde im Kinderheim Maria Hilf! dank der Befürwortung des Freiherrn von Mosheim aufgenommen, weil die Mutter, Maria Waldner, unter einer postpartalen Depression leidet und im Psychiatrischen Zentrum des Landeskrankenhauses behandelt wird …*

*

Nach dem Frühstück brach Agnes auf. Es war Herbst geworden. Unübersehbar und ausdrucksvoll. Gelb, orange, rot, braun, in allen Tönen wiegten sich Farne an den Böschungen. Die Lärchen waren mais- und honiggelb geworden. Alpenrosenteppiche, Heidekraut, Seidelbast und Steinbrech flossen braunorange und blutrot über die Hänge, dazwischen standen Berberitzen und Wacholder mit ihren vergessenen Früchten und bronzefarbenen Spitzen. Die Hauswurz hatte sich tief rotlila gefärbt, und in dicken Polstern blühte der Thymian, den sie hier *Marienkraut* nannten, noch immer zart rosa vor sich hin. Unten am Bach, im alten Zuhause, hatten sie früher Kränze daraus geflochten, beim Erntedankgottesdienst weihen lassen und im Stall gegen Blitzschlag und böse Geister aufgehängt.

Natürlich hatte sie es in den Tagen zuvor schon wahrgenommen. Die Tage waren kürzer, und es war kälter geworden, Raureif überzog die Natur oft schon bis in den Vormittag, und auf den Bergspitzen lag der erste Schnee.

Agnes lehnte an einem Felsbrocken und verschnaufte. Sie war so schnell unterwegs gewesen, dass sie außer Atem war. Der Plan ging ihr wieder und wieder durch den Kopf. In den letzten Tagen hatte sie hin- und herüberlegt, ihn verworfen und nochmals alles überdacht. Bis das Vorhaben schließlich Gestalt angenommen hatte. Sie musste zurück, zurück zum Anfang. Empfahl man nicht denen, die sich verlaufen hatten, den Weg zurückzugehen und noch einmal von vorn zu beginnen?

Den Kindern hatte sie nichts erzählt, sie hätten es ohnehin nicht verstanden. Sie hatte ihnen gesagt, sie müsse hinunter ins Tal, um etwas *in Ordnung* zu bringen.

»Wir dürfen niemanden sehen, niemand darf uns besuchen! Aber du! Du gehst einfach zu deinem Freund, wenn es dir passt!«, hatte Lorenz geschimpft.

Und Karoline hatte geweint: »Der Jo ist auch mein Freund.«

»Nein, ich schwöre, ich treffe bestimmt nicht den Jo!«, hatte sie gesagt und hinzugefügt: »Ich will mich unten umschauen, ob mit der Mama alles in Ordnung ist. Nach dem

Wahnsinnsregen, ihr wisst schon, das Grab. Außerdem will ich unsere Ausweise holen, die haben wir nämlich vergessen. Wer weiß, ob wir sie nicht mal brauchen.«

Agnes knöpfte die Allwetterjacke auf und rückte die drei Teile des Repetiergewehrs gerade, die im Teddyfell steckten. Die Jacke hatte dem Freiherrn gehört, seine Initialen waren eingenäht. Mit den umgekrempelten Ärmeln war sie für Agnes ein wunderbarer Mantel geworden. Sie hatte Schlitze in das Innenfutter geschnitten, so fanden die Gewehrteile Halt und steckten mit ihren Enden in den Außentaschen. Lauf, Vorder- und Hinterschaft waren so sicher und unsichtbar verstaut. Gehäuse und Magazin hatte sie in der Innentasche, genauso die Schachtel .308-Winchester-Patronen.

Als sie zum ersten Mal in der Hütte waren und der Vater ihr alles gezeigt hatte, hatte er plötzlich das Repetiergewehr aus dem Schrank geholt. »Für den Fall der Fälle«, hatte er gesagt und das Magazin aus dem Schacht fallen lassen. »Du hast vier Patronen im Magazin, eine im Lauf. Und wenn du den Bockdrilling neben dir hast, hast du acht Mal die Chance, Angreifer abzuwehren, ohne nachladen zu müssen.« Danach hatte er die Waffe erklärt, hatte Agnes sie zerlegen und wieder zusammenbauen lassen. Zu guter Letzt hatte sie ein Magazin leer geschossen, nach jedem Schuss mit dem Kammerstängel die Hülse ausgeworfen und die nächste Patrone in den Lauf geschoben.

Schon zwei Nächte zuvor hatte sie das Repetiergewehr im Erdkeller versteckt, damit die Kinder bei ihrem Abmarsch keine Fragen stellten, wenn sie plötzlich diese Waffe aus dem Schrank nahm. So hatte sie sich am Morgen mit den üblichen Ermahnungen verabschiedet, hatte ihnen, wie es die Mutter gemacht hatte, mit dem Daumen ein Kreuzzeichen auf die Stirn gezeichnet und gesagt: »In drei Tagen bin ich zurück!«

Nach gut drei Stunden hatte Agnes die mächtige Brombeerhecke erreicht, viel schneller als gedacht. Die Hecke war noch voll mit reifen, schwarzen Beeren, und Agnes stopfte sie sich in den Mund. Plötzlich hielt sie inne, rannte zum hinteren Teil des Gestrüpps, hob mit einem Ast dem Dornenzweig zur Seite und zwängte sich ins Innere. Alles war, wie sie es verlassen hatte: Das Motorrad stand unter der Plane, das Fahrrad lehnte daran.

Sie wollte das Fahrrad hinausschieben, als sie bemerkte, Vorder- und Hinterreifen waren platt. Ihr Blick fiel auf das abgedeckte Motorrad. Wie ein nicht eingelöstes Versprechen stand es da. Sie prüfte die Reifen – die waren prall und fest. Der Vater hatte den Ständer auf ein dickes Brett gestellt, und so berührten die Räder kaum den Boden. Agnes zog die Plane von der Maschine, strich über das schwarz lackierte Blech. Sie stellte den Hebel der Benzinzufuhr auf A, drückte den Zündschlüssel im Scheinwerfer hinein. Rotes Lämpchen, grünes Lämpchen. Leerlauf, ein wenig Gas, und dann trat sie auf den Kickstarter. Beim dritten Versuch sprang die Maschine an. Mit beiden Händen nahm sie den Lenker, stemmte sich nach vorne, und der Kippständer klappte unter den Rahmen, als hätte der Vater mitgeholfen. Schließlich schob sie die Maschine aus dem Versteck.

Nach einer guten halben Stunde hatte Agnes die Landstraße erreicht. Sie zog die Kapuze über den Kopf und schnürte sie unterm Kinn fest – so würde sie niemand erkennen, der ihr entgegenkam. Es waren zwei Traktoren, der eine hatte Brennholz, der andere Futterrüben auf dem Anhänger, die Fahrer beachteten sie nicht. Sie bog auf die Bundesstraße ab Richtung Eisenstein, schon konnte sie die Bushaltestelle sehen, an der sie morgens die Kinder abgeliefert hatte. Wehmut beschlich sie. Traurigkeit. Der Schotterweg führte hinunter zu ihrem alten Zuhause. Sie hielt an, sah zum Hof, zwei Autos standen davor, eines war der Pickup mit Flammenlackierung, und einige Mopeds. Sie erkannte die Enduro Husqvarna, mit der der Irre an jenem schrecklichen Tag ins Haus gefahren war. Laute Musik schallte hoch zu ihr. *Wir sind die Geilsten, olé, olé!*

Was machten die dort unten? In ihrem Haus? Party?

Nichts lief nach Plan! Das mit dem kaputten Fahrrad war ja noch gut gegangen. Aber jetzt! Sie hatte vorgehabt, in ihrem alten Zuhause zu übernachten, bevor sie anderntags zeitig ins *Maria Hilf!* aufbrach. Und jetzt feierten sie dort unten! Als wär's die neueste Disco! Eine Gruppe kam aus dem Haus. Agnes konnte den Naaz erkennen, mit Gitti vom Friseur untergehakt, dann den Martin und schließlich … sie konnte es nicht fassen! Franz kam heraus, der beim Überfall die Mutter an die Wand geschleudert und in die Decke geschossen hatte. Er hatte seinen Arm um Theresa gelegt, Lorenz' Schwarm. Die Theresa war nicht einmal vierzehn, und der Franz war uralt! Vierzig. Was war das denn für eine Schweinerei!

Da entdeckte sie das rot-weiße Absperrband unter den Weiden und ein Loch, wo einmal das Grab der Mutter gewesen war. Das bedeutete … Agnes war wie versteinert. Das bedeutete, dass die Leiche der Mutter entdeckt worden war. Die Geschichte vom Onkel in Murnau, die geplante Übersiedlung, alles war damit als Lüge entlarvt.

Sie stellte das Motorrad neben dem Holunderstrauch an der Bushaltestelle auf den Ständer, da sah sie, wie der Franz zum ehemaligen Grab der Mutter ging und in die Grube pisste. Theresa hielt ihm den Pimmel und zeichnete kreischend mit dem Strahl Fontänen in die Luft.

Das Brüllen, das Schreien, das Lachen hämmerten zusammen mit den Rhythmen der Musik hinter Agnes' Stirn.

Schließlich hielt sie es nicht mehr aus. Wenig später hatte sie das Repetiergewehr zusammengebaut. Sie füllte das Magazin, schob die fünfte Patrone in den Lauf und dachte, *Für jeden eine*!, und hätte die da unten am liebsten in die Grube befördert, zerschoss aber dann nur den Toyota von Franz. Windschutzscheibe, Seitenscheibe … Jetzt brüllten und schrien sie dort unten noch immer, aber sie lachten nicht mehr. Die Schüsse waren wie Donnerschläge, die unmittelbar über einem zerbarsten und sich in die Hinterwald-Senke bohrten, sodass niemand später würde sagen können, woher sie eigentlich gekommen waren. In Höllenangst rannten sie jetzt in alle Richtungen davon und in Deckung.

Für den letzten Schuss ließ Agnes sich Zeit. Sie setzte ihn, knapp über dem rechten Hinterreifen, ins Blech, dort wo der Tank war. Und tatsächlich, der Pick-up explodierte wie in einem *Mad-Max*-Film. Eine gewaltige Detonation, eine Stichflamme, dann brannte der Wagen mit der Flammenlackierung, der ganze Stolz von Franz. Die danebenstehende Enduro fing Feuer und flog in die Luft. Aus dem Haus dröhnte noch immer die Discomusik, und Agnes sah, wie die ganze Bagage panisch durch die Sumpfwiesen Richtung Eisenstein flüchtete.

Aber wo war der Leichnam der Mutter? Dass die Idioten sie ausgegraben hatten und damit ihr Schindluder trieben, glaubte Agnes nicht. Denn da hingen ja Absperrbänder, das sah nach Polizei aus. Wenn man die Mutter entdeckt hatte, dann hatte man sie vielleicht auch wieder begraben.

Eine gute halbe Stunde später hielt Agnes auf dem Friedhof Ausschau nach einem frischen Grab. Die ganze Zeit hatte sie die Sirenen gehört. Zuerst die der Feuerwehr, dann die der Polizei. Sie hatte die Patronenhülsen aufgesammelt, war dann um den Ort herumgefahren und über einen Wirtschaftsweg zum Friedhof gekommen. Sie hatte das Motorrad in den

Fliederstrauch zwischen Streusandkiste und Friedhofsmauer geschoben, bis es nicht mehr zu sehen war.

Niemand war auf dem Friedhof. Wenn überhaupt jemand hier gewesen war, dann hatten ihn die Sirenen weggelockt. Wahrscheinlich gleich in den *Schlosswirt.* Wo brennt es? Wer verliert alles? Wer ist erschossen worden? Agnes grinste, weil die Leute hier so waren – immer hatten sie den Wunsch, dass es dem anderen schlecht erging, ihm ein Unglück passierte.

Schließlich stand Agnes vor dem frischen Grab – es war das des Vaters. Sie hatten die Mutter ins selbe Grab gelegt, als hätte jemand ein Einsehen mit den unglücklichen Eheleuten gehabt und wollte, dass sie wenigstens im Tod vereint sein sollten. Jetzt waren sie wieder eng zusammen, wie in der Doline, aber wahrscheinlich hatte die Gemeinde bloß eine Grabstelle sparen wollen. Schade nur: Sie hatten *Maria* auf das Namensschild auf dem Kreuz geschrieben und nicht *Marie.*

Es war dämmrig geworden, Agnes kauerte noch immer am Grab. Im Halbschlaf kam es ihr vor, als drängelten sie sich alle auf dem Mosheim'schen Sofa, doch im nächsten wachen Augenblick spürte sie, wie schrecklich fern die Eltern waren.

Agnes hatte im Geräteschuppen des Friedhofs übernachtet. Sie hatte sich im Campingstuhl des Gärtners mit Vlies aus Schafswolle zugedeckt, das als Frostschutz für die Rosenstöcke und Kübelpflanzen vorgesehen war. Es war von der Rolle, 100 x 300 cm, die sie selbst noch Anfang Juli in der Raika herausgesucht hatte. Das war am selben Tag gewesen, an dem Jos Vater aufgetaucht war und vom unseligen Urlaub seines Sohnes in Spanien erzählt hatte. Mein Gott, wie lange war das denn her!

Mit den fünf Stundenschlägen der Kirchenuhr war sie aufgestanden und hatte den Friedhof verlassen. Es war noch dunkel gewesen, und es hatte genieselt. Agnes hatte einen Schutzhelm auf dem Kopf und einen vollen Benzinkanister in der Hand. Das Benzin hatte sie dem Aufsitzmäher abgezapft, den Schutzhelm hatte sie im Regal entdeckt, er hatte ein herunterklappbares Visier, wie man es verwendete, wenn man mit der Motorsense hantierte. Jedenfalls, dachte Agnes, von Weitem sieht er aus wie ein Motorradhelm! Kein Polizist würde sie anhalten.

Der Tank war jetzt mehr als halb voll, genug für die gut hundertzwanzig Kilometer. Sie brachte den Kanister in den Geräteschuppen zurück und hinterließ dort alles wie unberührt. Dann verabschiedete sie sich von den Eltern und wusste plötzlich, es war ein Abschied für immer. Sie weinte ein bisschen, dann schlug die Kirchturmuhr einmal. Viertel nach fünf. Es ist jetzt, wie es ist!, sagte sie sich und fuhr los.

Im dritten Gang rollte Agnes fast lautlos durch Eisenstein. Verlassen lag es da. So nahe hatte sie sich Nessie, dem Ungeheuer aus Schottland, schon lange nicht mehr gefühlt. Sie fuhr aus dem Städtchen, beschleunigte sanft. Im Vorbeifahren sah sie, der Pick-up und die Mopeds waren ausgebrannt, aber ihr altes Wohnhaus stand noch.

Eine gute Stunde später war sie hinter der Ortschaft Greiffen an der Zufahrt zum Kinderheim angekommen. *70 Jahre Maria Hilf! Herzlich willkommen!* spannte sich ein Banner über die Straße. Durch das Visier sah sie die beiden Flügel des ehemaligen Jagdschlosses und die breite Freitreppe. Während des Krieges war hier ein Lazarett gewesen, danach ein Obdach für Flüchtlinge und KZ-Überlebende. Dann war es ein Kinderheim geworden. Bis heute.

Alles wirkte instand gesetzt und frisch gestrichen. Der achteckige Treppenturm hatte eine neue Kupferhaube bekommen und die Uhr darunter goldene Zeiger. Diese schreckliche Uhr.

Viertel vor sieben. Als Agnes sie so bewusst schlagen hörte, war augenblicklich die Erinnerung zurück. Diese Uhr und ihr Schlagwerk hatten den Ablauf des Tages bestimmt. Die Schläge zu Viertel vor sieben bedeuteten, gewaschen und angezogen im Speisesaal am Tisch strammzustehen. Halb acht – jedes Mädchen stand im Klassenzimmer an seinem Platz. Acht Schläge am Abend – Nachtruhe. Die Schläge gaben den Takt vor, wie der Trommler auf einer Galeere, und wer dem Rhythmus nicht folgte, wurde bestraft.

Ein Lieferwagen tauchte zwischen den Fischteichen auf und bog in die Zufahrt zum Kinderheim ab. *Bäckerei Lubitsch* stand an der Seite, *seit 1955 in Familienbesitz*. Agnes hatte darauf spekuliert, dass die Bäckerei noch immer Brot und Brötchen lieferte, und weil heute Samstag war, gab es das Frühstück eine halbe Stunde später, um Viertel nach sieben. Sie fuhr hinter dem Lieferwagen her, nahm ihn als Deckung, um vom Gebäude aus nicht gesehen zu werden. Denn durch die Fenster des Ostkorridors hatte man einen guten Blick auf die Straße hinunter.

Der Nissan hielt am Hintereingang, und während der Fahrer ausstieg, fuhr Agnes auf der anderen Seite des Wagens vorbei, bog rechts ab und verschwand zwischen den Wirtschaftsgebäuden. Hier hatte sich nichts verändert, der Verputz bröckelte überall, und die kaputten oder fehlenden Glasscheiben waren durch Karton ersetzt. Sie hielt am Zeughaus. Eine Halle voll mit Gerümpel, von dem es schon immer geheißen hatte, »eines Tages wird es einen Ehrenplatz im Museum haben«. Sie schob das Motorrad hinein, zwischen den alten Landauern, Heuwendern und Kutschwagen fiel es nicht weiter auf.

Agnes zitterte. Fast sechzig Kilometer war sie gefahren, und sie spürte noch das Vibrieren der Maschine. Sie hängte den

Schutzhelm ans Motorrad und band sich ein mitgenommenes Kopftuch um. Wie eine Stallmagd sah sie jetzt aus. Sie baute das Gewehr zusammen, füllte das Magazin und schulterte die Waffe, Lauf nach unten. Dann zog sie die Jacke darüber, die für sie lang wie ein Mantel war. Nichts war zu sehen, nur dass sich Agnes jetzt ein wenig steif bewegte.

Sie wartete auf den Glockenschlag. Viertel acht, das Frühstück im Heim begann. Sie verließ das Zeughaus und ging zum Hinterausgang. Der Fahrer des Lieferwagens stieg gerade ein. »Beeil dich, sie haben schon angefangen!«, rief er ihr zu. Je näher sie der Pforte kam, desto heftiger schlug ihr Herz, und als sie das Gebäude betrat, war die Angst lebendig. Erwacht aus siebenjährigem Schlaf.

Agnes ging wie aufgezogen. Tock, tock, klopften ihre Füße auf die Fliesen. Sie ging an der Küche vorbei, in der sie allesamt wegen des anstehenden Empfangs in heller Aufregung waren. Niemand beachtete das vorbeihuschende Mädchen. Agnes blieb an der geschlossenen Tür zum Speisesaal stehen, blickte durch das kleine Türfenster in den Saal, der schon festlich geschmückt war: Tücher hingen in welligen Bahnen unter der Decke, und bunte Bänder schlangen sich um die Säulen. Auf der Bühne stand ein Rednerpult, dahinter hing der Schriftzug: *70 Jahre Maria Hilf! – 70 Jahre Kinderliebe!* Stuhlreihen waren aufgestellt, deswegen gab es für die Zöglinge das Frühstück im Stehen. Sie drängten sich hinten im Saal um einen Servierwagen, ein Marmeladenbrot und eine Tasse Tee gab es für jede. Agnes kam keines der Mädchen und auch keine der Erzieherinnen bekannt vor. Aber die Kopfnüsse, die sie verteilten, das Zwicken in den Oberarm, den Befehlston erkannte sie wieder.

Sie querte die Eingangshalle, in der großformatige Fotos die Geschichte des Heims dokumentierten. Jahrgang für

Jahrgang, die weiß gekleideten *Marienkinder*, dicht an dicht auf der Freitreppe. Und auf einem der Bilder war sie. In der unteren Reihe die Zweite von links. Dünn und zerbrechlich. Schwarz auf weiß. Ein tiefes Mitgefühl erfüllte Agnes für dieses Mädchen, das sie einmal gewesen war.

Sie lief die Treppe hinauf zu den Schlafsälen. Noch immer hingen die selbst getöpferten Keramikschilder neben den Türrahmen. Sie zeigten die Altersgruppe an, zu der man gehörte. Agnes hatte damals zu den *Häschen* gezählt, das waren die Neun- bis Zehnjährigen. Die *Heinzelmännchen* und *Finken* waren die Sechs- bis Achtjährigen, *Mäuse* und *Schwalben, Kobolde* und *Geister* waren die von zehn bis zwölf, und die *Sternenkinder*, das waren die Dreizehn- bis Fünfzehnjährigen.

Keine Menschenseele war zu sehen. Agnes betrat ihren ehemaligen Schlafsaal, über dessen Tür noch immer in hellblauen Buchstaben geschrieben stand: *Segen bringen – Segen sein.* Je vier weiß lackierte Stahlrohrbetten standen sich gegenüber, die Kissen flach wie Bretter, die Laken tipptopp um die Wolldecken geschlagen, und über den Holmen am Fußende lagen die Erstkommunionskleider. Nichts hatte sich geändert. Wie an dem Morgen, als Fanny … Agnes sah zu dem Bett, vor dem das Mädchen zusammengebrochen war. Schräg gegenüber von ihrem. Sie hatte zu Fanny geschaut, ein anderes Mädchen hatte aufgeschrien, und …

»Wer bist du?«

Agnes erschrak. Ein dünnes Mädchen stand vor ihr. Ein *Häschen.*

»Suchst du wen?«, fragte es.

»Ja, ich … das Büro der Heimleiterin.«

»Das ist einen Stock höher. Du musst dich beeilen, weil gleich ist Probe. Die will sie sich anschauen.«

»Ja, gut. Schläfst du hier?«

Die Kleine ging zu dem Bett, das einmal Agnes' Bett war. Agnes sah sich selbst dastehen. Als blätterte sie in einem Fotoalbum: Schmächtig und durchsichtig war die Kleine. Scheu, bestimmt bekam sie nie Besuch. Wie sie damals. Die Mutter war mit Karoline im Genesungsheim, und der Vater war nur einmal, zu ihrem neunten Geburtstag, gekommen. Unvermittelt sah sie sich am Bett stehen. Sie hatte ins Bett gemacht, und die *Tante*, so nannten sie die Erzieherin, hatte ihr das nasse Leintuch ins Gesicht gerieben.

Das zarte Mädchen war verschwunden. Agnes ging wie in Trance aus dem Schlafsaal in den Korridor zurück, als sie Stimmen von der anderen Seite des Treppenhauses hörte. Im letzten Augenblick drückte sie sich hinter einen Mauervorsprung. Ein Priester erklärte der Heimleiterin, wie der Bischof zu empfangen sei.

»Sie sprechen ihn mit Exzellenz an oder Hochwürdigster Herr, das ist die übliche Anrede. Wenn Sie ihm aber eine wirkliche Freude bereiten wollen, dann machen Sie einen Knicks und sagen: Euer Bischöfliche Gnaden!«

Die zwei gingen so nah an Agnes vorbei, dass sie die Heimleiterin mit zwei Schritten hätte berühren können. Die Frau, die sie so oft geschlagen hatte, die ihr beim kleinsten Zuwiderhandeln den Schlüsselbund an den Kopf geworfen hatte, die Frau, die sie im Waschbecken fast ersäuft hatte. Agnes hatte sich an die Wand gedrückt, das Gewehr bohrte sich in ihre Rückenwirbel.

Durch die Lautsprecher kam eine Durchsage: »Achtung, in zehn Minuten beginnt die Probe! In zehn Minuten!« Von unten antwortete vielstimmiges Geschrei. Die Mädchen waren aus dem Speisesaal entlassen und rasten die Treppen zu ihren Schlafsälen hoch. Gleich würden sie, angetrieben von den Befehlen der Erzieherinnen, in den

Erstkommunionskleidchen zur Probe wieder nach unten rennen.

Agnes bückte sich und schlüpfte durch die Tür zur *Dienstmädchentreppe.* Als das Heim noch kein Heim, sondern ein Jagdschloss gewesen war, wurde diese Treppe vom Personal benutzt, um der Herrschaft nicht zu begegnen, ihr den Anblick der Bediensteten zu ersparen. Sie war eng und so niedrig, dass auch ein Kind sich kaum aufrecht bewegen konnte. Es war ein beliebter Bestrafungsort – Bettnässer, Nägelkauer, Schlafwandler und solche, die während der Nachtruhe den Mund nicht halten konnten, wurden dort hineingesteckt. Es war dunkel hier, nur vereinzelte Lüftungsschächte führten ein wenig Licht von weit her.

Allmählich gewöhnten sich Agnes' Augen an die Düsternis. Sie stieg gebückt, Hände voraus und mit den Fußspitzen über die Stufen tastend, treppab. *Schön ist es, auf der Welt zu sein, wenn die Sonne scheint für Groß und Klein*, hörte sie weit entfernt die Kinder singen. Sie kannte das Lied, ein Schlagersänger hatte es mit einem kleinen Mädchen aus Norwegen gesungen, das er angeblich aus einem Heim befreit hatte. Agnes hatte es auch mit aller Inbrunst geschmettert und davon geträumt, dass der Schlagerstar kommt und auch sie aus dem Heim entführt. *Du kannst atmen, du kannst gehen, dich an allem freun und alles sehn.*

Endlich war Agnes unten im Keller angekommen. Gleich neben den Duschen. Nie hatten sie gewusst, wie die *Tante* drauf war, die das Duschen beaufsichtigte. Manchmal ließ die nur eiskaltes Wasser laufen, dann wieder war das Wasser brühend heiß, einmal hatte sich ein Mädchen sogar Verbrennungen geholt.

Dann stand Agnes vor der *Tür der Verdammten*, wie die Mädchen sie nannten. Denn dahinter war das *schwarze Loch.* Ihr Herz schlug wie verrückt. War das ihr Ziel? Das Herz der Finsternis? Sie betrat die Wäschekammer. Zwei Neonröhren brannten. Links und rechts Regale, befüllt mit Laken, Bettbezügen, Handtüchern, Tischdecken, davor Körbe mit Schmutzwäsche. Zwei große Waschmaschinen, zwei Trockner, eine Wäschemangel.

Und der Schrank.

Unscheinbar sah er aus, wie ein sattes, schläfriges Tier, aber als Agnes die Tür öffnete, erkannte sie seine schreckliche Gefräßigkeit wieder: Die Innenseite der Tür und die Wände waren von Fingernägeln zerkratzt, Dellen im Holz erzählten von den verzweifelten Schlägen zahlloser Mädchenköpfe. Und braune Flecken zeugten vom Blut, das hier vergossen wurde. Wie viele Kinder hatte der Schrank im Laufe der Zeit verschlungen? Dutzende? Hunderte?

Im Kesselraum nebenan sprang die Heizung an. Wie warm es überall war; schon oben im Korridor und im Schlafsaal war es ihr aufgefallen. Sie kannte es im Herbst und Winter nur eiskalt, an den Fenstern waren morgens Eisblumen gewesen.

Die Stimme, die durch den Lautsprecher über der Tür kam, holte sie zurück in die Gegenwart. Es war die Stimme von Frau Hartmann. Agnes erstarrte. »Es ist mir eine große Freude und eine große Ehre, Sie, die Sie so zahlreich gekommen sind, begrüßen zu dürfen …«

Unvermittelt erkannte Agnes: Es waren die Hartmann und ein Mann. Sie gingen durch den nächtlichen Schlafsaal, sie hoben die Bettdecken hoch und bei manchen Mädchen das Nachthemd – auch bei ihr. Agnes hatte sich schlafend gestellt, hatte gespürt, wie der Mann vor ihr stand und auf sie herunterschaute. Sie konnte ihn riechen, ein seltsamer süßlich-säuerlicher Geruch. Jetzt wusste sie – es war der Scholtysek. Dann waren sie weitergegangen. Schließlich hatte der Mann Fanny ausgesucht.

In Agnes' Erinnerungen drängte sich die Stimme von Frau Hartmann: »… und auch nach zehn Jahren Verantwortung, die ich für die Heime unseres Landes trage, erfüllt mich gerade dieses Heim, dieses wunderbare *Maria Hilf!*, immer wieder mit Freude und Zuversicht, weil hier das Kind so herrlich Kind sein darf!«

Dann gingen die Reden weiter: Seine Exzellenz, der Bischof. Ein Vertreter der Landesregierung. Die Vorsitzende des Fördervereins und, zu guter Letzt, Frau Linda Schilling, die Heimleiterin. »Kinder erziehen heißt Kinder behüten«, hörte Agnes, »das ist unsere Aufgabe. Sich Kindern widmen ist unsere Berufung, dafür stehen ich und meine Erzieherinnen. Jedes Kind zählt. Jedes Kind gilt es zu hüten wie den eigenen Augapfel. Wenn sich eins einmal wehtut, dann fühlen wir, als wär's uns selbst geschehen, ist das Kind traurig, sind es auch wir. So empfinden ich und die Erzieherinnen, die Sie hier an der Seite stehen sehen.« Durch die Lautsprecher rauschte starker Applaus.

Agnes lehnte im Halbdunkel an der Schrankwand. Im Festsaal sangen die Mädchen den Kanon *Froh zu sein bedarf es wenig, und wer froh ist, ist ein König* … Bilder klickten vor Agnes' innerem Auge auf und weg wie in einem Diavortrag. Dunkel und unscharf. Aber allmählich löste sich das Rätsel. *Renitent.* Sie saß wieder auf dem Mann, den sie vom Negativ her kannte und der versucht hatte, sie aufzuspießen. Plötzlich hatte er geschrien. »Mein Schwanz! Mein Schwanz!« Er hatte ihn sich gebrochen. Weil sie sich so zusammengepresst hatte, hatte es plötzlich *knacks!* gemacht. Er hatte sein Ding herausgezogen, und da hing es, blutunterlaufen und furchtbar dick. Er schrie und jammerte. Da hatten sie die Hartmann und die Heimleiterin verdroschen und dann ins *schwarze Loch* gesteckt.

Bebend kroch Agnes in den Schrank. Es war wie im

Beichtstuhl. Es brauchte seine Zeit, das Schreckliche aus den Tiefen hervorzuholen.

Agnes schreckte auf, der Lautsprecher war verstummt. Offensichtlich war die Veranstaltung zu Ende. Durch den Spalt der Schranktür sah sie die Uhr auf der Bedienungsleiste der Waschmaschine: 15.30. Draußen würde es bald zu dämmern beginnen, und drinnen würden sie den Festsaal in den Speisesaal zurückverwandeln. Dann gab es Abendessen, Körperwäsche, Nachtruhe. Und sie? Sie wünschte sich dazuzugehören, hatte eine geradezu süße Sehnsucht, sich zwischen die Mädchen einzureihen und ihrem Geplapper zuzuhören. Sie würde sogar ein paar Ohrfeigen oder Schläge mit dem Schlüsselbund in Kauf nehmen, wenn sie nur die Gemeinschaft spüren könnte. Agnes lehnte sich an die Schrankwand, der Repetierstängel des Gewehrs bohrte sich in ihren Rücken. Das erinnerte sie an den Grund ihres Hierseins. Nie und nimmer sollte Karoline hier auch nur einen Tag verbringen!

Als Agnes das nächste Mal zur Uhr schaute, war eine weitere Stunde vergangen. Sie stand noch immer im Schrank und konnte sich nicht herausbewegen. Es war das gleiche Gefühl wie auf dem Zehn-Meter-Turm in Cronberg vorletztes Jahr. Die halbe Klasse war ins neue Schwimmbad mit dem Sprungturm, und plötzlich stand sie oben und war an der Reihe. Alles in ihr verweigerte, über die Kante zu treten und sich ins hellblaue Nichts fallen zu lassen. Sie sah unten am Beckenrand die anderen, die sich über ihr Zaudern lustig machten, und eine Stimme hinter ihr sagte: »Ich zähl herunter, und dann spring. Fünf, vier, drei, zwei, eins – los!« Sie hatte nie in Erfahrung gebracht, wer das war. Egal, sie war gesprungen. Kerzengerade abwärts. Und als sie eintauchte, war sie glücklich wie selten in ihrem Leben.

Wer würde heute herunterzählen? Fünf, vier, drei, zwei, eins und los – nein, sie konnte nicht springen. Sie wollte das Heim sofort verlassen, verschwinden, bevor alle Türen und Tore zugesperrt wurden. Sie würde im Zeughaus warten, und sobald es ganz dunkel war, würde sie nach Hause fahren. Sie würde alles hinter sich lassen und unauffindbar wegschließen.

Agnes schob die Schranktür auf, als draußen im Korridor das Klappern von Holzpantoffeln zu hören war. Die *Tür der Verdammten* ging auf. Eine Erzieherin kam mit zwei Mädchen herein. Tante Erna! Agnes erkannte sie am Topfhaarschnitt, der sie wie ein Mönch in einem Mittelalterfilm aussehen ließ. Ein paar Mädchen, sicher schon *Sternenkinder*, trugen die benutzten Tischdecken in Paketen wie dicke Babys.

»In die Waschmaschinen damit und gleichmäßig verteilen!«, sagte Tante Erna.

Die Mädchen standen regungslos, ein Staunen lag in ihren Gesichtern.

»Was glotzt ihr so?«, fragte die Erzieherin und drehte sich um. Erschrocken schrie sie auf.

Agnes stand im Schrank, bleich und mit geschlossenen Augen. Als sie die Augen öffnete, huschte ein Hauch des Erkennens über Tante Ernas Gesicht.

»Du bist … bist du nicht …«, stammelte sie.

Als alle weg waren, saßen Sonja Hartmann und die Heimleiterin in deren Büro vor einem Kir Wodka. Was für ein Tag! Sonja Hartmann konnte nur schwer ertragen, dass dieses Herzchen Windisch ihr den attraktiven Ravic weggeschnappt hatte, und Linda Schilling war sauer, weil sich alle in ihren Reden selbst gelobt hatten, aber kein anerkennendes Wort für sie gefunden hatten. Dabei hielt sie den Laden seit über zehn

Jahren zusammen. Und von einem höheren Budget hatte überhaupt keiner gesprochen.

»Auf dass die Arschlöcher in der Hölle schmoren! Prost!«, sagte sie.

Sie stießen an, und ex! Linda Schilling bereitete zwei weitere Kir Wodka vor, als der Summer am Schreibtisch brummte. Die beiden Gäste konnten es noch nicht sein, die würden erst nach dem Abendessen kommen, außerdem würden die vorher kurz durchrufen …

»Was?«, sagte die Heimleiterin gereizt in die Sprechanlage.

»Erna hier, ich weiß, Sie wollen nicht gestört werden, aber ich hab ein Mädchen in der Waschküche aufgegabelt.«

»Ja? Wen?«

»Ich weiß nicht … Sollten Sie sich selbst ansehen.«

Die Heimleiterin wandte sich zu Sonja Hartmann und verdrehte die Augen. »Ich sag's dir! Die Tanten werden von Tag zu Tag blöder!« Sie drückte auf den Türöffner. Die gepolsterte Tür, durch die nichts nach außen und nichts nach innen drang, öffnete sich, und Agnes trat ins Büro.

»Und? Wer soll das sein?«, fragte Linda Schilling.

»Die Quelle allen Übels«, platzte es aus Sonja Hartmann heraus.

»Erna! Und Abmarsch!«, befahl die Heimleiterin. Die Angesprochene, die zögernd hinter Agnes stand, machte kehrt und verschwand. Die Tür fiel ins Schloss.

»Was machst du denn hier?«, fragte Sonja Hartmann. Sie baute sich vor Agnes auf. »Was soll das?«

Agnes zuckte mit den Schultern. Sie brachte kein Wort heraus, wieder fühlte es sich an, als bliese sich in ihrem Mund die Zunge zu einem Ballon auf.

Sonja Hartmann fasste ihr grob unters Kinn, hob das Gesicht an, und der rot lackierte Daumen grub sich in die

Backe des Mädchens. »Komm mir nicht so! Ich rede mit dir. Also, was willst du hier?«

Agnes hob wieder nur die Schultern – und sagte nichts. Sonja Hartmann verlor die Beherrschung und ohrfeigte sie. »Ich hab dich was gefragt! Also?!«

»Sonja, bitte! Beruhige dich.«

Da klingelte ein Handy.

»Ja?«, sagte Linda Schilling. Sie hörte zu, ließ das Telefon auf die Brust sinken und flüsterte Sonja Hartmann zu: »Der Franz. Er fragt, ob er früher kommen kann.«

Spontan wollte Sonja Hartmann ablehnen, schüttelte schon den Kopf, da fiel ihr Blick auf das Mädchen und sie fasste Linda Schillings Arm. »Ja, sag ihm, die Ursache allen Übels wartet auf ihn. Er muss uns aber einen Gefallen tun.«

Agnes ahnte, dass sich etwas grundsätzlich geändert hatte. Zu ihrem Nachteil. Die Art, wie die Hartmann sie jetzt anschaute, versprach nichts Gutes. Agnes drehte sich um und wollte aus dem Büro, doch die Tür ließ sich nicht öffnen. Die Klinke drückte ins Leere. Agnes rüttelte am Türgriff und wurde panisch. Sie hatte das schon einmal erlebt! Sie hatte schon einmal fliehen wollen und vergeblich an dieser Polstertür gerüttelt!

»Aber, aber, Fräulein, warum so eilig? Du hast noch eine Verabredung.« Sonja Hartmann packte Agnes an einem Jackenarm, die Heimleiterin am anderen, und zusammen stießen sie Agnes in das neben dem Büro liegende Zimmer. Dort landete sie auf einem großen, frisch überzogenen Bett. Das Gewehr unter der Jacke drückte schmerzhaft gegen die Wirbelsäule, für ein paar Augenblicke blieb ihr die Luft weg.

Dann war Agnes alleine. Sie sah sich um, und als sie sich an das spärliche Licht gewöhnt hatte, wusste sie, wo sie gelandet war. Da war die orangebraune Sitzgarnitur, das Fauteuil mit der abgebrochenen Armlehne. Nichts hatte sich seit sieben Jahren geändert. Das Babyfon hing an der Wand, ein grünes Lämpchen zeigte, dass es eingeschaltet war. Und im Büro nebenan lauschten sie jetzt ihren Atemzügen oder was sonst passierte.

Agnes setzte sich auf die Bettkante und zog die Jacke des alten von Mosheim aus. Sie wusste, es war an der Zeit, die Geschichte zu Ende zu bringen.

14

Als Franz die Tür des Zimmers öffnete und Agnes auf dem Bett sitzen sah, war es ihm, als ginge ein unerfüllbarer Wunsch in Erfüllung. Wie oft hatte er sich vorgestellt, für das ihm angetane Leid Rache zu nehmen. Rache für seinen gebrochenen Schwanz! Dick und lila war er gewesen, wie eine Aubergine! OP! Die Risse am Schwellkörper mussten genäht werden, Blasenkatheter, weil auch die Harnröhre verletzt war. Und dann Druckverband, Kühlung, Pillen gegen eine Erektion und vier Wochen kein Geschlechtsverkehr! Außerdem, da war er sich sicher, war sein Schwanz kürzer geworden, und er musste öfter pinkeln … Viele Male hatte er sich jedes Detail seiner Vergeltung ausgemalt – und da hatte Linda am Telefon gesagt: »Klar, komm früher, die *Ursache allen Übels* wartet auf dich!« Nach dem gestrigen Scheißtag war das Balsam auf seine Seele. Die größte Überraschung war aber: Agnes. Bis jetzt hatte er nicht einmal geahnt, dass sie es war, die ihm das alles angetan hatte. Die Hartmann hatte es ihm eben erst eröffnet. Er hatte nicht einmal gewusst, dass die kleine Waldner im Heim gewesen war.

Agnes saß aufrecht im Bett, an das Rückengestell gelehnt, die Bettdecke glatt vor sich, als die Tür aufging und ein Mann eintrat. Die Tür fiel ins Schloss. Im schummrigen Licht erkannte sie ihn nicht sofort, doch es schwante ihr, es war derselbe Mann, der auch damals durch die Tür gekommen war. Unwillkürlich beschleunigte sich ihr Puls, und unter der Bettdecke umklammerte ihre rechte Hand das Gewehr.

»Du bist es also!«, sagte der Mann.

Jetzt erkannte sie ihn. Franz. Wie er die Mutter gegen die Wand geschleudert hatte und sie mit dem Gesicht dagegengeknallt war. Franz, der den Vater in den Tod gehetzt hatte. Der beste Freund vom Scholtysek. Das Negativ fiel ihr ein, auf dem hinter ihrer Nacktheit ein Teil des Kopfes sichtbar war – mit weißer Strähne.

»Nichts ist so fein gesponnen, es kommt doch ans Licht der Sonnen«, sagte er mit einem breiten Grinsen.

Er trat ans Fußende, und Agnes sah die dunkle Strähne in seine Stirn fallen, sah, wie er nach der Decke fasste und sie mit einem Ruck wegriss.

15

Sie waren in die Siebzehn-Uhr-Vorstellung im *Gloria* gegangen – *The Revenant* mit DiCaprio. Verena Windisch hätte lieber *Carol* mit Cate Blanchett gesehen, der sie seit einiger Zeit etwas nacheiferte, aber Ravic hatte sie ja ins Kino eingeladen, weil er unbedingt diesen Film hatte sehen wollen. Zweieinhalb Stunden hatte sie dann verfolgt, wie DiCaprio schwer verletzt, lebendig begraben, im eiskalten Fluss treibend, schließlich im aufgeschnittenen Bauch eines toten Pferdes Schutz vor einem Schneesturm suchte. Als die Bärenmutter DiCaprio so mörderisch zusetzte und sie sich die Hände vors Gesicht schlagen musste, hatte Ravic ihre Hand ergriffen und sie während des gesamten Films nicht mehr losgelassen. Sie fühlte sich wie zwölf, als sie zum ersten Mal verliebt gewesen war. In Benny.

Als sie zum Lokal fuhren, erwähnte keiner von ihnen das Geschehene mit einer Silbe. Stattdessen schwärmte Ravic vom Überlebenswillen, den DiCaprio so eindrucksvoll dargestellt habe, und fragte, wie sie das denn sehe, als Psychologin.

»Ich glaube, er hat seinen Sohn, den dieser Fitzgerald umgebracht hat, so sehr geliebt, dass er unbedingt Gerechtigkeit für ihn wollte. Das hat ihn am Leben gehalten«, antwortete sie.

»Und ich glaube«, sagte er, »es war Hass, der ihn am Leben gehalten hat. Rache. Ja, ich glaube, Hass, Rache und Vergeltung sind die treibenden Überlebenskräfte.«

»Ich hoffe allerdings, dass Liebe die stärkste Kraft ist, die unser Leben bestimmt«, sagte sie.

Kurz sah es aus, als wollte er widersprechen, doch er sagte nichts. Eine Weile fuhren sie stumm über die Landstraße, dann hielt Ravic auf dem Seitenstreifen. Er sah hinaus in die von den Scheinwerfen aufgerissene Dunkelheit. Ein paar fast schon blattlose Bäume standen neben der Straße, darunter ein Bretterstapel. Ein Kieshaufen.

Verena Windisch drehte den Kopf zu ihm und blickte ihn fragend an.

Er seufzte, als gelte es, einen Graben tief in sich drinnen zu überwinden. Dann wandte er sich zu ihr, nahm ihr Gesicht in beide Hände und küsste sie so zart und dann so verlangend, wie sie sich nicht erinnern konnte, es je erlebt zu haben.

Später, im *American Western Club*, fragte Ravic nach roher Bisonleber. Er musste gegen die Livemusik anschreien. Die sei heute leider schon aus, es gebe nur, was auf der Karte stehe, entgegnete das Serviermädchen, und die beiden kriegten sich nicht mehr ein vor Lachen. Sie saßen in einer der Nischen, die mit Kuh- und Schaffellen ausgelegt waren und die Tanzfläche umsäumten. Die Mauern des Clubs waren aus groben Natursteinen und naturbelassenen Brettern, die Theke und die Hocker davor rot gepolstert, und die Wand dahinter war mit Schallplatten und aus schwarzer Pappe ausgeschnittenen Noten dekoriert. Überall mannshohe, beleuchtete Kakteen aus Plastik und Wagenräder. In das Armaturenbrett eines 61er Chevy Impala war die Kasse eingebaut, und darüber hing das ultimative *Route-66-Motel*-Schild. Eine Vier-Mann-Band – Steelguitar, Banjo, Fiddle und Schlagzeug – spielte am Kopfende der Tanzfläche.

»*Callin' Baton Rouge* von Garth Brooks …«, erklärte Ravic. »Hank Williams' *Jambalaya on the Bayou* … Willie Nelson, Johnny Cash …«

Sie aßen Bisonsteak und tranken Bier aus der Flasche.

Intuitiv klopfte ihr Fuß den Rhythmus mit, seine Fingerspitzen trommelten auf die Tischplatte – so kurzweilig hatte sich Verena Windisch den Ausflug in die Westernwelt nicht vorgestellt. Was für eine Erlösung nach dem grässlichen Empfang im Kinderheim! Nur Phrasen. Und die Hartmann umgurrte jeden, der irgendwie wichtig war. Was war sie froh gewesen, als ihr Ravic signalisiert hatte, zu verschwinden.

After the Fire is Gone von Loretta Lynn. Sie tanzten eng, ihr Kopf lag auf seiner Brust, genau unter seinem Kinn. Seine Größe war wie maßgefertigt für sie. Sie wiegten sich mehr, als dass sie tanzten, und der Druck seiner Hand zwischen ihren Schulterblättern und der anderen Hand kurz über ihrem Po war beruhigend und vertraut zugleich.

Der Song endete, und während andere Paare die Haltung auflösten oder von der Tanzfläche gingen, verharrten sie in ihrer Position. Standen da wie zwei ineinander verwachsene Bäumchen. Dann setzte die Steelguitar samtweich ein, und die Band spielte *I Don't Fall in Love so Easy* von Trisha Yearwood.

Wie die Zeilen und Wörter stimmten, dachte Verena Windisch und schloss die Augen:

It's sad, but it's true
I don't fall in love so easy
But I'm fallin' in love with you …

Da klingelte Ravic' Telefon.

»Wiederholen Sie das!«, sagte er. »Drei Tote im *Maria Hilf!*?«

»Was ist?« Verena Windisch spürte, dass etwas Schreckliches passiert sein musste.

»Drei Tote, ein Mann und zwei Frauen.« Er schüttelte den Kopf, drückte sie fest an sich, und sie tanzten den Tanz zu Ende.

Knapp eineinhalb Stunden später erschien der Leitende Kriminalkommissar Ravic im *Maria Hilf!*. Verena Windisch war mitgekommen, aber nach einem ersten Augenschein hatte Ravic ihr den Anblick der Toten und des Tatorts sanft untersagt. Sie gehöre nicht zum ermittelnden Team, hatte er es begründet, tatsächlich wollte er ihr das Grauen, welches das große Kaliber angerichtet hatte, ersparen. Es reichte, dass sie sah, wie seine Kollegen, grün im Gesicht, aus dem Büro in den Korridor stürzten, sich an der Wand abstützten und zwei sich übergaben.

So kümmerte sie sich im Aufenthaltsraum der Erzieherinnen um Erna Matusch. Sie hielt ihr die Hand und ließ sie reden. Von einem Mädchen im Schrank war die Rede, von einem *schwarzen Loch*. Frau Matusch weinte dazwischen, würgte und wiederholte laufend: »Das kommt davon! Das kommt davon!«

Niemand sonst wollte etwas Verdächtiges beobachtet haben.

Bis die zwei Mädchen kamen, die mit Erna die schmutzigen Tischdecken in die Waschküche gebracht hatten. Eine Erzieherin führte sie trotz der späten Stunde zu Ravic in den Speisesaal, wo die vorläufige Soko eingerichtet worden war.

»Die zwei behaupten, etwas zu wissen. Keine Ahnung, was es ist. Vielleicht lügen sie, was allerdings keine Überraschung wäre, weil sie immer lügen …«

»Danke, wenn Sie bitte … Sie verstehen.«

Die Erzieherin verließ den Speisesaal mit einem Achselzucken.

Sofort plapperten die beiden Mädchen los, fielen sich ins Wort, die eine begann den Satz, die andere führte ihn zu Ende. Zuerst hätten sie das Mädchen im Schrank für eine Elbin aus Mittelerde gehalten. Dann aber hätte das Mädchen die Arme geöffnet, ein Lichtstrahl sei auf sie gefallen, und da hätten sie sofort gewusst, »das ist die heilige Jungfrau Maria Goretti, die Schutzheilige unseres Heims«.

In der Eingangshalle stand eine Maria Goretti nachempfundene Gipsstatue: barfuß, in Rock, Bluse und Kopftuch, geschmückt mit Lilien und Palmzweig, den Attributen von Jungfräulichkeit und Märtyrertum. Denn das Fräulein Goretti war als Elfjährige vom Sohn des Verpächters mit vierzehn Messerstichen tödlich verletzt worden, nachdem dieser zuvor versucht hatte, sie zu vergewaltigen. Das Mädchen starb wenig später, am 6. Juli 1902, rein und unberührt.

»Ja, das war sie, sie sah genauso aus … wie die Statue in der Halle! Und sie ist gekommen …

»… um uns zu erlösen.«

Ravic sah die Mädchen an, die ganz beseelt schienen. »Von was genau soll sie euch denn erlösen?«

Die Mädchen verstanden nicht. Ravic wiederholte seine Frage.

»Na, von dem, wovor sie uns …«, sagte das eine der Mädchen, und das andere vervollständigte, » … beschützen soll.«

»Vergewaltigung?«, fragte der Polizist ungläubig.

Das Wort hing wie ein Fallbeil über ihnen.

Raubüberfall. Das war die erste, naheliegende Einschätzung gewesen: der offene Tresor, die herausgerissenen Ordner und Hefter. Alkohol war im Spiel gewesen, drei benutzte Gläser. Vielleicht war ein Streit vorausgegangen? Eifersucht? Die tote Sonja Hartmann hatte einen Ruf, der einschlägig war. Sex and Drugs and Rock'n'Roll, witzelte einer der Polizisten. Womöglich war die Waffe vom selben Kaliber wie bei der Attacke am Waldner-Hof am Tag zuvor. In beiden Vorfällen war Franz Seliger betroffen. Gestern sein Pick-up, heute er höchstpersönlich. Gab es ein Motiv? Wie war die Waffe unentdeckt an den Tatort gelangt? War sie schon dort gewesen? War der Täter oder die Täterin eine mit der Lokalität vertraute Person? Wie konnte sie sonst den Tatort unbemerkt verlassen, hatte sie einen Schlüssel?

Aber dann änderte sich schlagartig die Lage.

Der Redakteur Kornelius vom *Cronberger Anzeiger* bestand darauf, den Leitenden zu sprechen. Trotz der Nachrichtensperre. Er habe eine Nachricht über die Tat auf sein Handy bekommen und sei in die Redaktion gefahren, um von dort die anfallende Arbeit zu koordinieren. Auf seinem Schreibtisch habe ein dicker Umschlag gelegen. Er habe den Umschlag aufgerissen und den Inhalt auf seinen Schreibtisch geleert. Schwarz-Weiß-Fotos. Was er gesehen habe, immer noch sehe, habe ihm den Atem verschlagen. »Genauer gesagt: Es hat mir den Magen umgedreht.«

»Und was haben Sie gesehen?«, fragte der Kommissar.

Als der Redakteur eine halbe Stunde später im *Maria Hilf!* war und Ravic die Fotos vor sich liegen hatte, schnürte es ihm wie mit einem Eisenband die Brust zusammen. Es war ein Ausmaß an Widerwärtigkeiten, die er sich in seinen schlimmsten Fantasien nicht hätte vorstellen können. Tränen stiegen ihm in die Augen und eine tiefe Verzweiflung erfüllte ihn.

16

Am frühen Vormittag nach ihrem Ausflug ins *Maria Hilf!* war Agnes wieder auf dem Weg zur Hütte. Sie hatte am Abend zuvor das Motorrad zurückgestellt und in der Brombeerfestung übernachtet, eingewickelt in die Plane. Es war längst zu dunkel gewesen, um weiterzugehen. Ihr Schlaf war tief und traumlos gewesen.

Am Morgen hatte sie den Zugang für andere unsichtbar verschlossen und war aufgebrochen. Ohne Rast stieg sie nach oben, und als sie aus dem Hochwald trat, riss der Himmel auf, und die Sonne brach durch die Wolken. Das Tal und alles, was sie dort unten hinter sich gelassen hatte, lag im Nebel. Unsichtbar. Verschluckt.

Agnes streckte ihr Gesicht den wärmenden Strahlen entgegen, und erst jetzt, vollkommen unerwartet, drang der Knall der Schüsse, die sie abgefeuert hatte, zu ihr. Der Vater hatte ihr, als sie das Gewehr gegen Franz angehoben hatte, zugeflüstert, »Verschließ die Ohren von innen!«, und tatsächlich hatte sie nichts gehört. Als auch der Schuss auf die Heimleiterin und auf die Hartmann in ihrem Inneren verhallt war, stand Agnes noch eine Weile mit geschlossenen Augen da und ließ die Wärme der Sonne in sich hineinsickern. Dann öffnete sie die Augen und wusste, es war vorbei.

Sie atmete tief ein. Es war in den letzten Tagen kälter geworden, die Luft fühlte sich frisch an. Der Wind brachte nicht nur den Geruch frischen Schnees von den Höhen herunter, sondern verteilte auch die sanfte Süße des Herbstes.

Den letzten Teil des Weges jagte Agnes über die Matten, ohne auf das Geröll und die steinernen Burgen der Murmeltiere zu achten, mit denen diese ihre Höhlen verschlossen hatten. Noch bevor sie die Hütte erblickte, roch sie schon das Herdfeuer.

Am Rand der Mulde blieb sie stehen und kniff die Augen zusammen: Dort, am Fuß der mächtigen Felsen und Kare, zwischen den noch honiggelben Lärchen und Zwergbirken, stand die Hütte, ihr Zuhause. Geduckt lag sie da, sichtbar für den, der von ihr wusste, unsichtbar für den Ahnungslosen, der nicht nach ihr suchte. Wolfsegg.

Wir sind jetzt die Wölfe, und wenn wir nicht übermütig werden, bleiben wir unentdeckt, dachte Agnes. Solange es nötig ist.

Im Erdkeller versteckte sie das Gewehr – später würde sie es unbemerkt holen und in den Waffenschrank zurückstellen. Dann hielt sie verwirrt inne. Sie fischte ein Geldbündel aus der Jackentasche, und schließlich noch mehr aus den anderen Taschen. Ja, erinnerte sie sich unscharf, da war ein Tresor und darin viel Geld gewesen. Sie hatte es wie selbstverständlich genommen. Und da waren Fotos, schwarz auf weiß. Hastig hatte sie durch die Abzüge geblättert, und die Namen der abgebildeten Mädchen waren ihr plötzlich wieder eingefallen: Ilse, Sandra, Nina, Katja, Niki … sie hatte sie in ein großes Kuvert gesteckt und war dann weg.

Agnes stopfte das Geld in ein leeres Gurkenglas, bei Gelegenheit würde sie es im Safe verstauen. Dann stellte sie es ins Regal zurück. Neben Scholtyseks Eissarg. Ja, vergewisserte sie sich, sein Herz lag noch immer darin.

Agnes klopfte das Erkennungszeichen, und Lorenz schloss die Tür auf. Sie flogen sich in die Arme und drückten und küssten sich, als wären die drei Tage, die sie getrennt waren, eine Ewigkeit gewesen. Bevor Agnes in die Taschen greifen und sagen konnte, »Ich habe euch etwas mitgebracht!«, traten Lorenz und Karoline einen Schritt zurück, warfen die Arme hoch und sangen.

»Hoch soll sie leben, hoch soll sie leben, dreimal hoch!«

Auf dem Tisch stand ein krummer Guglhupf, in dem eine Kerze steckte. Agnes kamen die Tränen. Sie hatte Geburtstag und hatte es vergessen. Sie war jetzt sechzehn!

Karoline schenkte ihr ein Moosgesteck mit einem Steinmosaik, das einen bunten Schmetterling darstellte. Lorenz hatte aus Lederresten eine Scheide für das Ausweidmesser genäht. Und zusammen hatten sie aufgeräumt und alles blitzblank geputzt. Agnes drückte die Geschwister an sich.

»Uns kriegt nichts auseinander. Nichts und niemand. Und es dauert, solange es dauert!«

Schließlich zog sie ihre Mitbringsel aus der Tasche, die Süßigkeiten und Heftchen.

»Und? War mit der Mama alles in Ordnung?«, fragte Lorenz.

Kurz war es still, Agnes überlegte, was sie sagen sollte. Die Wahrheit?

»Ja und nein«, sagte sie dann und erzählte ihnen, dass der viele Regen die Mutter aus dem Grab gespült habe. »Aber man hat sie wieder begraben. Sie liegt jetzt zusammen mit dem Vater in einem Grab, so wie sie es sich immer gewünscht hat.«

»Woher weißt du es?«, fragte Lorenz.

»Ich war auf dem Friedhof und hab das Grab des Vaters besucht – da stand auch der Name der Mutter auf dem Kreuz. Und als ich bei uns vorbeigefahren bin, hab ich das leere Loch gesehen, mit Wasser vollgelaufen und mit einem Polizeiabsperrband gesichert.«

Lorenz grübelte eine Weile, eine steile Falte erschien auf seiner Stirn. Er wirkte mit einem Schlag irgendwie erwachsen.

»Jetzt brauchst nur eins und eins zusammenzuzählen, und dann hast du den Salat: Wir sind aufgeflogen. Die wissen jetzt, dass wir nicht mit der Mutter umgezogen sind. Bestimmt ist die Kreditkarte gesperrt, und hundertpro sind sie jetzt ganz wild darauf, uns Kinder einzufangen.«

»Wie dem auch sei«, sagte sie, »hier sind wir in Sicherheit. Wir müssen in nächster Zeit nur noch vorsichtiger sein. Das ist alles.«

In der letzten Oktoberwoche begann es zu schneien. Fast zwanzig Zentimeter Pulverschnee waren über Nacht gefallen, und als Agnes morgens hinauswollte, ließ sich die Eingangstür kaum aufschieben.

»Kinder! Schnee! Es schneit!«, rief sie, und verschlafen stiegen Lorenz und Karoline aus dem Bett.

Ein paar Abende zuvor hatte Agnes ihnen noch aus den *Höhlenkindern* vorgelesen, wo Peter und Eva vom ersten Schnee überrascht wurden, jetzt war der Schnee auch bei ihnen angekommen.

Schnell war alle Müdigkeit verschwunden, und sie tobten barfuß und im Pyjama im Schnee herum, bis sie vollkommen durchnässt und blau gefroren waren.

Es schneite fast die ganze Woche. Zweimal am Tag mussten sie den Weg zur Hütte mit dem Brennholz und zum Plumpsklo mühsam freischaufeln. Und den Weg zum Brunnentrog. Noch war das Wasser nur wenig gefroren, aber Lorenz hatte im Schuppen schon die Axt bereitgelegt, demnächst würde er die Oberfläche aufhacken müssen. Dann würden sie Eisbrocken in der Blechwanne auftauen und im Wasserschiff schmelzen.

Aber nach wenigen Tagen wurde es wieder milder, und es begann vom Dach zu tropfen.

Agnes hatte nach ihrer Rückkehr Schulferien verkündet, zwei Wochen, bis nach Allerheiligen. Die Kinder sollten sich einmal richtig austoben. Wie Agnes überhaupt alles leichter fiel. Der Ausflug hatte ihr gutgetan. Er hatte ihr eine Last von den Schultern genommen.

Während die Kinder spielten, machte sie eine Inventur der Lebensmittel. Ohne dass sie zu sehr darben müssten, würden sie knapp fünf Monate durchkommen. Nicht mitgerechnet, dass sie auf die Jagd gehen würde, Gämsen gab es reichlich in der Gegend. Bis Ende März nächsten Jahres würde das auf jeden Fall reichen, dann müsste sie frühestens wieder auf Einkaufstour gehen.

Vielleicht konnte sie aber auch, wenn nicht alles zuschneite und es Föhn gab, was Anfang Dezember häufig passierte, nochmals auf die andere Seite hinüber und in einem Supermarkt einkaufen, in dem man sie nicht kannte. Und sie könnte in die Apotheke gehen, um sich Blasentee und Buscopan zu besorgen. Geld musste sie keins ziehen, sie hatte es inzwischen heimlich gezählt: Es waren 52 750 Euro, die im Erdkeller lagerten, in 50er- und 100er-Scheinen.

Schon nach zwei Tagen war es den Kindern langweilig geworden, und sie setzten sich nach dem Frühstück zurück an den Tisch, packten Schulbücher und Hefte aus.

»Was ist?«, hatte Agnes gefragt.

»Wir wollen wieder Unterricht«, hatte Lorenz gesagt, und Karoline erklärte, dieses Jahr entfielen die Herbstferien.

So nahm alles wieder seinen gewohnten Lauf. Frühstück, Unterricht, Mittagessen, Verpflichtungen im Haus, Freizeit, Hausaufgaben, Abendessen, Spielen, Zähneputzen, Vorlesen, Nachtruhe.

Wenn die Kinder schliefen, saß Agnes am Küchentisch und notierte ihre Gedanken in ihr Aufsatzheft, auf dessen

Umschlag sie in Großbuchstaben *GSCHICHTEN AUS WOLFSEGG* geschrieben hatte. Manchmal blätterte sie in dem Gedichtband und las sich die unterstrichene Strophe vor:

Da taucht aus grünen wogenkämmen
Ein wort – ein rosenes gesicht:
Du wohntest lang bei fremden stämmen
Doch unsre liebe starb dir nicht.

Rückkehr war der Titel des Gedichts. Und wem die Unterstreichung auch immer galt, Agnes mochte diese Zeilen sehr, denn mit ihnen tauchte sacht die Erinnerung an Jo auf. An dieses lange, selige Wochenende.

Sie hatte mit ihm die Hütte verlassen und ihn weit ins Tal hinunterbegleitet. Er, der im anderen Leben der große Schweiger war, hatte während ihres Abstiegs in einem fort geplappert und Pläne geschmiedet. Er wollte schon am nächsten Tag die Lehrstelle beim Unger aufgeben, in die Hauptstadt fahren, sich nach einem Job umsehen, eine kleine Wohnung mieten und, wenn er sich halbwegs etabliert hatte, sie und die Kinder nachholen.

Sie hatte versuchte, ihn zu bremsen, erklärt, jeder Schritt müsse zehnmal, ja hundertmal überlegt werden. Aber Jo war nicht zu bremsen. Heirat. Adoption der Kleinen. Alles war für ihn denkbar. Vielleicht eine kleine Reparaturwerkstätte! Jo war ihr ein paar Schritte vorausgegangen, sie hatte die zwei Wirbel in seinem sonnenverbrannten Nacken hervorstehen sehen. Im gleichen Augenblick erinnerte sie sich, was in der Jägersprache *abfangen* bedeutete. Es stand für das Töten eines angefahrenen oder angeschossenen Tieres. Der Vater hatte es ihr einmal im Schuppen erklärt. Er hatte ihre Hand gegen das Genick des toten Bocks gedrückt. »Spürst du die

Wirbel? Hier musst du hineinstechen oder -schießen. Wenn das Rückenmark durchtrennt ist, stirbt das Tier sofort. Kein Bewusstsein, keine Wahrnehmung, kein Schmerz.«

Manchmal weinte sie, wenn sie an die letzten Augenblicke mit Jo dachte, manchmal starrte sie vor sich hin, manchmal blätterte sie in ihrem Aufsatzheft zu der Stelle, die sie besonders mochte, weil sie ihrer Empfindung recht nahekam:

Am deutlichsten bleibt mir Jos Herzschlag in Erinnerung. Rummms. Rummms. Wie tief die Schläge in mich hineingingen und mich ausfüllten. Rummms. Rummms. Ganz tief drinnen …

NACHSPIEL

Der Dreifachmord und die Enthüllungen, die er nach sich zog, stellten alle Geschehnisse, die sich seit dem Krieg in der Region zugetragen hatten, in den Schatten. Bis dato war man sich einig gewesen, dass die Tat des Vaters, der seine ganze Familie – Frau und vier Kinder im Alter von zwei bis sieben Jahren – mit der Axt im Schlaf erschlagen hatte, das schlimmste Verbrechen gewesen war, das in ihrem Landstrich je begangen worden war. Das geschah am 21. Juli 1969, besser bekannt als Tag der Mondlandung. Eine Zeitung hatte damals sogar spekuliert, dass das frevlerische Betreten der Mondoberfläche durch den Menschen der Auslöser für die Tat gewesen sei. Das wurde mit diesem Verbrechen in *Maria Hilf!* anders. Und als dann auch noch die Verknüpfung der Morde mit einem Kinderschänderskandal immer offensichtlicher wurde, war es um den Frieden in der Region geschehen. Von einem »Jahrhundertverbrechen« war nun die Rede, von einem »Gräuel biblischen Ausmaßes«.

Der Leitende Kriminalkommissar P. Ravic verschrieb sich ganz der Aufklärung des Gewaltverbrechens und des Missbrauchs, die Suche nach den drei verloren gegangenen Kindern vernachlässigte er.

Die Fotos, die Peter Kornelius anonym erhalten hatte, bestimmten die Richtung der Ermittlungen. Die abgebildeten Abscheulichkeiten waren eindeutig, aber die Täter waren nicht leicht zu identifizieren. Viele hatten das Gesicht abgewandt, waren mit dem Kopf außerhalb des Bildes oder trugen Masken.

Unerwartete Hilfe lag in einem der vielen Ordner. *Marienkinder A–Z* stand auf dem Rücken. Die Heimleiterin hatte dort alphabetisch eine detaillierte Kundenliste angelegt und, auf den Cent genau, Buch geführt. Wie es einem lukrativen Unternehmen anstand. Nur das Geld, offensichtlich war Bargeld geflossen, war bisher nicht aufgetaucht. Oder war das Geld auf unbekannte Konten von Hartmann und Schilling verschwunden? Nachforschungen bei den umliegenden Banken und Hausdurchsuchungen ergaben keine Spur. Dass die beiden Frauen Komplizinnen waren, ließen Tickets vermuten, die auf ihre Namen ausgestellt waren. Eine Karibikkreuzfahrt, Balkonkabine, 5800 Euro pro Person. Losgehen hätte es am 24. November sollen, stattdessen ging die gemeinsame Reise der beiden von der Pathologie des Kreiskrankenhauses in die Gerichtsmedizin der Hauptstadt – bei solch einem Kapitalverbrechen sollte bei der Autopsie nichts übersehen werden.

Die Kundenliste von Frau Schilling enthielt alles, was die Ermittler und der Staatsanwalt brauchten: Namen und Telefonnummern in grüner Tinte, das Datum der Besuche in Schwarz und die bezahlte Summe in Rot. Ravic und seine Leute mussten nur bei den Verdächtigen vorbeifahren und sie abführen.

Es war ein Kommen und Gehen. Schon bald musste man die Verdächtigen über den Hintereingang ins Polizeipräsidium lotsen, denn vorne wartete eine sensationslüsterne Presse. Auch Fernsehkameras fanden sich wieder ein, auch aus dem Ausland.

Ohne Rücksicht auf Stand und Status, ob prominent oder nicht, Ravic führte alle unnachgiebig dem Ermittlungsrichter vor. Landrat Dr. Kissel, oberster Dienstherr von Sonja Hartmann, wurde festgesetzt. Lukas »Luki« Birkner, der

Beisitzer bei der Berufsberatung, Gemeindesekretär Fellner, Bischof Stangassinger – siebzehn männliche Personen, die aufgrund der Aufzeichnungen und Fotografien eindeutig identifiziert werden konnten, wurden in Untersuchungshaft genommen. Die Dunkelziffer war hoch, viele nicht zu identifizieren, was nicht nur Ravic und seine Kollegen fast verrückt machte. Die ganze Region war in Aufruhr.

Bei der Durchsuchung des Wohnsitzes von Franz, einer ehemaligen Schmiede, die er seit dem Tod der Eltern alleine bewohnte, erlebte Ravic die nächste Überraschung. Leichenspürhunde hatten im Hof angeschlagen, das Ausgrabungskommando legte zwei skelettierte Leichen frei. Eine davon war Fanny. Dem anderen Skelett konnten sie vorläufig keine Identität zuordnen. In der Gerichtsmedizin konnte man feststellen, dass diese Leiche schon länger dalag, etwa zehn Jahre länger als die von Fanny. Es war ebenfalls ein Mädchen, den Knochen und den Zähnen nach zu schließen nicht älter als fünfzehn Jahre alt.

So bestätigte sich, was man im Tal hinter vorgehaltener Hand schon immer erzählt hatte: Der Scholtysek und der Franz hatten eine gemeinsame Leiche im Keller. Jetzt waren es zwei, und die waren im Hof begraben gewesen, wo früher der Vater Pferde beschlagen und Grabkreuze aufmontiert hatte.

Es folgten freudlose Wochen. Im Dezember kam ein mächtiger Föhn und machte die Menschen noch hysterischer. Jeder verdächtigte jeden. Jeder denunzierte jeden. Öffentlich. Heimlich. Anonym. Aus Almont kam die Meldung, dass jemand Agnes gesehen haben wollte. Das Mädchen habe ausgesehen wie ein Waldschrat und sei mit einem schweren Rucksack auf dem Rücken in Richtung Berg gestiefelt. Es war die Kassiererin vom SPAR, die ihr begegnet sein wollte, aber trotz intensiver Nachfrage hatte sonst niemand das Mädchen gesehen. So ergänzte Ravic seine Beschreibung der Agnes Waldner mit den Alias *Waldschrat, Kobold* und *Troll.*

Weihnachten wurde für manche recht betrüblich. Die Untersuchungshaft wurde für keinen der Inhaftierten aufgehoben. Auch hohe Kautionsangebote wurden vom Gericht abgelehnt. In einigen Familien fehlte somit der Vater, der Bruder oder der Onkel. Die Betroffenen wagten sich mit dieser Schande kaum aus dem Haus. Auch der Mitternachtsmette blieben sie fern, denn sie fürchteten die gehässigen und anklagenden Blicke und die Predigt des Pfarrers.

Und die Morde, die wie Hinrichtungen ausschauten? Für die Ermittler war klar, es musste sich um einen Racheakt handeln. Bloß wer? Wo ansetzen? Agnes? Als Verena Windisch die Idee aufbrachte, schüttele Ravic nur den Kopf. Eine Sechzehnjährige, die mit einem Repetiergewehr ein Massaker veranstaltete wie in einem Film von Quentin Tarantino? Never ever.

Ein trostloses Silvester folgte, und auch die Aussichten fürs neue Jahr waren für viele deprimierend. Allein für Ravic bedeutete der Jahreswechsel eine kurze Atempause. Er zog sich in eine Pension in den im Süden liegenden Weinbergen zurück. Verena Windisch kam mit. Sie hatten sich versprochen, nicht über den Fall zu sprechen und auch kein Wort über psychische Störungen zu verlieren. Stattdessen schliefen sie zum ersten Mal miteinander. Für beide war es so, als wären sie schon immer zusammen.

*

Drei Monate später flog ein motorisierter Hängegleiter über das Hohe Riff und glitt dann mit ausgeschaltetem Motor in geringer Höhe am Grat entlang über die tief verschneiten

Hänge. Es war ein Bilderbuchtag, der erste schöne Tag nach Wochen heftigen Schneefalls mit Blizzards und abgehenden Schneebrettern und Lawinen. Wie sich im vergangenen Sommer die Hitze im sengenden Übermaß offenbart hatte und dann der Regen in seiner alles ertränkenden Ungeheuerlichkeit vom Himmel gefallen war, so hatte es in den letzten Wochen in maßloser Opulenz geschneit.

Im glitzernden Sonnenlicht lag der Schnee meterhoch und nivellierte alle Unebenheiten und Ruppigkeiten des Geländes. Die Landschaft war, als hätte ein Künstler ein gleißend weißes Tuch über sie gelegt, alles war sanft und rund geworden.

Das war auch für Simon Rolander der Grund für seinen Erkundungsflug. Er war Fotograf und hatte von *National Geographic* den Auftrag, Einschlagstellen von Asteroiden und Meteoriten in Europa aus der Luft zu fotografieren. Die Krater, die sie hinterlassen hatten und wie sie sich in die Landschaft einfügten. Seit einem Jahr arbeitete er daran. Im Winter, wenn Schnee die Krater herausmodellierte, waren sie wesentlich augenfälliger als im Sommer, wenn der Kraterrand überwachsen und zugewuchert war. Rolander hatte schon in Finnland den Keurusselkä fotografiert, in Schweden den Siljankrater, den Einschlag im Nördlinger Ries mit knapp einem Kilometer Durchmesser und das Steinheimer Becken. Der meteoritische Brocken, den ein Bauer unten im Tal in der Nähe von Eisenstein herausgepflügt und sich dabei eine Pflugschar ruiniert hatte, hatte bei einer Tagung der Planetenwissenschaften in Houston die Frage nach möglichen Einschlagstellen in der Gegend aufgeworfen. Man hatte spekuliert, der Ackerfund mit 90 Zentimeter Durchmesser könnte Teil eines geborstenen Meteorits sein, andere Bruchstücke hätten möglicherweise in der Umgebung sichtbare Einschläge hinterlassen. Und weil im Tal schon immer die Geschichte kursierte, dass vor ein paar Tausend Jahren ein Teil vom Mars oder vom Neptun abgebrochen und irgendwo hier eingeschlagen sei, war es nur logisch, dass Simon Rolander bei erstbester Gelegenheit die Gegend überflog und das unendliche Weiß unter sich fotografierte.

Als er die Fotos am Abend auf seinem Notebook bearbeitete, entdeckte er den vermeintlichen Krater. Er glich die Stelle mit einer topografischen Karte ab. Das Gebiet war namenlos.

Bei einer weiteren Vergrößerung des Fotos war er sich sicher, am Kraterrand lag eine Hütte. Nein, das war keine Sinnestäuschung. Die Hütte war als solche nicht wirklich erkennbar, aber die Wülste und Beulen, die der Schnee über etwas offensichtlich Menschengemachtem geformt hatte, legten das nahe. Außerdem ragte etwas aus dem wattigen Gebilde, das die Spitze eines Schornsteins sein konnte. Eine schmale Spur lag wie ein Strich hinter der Hütte und führte zu einer Art Iglu.

Beim Abendessen im *Seehof*, wo sich der Fotograf einquartiert hatte, kam das Gespräch zufällig darauf. Der Wirt hatte ihm einen ausgegeben und sich zu ihm gesetzt. »Und, wie war der Tag? Erfolg gehabt?«, hatte er gefragt, und Simon Rolander hatte davon geschwärmt, dass er wohl einem Meteoriteneinschlag auf der Spur sei. Sicher wisse man das aber erst, wenn man dort oben Gesteinsproben genommen habe. Nach der Schneeschmelze.

»Ein Glück, dass es so aussieht, als ob da eine Hütte gleich am Rand des Kraters liegt. An wen muss ich mich wenden, wenn ich mich dort für ein paar Tage einmieten möchte?«

»Dort oben gibt's keine Hütte. Hat's nie eine gegeben.«

Doch Rolander bestand auf seiner Beobachtung, schlug schließlich sein Notebook auf und zeigte dem Wirt die Fotos.

Der erkannte nur Schneehaufen. Dann kamen andere an den Tisch, und allmählich konnten sie sich vorstellen, dass unter den Schneemassen … ja, vielleicht … möglicherweise … eine Hütte …

»Aber wem soll die gehören?!«

Das Gerücht über eine geheimnisvolle Hütte wanderte durchs Tal bis nach Cronberg hinaus und landete schließlich eine Woche später in den Ohren von Parzival Ravic. Am Abend traf er Verena Windisch.

»Ich fürchte … es könnte sein, dass du recht hattest. Vielleicht haben sich die Kinder tatsächlich auf der Eisensteiner Seite versteckt … in einer rätselhaften Hütte. Und das Mädchen ist einmal im Monat über den Berg nach Almont. Auch wenn es da keinen Weg geben soll.« Und er erzählte seiner Freundin von seinen Erkenntnissen. Er hatte mit Rolander telefoniert und sich die Fotos schicken lassen.

Die Recherchen im Katasteramt ergaben, dass es keine Hütte gab. Alle waren sich einig: So völlig unbemerkt hätte keiner schwarz bauen können, niemals. Wie denn? Und auch die eigenbrötlerischen Tourengeher aus dem Tal zuckten nur mit den Schultern, wenn der Kommissar sie befragte.

Ravic aber gab, angetrieben von Verena Windisch, keine Ruhe. Ausgerechnet am 1. April landete schließlich ein Polizeihubschrauber auf dem kleinen Plateau, etwas abseits der Hütte.

Ravic und zwei seiner Kollegen stiegen aus und stapften los. Trotz der Schneeschuhe, die sie übergezogen hatten, versanken sie tief im Pulverschnee. Verena Windisch und Simon Rolander blieben beim Hubschrauber zurück.

»Erkennen Sie's?«, fragte er.

Die Psychologin schirmte ihre Augen gegen das gleißende Sonnenlicht ab. Ja, sie konnte ein Gebäude erahnen. Der

Schnee war in den letzten Tagen weiter zusammengesackt, sodass sich die Konturen schärfer abzeichneten.

Als die drei Polizisten die Hütte erreichten, rutschte ein kleines Schneebrett ab und ein Stück eines geschindelten Daches kam zum Vorschein. Mit den Händen gruben sie an der Stirnseite die Eingangstür frei – sie war verschlossen. Ravic arbeitete sich wie von Sinnen seitlich davon durch den Schnee, bis er auf ein Fenster stieß. Durch die freigelegte Scheibe versuchte er, ins Innere zu blicken. Es fiel aber viel zu wenig Licht durch das Guckloch, um etwas erkennen zu können. Kurz entschlossen schlug er mit dem Ellenbogen die Scheibe ein, drehte innen am Griff und stieß die Fensterflügel auf.

Dann zwängte er sich hinein.

Es dauerte ein paar Augenblicke, bis er sich an das magere Licht gewöhnt hatte. Den Kollegen rief er zu, sie sollten die anderen Fenster freilegen, damit er mehr Helligkeit bekomme. Er spürte, wie kalt es hier drinnen war, kälter als draußen. Das Wasser in einer Zinkwanne und in einem Trinkglas waren gefroren. Es war offensichtlich: Hier hatte bis vor Kurzem jemand gelebt. Auf dem Herd stand eine Pfanne mit Resten von Schmetterlingsnudeln, in der Abwasch benutzte Teller und Tassen – jeweils drei Stück.

Draußen hatten sie ein weiteres Fenster freigebuddelt, mehr Licht fiel herein. Ein roher Holztisch lag jetzt wie im Lichtkegel eines Scheinwerfers, ein junges Mädchen saß davor, mit einem Stift in der Hand, wie über seinem Tagebuch eingeschlafen.

Ravic wusste sofort, wer das Mädchen war: Agnes Waldner. Der *Waldschrat*, der *Kobold*, der *Troll*, der mit riesigem Rucksack in die Berge stieg. *Maria Goretti,* die Schutzpatronin der Vergewaltigten. Er setzte sich auf einen Stuhl ihr gegenüber.

Hatte nicht er selbst gesagt, den Grat nach Almont hinüber könne sie nie und nimmer übersteigen? Schwierigkeitsgrad IV bis V, hörte er sich sagen. Und: Repetiergewehr, großes Kaliber, präzise geschossen, nein, ein Mädchen kann das nicht!

Ein Kollege stieß Ravic an.

Die beiden anderen Polizisten hatten auch die Tür freigelegt, helles Licht fiel in den Raum, die Staubpartikel tanzten und glänzten golden in seinem breiten Kegel.

Der Kollege rüttelte an Ravic' Schulter: »In der Kammer sind noch zwei Tote. Zwei Kinder. Liegen da, als würdens schlafen.«

Die Spurensicherung vor Ort war eine organisatorische Meisterleistung. Zum Glück war das Aprilwetter prächtig, der Hubschrauber konnte den ganzen Tag fliegen. Die Eisensteiner schauten zum Himmel hinauf und warteten auf das Jüngste Gericht.

Die Obduktion ergab, dass der Tod der drei Waldner-Kinder vor etwa zwölf Tagen eingetreten war. In der Phase der kräftigsten Schneefälle. Die Minustemperaturen hatten die Verwesung verhindert. Todesursache war Kohlenstoffmonoxid. Bei allen dreien.

»CO bindet sich 300 Mal stärker an das Hämoglobin als Sauerstoff und verdrängt ihn«, hatte der Gerichtsmediziner erklärt. »Hypoxie ist die Folge – eine Mangelversorgung des Gewebes und der Organe mit Sauerstoff. Kardiale Beschwerden treten auf, schließlich Ausfall des Zentralnervensystems. Bewusstlosigkeit setzt ein, Krämpfe, inneres Ersticken. Der Tod ist nach wenigen Minuten eingetreten. Die Kleinen sind vermutlich im Schlaf gestorben, und dem großen Mädchen wird es vielleicht beim Schreiben schwindelig geworden sein, ein Gefühl wie ermattet … ein apathischer Tod, aber wahrscheinlich schmerzlos.«

Die kriminaltechnische Untersuchung kam zu dem Ergebnis, dass durch die tagelangen massiven Schneefälle der Schornstein zugeweht und verstopft worden war, so hatte es den notwendigen Abzug nicht mehr gegeben. Fenster und Tür waren dicht mit Schnee versiegelt, sodass kein bisschen frische Luft mehr ins Innere gelangen konnte.

»Außerdem war das große Mädchen schwanger«, sagte der Gerichtsmediziner lapidar.

Das saß. Ravic ließ den Telefonhörer sinken und starrte ins Leere.

»Etwa im siebten Monat«, sagte der Gerichtsmediziner. »Hallo? Sind Sie noch dran?«

»Ja … schwanger«, sagte Ravic, »in welchem Monat?«

»Sieben. Ungefähr.«

Ravic legte auf und ging vor die große Wandtafel, auf der sie alles angepinnt hatten, was mit dem Verschwinden der Kinder zusammenhängen konnte: alle Vorfälle, Zeitabläufe, Namen. Da registrierte er, dass Jo Weiß Ende August als vermisst gemeldet worden war. Spurlos verschwunden. Bis heute. Er zählte die Monate nach – sieben.

Zwei Wochen später kam das Ergebnis des Labors. Jo Weiß war der Vater des ungeborenen Jungen. Die DNA aus der Wurzel eines Haares aus seiner Haarbürste und die Übereinstimmung mit einer Gewebeprobe des Fötus hatten es belegt. Zu 99,9 Prozent. Aber wo waren sich Jo und das Mädchen begegnet? War Jo ein Mitwisser? Wo hatte der Zeugungsakt stattgefunden? Im Tal? In der Hütte? Auf der anderen Bergseite? War es einvernehmlich oder war auch das eine Vergewaltigung? Und wo war Jo Weis jetzt?

Dann kam aus dem Fachbereich Lebensmittelkontrolle des

Amtstierarztes die nächste Schreckensnachricht. Sie war so unglaublich, dass Ravic mehrmals nachfragte, »meinen Sie das im Ernst?«.

»Ja, es ist ein Menschenherz. Kein Tierherz. Ein Menschenherz.«

Sie hatten all das Fleisch, das in den mit Eis gefüllten Wannen im Erdkeller lag, zur Untersuchung ins Veterinäramt gebracht, weil man eine Fleischvergiftung als Todesursache der Kinder nicht ausschließen konnte. Auch das mit einem faustgroßen Stück Fleisch gefüllte Gurkenglas war zur Analyse abgegeben worden. Und jetzt das.

»Aber … wie ist das möglich?«

»Fachmännisch herausgeschnitten. Genau über der Aorta, Venen und Arterien abgetrennt.«

Die naheliegende Vermutung traf nicht zu – es war nicht das Herz von Jo Weis, es gab keine Übereinstimmung zu der von ihm vorliegenden DNA-Probe. Vergeblich hatten dann zwölf Polizeischüler das Gelände um die Hütte mit Sonden weitläufig abgesucht. Sie fanden keine Leiche. Sie fanden aber hinter dem Erdkeller das Handy, das Lorenz nach seinem Telefonat mit Pippo vergraben hatte. Schnell war belegt, dass es sich um das Handy des Freiherrn von Mosheim handelte, das nach zwei Jahre Stille plötzlich so viel Unruhe verursacht hatte.

Die Untersuchung der Waffen, die sie gefunden hatten, ergab: Die Sauer Repetierbüchse war die Tatwaffe: drei Tote und ein zerschossener Blechhaufen. Ravic hatte es nicht für möglich gehalten, dass ein Mädchen damit umgehen konnte wie ein Scharfschütze. Und er wollte es noch immer nicht glauben.

Jedes neue Ermittlungsergebnis machte alles immer noch komplizierter. Sie hatten im Tal den Tresor aus der

Speisekammer aufgebohrt, und plötzlich gab es eine Erklärung für das bisher nicht aufgetauchte Geld! Die 52 000 Euro waren nicht wenig. Aber musste es nicht wesentlich mehr Geld sein? Dieses dreckige Geschäft blühte seit Jahren! Und was hatten die Negative der Fotos hier zu suchen? Hatte das Mädchen sie aus *Maria Hilf!* mitgenommen? Oder gehörten sie dem Freiherrn von Mosheim, der häufig in der Buchführung der Heimleiterin auftauchte, aber auf keinem der Fotos? Wie ihm die als gestohlen gemeldeten Gewehre gehörten, die sich alle wiedergefunden hatten. Auch die Doppelflinte mit dem vergoldeten Seitenschloss. So wie ihm die Hütte gehört hatte, auch wenn es keinen Beleg darüber gab. Weil ihm wahrscheinlich alles gehört hatte, soweit der Blick reichte, auch der arme Wenzel Waldner, der nackt auf einem Hackstock seine Muskeln zeigte. War der Freiherr die Ursache allen Übels? War er das Scheusal, welches Unglück und Verderben über das Tal gebracht hatte?

Ravic stand inmitten eines Labyrinths und fand nicht mehr hinaus. Tiefer Lebensüberdruss überkam ihn. Wollte er das ein Leben lang aushalten? Immer die Sicht auf den Menschen in seiner ganzen Erbärmlichkeit. Immer nur Trieb, Schmerz, Dreck, Elend, Lüge. Und Tod.

Dann war auch das Herz aus dem Gurkenglas identifiziert: Es gehörte Scholtysek. Wie bei Jo führte die DNA, die man an einem Zigarettenstummel aus Scholtyseks Wohnung isolieren konnte, zur Übereinstimmung mit der Probe aus dem Herzen. Das machte es nicht einfacher. Warum war das Herz hier? Wo war der dazugehörige Körper? Ravic verzweifelte an der Vorstellung, das alles hätte das Mädchen alleine zustande gebracht. Er hatte es in der Hütte gesehen, wie es in ewigem Schlaf über dem Schulheft lag. Die zarten Handgelenke und ein Hals, so dünn wie der Stamm eines Haselstrauchs. Ein

Kollege hatte den Leichensack mit dem Mädchen zum Abtransport allein hinausgetragen, so leicht, als wär's ein aus dem Nest gefallener Vogel.

»Das diente der Täuschung«, sagte Verena Windisch, »die Gegner sollten es unterschätzen. Eine in all den Jahren der Erniedrigung herangewachsene Technik. So konnte das Mädchen unbeachtet sein Ding durchziehen. Und es hatte einen Willen, der Berge versetzen konnte.« Sie nahm einen kräftigen Schluck aus der Bierflasche.

Ravic hielt eine Antwort zurück. Wie sie so sprach, konnte man meinen, sie sei irgendwie stolz auf das Mädchen.

Als die Waldner-Kinder von der Gerichtsmedizin freigegeben wurden, begrub man sie fast unbemerkt. Nur Verena Windisch, Parzival Ravic und ein paar alte Frauen hatten sich auf dem Friedhof versammelt. Früh am Morgen versenkten zwei Totengräber die billigen Särge in einem Loch, das man neben dem Grab der Eltern ausgehoben hatte. Jetzt waren sie wieder vereint, wie seinerzeit, als sie sich auf der Mosheim'schen Couch gekugelt hatten. Der Pfarrer suchte nach Worten, dann murmelte er: »In Deine Arme haben wir nun diese Kinder gelegt … Wir können nichts mehr für sie tun, und uns bleibt nur die Hoffnung, dass Du für sie da bist und Deine Arme weit öffnest. Amen.«

Es war Juni geworden. *Brachet*, wie manche hier zum sechsten Monat sagten. Ein Jahr war vergangen, seitdem Agnes zur Raika gefahren war, um sich dort vorzustellen. Wieder standen die Wiesen hoch, herausgeputzt mit Steinklee, Akelei und Klatschmohn, die Lupinen wogten wie ein buntes Meer an den Straßenrändern. In den Sträuchern webten Spinnen lange Schönwetterfäden, und Kreuzottern sonnten sich auf den warmen Steinen – alles Anzeichen, dass es wieder einen heißen Sommer geben würde. Aber das sollte das Einzige sein, was an die Geschehnisse des vergangenen Jahres erinnerte.

Eine gelbe Planierraupe fuhr den Schotterweg, auf dem Agnes die Kleinen immer mit dem Fahrrad zur Bushaltestelle gebracht hatte, in die Senke hinunter. Eine halbe Stunde später war alles erledigt. Das Wohnhaus, der Stall, die Schuppen – alles war sang- und klanglos eingeebnet. Auch das Grab der Mutter, von dem ohnehin nur noch ein armseliger Aushub übrig geblieben war, wurde weitflächig egalisiert. Nichts sollte mehr an die Waldners gemahnen. Genauso hatten sie es im Gemeinderat beschlossen, denn sonst würde der Anblick des verwahrlosten Häuslerhofs auf immer und ewig an die schrecklichen Vorkommnisse erinnern und den guten Ruf der Gemeinde Eisenstein besudeln. Neugierige, sensationslüsterne Touristen würden nur kommen, um sich auf die Suche nach den Hinterlassenschaften des *Racheengels von Eisenstein* zu begeben, denn für die Medien war Agnes, weit über die Landesgrenzen hinaus, ein Star. Dem musste man vorbeugen. Die neue Saison hatte ja bereits begonnen, mit so viel Besuchern wie nie, und der Tourismus im Tal sollte sich doch von der Schönheit der Landschaft, der Wildheit der Natur und den alpinen Traditionen der Bewohner nähren und nicht von der Bluttat eines verirrten Mädchens.

Landrat Dr. Kissel wurde zu zehn Jahren und vier Monaten Gefängnis verurteilt. Es war die erste Verurteilung. Peter Kornelius hatte den Prozess von Beginn an verfolgt. Seit jenem Herbstabend des 20. Oktobers, als er auf seinem Schreibtisch das an ihn adressierte Kuvert vorgefunden hatte, fragte er sich, warum ich? Warum hatte das Mädchen ihn als Boten gewählt? Was erwartete es von ihm? Er kommentierte das Urteil im *Cronberger Anzeiger*: »Wie günstig Landrat Dr. Kissel doch davonkommt. Nach wenigen Monaten ist alles vergessen. Er bekommt eine Therapie, dem Psychiater wird er Geschichten erzählen, davon, dass auch er nur ein Opfer war. Wegen guter Führung, ein Landrat weiß sich ja zu benehmen, wird seine Sozialprognose ausgesprochen positiv ausfallen. Und siehe da, nach nicht einmal sieben Jahren werden wir unserem ehemaligen Landrat wieder begegnen, beim Kirchgang, auf dem Stadtplatz und im Café. Gegenrechnung: Wann begegnen wir den von ihm geschändeten Kindern wieder? Austherapiert? Wiederhergestellt an Leib und Seele? Glücklich? Ich fürchte, darauf müssen wir lange warten.«

Wegen der großen Aufmerksamkeit und des Drucks der Öffentlichkeit kam die Landesregierung nicht umhin, eine *Kommission Maria Hilf!* einzusetzen. Ihr Auftrag war, die Vorwürfe organisierter Vergewaltigung, Kinderprostitution, schwerer psychischer und sexueller Gewalt zu prüfen, auch und besonders hinsichtlich individueller und institutioneller Verantwortung. Nichts und niemand sollte geschont werden.

Verena Windisch gehörte der Kommission an. Sie vertiefte sich als Erstes in Agnes' Aufsatzheft *GSCHICHTEN AUS WOLFSEGG*. Sie las von der blaugrünen Mosaikjungfer, die sich immer wieder häutet und doch nie eine endgültige Gestalt bekommt; sie las vom Gefühl, sich zu fühlen wie der tote, aufgespießte, allerschönste Schmetterling, und sie las die immer wiederkehrende Frage: Warum hat das Schicksal uns hierhergeführt? Frau Windisch hörte Jos Herzschlag, *Rummms. Rummms*. Sie las unter Schmerzen die Geschichte vom Tannenzapfen. Alle Nachforschungen hatten ergeben, dass es nie ein Heimkind mit dem Namen *Toni, Tonka, Antonia, Antoinette* gegeben hatte. Das alles war Agnes selbst widerfahren, da war sich die Psychologin sicher, und die Obduktion hatte schließlich auch vernarbte Risse im inneren Genitalbereich des Mädchens festgestellt, die von den Schuppen des Tannenzapfens herrühren konnten.

Verena Windisch blätterte zu einem Eintrag, den das Mädchen wenige Tage nach seiner Rückkehr aus *Maria Hilf!* geschrieben hatte. *MEINE WÜNSCHE* stand da in Großbuchstaben mitten auf der Seite.

Motoren sind meine Leidenschaft. Und als ich jetzt zum ersten Mal die 250er ganz alleine schoffierte, sah ich die Werkstätte vor mir, wie ich sie haben möchte. Sie hat ein blaues Vordach mit weißen Säulen. Links ist die Halle mit Grube und Hebebühne. Rechts hinter einer Panoramascheibe der Empfang und dahinter das Lager mit allen, wirklich <u>*allen*</u> *Ersatzteilen. Von weither kommen die Leut', weil wir einen exzellenten Ruf haben, und ich verdiene so viel Geld, dass ich den Lorenz und die Karo im besten Internat in ganz England studieren lassen kann. Obwohl wir wahnsinnig viel Geld verdienen, würde ich weiterhin in der Werkstätte arbeiten, und in die Motoren und Getriebe kriechen. Ich würde auch an der Rezeption mitarbeiten und die Kunden empfangen und beraten. Manchmal würde man sie vertrösten müssen, und dann sagt der Mitarbeiter: »Ja, mein Gott, die Frau Waldner kann sich doch nicht zerreißen, sie tut ja alles Denkbare für Ihre Maschine, aber das Lenkkopflager ist nicht nur locker, es ist defekt, das muss ausgetauscht werden …«*

Verena Windisch blätterte durch die Seiten. Unmittelbar vor der Katastrophe gab es den letzten Eintrag.

Ich weiß nicht, warum mir das jetzt auffällt, aber ich glaube, ich habe auch Nierenkrebs. Wie die Mutter. Es war gar kein Bauchweh und kein Ziehen im Unterleib, deswegen hat auch die Medizin nicht geholfen. Es war, wie sie es beschrieben hat, der Krebs frisst sich durch den Körper vor in die Mitte des Bauches und ernährt sich von deinem Blut. Ich habe ihn schmatzen gehört und wie er sich bewegt. Seit Monaten keine Regelblutung, weil der Krebs mein Blut säuft wie ein Vampir. Ich werde auch dicker, und wenn ich den Bauch abtaste, spüre ich drinnen eine Kugel. Im Krankenhaus haben sie einmal im Warteraum erzählt, dass ein Geschwür so groß wie ein Medizinball werden kann, bei mir ist es schon so groß wie ein Handball. Zuerst hatte ich noch gedacht, vielleicht bin ich ja schwanger. Weil manchmal höre und spüre ich ein Trommeln in mir. Aber wie soll das passiert sein?

Verena Windisch erkannte, wie die schöne Mädchenschrift krakeliger und die Worte unlesbar wurden – und wie die Aufzeichnungen schließlich in einem langen Strich endeten, der über den Rand des Heftes in die Unendlichkeit hinauswies. Da war das Mädchen wohl ohnmächtig geworden. Auf dem Papier war ein rätselhafter Abdruck. Auf den ersten Blick sah er wie ein Fettfleck aus, doch beim genaueren Hinsehen konnte man meinen, schemenhaft eine Gesichtshälfte wahrzunehmen. Unwillkürlich dachte Verena Windisch an das Turiner Grabtuch, wo sich der tote Körper Jesu abgebildet hatte. Sie hielt das Heft gegen das Licht. Wie ein Probedruck sah es aus. Sie erinnerte sich an die Fotos, welche die Polizei von den toten Waldner-Kindern gemacht hatte: Agnes lag, mit dem Stift in der Hand, über dem Tisch, den Kopf auf dem offenen Heft. Verena Windisch blätterte weiter: leere Seiten, nur der Abdruck des Mädchengesichts war noch zu erahnen. Je weiter sie nach hinten blätterte, desto schwächer wurde er, schließlich waren es nur noch leere, weiße Blätter. Nichts erinnerte mehr an das Mädchen. Es war verschwunden.